中国名文新视点100篇名文

刘乐土◎编著

华夏出版社

HUAXIA PUBLISHING HOUSE

图书在版编目（CIP）数据

中国名文新视点——100篇名文/刘乐土编著. －北京：华夏出版社，2012.1
（完美人生读书计划）

ISBN 978-7-5080-6769-8

Ⅰ.①中… Ⅱ.①刘… Ⅲ.①中国文学－文学欣赏－通俗读物 Ⅳ.① I206－49

中国版本图书馆 CIP 数据核字（2011）第 257960 号

中国名文新视点—— 100篇名文

编　　著：刘乐土
策　　划：景　立　浩典图书
责任编辑：赵　楠　刘晓冰　李春燕
责任印制：刘　洋
装帧设计：浩　典／道·光
出版发行：华夏出版社
社　　址：北京市东直门外香河园北里4号
邮政编码：100028
经　　销：新华书店
印　　刷：三河市李旗庄少明印装厂
装　　订：三河市李旗庄少明印装厂
开　　本：720×1030　1/16开
印　　张：21.25
字　　数：376千字
版　　次：2012年1月北京第1版
印　　次：2012年1月北京第1次印刷
书　　号：ISBN 978-7-5080-6769-8
定　　价：30.00元

C目录

公元前484年

公元前90年

公元前221年

公元60年

公元421年

P 前 言
PREFACE

在历史的长河中，我们的祖先给我们留下了数不胜数的智慧结晶，导演了一部又一部令人惊心动魄的话剧。时势造英雄，在历史进程中，数以万计的灵魂人物涌现出来。他们是历史这辆火车的轨道铺路人，也是这辆火车的操纵者。

然而人生过于匆匆，现在的我们每天都在为生活忙碌着，很少有时间去了解祖先给我们留下的光辉灿烂的文化，去那凝聚着祖先鲜血与汗水的历史"穿越"。"以古为镜，可以知兴替。"祖先给我们留下的这些宝贵遗产是极为重要的。因此我们可以用有限的时间、有限的文字，来汲取祖先留给我们的遗产的精华。

《100系列丛书》以"100"为限，将人类历史中非常有代表性的名书、名人、名址、名文、建筑、学说、大事、战争——分类收录，各成一书，方便读者阅读。可能它们在厚重的历史面前只能算沧海一粟，但我们却可以借助它们去窥视浩瀚的历史，在历史长河中自由徜徉。

这本书中收录的是在中国文坛上曾经大放异彩的那些名文。时光飞逝，岁月荏苒，这些文坛不老常青树依然散发着它们璀璨的光芒。相信在它们的照耀下，中国文坛会越来越光彩夺目，在世界文坛中散发出异样的光芒。

作者	文体	推荐理由
孔子	散文	《尧典》是《尚书》的开篇之作，它具有很高的史料价值。它那基于史实的内容，生动地展示了我国上古时代的社会概貌，是研究我国原始社会后期政治思想的重要文献。

宝贵的历史文化遗产
——《尧典》

名文欣赏

原文节选

曰若稽古，帝尧曰放勋，钦、明、文、思、安安，允恭克让，光被四表，格于上下。克明俊德，以亲九族。九族既睦，平章百姓。百姓昭明，协和万邦，黎民于变时雍。

乃命羲和，钦若昊天，历象日月星辰，敬授民时。分命羲仲，宅嵎夷，曰旸谷。寅宾出日，平秩东作。日中，星鸟，以殷仲春。厥民析，鸟兽孳尾。申命羲叔，宅南交，曰明都。平秩南讹，敬致。日永、星火，以正仲夏。厥民因，鸟兽希革。分命和仲，宅西，曰昧谷。寅饯纳日，平秩西成。宵中，星虚，以殷仲秋。厥民夷，鸟兽毛毨。申命和叔，宅朔方，曰幽都。平在朔易。日短、星昴，以正仲冬。厥民隩，鸟兽氄毛。帝曰："咨！汝羲暨和，期三百有六旬有六日，以闰月定四时，成岁。允厘百工，庶绩咸熙。"

……

帝曰："咨！四岳！朕在位七十载，汝能庸命，巽朕位？"岳曰："否德忝帝位。"曰："明明扬侧陋。"师锡帝曰："有鳏在下，曰虞舜。"帝曰："俞？予闻。如何？"岳曰："瞽

我国现存最早的史书——《尚书》书影。

子，父顽，母嚚，象傲；克谐以孝，烝烝乂，不格奸。"帝曰："我其试哉！女于时，观厥刑于二女。"厘降二女于妫汭，嫔于虞。帝曰："钦哉！"

译文

考查古时传说，帝尧的名字叫做放勋。他处事恭敬，厉行节约，明察是非，态度温和，诚实恭谨，能够推贤让能，因此他的光辉照耀四海，感动天地。他能够举用同族中德才兼备的人，使族人和睦团结；他表彰百官的善行，努力使各族之间都能亲密无间。百姓在尧的治理下都和睦相处。

帝尧命令羲氏、和氏，恭谨地遵循上天的意旨行事，根据日月星辰的运行情况来制定历法，以教导人民按时令节气从事生产活动。又命令羲仲住在东海名叫旸谷的地方，恭敬地等待日出，辨别不同时间日出的特点。以昼夜平分的那天作为春分，并以鸟星见于正南方作为考定仲春的依据。这时人民分散在田野里劳作，鸟兽也生育繁殖。又命令羲叔，住在太阳由北向南转移的地方，这地方叫做明都。在这里观察太阳向南移动的顺序，以规定夏天所应该从事的工作，并恭敬地等待着太阳的到来。以白昼时间最长的那天为夏至，并以这天火星见于正南方作为考定仲夏的依据。这时人民住在高处，鸟兽开始脱毛。又命令和仲，住在西方名叫昧谷的地方，以测定日落之处，恭敬地给太阳送行，并观察太阳入山的顺序，以安排秋季收获庄稼的工作，以秋分这天昼夜交替和虚星见于正南方的时候作为考定仲秋的依据。这时，人民离开高地而住在平原，从事收获；鸟兽毛盛，可以用来制作器物。又命令和叔，居住在北方叫做幽都的地方，以观察太阳从南向北运行的情况。以白昼最短的那天作为冬至，并以昂星见于正南方作为考定仲冬的依据。这时，人民都住在室

开创帝王禅让之先河的尧帝像。

内取暖，鸟兽毛长得特别密细丰盛。尧说："唉！羲与和啊！一年有365天，要采用设置闰月的方法来确定四季，推算年历。这样顺应天时来规定百官的职务，成效才会显著。"

……

尧说："唉！四方诸侯之长啊！我在位七十年，你们之中有谁能够顺应上天的命令，接替我的帝位？"四方诸侯之长回答说："我们德行鄙陋，怕辱没了帝位。"尧说："应该考查贤者，即使地位低贱也没有关系！"大家告诉尧说："有个无妻的低贱之人，名叫虞舜。"尧说："是啊，我听说过。他的德行到底怎样呢？"四方诸侯之长回答说："他是乐官瞽瞍的儿子，父亲糊涂，母亲好说谎，弟弟象傲慢无礼，但舜却能和他们和睦相处，恪尽孝道，感化他们。"尧说："我要试用他！"于是把两个女儿嫁给舜，借以考查他的德行。在汭河的弯曲处举行婚礼，让两个女儿做了虞舜的妻子。尧说："恭谨地处理政务吧！"

专家点评

历史学家范文澜先生曾经指出："其中'禅让'帝位的故事，在传子制度实行已久的周朝，不容有人无端发此奇想，其为远古遗留下来的史实，大致可信。"这一评价是很客观公允的。《尧典》记述的禅让制，堪称世界上最古老的民主制度，对后世有着极为深刻的影响。

作者	文体	推荐理由
盘庚	散文	《盘庚》是历代执政者借鉴和学习的典范，是中国古代历史上最早的"资治通鉴"。《盘庚》在文学方面也是一颗璀璨的明珠，为后人所垂青。

历史的铜镜
——《盘庚》

名文欣赏

原文节选

盘庚迁于殷，民不适有居。率吁众戚，出矢言。曰："我王来，既爰宅于兹，重我民，无尽刘。不能胥匡以生，卜稽曰，其如台。先王有服，恪谨天命，兹犹不常宁。不常厥邑，于今五邦。今不承于古，罔知天之断命，矧曰其克从先王之烈？若颠木之有由蘖，天其永我命于兹新邑。绍复先王之大业，厎绥四方。"

盘庚敩于民，由乃在位，以常旧服，正法度。曰："无或敢伏小人之攸箴！"王命众，悉至于庭。

王若曰："格，汝众！予告汝训汝……非予自荒兹德，惟汝含德，不惕予一人。予若观火，予亦拙谋，作乃逸。

……

"汝不和吉言于百姓，惟汝自生毒，乃败祸奸宄，以自灾于厥身。乃既先恶于民，乃奉其恫，汝悔身何及！相时憸民，犹胥顾于箴言，其发有逸口，矧予制乃短长之命！汝曷

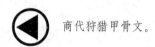

商代狩猎甲骨文。

弗告朕，而胥动以浮言？恐沈于众，若火之燎于原，不可向迩，其犹可扑灭？则惟汝众自作弗靖，非予有咎。

……

"予告汝于难，若射之有志。汝无侮老成人，无弱孤有幼。各长于厥居，勉出乃力，听予一人之作猷。

"无有远迩，用罪伐厥死，用德彰厥善。邦之臧，惟汝众，邦之不臧，惟予一人有佚罚。

"凡尔众，其惟致告：自今至于后日，各共尔事，齐乃位，度乃口，罚及尔身，弗可悔！"

译文

盘庚迁都到殷，臣民们不愿进住新邑，因此，盘庚叫来那些贵戚大臣一道去向臣民们下达自己的意见。他说："我带你们迁居到这里，是为了爱惜我的臣民的生命，使你们不会全都遭到死亡的灾难。现在大家不能互相救助以求生存，即使占卜而后详加考究又将如何呢？先王行事一向恭敬，谨慎地顺从天命，尚且不能长久地安居在一个地方，从立国到现在，已经迁居了五处。如果我们不继承先王的遗志，不了解上天的意志，又怎能继承先王的大业？正如伐倒的树木上可以长出新芽，上天是要让我们的生命在这新邑长久地繁衍下去，要我们在这里继续复兴先王的大业，安定四方。"

盘庚晓谕百姓，要辅佐官长，遵守法规制度。他又对官员说："谁也不许隐瞒我规诫小民的谈话！"他于是命令群臣都到王廷上来，对他们说："大家到前面来，我要告诫你们……我没有荒废先王的美德，你们却隐藏了我对百姓的好意，不予以传达，对我毫不畏惧。我对你们的了解就像看火一样，一清二楚，如果我任你们放肆，就是我的谋虑不周了。

……

"你们不把我的善意传达给百姓，那是你们自招祸害，等到你们所做的坏事败露出来，那就必将给你们自身带来祸灾。你们既然引导人民做坏事，当然该由你们自己承担痛苦。到了那时，你们要后悔也来不及了！你们看这些普通小民还都顾及我所说的话，他们唯恐说错话，何况我操纵着你们的生杀之权，为什么你们倒不畏惧呢？你们为什么不事先向我报告，竟然胆敢用谣言去煽动人心呢？这好像大火在原野上燃烧，谁也不能够接近，不可以让它再发展，这样尚可以扑灭。这都是由于你们的自作自受，并非我有什么过错。

　　……

　　"我告诉你们，成事的艰难，好比射箭，必须先有明确的目标。你们不许欺侮上年纪的人，也不许轻视年幼的人，你们要各自长久地安于新居，努力工作，听从我一人的安排。

　　"无论远近亲疏，我都一律对待，用刑罚惩治他的恶行，用爵禄表彰他的善行。国家治理好了，是你们大家的功劳；国家治理得不好，是我一人的过失。

　　"你们要把我讲的话传达下去，从今以后，各自努力做好分内的事，规规矩矩，安于职守，不许胡说八道。否则，惩罚落到你们的身上，那就后悔莫及了！"

殷墟鸟瞰图。盘庚将都城迁到殷之后，开始整顿政治，衰落的商朝，得到复兴。

专家点评

　　《盘庚》是先秦散文的名篇，文辞深奥，不易通读。韩愈曾经慨叹："周《诰》殷《盘》，佶屈聱牙！"（《进学解》）但借助前人的注解，再三阅读之后，我们尚可领略它特有的不加修饰的质朴之美，如："若网在纲，有条而不紊；若农服田，力穑乃亦有秋。""若火之燎于原，不可向迩，其犹可扑灭？"比喻质朴贴切，含义深沉，语言也很优美，富于音乐的美感，至今还以"有条不紊"、"星火燎原"等成语的形式在民间流传。

散发古朴光芒的战前实录
——《大诰》

名文欣赏

原文

王若曰："猷！大诰尔多邦越尔御事。弗吊！天降割于我家，不少延。洪惟我幼冲人，嗣无疆大历服。弗造哲，迪民康，矧曰其有能格知天命？

肆予冲人永思艰，曰：呜呼！允蠢鳏寡，哀哉！予造天役，遗大投艰于朕身，越予冲人不卬自恤。义尔邦君，越尔多士、尹氏、御事，绥予曰：'无毖于恤，不可不成乃宁考图功。'

已！予惟小子，不敢替上天命。天休于宁王，兴我小邦周。宁王惟卜，用克绥受兹命。今天其相民，矧亦惟卜用。呜呼！天明畏，弼我丕丕基。"

王曰："尔惟旧人，尔丕克远省，尔知宁王若勤哉！天閟毖我成功所，予不敢不极卒宁王图事。肆予大化诱我友邦君，天棐忱辞，其考我民，予曷其不于前宁人图功攸终？天亦惟用勤毖我民，若有疾，予曷敢不于前宁人攸受休毕？"

王曰："呜呼！肆哉，尔庶邦君越尔御事。爽邦由哲。亦惟十人迪知上天命，越天棐忱，尔时罔敢易法，矧今天降戾于周邦？惟大艰人，诞邻胥伐于厥室。尔亦不知天命不易。

 儒家传统文化的开创者周公。

予永念曰：天惟丧殷。若穑夫，予曷敢不终朕亩？天亦惟休于前宁人，予曷其极卜敢弗于从？率宁人有指疆土？矧今卜并吉，肆朕诞以尔东征。天命不僭，卜陈惟若兹。"

译文

王说："啊！我要郑重告诉你们，各国诸侯国国君及官员们。不好了！上天把大祸降给我们国家了，灾祸在继续发展，没有停止。现在我代替我年幼的侄子执掌我们永恒的权柄，但我却没有遇到明智的人，可以把我们的人民引导到安全的境地，更不用说了解天命的人了。

"现在我应当为我们年幼的国王慎重考虑出征的困难。唉！实在是这样，一旦发动战争，就要惊扰千家万户，甚至包括鳏夫寡妇在内，这多么令人哀痛啊！我们遭到天灾，上天把非常严重的困难，降临到我以及我们幼主的身上，我不能只为自身的安危着想。我猜想你各位国君和你们的官吏们，也一定会这样劝告我：'不应当过分地关注自己的安危，不应该不完成你的父亲文王所力图成就的功业。'

"唉！我想我是文王的儿子，我不敢废弃上天的命令。上天嘉奖文王，使我们这个小小的周国兴盛起来。文王通过占卜，继承了上天所授予的大命。现在上天命令他的臣民帮助我们，何况我们又通过占卜了解到上天的这番用意呢！唉！上天明确的意见，人们应该表示敬畏，你们还是帮助我加强我们的统治吧！"

王说："你们是曾经辅佐过文王的老臣，你们能够认真回顾遥远的过去吗？你们知道文王是如何勤勤恳恳的吗？上天把获得成功的办法秘密地告诉我们，我不敢不竭尽全力来完成文王所力图成就的事业。所以，我就用这个道理来劝导你们各位诸侯国君，上天诚恳地表示赞助，说明上天将要成全我们的臣民。我为什么不继承文王的事业、争取最后的胜利呢？上天也因此经常向我们发出命令，迫切得就像是去掉自己身上的疾病，我怎敢不去努力地完成文王从上天那里接受的神圣事业呢？"

王说："唉！努力吧，各位诸侯国君以及你们的官吏们。要治理国家，必须依靠圣明的人。十位贤臣是知道上天的意旨的。上天诚心诚意地辅助周朝，你们不敢侮慢上天的决定。现在上天已经把辅佐的意旨下达给我们，那些叛乱分子却勾结殷人来讨伐自己的同宗。你们不知道天命是不会改变的吗？

"我一直考虑：上天是要灭掉殷国的。譬如种庄稼的农民，为了使庄稼长得好，总要把田亩中的杂草完全除掉。我怎敢不像农民那样，除恶务尽呢？上天降福我们文王，我怎敢对占卜置之不理，怎敢不遵从上天的意旨、不遵循文王的意图而不去保卫我们美好的疆土呢？何况今天的占卜都是吉利的，因此我一定率领你们诸侯国君东征。天命是不会有差错的，卜辞所显示的就清楚地说明了这一点。"

专家点评

神学是奴隶主阶级的精神支柱，为了说服反对派，周公一再利用天命来为自己的行为寻找合法性。他在谈话中反复指出周建立政权，是上天的旨意，上天不但把成功的办法告诉他们，而且像去掉自身疾病那样迫切地希望他们完成文王的未竟事业，显然，这个事业就是平定叛乱。

谈话还用种庄稼作比喻，说明后人应当继承前人的遗业和除恶务尽的重要性，说理形象生动。

以涉深水为喻，以父子亲情为喻，生动亲切，朴质动人，代表了早期先秦散文的艺术成就。作者感情诚挚、深厚，从字里行间可以体会出周公的满腔赤诚。

周武王像。周公为周武王的弟弟,他曾两次辅佐周武王伐纣。

最精辟的谏文
——《召公谏厉王止谤》

名文欣赏

原文

厉王虐,国人谤王。召公告曰:"民不堪命矣!"王怒,得卫巫,使监谤者,以告,则杀之。国人莫敢言,道路以目。

王喜,告召公曰:"吾能弭谤矣,乃不敢言。"

召公曰:"是障之也。防民之口,甚于防川。川雍而溃,伤人必多,民亦如之。是故为川者,决之使导;为民者,宣之使言。故天子听政,使公卿至于列士献诗,瞽献典,史献书,师箴,瞍赋,矇诵,百工谏,庶人传语,近臣尽规,亲戚补察,瞽、史教诲,耆艾修之,而后王斟酌焉,是以事行而不悖。民之有口也,犹土之有山川也,财用于是乎出;犹其有原隰衍沃也,衣食于是乎生。口之宣言也,善败于是乎兴。行善而备败,其所以阜财用衣食者也。夫民虑之于心而宣之于口,成而行之,胡可雍也?若雍其口,其与能几何?"

王弗听,于是国人莫敢出言。三年,乃流王于彘。

译文

周厉王暴虐，国都里的人公开指责他。召穆公报告说："百姓不能忍受君王的暴虐了！"厉王听完大怒，找到卫国的巫者，派他监视公开指责自己的人。巫者将这些人报告给厉王，厉王就杀掉他们。国都里的人都不敢说话，路上碰见，只彼此用眼睛示意。

厉王高兴了，告诉召公说："我能止住谤言了，大家终于不敢说话了。"召公说："这是堵他们的口。堵住百姓的口，比堵住河水的后果更严重。河水被堵塞就会冲破堤坝，伤害的人一定很多，百姓也像河水一样。所以治理河水的人，要疏通它，使它畅通；治理百姓的人，要放任他们，让他们直言不讳。因此，天子治理政事，要让公卿、列士献诗，乐官献曲，史官献书，少师献箴言，无眸子的盲人朗诵诗歌，有眸子的盲人背诵典籍，各类工匠在工作中规谏，百姓请人传话，近臣尽心规劝，亲戚弥补监察，太师、太史进行教诲，元老大臣整理阐明，然后君王考虑实行。所以政事得到推行而不会违背事理。百姓有口，好像土地有高山河流一样，社会的物资财富全靠它出产；好像土地有高原、洼地、平原和灌溉过的田野一样，人类的衣食物品就从这里产生。人们的嘴用来发表言论，政事的好坏就能表露出来。实行好政策而防止坏政策，这是丰衣足食的基础。百姓心里考虑的，口里就公开讲出来，天子要成全他们，将他们的意见付诸实行，怎么能堵塞呢？如果堵塞百姓的口，统治还能维持多久？"

厉王不听，于是国都里的人再不敢讲话。三年以后，人们便将厉王放逐到彘地去了。

专家点评

文章记述周厉王施行暴政，导致民怨沸腾，但他不但不听召公的劝告改过自新，反而以暴虐的手段来残酷地压制人民的议论和批评，结果激起民愤，被流放到边远地区。由此说明统治者必须重视和倾听人民的意见，注意实现人民的利益，否则就会像周厉王那样难逃被人民推翻的下场。

文章的语言简洁传神，比喻生动形象，论证深刻有力，艺术的感染力和理论的说服力结合在一起，给读者以过目难忘的鲜明印象。

 召公像。召公是周文王的儿子，周武王的弟弟。

作者	文体	推荐理由
左丘明	议论文	管仲的这篇回答是选自《国语·齐语·管仲对桓公以霸术》章。管仲将他非常重视农业生产的可贵见解，展示在文中，还鼓励商贾，行文也较委婉，语气十分平和。

对商品经济的朦胧意识
——《管仲论士工商农》

名文欣赏

原文

桓公曰："成民之事若何？"

管子对曰："四民者，勿使杂处，杂处则其言哤，其事易。"

公曰："处士、工、商、农若何？"

管子对曰："昔圣王之处士也，使就闲燕；处工，就官府；处商，就市井；处农，就田野。今夫士，群萃而州处，闲燕则父与父言义，子与子言孝，其事君者言敬，其幼者言弟。少而习焉，其心安焉，不见异物而迁焉。是故其父兄之教不肃而成，其子弟之学不劳而能。夫是，故士之子恒为士。今夫工，群萃而州处，审其四时，辨其功苦，权节其用，论比协材，旦暮从事，施于四方，以饬其子弟，相语以事，相示以巧，相陈以功。少而习焉，其心安焉，不见异物而迁焉。是故其父兄之教不肃而成，其子弟之学不劳而能。夫是，故工之子恒为工。今夫商，群萃而州处，察其四时，而监其乡之资，以知其市之贾，负、任、担、荷，服牛、轺马，以周四方，以其所有，易其所无，市贱鬻贵，旦暮从事于此，

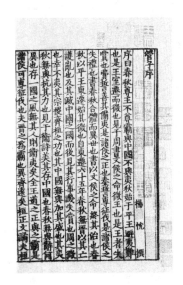

保存有管仲遗说的《管子》。

以饬其子弟。相语以利，相示以赖，相陈以知贾。少而习焉，其心安焉，不见异物而迁焉。是故其父兄之教不肃而成，其子弟之学不劳而能。夫是，故商之子恒为商。令夫农，群萃而州处，察其四时，权节其用，耒、耜、耝、芟，及寒，击壤除田，以待时耕；及耕，深耰而疾覆之，以待时雨；时雨既至，挟其枪、刈、耨、镈，以旦暮从事于田野。脱衣就功，首戴茅蒲，身衣袯襫，露体涂足，暴其发肤，尽其四支之敏，以从事于田野。少而习焉，其心安焉，不见异物而迁焉。是故其父兄之教不肃而成，其子弟之学不劳而能。夫是，故农之子恒为农。野处而不暱，其秀民之能为士者，必足赖也。有司见而不以告，其罪五。有司已于事而竣。"

译文

齐桓公问："成民的事怎么样？"

管子回答说："士、农、工、商这四种人，不要让他们混合居住，住在一起就会议论纷纷，容易使事情产生变动。"

齐桓公问："怎样安置士、农、工、商四种人的居住区域呢？"

管子回答说："从前圣王安置士人，叫他们住在清静的地方；安置手工业者，叫他们住在官府；安置商人，叫他们住在街市；安置农民，叫他们住在田野。叫那些士人聚集在一起居住，闲居无事的时候，父老之间谈论对人要讲信义，子弟之间谈论对父母要孝顺，臣子之间谈论对国君要恭敬，年少的谈论对兄长要尊敬。年少时就学习礼义，他

管仲是我国春秋时代的政治家和军事家。

们的思想就安定了，不再见异思迁。所以父兄对子弟的教诲不必经过严肃督促便能完成，子弟的学习不费力气就能学好。这样一来，士人的子弟就总还是保持士的身份。叫那些手工业者聚集在一起居住，观察四季不同的需要，辨别器用质量的精粗美丑，估量它们的用途，选用材料时要比较其中的好坏并使它恰到好处。从早到晚做这些事，把产品销往各地，用这些教诲他们的子弟，互相讨论工作，互相交流技术，互相展示成果，好的可以得到奖赏。年少时就学习技术，他们的思想就安定了，不再见异思迁。所以父兄对子弟的教诲不必经过严肃督促便能完成，子弟的学习不费力气就能学好。这样一来，手工业者的弟子就总还是保持手工业者的身份。叫那些商人聚集在一起居住，观察四季的需要，调查当地物资的贵贱有无等情况，了解市场上货物的价格，然后把货物背在背上，抱在怀里，用肩挑着，用肩扛着，用笨重的牛车、轻便的马车拉，把货物运往各地，用自己有的东西，换取自己没有的东西，贱价买进高价卖出。从早到晚做这些事情，用这些教诲他们的子弟，互相谈论生财之道，互相显示自己的赢利，互相告知物价。年少时就学习经商，他们的思想就安定了，不再见异思迁。所以父兄对子弟的教诲不必经过严肃促督便能完成，子弟的学习不费力气就能学好。这样一来，商人的子弟就总还是保持商人的身份。叫那些农民聚集在一起生活，观察四季的需要，检查修理耒、耜、连枷、镰刀等各种农具。到大寒之后，要除掉田里枯草清理田地，等待立春之后翻地；到耕种时，深耕后立即把土耙平，等待春雨；春雨下过以后，带着枪、镰、大小锄头，从早到晚在田里干活。脱去上衣干活，头戴斗笠，身穿蓑衣，全身湿透，双脚泥泞，毛发皮肤暴露在烈日风寒之中，竭尽全力地在田里劳作。年少时就学习务农，他们的思想就安定了，不再见异思迁。所以父兄对子弟的教诲不必经过严肃督促便能完成，他们子弟的学习不费力气就能学好。这样一来，农民的子弟就总还是保持农民的身份。身处草野而不为非作歹，其中的佼佼者能够充当士人的，一定值得信任和托付。民政官员知道这样的人才而不向朝廷禀报，他的罪行在五刑之列。民政官员完成这样的责任后就可以不再露面了。"

专家点评

管仲的这篇回答，主要是论述了士、农、工、商分业而居及各业发展等问题。管仲认为：要推动社会发展，提高农、工、商业的水平，首先要做到同业相居。因为同行业的人住在一起，有利于交流经验，取长补短，有利于提升本行业的整体水平。另外，分业定居、世代相承的思想，有利于国家的统一管理和社会生产力的迅速提高，从而达到国富兵强的目的。历史证明，这些政策的实施都收到了良好的社会经济效果，为齐国的富国强兵做出了重要贡献，功不可没。

值得重视的是，管仲虽然非常重视农业生产，但他并不因此而鄙视工商业者，这在古代是极为可贵的通达见解。其实在"仓廪实则知礼节，衣食足则知荣辱"这句管仲的名言中，就已经透露出管仲对于商品经济的重视，尽管还只是朦胧的意识。从这个角度讲，管仲也是站在了时代的前列，超越了同时代乃至后代的许多人。

春秋时代的原始瓷鼎。

卧薪尝胆的典范
——《勾践灭吴》

名文欣赏

原文节选

勾践之地，南至于句无，北至于御儿，东至于鄞，西至于姑蔑，广运百里，乃致其父母昆弟而誓之，曰："寡人闻，古之贤君，四方之民归之，若水之归下也。今寡人不能，将帅二三子夫妇以蕃。"令壮者无取老妇，令老者无取壮妻。女子十七不嫁，其父母有罪；丈夫二十不娶，其父母有罪。将免者以告，公令医守之。生丈夫，二壶酒，一犬；生女子，二壶酒，一豚。生三人，公与之母；生二人，公与之饩。当室者死，三年释其政；支子死，三月释其政。必哭泣葬埋之，如其子。令孤子、寡妇、疾疹、贫病者，纳宦其子。其达士，洁其居，美其服，饱其食，而摩厉之于义。四方之士来者，必庙礼之。勾践载稻与脂于舟以行，国之孺子之游者，无不铺也，无不歠也，必问其名。非其身所种则不食，非其夫人所织则不衣，十年不收于国，民俱有三年之食。

国之父兄请曰："昔者夫差耻吾君于诸侯之国，今越国亦节矣，请报之。"勾践辞曰："昔者之战也，非二三子之罪也，寡人之罪也。如寡人者，安与知耻？请姑无庸战。"父兄

又请曰："越四封之内，亲吾君也，犹父母也。子而思报父母之仇，臣而思报君之雠，其有敢不尽力者乎？请复战。"勾践既许之，乃致其众而誓之，曰："寡人闻古之贤君，不患其众之不足也，而患其志行之少耻也。今夫差衣水犀之甲者亿有三千，不患其志行之少耻也，而患其众不足也。今寡人将助天灭之。吾不欲匹夫之勇也，欲其旅进旅退也。进则思赏，退则思刑，如此则有常赏。进不用命，退则无耻，如此则有常刑。"果行，国人皆劝，父勉其子，妇勉其夫，曰："孰是君也，而可无死乎？"是故败吴于囿，又败之于没，又郊败之。

译文

勾践的地盘，南到句无，北到御儿，东到鄞地，西到姑蔑，方圆只有百里。勾践把父老兄弟召集起来，向大家发誓："我听说古时的贤君，四方的百姓都归附他，就像水往低处流一样。现在我做不到这样，但要和你们在一起，让家家都多生儿育女，使人口多起来。"于是下令，壮年人不许娶年纪大的女子做媳妇，老年人不许娶壮龄的妻子。女子十七岁不嫁人，她的父母有罪；男子二十岁不娶，他的父母有罪。家里有人要分娩，要向公家报告，公家派医生守护。生了男孩，奖励两壶酒，一条狗；生了女孩，奖励两壶酒，一头小猪。

越王勾践剑。

一胎生三个，公家供给母乳；一胎生两个，公家提供粮食。担负家务的长子死了，免除三年的徭役；其他的儿子如果死了，免除三个月徭役；有丧者，勾践一定要亲自哭泣着埋葬死者，像对待自己的子女一样；对鳏夫、寡妇、有病的和贫弱的，勾践把他们的子女送到官府，由公家教养；对那些明智达礼的知名人士，使他们的居处清洁，衣食无忧，跟他们一同讨论治国的道理；对四方来投奔的贤士，一定在庙堂里以礼相待。勾践用船载着酒食巡视各地，遇着流离失所的儿童，没有不拿食物让他们充饥的，没有不拿水让他们解渴的，一定记下他们的姓名。不是自己亲自耕种的就不吃，不是自己夫人织的布就不穿，十年在国中不收赋税，百姓都备有三十年的粮食。

越国的父老兄弟向勾践请求说："过去吴王夫差让我们的国君在诸侯国面前蒙受了耻辱，如今越国已经走上了正轨，应该对他实施报复。"勾践辞谢说："过去那一场战争，不是你们大家的罪过，而是我一个人的罪过。像我这样的人，哪里懂得什么叫耻辱？请姑且不用作战。"父老们又请求说："越国四境之内，爱戴我们的国君，就像爱戴父母一样。子女如果要为父母报仇，臣子如果要为君主报仇，难道还有敢不尽力的吗？请和吴国再打一仗。"勾践答应了这个请求，便召集大家发誓说："我听说古代的贤君，不担心他的臣民不够多，而担心臣民的志趣和行为缺少羞耻之心。如今夫差有身着水犀护身衣服的战士十万三千个，他不担心他们的志趣和行为缺少羞耻之心，而担心人数不够多。现在我要辅助上天消灭他。我不喜欢没有谋略、只凭个人血气的匹夫之勇，喜欢大家同进同退，齐心协力。勇于冲锋时想到会受到奖励；临阵退却时想到会受到军法的惩罚，这样才有一定的赏赐。前进时不服从命令，离开队伍独自行动，后退也不知羞耻，不畏刑罚，这样才有一定的惩罚。"到了军队出发的时候，越国人都互相勉励，父亲勉励儿子，哥哥勉励弟弟，妻子勉越王勾践为报仇，用美人计将西施献与吴王夫差。夫差被美人迷惑，不理朝政，走向覆灭。

西施

励丈夫，说："有谁能够像我们国君这样仁慈惠爱的？难道我们可以不为他拼死战斗吗？"因此在笠泽打败了吴军，又在没（古地名，在苏州附近）这个地方再次打败吴军，又在城郊再次打败他们。

专家点评

本文以勾践为中心，记其言，叙其事，着重记叙他团结国人灭吴的故事，有如一篇越王勾践的小传。勾践在被围困的紧急情况下号令三军，有可以退兵者，和他一起共谋国政，表现了他临危不乱的勇气和善于权变的特点。文种乘机进言，措辞尖锐地指出勾践纳士求贤之举太晚，这个批评是很中肯的。勾践很虚心地接受了，他的勇于纳谏赢得了文种的信赖，同时也使越国的命运获得了转机。文种果然运用他过人的外交才能，成功地和吴国达成了和议，为越国复国和东山再起赢得了时间。接下来的段落主要集中记叙勾践承认自己在治国上的错误并勇于改正的具体事实，记叙得极为详尽。尤其是最后一段夫差求和的对话描写，作者显然是与文种求和对照起来写的，读者可以将二者放到一起对比阅读，由此可以体会勾践和夫差个性的不同。所以这篇文章虽然仍是以记言为主，但全文围绕一个中心人物、中心事件展开故事，通过语言的描写来推动情节发展，塑造人物性格。语言奔放，气势充沛，有较强的感染力。

作者	文体	推荐理由
左丘明	记叙文	本文选自《左传·僖公二十四年》。《左传》叙事简明生动，严谨有法，富于故事性，很有文采。它特别善于描写战争，刻画人物形象也有一定特色。

令人赞叹的高尚气节
——《介之推不言禄》

名文欣赏

原文

晋侯赏从亡者，介之推不言禄，禄亦弗及。

推曰："献公之子九人，唯君在矣。惠、怀无亲，内外弃之。天未绝晋，必将有主。主晋祀者，非君而谁？天实置之，而二三子以为己力，不亦诬乎？窃人之财，犹谓之盗。况贪天之功，以为己力乎？下义其罪，上赏其奸，上下相蒙，难与处矣。"

其母曰："盍亦求之？以死，谁怼？"

对曰："尤而效之，罪又甚焉！且出怨言，不食其食。"

其母曰："亦使知之，若何？"

对曰："言，身之文也。身将隐，焉用文之？是求显也。"

其母曰："能如是乎？与女偕隐。"遂隐而死。

晋侯求之不获，以绵上为之田。曰："以志吾过，且旌善人。"

南宋画家李唐的《晋文公复国图》。此图描绘的是晋文公受迫害，游历诸侯十九年后复国的情形。

译文

晋文公赏赐曾经跟随他流亡国外的人，介之推从来不提及（自己跟着逃走）应得的俸禄，而赏赐时也没有考虑到他。

介之推说："献公的九个儿子，现在只有文公一个人在世。惠公、怀公没有亲近的人，国外、国内都厌弃他们。上天不绝晋国，必定会有君主。主持晋国祭祀的人，不是文公又是谁呢？这实在是上天要立他为君，那些跟随他逃亡的人却认为是自己的功劳，这不是欺骗吗？偷人家的财物，尚且叫做盗，何况贪上天的功劳认为是自己的力量呢。居于下位的人把这种罪过当成合理，处于上位的人对欺骗者给予赏赐，上下互相蒙蔽，我难以跟他们相处了。"

他母亲说："何不也去求赏？就这样而死，又怨谁呢？"

介之推回答道："明知错误而又去仿效，罪就更大了。况且我口出怨言，不能再享用他的俸禄。"

他的母亲说："也应当让他知道一下，怎样？"

介之推答道："言语是自身的文饰。我本身将要隐居，哪里用得着文饰？这是企求显

23

达啊。"他母亲说："你真能这样吗？那我同你一起去隐居。"随后，两人隐居山林，直到死去。

晋文公寻找他们，但一直没有找到，就把绵上作为介之推的封田，说："用这来记载我的过失，并且表彰光明磊落的人。"

专家点评

介之推偕母归隐的动机和心理是通过对话来表现的。介之推认为晋文公能够重登九五之位，是天命的体现，"二三子"据天功为己有，是贪的表现，无异于犯罪。而晋文公不以此为"奸"，还理所当然地给予赏赐，这就成了上下蒙蔽，他是不屑于效仿的。母亲和介之推有两次对话。第一次是试探性的建议："何不自己也去求得赏赐呢？否则，就这样默默地死去又能怨谁？"遭到介之推的拒绝，认为自己已经知道"二三子"所做的不正确还去效仿，罪过更大。而且已经说了晋文公的坏话，就不能再领取他的俸禄。母亲再问说："就算不要赏赐，那么让他知道你有功怎么样呢？"介之推又拒绝说："既然都要隐居了，又何必还要这样的名声呢？"母亲明白了介之推的意志是坚定的，就表示要和儿子一起隐居。这一段对话写得十分巧妙，既细致入微地剖析了介之推的心理，又不流于枯燥说理。介之推藐视富贵、正气凛然和母亲不动声色、旁敲侧击，都一一跃然纸上。

智慧的聚焦
——《子路、曾皙、冉有、公西华侍坐》

名文欣赏

原文

子路、曾皙、冉有、公西华侍坐。子曰："以吾一日长乎尔，毋吾以也！居则曰：'不吾知也！'如或知尔，则何以哉？"子路率尔而对曰："千乘之国，摄乎大国之间，加之以师旅，因之以饥馑，由也为之，比及三年，可使有勇，且知方也。"夫子哂之。"求！尔何如？"对曰："方六七十，如五六十，求也为之，比及三年，可使足民；如其礼乐，以俟君子。""赤！尔何如？"对曰："非曰能之，愿学焉！宗庙之事，如会同，端章甫，愿为小相焉。""点！尔何如？"鼓瑟希，铿尔，舍瑟而作。对曰："异乎三子者之撰！"子曰："何伤乎？亦各言其志也。"曰："暮春者，春服既成，冠者五六人，童子六七人，浴乎沂，风乎舞雩，咏而归。"夫子喟然叹曰："吾与点也。"三子者出，曾皙后。曾皙曰："夫三子者之言何如？"子曰："亦各言其志也已矣。"曰："夫子何哂由也？"曰："为国以礼，其言不让，是故哂之。""唯求则非邦也与？""安见方六七十、如五六十而非邦也者？""唯赤则非邦也与？""宗庙会同，非诸侯而何？赤也为之小，孰能为之大？"

译文

子路、曾皙、冉有、公西华四个人陪孔子坐着。

孔子说："我年龄比你们大一些，不要因为我年长而不敢说。你们平时总说：'没有人了解我呀！'假如有人了解你们，那你们要怎样去做呢？"

子路赶忙回答："一个拥有一千辆兵车的国家，夹在大国中间，常常受到别的国家侵犯，加上国内又闹饥荒，让我去治理，只要三年，就可以使人们勇敢善战，而且懂得礼仪。"

孔子听了，微微一笑。

孔子又问："冉求，你怎么样呢？"

冉求答道："国土有六七十里或五六十里见方的国家，让我去治理，三年以后，就可以使百姓饱暖。至于这个国家的礼乐教化，就要等君子来施行了。"

孔子又问："公西赤，你怎么样？"

位于山东省曲阜市的孔府。

公西赤答道："我不敢说能做到，而是愿意学习。在宗庙祭祀的活动中，或者在同别国的盟会中，我愿意穿着礼服，戴着礼帽，做一个小小的赞礼人。"

孔子又问："曾点，你怎么样呢？"

这时曾点弹瑟的声音逐渐放慢，接着"铿"的一声，他离开瑟站起来，回答说："我想的和他们三位说的不一样。"

孔子说："那有什么关系呢？也就是各人讲自己的志向而已。"

曾皙说："暮春三月，已经穿上了春天的衣服，我和五六位成年人，六七个少年，去沂河里洗洗澡，在舞雩台上吹吹风，一路唱着歌走回来。"

宋刻孔子像。

孔子长叹一声说："我是赞成曾皙的想法的。"

子路、冉有、公西华三个人都出去了，曾皙后走。他问孔子说："他们三人的话怎么样？"孔子说："也就是各自谈谈自己的志向罢了。"

曾皙说："夫子为什么要笑仲由呢？"

孔子说："治理国家要讲礼让，可是他说话一点也不谦让，所以我笑他。"

曾皙又问："那么是不是冉求讲的不是治理国家呢？"孔子说："哪里见得六七十里或五六十里见方的地方就不是国家呢？"

曾皙又问："公西赤讲的不是治理国家吗？"

孔子说："宗庙祭祀和诸侯会盟，这不是诸侯的事又是什么？像赤这样的人如果只能做一个小相，那谁又能做大相呢？"

专家点评

选自《论语·先进》，标题依普通选本。

本篇记叙孔子弟子子路、曾皙、冉有、公西华四人陪奉孔子闲坐在一起，谈论各自的政治理想的情景，同时也记叙了孔子对他们的评价。文章通过师生之间的交流表现了教育家孔子的循循善诱，反映了他的仁政理想。

文章通过简短的对话描写人物，却有传神写照之妙。文章刻画精细，人物形象鲜明，孔子的良师风范，子路的坦率自负，冉有、公西华的谦逊，曾皙的洒脱，都跃然纸上，各具风采。语言优美隽永，充满情趣，富于诗意。特别是曾皙的一段话，描绘出一幅春光烂漫、生意盎然的游春图，在凝练的语言中包含着深刻的思想，字里行间闪烁着智慧的光彩。

作者	文体	推荐理由
孔子	散文	本文选自《论语·季氏篇》。在文中，孔子引用古语，运用比喻增强说服力量，语言十分精练生动。细读此文，不但可以窥视孔子的治国思想，而且也能体会到孔子精湛的教育艺术。

孔子精湛教育艺术的再现
——《季氏将伐颛臾》

名文欣赏

原文

季氏将伐颛臾。冉有、季路见于孔子，曰："季氏将有事于颛臾。"

孔子曰："求！无乃尔是过与？夫颛臾，昔者先王以为东蒙主，且在邦域之中矣，是社稷之臣也。何以伐为？"

冉有曰："夫子欲之，吾二臣者皆不欲也。"

孔子曰："求！周任有言曰：'陈力就列，不能者止。'危而不持，颠而不扶，则将焉用彼相矣？且尔言过矣，虎兕出于柙，龟玉毁于椟中，是谁之过与？"

冉有曰："今夫颛臾，固而近于费。今不取，后世必为子孙忧。"

孔子曰："求！君子疾夫舍曰'欲之'而必为之辞。丘也闻：有国有家者，不患寡而患不均，不患贫而患不安。盖均无贫，和无寡，安无倾。夫如是，故远人不服，则修文德以来之，既来之，则安之。今由与求也相夫子，远人不服而不能来也，邦分崩离析而不能守也，而谋动干戈于邦内。吾恐季孙之忧，不在颛臾，而在萧墙之内也。"

宋代的《孔子弟子图》。

译文

季氏将要攻打附庸国颛臾。冉有、子路两人参见孔子，说道："季氏将对颛臾使用武力。"

孔子说："冉有！这难道不应该责备你们吗？那颛臾，先王曾经任命他主持东蒙山的祭祀，而且它处在我们鲁国的疆域之中，这正是跟鲁国共安危的藩属，为什么要去攻打它呢？"

冉有说："那个季孙要这么干，我们两人都不想呢。"

孔子说："冉有！贤人周任有句话说：'能够施展自己的力量就任职；如果不行，就该辞职。'遇到危险，不去扶持；将要摔倒了，不去搀扶，那又何必用助手呢？况且你的话错了，老虎和犀牛从栅栏里逃了出来，（占卜用的）龟甲和祭祀用的美玉在匣子里毁坏了，这应责备谁呢？"冉有说："颛臾的城墙坚固，而且离季孙的采邑费地很近。现在不把它占领，日后一定会给子孙留下祸害。"

孔子说："冉有！君子讨厌那种避而不说自己贪心却一定另找借口的态度。我听说过：无论是有国的诸侯或者有封地的大夫，不必担心财富不多，只需担心财富不均；不必担心人太少，只需担心不安定。若是财富平均，便没有贫穷；和平相处，便不会人少；安定，便不会倾危。做到这样，远方的人还不归服，便发扬文治教化招致他们。他们来了，就得使他们安心。如今仲由和冉有两人辅佐季孙，远方的人不归服，却不能用文治教化招服他

29

圣门四科弟子图。四科即德行（颜渊、闵子骞、冉伯牛、仲弓）、言语（宰我、子贡）、政事（冉有、季路）、文学（子游、子夏）。

们；国家支离破碎，却不能保全；反而想在国境以内使用武力。我恐怕季孙的忧愁不在颛臾，却在鲁国内部。"

专家点评

孔子生活的时代是动荡、变革的时代，"礼崩乐坏"，诸侯纷争。对此孔子提出了他的政治理想：修文德，行仁政，使近者悦，远者来。本篇的论述，也清楚地反映了孔子的这种政治理想。

本篇中，孔子除引用古语，运用比喻以增强说理力量外，语言亦十分精练生动，其中"不患寡而患不均，不患贫而患不安"，"既来之，则安之"，"祸起萧墙"等都是至今仍富有生命力的成语。另外通过二人的对话，可以看到孔子和冉有的不同的性格。孔子刚开始只是对季氏将要对颛臾采取军事行动这一举动表示不以为然，并对冉有和子路的失职提出批评，虽然用的是反问句表示肯定，但语气还是比较平和的。面对老师的责备，冉有采取了推卸责任的做法，想就此蒙混过关。孔子很严肃地指出冉有作为辅佐者对这件事难辞其咎，表现了他对于为政的严肃认真的态度。

作者	文体	推荐理由
孔子	散文	《长沮、桀溺耦而耕》一文向我们展现了一个浑身散发着“仁者爱人”的孔子，在四处碰壁却志向不改，走投无路却毫不懈怠的崇高精神境界。

对儒家精神主旨的诠释
——《长沮、桀溺耦而耕》

名文欣赏

原文

长沮、桀溺耦而耕，孔子过之，使子路问津焉。

长沮曰：“夫执舆者为谁？”

子路曰：“为孔丘。”

曰：“是鲁孔丘与？”

曰：“是也。”

曰：“是知津矣。”

问于桀溺。

桀溺曰：“子为谁？”

曰：“为仲由。”

曰：“是鲁孔丘之徒与？”

对曰：“然。”

我国古代伟大的思想家孔子。

曰:"滔滔者天下皆是也,而谁以易之?且而与其从辟人之士也,岂若从辟世之士哉?"耰而不辍。

子路行以告。

夫子怃然曰:"鸟兽不可与同群,吾非斯人之徒与而谁与?天下有道,丘不与易也。"

译文

长沮、桀溺一起耕田,孔子路过,让子路询问渡口。

长沮说:"驾车人是谁?"

子路说:"是孔丘。"

(长沮)说:"是鲁国孔丘吗?"

(子路)说:"是的。"

(长沮)说:"他早该知道渡口在哪。"

子路再问桀溺。

桀溺说:"你是谁?"

(子路)说:"我是仲由。"

(桀溺)说:"是鲁国孔丘的学生吗?"

(子路)回答说:"是。"

(桀溺)说:"(天下已乱,)坏人坏事像洪水一样泛滥,谁和你们去改变?你与其跟随避人的人,还不如跟随我们这些避世的人呢?"他边说边不停地播种。

子路回来告诉孔子。

孔子失望地说:"人不能和鸟兽同群,我不同人打交道,那同谁打交道呢?天下太平,我就用不着提倡改革了。"

专家点评

　　选自《论语·微子》，标题为选者所加。

　　长沮、桀溺是隐逸之士的代表人物，他们不满于当时的黑暗现实，不与统治者合作，选择了避世隐居，以求洁身自好的人生道路。这与孔子信守自己的政治理想，积极入世，"知其不可而为之"的人生态度正好背道而驰。正如孔子所说的，"道不同，不相与谋"。不过有意思的是，对入世执著的孔子并没有感化隐士一道救世的意图，反倒是与世无争的隐士企图说服孔子的弟子改弦易辙，跟随他们一起隐居。俗话说，人各有志，不能相强，从这个角度说，长沮、桀溺的气度确实是有点小了。

积极入世思想的升华
——《荷蓧丈人》

名文欣赏

原文

子路从而后，遇丈人，以杖荷蓧。

子路问曰："子见夫子乎？"

丈人曰："四体不勤，五谷不分，孰为夫子？"植其杖而芸。

子路拱而立。

止子路宿，杀鸡为黍而食之，见其二子焉。

明日，子路行以告。

子曰："隐者也！"使子路反见之。至，则行矣。·

子路曰："不仕无义。长幼之节，不可废也；君臣之义，如之何其废之？欲洁其身，而乱大伦！君子之仕也，行其义也；道之不行，已知之矣。"

译文

子路跟随孔子出行，落到了后面。他碰到一个老人，老人用拐杖挑着除草工具。

子路问道："您看见我的老师了吗？"

老人说："你这人！四肢不劳动，五谷分不清！谁知道你的老师是什么人？"说完，便拄着拐杖除草。

子路拱着手恭敬地站着。

后来，老人留子路到他家住宿，杀鸡、做黄米饭给子路吃，又叫他两个儿子出来相见。

第二天，子路赶上孔子，报告了这件事。

孔子说："这是位隐士。"叫子路返回去再见他。子路到了那里，发现老人已经出门去了。

子路（向老人的儿子传达孔子的话）说："不做官是不合义理的。长幼间的关系，是不可能废弃的；君臣间的关系，怎么能废弃呢？他想不玷污自身，却忽视了君臣间的大伦理。君子出来做官，是为了实行道义。美好的政治主张不能实行，我早就知道了。"

专家点评

选自《论语·微子》，标题是选者所加。

本文反映了孔子关于社会改革的主观愿望和积极的入世思想。虽然孔子也曾经说过："道不行，乘桴浮于海。"意思是，如果我的主张不能在社会上得到推行，那么我就乘着筏子到大海上去。但这也只是一时的洒脱。总的来说，儒家是不主张消极避世的，即使"道不行"，即使明明知道已经没有希望了，也不放弃努力，"知其不可为而为之"更符合儒家的精神。儒家认为："穷则独善其身，达则兼济天下。"即使不能齐家治国平天下，也要独善其身，做一个有道德修养的人。而孔子的一生，就是儒家精神在现实生活中的展开。

春秋时代的虎头短剑。

作者	文体	推荐理由
墨子	议论文	《非攻》是《墨子》一书的名篇。《墨子》全书思想严密，自成体系，逻辑性强。墨家善于用古代文献、百姓见闻和政治实践的效验来说明问题，不尚空谈，说服力强。

论说文的开创之始
——《非攻》

名文欣赏

原文

今有一人，入人园圃，窃其桃李。众闻则非之，上为政者得则罚之。此何也？以亏人自利也。至攘人犬豕鸡豚者，其不义又甚入人园圃窃桃李。是何故也？以亏人愈多。苟亏人愈多，其不仁兹甚，罪益厚。至入人栏厩、取人马牛者，其不仁义又甚攘人犬豕鸡豚。此何故也？以其亏人愈多。苟亏人愈多，其不仁兹甚，罪益厚。至杀不辜人也，拖其衣裘、取戈剑者，其不义又甚入人栏厩，取人马牛。此何故也？以其亏人愈多。苟亏人愈多，其不仁兹甚矣，罪益厚。当此，天下之君子皆知而非之，谓之不义。今至大为，攻国，则弗知非，从而誉之，谓之义。此可谓知义与不义之别乎？

杀一人，谓之不义，必有一死罪矣。若以此说往，杀十人，十重不义，必有十死罪矣；杀百人，百重不义，必有百死罪矣。当此，天下之君子皆知而非之，谓之不义。今至大为不义，攻国，则弗知非，从而誉之，谓之义。情不知其不义也，故书其言以遗后世。若知其不义也，夫奚说书其不义以遗后世哉？

墨子的代表作《墨子》书影。

今有人于此，小见黑曰黑，多见黑曰白，则必以此人为不知白黑之辨矣；少尝苦曰苦，多尝苦曰甘，则必以此人为不知甘苦之辨矣。今小为非，则知而非之；大为非攻国，则不知非，从而誉之，谓之义：此可谓知义与不义之辨乎？是以知天下之君子也，辩义与不义之乱也。

译文

现在有一个人，进入人家的果园和菜圃，偷窃那人的桃子、李子，大家听说后就会谴责他，上边执政的人抓获后就要惩罚他。这是为什么呢？是因为损人利己。至于盗窃人家的鸡犬、牲畜，他的不义又超过了进入人家果园、菜圃偷窃桃李的。这是什么缘故呢？是因为损人越多，他的不仁也就更突出，罪过也就加重了。至于进入人家的牛栏马厩盗取人家牛马的，他的不仁不义又超过盗窃人家鸡犬牲猪的。这是什么缘故呢？是因为他损人更多，那么他的不仁也就更突出，罪过也就更重了。至于杀戮无辜的人，抢夺其衣服武器的，他的不义又超过进入人家的牛栏马厩盗取人家牛马的。这是什么缘故呢？是因为他损人更多。假如是损人越多，那么他的不仁也就更突出，罪过也就更重了。对于这件事，天下的君子都知道并且谴责他，称他为不义。但是现在有人大规模地去攻打别国，却不懂得反对，反而跟着去赞誉他，称之为义。这样能够叫懂得义与不义的区别吗？

杀掉一个人，叫做不义，必定构成死罪。依此类推，杀死十个人，有十倍不义，必然有十层死罪；杀死百个人，有百倍不义，必然有百层死罪。对此，天下的君子都知道并且谴责他，称他为不义。但是现在有人大规模地去攻打别国做出不义之事，却不懂得反对，反而跟着去赞誉他，称之为义。实在是他们不懂得那是不义啊，所以还要把称赞攻打别国的话记录下来流传后世；假如他们懂得那是不义的，对此又怎么解释呢？

现在假如有一个人在此，看到少许黑色就说是黑的，看到很多黑色就说是白的，那么

战国时代临淄故城的殉马坑。如此残忍的
殉葬方式与墨子的思想形成鲜明的对比。

人们就会认为这个人是不懂得黑白的分别了；尝到少许苦就说是苦的，尝到很多苦就说是
甜的，那么人们就会认为这个人是不懂得苦和甜的分别了。现在在小范围内做不对的事，
就都知道并且非难他；大范围内做攻国一类不义的事，却不知道这不对，反而跟着赞誉他，
称之为义。这样可以说叫懂得义与不义的辨别吗？因此我知道天下的君子，把义与不义的
分别弄得很混乱了。

专家点评

"非攻"，即谴责进攻的战争，也就是反对侵略战争，这是墨子思想的一个重要内容。
但"非攻"不是一般的"非战"，而是反对侵略者发动的攻伐无罪之国的战争，可以说是
后世反对非正义战争的渊薮；而对于讨伐暴虐害民的有罪之国，墨子不称"攻"而称之为
"诛"，他是赞同的。至于抵抗侵略者的防御性战争，墨子不仅不反对，而且是竭力支持的。

墨子极善论辩，他的论辩逻辑严密，善于用具体事例进行说理，在说理散文史上，墨
子散文占有相当重要的地位。在《小取》篇中墨子曾专门阐述了论辩方法：即"辟"，指
譬喻，通过逻辑思维而提出；"侔"，指类比，将同一性质或同一道理的内容列在一起，由
浅入深进行推论；"援"，指援例，举例证明自己的论点；"推"，指推论，从已知推未知。
这四种方法的综合运用，形成了《墨子》散文较强的逻辑性。《非攻》上篇就充分体现了
墨子文章这种善辩而富于逻辑性的特点。

道家学派的开山之作
——《小国寡民》

名文欣赏

原文

小国寡民，使有什佰之器而不用，使民重死而不远徙。虽有舟舆，无所乘之，虽有甲兵，无所陈之。使民复结绳而用之。甘其食，美其服，安其居，乐其俗。邻国相望，鸡犬之声相闻，民至老死不相往来。

译文

国家要小，人民要少。即使有各种各样的器具，也不使用；使人民看重自己的生命，不去冒着死亡的危险而向远方迁移。虽然有船和车，没有人去乘坐它；虽然有武器装备，没有人

道家学派的创始人老子像。

去陈列它。使人民重新采用古代结绳记事的办法。让他们吃得香甜，穿得漂亮，住得安适，过得欢乐。邻国之间互相望得见，鸡鸣犬吠的声音也互相听得见，可是人民直到老死，都互相不来不往。

专家点评

本文反映了老子的社会政治思想。老子在本文中描绘了一幅理想社会的图景，他认为社会的发展，文化、科学、艺术的进步给人们带来了灾难，主张回到远古蒙昧时期结绳而用的时代去，减弱人与人之间的关系和相互作用，贬低机械在生活中的地位，降低人们的智慧和欲望，这就能消除人为的影响，恢复自然状态。这种以"小国寡民"为理想社会的政治主张，是没落阶级复古、倒退的社会历史观的反映，其判断显然是片面的。

不过，我们应该看到，老子对于小国寡民的向往和追求，是对当时混乱的社会政治反思的结果，是具有一定的积极意义的。老子并非毫无原则地反对技术和进步，这是他针对当时现实黑暗所做出的偏激的反应。所以，老子强调静观、无事、无为，只有这样，才能让社会自然而然地生成、发展，自我调整，自我约束，呈现和谐状态。

《老子授经图》。春秋时期的老子，后来被道教神化，奉为教主。图中为老子在松树下坐在榻上授经的场面。

作者	文体	推荐理由
孙子	议论文	《谋攻》是《孙子》一书中的名篇。《孙子》是我国最早最杰出的兵书，总结了春秋及其以前的作战经验，将战略、战术、情报等军事原理、原则萃集一书。

享誉海外的杰出兵书
——《谋攻》

名文欣赏

原文节选

孙子曰：凡用兵之法，全国为上，破国次之；全军为上，破军次之；全旅为上，破旅次之；全卒为上，破卒次之；全伍为上，破伍次之。是故百战百胜，非善之善者也；不战而屈人之兵，善之善者也。

故上兵伐谋，其次伐交，其次伐兵，下政攻城……故兵不顿而利可全，此谋攻之法也。

……

夫将者，国之辅也。辅周，则国必强；辅隙，则国必弱。故君之所以患于军者三：不知军之不可以进，而谓之进，不知军之不可以退，而谓之退，是谓縻军；不知三军之事，而同三军之政者，则军士惑矣；不知三军之权，而同三军之任，则军士疑矣。三军既惑且疑，则诸侯之难至矣。是谓乱军引胜。

故知胜有五：知可以战与不可以战者胜；识众寡之用者胜；上下同欲者胜；以虞待不虞者胜；将能而君不御者胜。此五者，知胜之道也。故曰：知彼知己，百战不殆；不知彼而知己，一胜一负；不知彼不知己，每战必殆。

译文

孙子说：凡是用兵的原则，能使敌人全国毫发无损地降服是上策，击破敌国是次一等的策略；能使敌人全军毫发无损地投降是上策，击溃敌军一军则次之；能使敌人全旅毫发无损地投降是上策，击溃敌军一旅则次之；能使敌人全卒毫发无损地投降是上策，击溃敌军一卒则次之；能使敌人全伍毫发无损地投降是上策，击溃敌军一伍则次之。因此百战百胜，并不是高明之中最高明的策略；不战而使敌人的军队屈服，才是高明之中最高明的策略。

东方兵学的鼻祖孙武。

所以最好的用兵策略是挫败敌人的计谋，其次是挫败敌人的外交，再次是击溃敌人的武装力量，最下等的策略是攻城……一定要用全胜的策略争胜于天下，所以军队不受挫折而可致全胜，这就是谋划进攻的原则。

……

将帅是国君的辅佐者。将帅的辅佐周备，那么国家就必定强盛；将帅的辅佐有缺陷，那么国家就必定衰弱。

所以国君危害军队的有三种情况：不知道军队不可以进攻而命令它进攻，不知道军队不可以退却而命令它退却，这叫做束缚军队；不了解军队内部的情况，而干涉军队的事务，

就会使士兵迷惑；不懂得军队的权谋机要，而干涉军队的任免事宜，就会使军中的战士产生猜疑。军队既迷惑又猜疑不定，那么诸侯乘机进攻的灾难就要降临了。这叫做自己使自己的军队昏乱，从而导致敌人取得胜利。

所以有五种情况可以预期胜利：知道可以作战和不可以作战的胜利；懂得兵多应该怎样用、兵少应该怎样用的胜利；官兵上下同心同德的胜利；以充分的准备来对付毫无准备的敌人的胜利，将领有军事才能而又不受国君牵制的胜利。这五条，就是预见胜利的法则。所以说，了解对方也了解自己，一百次战争也不会有一次失败；不了解对方而了解自己，胜负的几率各半；不了解对方也不了解自己，就每战必败。

专家点评

本篇选自《孙子兵法》。《谋攻》为该书的第三篇。

"谋攻"即谋划攻敌，从战略上阐明了如何谋划进攻战胜敌人的一些原则问题。作者主张用计谋去战胜敌人，提出了"上兵伐谋"这样一个命题。

文章从战略战术、将帅的作用、取胜的条件等三个方面进行论述，围绕"不战而屈人之兵，善之善者也"这一主旨层层展开论述，从用兵之法到谋攻之法，直到用兵之术和军事指挥员的重要作用，最后论述五条"制胜之道"，提出了"知彼知己，百战不殆"这一著名军事观点。逻辑严密，层层推进，结构严谨。全文不过五百余字，却把如何谋划攻敌这一重大的军事问题论述得如此精要明了，足见其语言之简练精妙。排比和对偶句式的灵活运用，也为文章增色不少。

亚圣思想的精华
——《天时不如地利，地利不如人和》

名文欣赏

原文

孟子曰：天时不如地利，地利不如人和。

三里之城，七里之郭，环而攻之而不胜。夫环而攻之，必有得天时者矣；然而不胜者，是天时不如地利也。城非不高也，池非不深也，兵革非不坚利也，米粟非不多也；委而去之，是地利不如人和也。故曰：域民不以封疆之界，固国不以山溪之险，威天下不以兵革之利。得道者多助，失道者寡助。寡助之至，亲戚畔之；多助之至，天下顺之。以天下之所顺，攻亲戚之所畔，故君子有不战，战必胜矣。

译文

孟子说：靠天时来选择战斗的时机，比不上优良的地理条件对战斗成败的影响大，而地理条件的优良，又比不上参战者团结一致、众志成城对战斗获胜的影响大。

比如，有一座城镇，它每边长仅三里，外城每边长仅七里，敌人围攻它，却没有能够攻克。在围攻中，一定有合乎天时的有利条件，却无法攻克，那么这原因就在于"天时"条件不如"地利"条件的作用大。（又如，有一座城镇，）城墙不是构筑得不高，护城河不是挖掘得不深，兵器盔甲也不是不锐利坚固，储存的粮食也不是不多，（但敌军一攻城，）守城者就弃城逃走，这就证明了优良的地理条件比不上参战者戮力同心的作用大。所以我认为：管束治理人民，不要去依靠国界的限制，保卫国家不要去倚恃山川的险恶，威行天下不要去仗着军队的强大。施行仁政的人，拥戴他的必定很多；反之，就很少。愿意服从他的人少到极点时，连亲戚都会反对他；反之，天下都愿归顺他。如果用天下都顺服的力量去攻击连亲人都抛弃他的那些人，那么，仁君圣主或者不用战争手段，只要用，必定会取得胜利。

清代画家康涛的《孟母断机教子图轴》。

专家点评

选自《孟子·公孙丑下》，标题为选者所加。

这篇短论，论述了"天时"、"地利"、"人和"对战争胜负的影响，指出"人和"是取得战争胜利的决定因素。所谓"天时不如地利，地利不如人和"的论断，反映了孟子把"人和"看作决定战争胜负诸因素中的关键所在，显示了他对人的因素特别重视。

不过也应该看到，"天时"、"地利"、"人和"三者往往是有联系的，不可分割的，它们之间有着辩证的关系。在一定的条件下，其重要位置的先后也会发生变化。因此，还不宜把三者对立起来理解。

儒家经典的再现
——《生于忧患，死于安乐》

名文欣赏

原文

舜发于畎亩之中，傅说举于版筑之中，胶鬲举于鱼盐之中，管夷吾举于士，孙叔敖举于海，百里奚举于市。

故天将降大任于是人也，必先苦其心志，劳其筋骨，饿其体肤，空乏其身，行拂乱其所为，所以动心忍性，曾益其所不能。

人恒过，然后能改；困于心，衡于虑，而后作；征于色，发于声，而后喻。入则无法家拂士，出则无敌国外患者，国恒亡。

然后知生于忧患，而死于安乐也。

译文

舜从普通的农事劳动之中被任用，傅说从一个筑墙工的位置上被提拔，胶鬲从贩卖鱼盐的工作中被举用，管夷吾从狱官手里释放后被举用为相，孙叔敖从海边被举用进了朝

有"亚圣"之称的儒学宗师孟子。

廷，百里奚从市井中被起用。

所以上天将要降落重大责任在这些人身上，一定要先使他的内心痛苦，使他的筋骨劳累，使他因饥饿而形容憔悴，使他因贫苦而行事错乱，难以称心如意，由此来使他的内心警觉，使他的性格坚定，增加他应付事情的才能。

人经常犯错误，然后才能改正；内心困苦，思虑万千，然后才能有所作为；这一切表现到脸色上，流露到言语中，然后才被人了解。一个国家如果在内没有坚持法度的世臣和辅佐君主的贤士，在外如果没有敌对国家和外患，便易于走向灭亡。

这就可以说明，忧愁患害可以使人生存，而安逸享乐使人萎靡死亡。

专家点评

选自《孟子·告子下》，标题为选者所加。

孟子在这篇不到二百字的短章中，围绕客观环境与个人和国家命运的关系，阐述了"生于忧患，死于安乐"的深刻道理。

文章将客观环境和个人命运的互动关系推广到客观环境和国家命运的关系上去，得出"生于忧患，死于安乐"这样一个深刻的结论，将问题提高到安邦治国的层面，使得文章的寓意更为深广。

作者	文体	推荐理由
孟子	议论文	本文出自《孟子·告子上》。生死荣辱、贫富贵贱是人生重大的问题。然而，在生活中没有一个绝对的标准让人们来衡量生与死的价值，荣与辱的分量，贫与富的差距，贵与贱的分别。

义的最高境界
——《鱼，我所欲也》

名文欣赏

原文

鱼，我所欲也；熊掌，亦我所欲也。二者不可得兼，舍鱼而取熊掌者也。生，亦我所欲也；义，亦我所欲也。二者不可得兼，舍生而取义者也。生亦我所欲，所欲有甚于生者，故不为苟得也；死亦我所恶，所恶有甚于死者，故患有所不辟也。如使人之所欲莫甚于生，则凡可以得生者何不用也？使人之所恶莫甚于死者，则凡可以辟患者何不为也？由是则生而有不用也；由是则可以辟患而有不为也。是故所欲有甚于生者，所恶有甚于死者。非独贤者有是心也，人皆有之，贤者能勿丧耳。

一箪食，一豆羹，得之则生，弗得则死。呼尔而与之，行道之人弗受；蹴尔而与之，乞人不屑也。

万钟则不辨礼义而受之，万钟于我何加焉！为宫室之美，妻妾之奉，所识穷乏者得我欤？乡为身死而不受，今为宫室之美为之；乡为身死而不受，今为妻妾之奉为之；乡为身死而不受，今为所识穷乏者得我而为之。是亦不可以已乎？此之谓失其本心。

译文

　　鱼是我喜欢的，熊掌也是我喜欢的。(如果)这两样东西不能一齐得到，(只好)放弃鱼而选择熊掌。生命是我热爱的，正义也是我热爱的。(如果)不允许同时拥有这两者，(只好)牺牲生命以坚持正义。生命本是我热爱的，(可)还有比生命更值得我热爱的，所以(我)不肯为了热爱生命就苟且偷生；死亡本是我厌恶的，(可)还有比死亡更让人厌恶的，所以我不因为厌憎死亡就逃避祸患。如果人们喜爱的东西没有比生命更重要的，那么一切求生的手段哪有不采用的呢？如果令人厌恶的东西没有比死亡更厉害的，那么一切可以避开祸患的手段哪有不采用的呢？靠某种不义的手段就可以苟全性命，有的人却不肯采用。靠某种不义的手段就可以避免祸患，有的人却不肯去干。这样看来，有比生命更值得热爱的东西，有比死亡更值得厌恶的东西。不仅仅有道德的人有这种精神，每个人都有这种精神，不过有道德的人能够始终保持罢了。

　　一碗米饭，一盅肉汤，得到这些就能活下去，得不到便会饿死。(可是)恶声恶气地递给人家，(就是)过路的(饿汉)都不会接受；踩踏过才给人家，讨饭的叫化子也不屑一顾。

　　对于优厚的俸禄，有人不区别是否符合礼义就接受它。那优厚的俸禄对于我有什么好处呢？(只是)为了住宅的华丽、妻妾的侍奉和我所认识的贫困的人感激我吗？过去宁死也不肯

山东邹城孟庙大门棂星门。

49

接受，今天却为了住宅的华丽去做这种事；过去宁死也不肯接受，今天却为了妻妾的侍奉去做这种事；过去宁死也不肯接受，今天却为了所认识的贫困的人感激自己去做这种事。这种不符合礼义的做法不是可以停止了吗？——（如果不停止，）这就叫做丧失了他的本性。

 战国时代的涡文双耳陶壶。

专家点评

　　本章论述生与死、义与利的关系，指出"义"的价值高于生命；为了坚持正义，必要时应当"舍生取义"。尽管孟子所谓"义"，指的是儒家的伦理道德标准，有其具体的阶级内容，而且他还认为道德是人先天就有的，不免陷入唯心主义，但他坚持理想、维护正义的精神却是值得赞赏的。事实上，中国历代都不乏舍生取义、杀身成仁的志士，用他们的头颅和热血诠释了孟子的理念。孟子相信，世上有很多比生命更宝贵的东西，比如道义、尊严，它不仅对有才德的人，对一切人都是更值得追求的东西。这是因为每个人都有本心，都有良知。这种把可贵的品质看做是普通人都能够拥有的东西，而不是圣人的专利，事实上包含有一定的平民意识，是值得肯定的。因此，孟子希望人们能够明辨是非、体察情理，弄清什么是人最需要、最应该追求的东西，不要因为贪得利益而丧失自己最美好的情操和品质。这其实是对于社会的一种呼吁。

　　文章虽然论述的是抽象的理论问题，但却毫无枯燥之感，这得益于作者善于运用日常生活中的事情来做比喻，比如用鱼和熊掌来比喻两难的选择，用不食"嗟来之食"来类比不能见利忘义，读来都十分亲切，具有很强的感染力。再加上作者行文时笔端富于感情，论述时娓娓道来，在平实的语气下有着不容小觑的气势，这些都增强了文章的说服力。

悲观情绪的释放
——《逍遥游》

名文欣赏

原文节选

北冥有鱼，其名为鲲。鲲之大，不知其几千里也。化而为鸟，其名为鹏。鹏之背，不知其几千里也，怒而飞，其翼若垂天之云。是鸟也，海运则将徙于南冥。南冥者，天池也。

《齐谐》者，志怪者也。《谐》之言曰："鹏之徙于南冥也，水击三千里，抟扶摇而上者九万里，去以六月息者也。"野马也，尘埃也，生物之以息相吹也。天之苍苍，其正色邪？其远而无所至极邪？其视下也，亦若是则已矣。

且夫水之积也不厚，则其负大舟也无力。覆杯水于坳堂之上，则芥为之舟；置杯焉则胶，水浅而舟大也。风之积也不厚，则其负大翼也无力。故九万里，则风斯在下矣，而后乃今培风；背负青天而莫之夭阏者，而后乃今将图南。

蜩与学鸠笑之曰："我决起而飞，枪榆枋而止，时则不至，而控于地而已矣，奚以之九万里而南为？"适莽苍者，三飡而反，腹犹果然；适百里者，宿舂粮；适千里者，三月聚粮。之二虫又何知？

 元代刘贯道的《梦蝶图》。该画取材于"庄周梦蝶"的典故。

小知不及大知，小年不及大年。奚以知其然也？朝菌不知晦朔，蟪蛄不知春秋，此小年也。楚之南有冥灵者，以五百岁为春，五百岁为秋。上古有大椿者，以八千岁为春，八千岁为秋，此大年也。而彭祖乃今以久特闻，众人匹之，不亦悲乎！

译文

北海有条鱼，它的名字叫做鲲。鲲的体积，真不知道它大到几千里。变化成为鸟，它的名字叫做鹏。鹏的背脊，不知道它有几千里，振翅飞翔起来，它的翅膀像挂在天空的云彩。这只鸟，随着海上汹涌的波涛将迁移而飞往南海。南海就是天池。《齐谐》这部书，是记载怪异事物的。《齐谐》上记载说："大鹏迁移到南海去的时候，翅膀在水面上拍击，激起的水浪达三千里远，然后趁着上升的巨大旋风飞上九万里的高空，用六个月的时间从北海飞到南海才休息。像野马奔跑似的蒸腾的雾气，飞荡的尘土，都是生物用气息互相吹拂的结果。天的深蓝色，是它真正的颜色呢？还是因为它太远而没有尽头以致看不清楚呢？大鹏从高空往下看，也不过像人们在地面上看天一样罢了。再说水聚积得不深，那么它负载大船就会浮力不足。倒一杯水在堂上低洼处，那么只有小草可以作为它的船；放只杯子在里面就会粘住，这是因为水浅船大的缘故。风聚积得不大，那么它负载巨大的翅膀就会升力不足。所以大鹏飞到九万里的高空，风就在下面了，然后才能乘风飞翔；背驮着青天，没有什么东西阻拦它，然后才能计划着向南飞。蜩与学鸠笑话它说："我一下子起来就飞，碰上树木就停下来，有时候飞不到，便落在地上就是了，哪里用得着飞上九万里的高空再向南飞那样远呢？"到郊外去旅行的人只要带三顿饭，吃完三顿饭就回家，肚子还是饱饱的；到百里外去旅行的人，头天晚上就要舂米做好干粮；到千里外去旅行的人，要用三个月积聚干粮。这两只飞虫又懂得什么呢？

知识少的比不上知识多的，年寿短的比不上年寿长的。根据什么知道是这样的呢？朝生暮死的菌类不知道一个月有开头一天和最后一天，蟪蛄不知道一年有春季和秋季，这是寿命短的。楚国南部生长着一种叫冥灵的树，把一千年当做一年。古代有一种叫大椿的树把一万六千年当做一年。彭祖只活了八百岁，可是现在却以长寿而特别闻名，这就是寿命长的。一般人谈到长寿，就跟彭祖去相比，岂不是很可悲！

专家点评

本篇为《庄子》开宗明义的第一篇，无论在哲学上还是在文学上都堪称《庄子》中的代表作品。

丰富的寓言，浪漫的想象，气势磅礴、亦庄亦谐的语言风格，构成作为论说文的《逍遥游》之鲜明的艺术特色，这也是庄子论说文所共有的特色。这种特色给予后世文学极为深远而巨大的影响。六朝阮籍、唐代大诗人李白、宋代苏轼等著名文学家都直接或间接地受庄子作品，尤其是《逍遥游》的深刻影响。

道家学派的代表人物庄子。

作者	文体	推荐理由
庄子	议论文	本文选自《庄子》。文章寓说理于故事之中，富于启发意义。文章在提出论点后，又引用"庖丁解牛"的故事加以说明，通过故事来说明道理。

维护生命之旗的树立
——《养生主》

名文欣赏

原文

吾生也有涯，而知也无涯。以有涯随无涯，殆已！已而为知者，殆而已矣！为善无近名，为恶无近刑。缘督以为经，可以保身，可以全生，可以养亲，可以尽年。

庖丁为文惠君解牛，手之所触，肩之所倚，足之所履，膝之所踦，砉然向然，奏刀騞然，莫不中音，合于《桑林》之舞，乃中《经首》之会。

文惠君曰："嘻，善哉！技盖至此乎？"庖丁释刀对曰："臣之所好者道也，进乎技矣。始臣之解牛之时，所见无非牛者。三年之后，未尝见全牛也。方今之时，臣以神遇而不以目视，官知止而神欲行。依乎天理，批大郤，导大窾，因其固然。技经肯綮之未尝，而况大軱乎？良庖岁更刀，割也；族庖月更刀，折也。今臣之刀十九年矣，所解数千牛矣，而刀刃若新发于硎。彼节者有间，而刀刃者无厚。以无厚入有间，恢恢乎其于游刃必有余地矣，是以十九年而刀刃若新发于硎。虽然，每至于族，吾见其难为，怵然为戒，视为止，行为迟，动刀甚微，謋然已解，如土委地，提刀而立，为之

战国时代的联禁龙纹壶。

四顾，为之踌躇满志，善刀而藏之。"文惠君曰："善哉！吾闻庖丁之言，得养生焉。"

译文

我的生命是有限的，而知识是无限的。以有限的生命去追求无限的知识，真是危险啊！已经有了危险，还要执著地去追求知识，那么除了危险以外就什么都已经没有了。做好事不要求名，做坏事不要受刑罚，以遵循虚无的自然之道为宗旨，便可以保护生命，可以保全天性，可以养护新生之机，可以享尽天年。

庖丁为文惠君宰牛，手触肩顶、足踩膝抵等各种动作，牛的骨肉分离所发出的砉砉响声，还有进刀解牛时哗啦啦的声音，都无不符合音乐的节奏，与《桑林》舞的节拍，《经首》曲的韵律相和谐。

文惠君说："啊，妙极了！你的技术怎么会高超到这个地步？"庖丁放下屠刀回答说："我所爱好的是道，已经超出了技术的范围。开始我宰牛时，见到的都是整体的牛，三年之后，就再也看不见整头的牛了。现在，我宰牛时全凭心领神会，而不需要用眼睛看。视觉的作用停止了，而心神还在运行。按照牛的生理结构，把刀劈进筋骨相连的大缝隙，再在骨节的空隙处引刀而入。因为完全依照牛体的本来结构用刀，即便是经络相连、筋骨交错的地方都不会碰到，何况那大骨头呢！好的厨师一年换一把刀，因为他们用刀割；一般的厨师一个月换一把刀，因为他们是用刀砍。我的刀用到如今已经十九年了，宰过的清代高其佩的《九老图》。图中描绘的是告老还乡者聚会、赋诗，享受生活的场景。

牛也有几千头，可是刀刃还像刚开口的时候一样完好无缺。牛的骨节间有缝隙，刀刃却薄得没有厚度，用没有厚度的刀刃切入有缝隙的骨节，宽宽绰绰，刀刃的活动肯定有足够的余地。所以这把刀用了十九年还像刚开口时一样。虽然如此，每碰到筋骨盘结的地方，我看到它很难下手，依然惶惧警惕，目光盯住此处，动作放慢。动刀虽然很轻，整条牛却哗啦一声立刻解体了，就像泥土被倾倒在地上一般。我提刀站起，环顾四周，悠然自得，心满意足，然后把刀擦干净收藏起来。"文惠君说："好啊，我听了庖丁的这番话，懂得养生的道理了。"

专家点评

在庄子看来，人类社会的各种矛盾就好比牛身上的筋腱和骨头，如果处理不当，就会像筋骨碰坏刀刃那样有害于刀刃一样，对于人自身有损害。因此，为了保全性命不受损害，人应该"依乎天理"、"顺应自然"，学会在矛盾的夹缝中求生存。这就像解牛一样，只要刀刃沿着筋、骨的缝隙间游动，不要碰着筋腱和骨头，就会保持锋利，不被损伤变钝。这就是庄子所宣扬的养生之道和处世哲学。显然这种思想是消极的，但"庖丁解牛"这个故事本身却有着积极的意义。

圣人的悲歌

——《胠箧》

名文欣赏

原文节选

圣人不死，大盗不止。虽重圣人而治天下，则是重利盗跖也。为之斗斛以量之，则并与斗斛而窃之；为之权衡以称之，则并与权衡而窃之；为之符玺以信之，则并与符玺而窃之；为之仁义以矫之，则并与仁义而窃之。何以知其然邪？彼窃钩者诛，窃国者为诸侯，诸侯之门，而仁义存焉。则是非窃仁义圣知邪？故逐于大盗、揭诸侯、窃仁义并斗斛、权衡、符玺之利者，虽有轩冕之赏弗能劝，斧钺之威弗能禁。此重利盗跖而使不可禁者，是乃圣人之过也。

故曰："鱼不可脱于渊，国之利器不可以示人。彼圣人者，天下之利器也，非所以明天下也。故绝圣弃知，大盗乃止；摘玉毁珠，小盗不起；焚符破玺，而民朴鄙；掊斗折衡，而民不争；殚残天下之圣法，而民始可与论议。擢乱六律，铄绝竽瑟，塞瞽旷之耳，而天下始人含其聪矣；灭文章，散五采，胶离朱之目，而天下始人含其明矣；毁绝钩绳而弃规矩，攦工倕之指，而天下始人有其巧矣。故曰：大巧若拙。削曾、史之行，钳杨、墨之口，攘弃仁义，而天下之德始玄同矣。彼人含其明，则天下不铄矣；人含其聪，则天下不累矣；

人含其知，则天下不惑矣；人含其德，则天下不僻矣。彼曾、史、杨、墨、师旷、工倕、离朱，皆外立其德，而以烁乱天下者也，法之所无用也。

译文

圣人如不灭绝，大盗是不会断绝的。虽是尊重圣人来治理天下，却使盗跖那样的大盗得到更多的利益。制作出斗、斛来量多少，大盗却连斗、斛一起偷走；制作出秤具来称轻重，大盗却连秤具一起偷走；制作出符、玺来做办事的凭证，大盗却连符、玺一起偷走；制定出仁义来矫正世俗，大盗却连仁义也给偷走了。怎么知道是这样的呢？那偷了不值钱的腰带环钩之类小东西的人被杀掉，而窃取了整个国家的人却做了诸侯，诸侯的家门里就是仁义所在的地方。这不正是把仁义和圣智都一起偷走了吗？因此，对于那些追随大盗，窃据诸侯之位，盗窃了仁义和斗斛、秤具、符玺之利的人，虽然赏给他们高官厚禄，也不能劝止他们；纵然用严刑峻法去威胁他们，也不能禁止他们。造成这些大大有利于盗跖而无法禁止的情况的，都是圣人的过错啊！

所以说："鱼不可以离开深渊，国家的贵重物品，也不能够随便拿出来给人看。"那圣人就是天下治国的贵重物品，是不能拿出来给天下人看的。因此，一定要灭绝圣人，舍弃才智，大盗才会绝迹。扔掉宝玉，毁掉宝珠，小盗就没有了；烧掉符契，打碎印信，人民就朴实淳厚了；敲破斗斛，折毁秤具，人民就不会斤斤计较了；把天下圣人所制定的法制全都毁掉，才能同人民谈论道理。搅乱六律，烧毁竽瑟等乐器，塞住师旷那样的乐师的耳朵，这样天下才能人人保持他们原本的听觉；消灭所有文饰，离散五彩，粘住离朱那样人的眼睛，这样天下才能人人保持他们原本的视觉；毁掉画曲线的钩、画直线的绳，抛弃画圆形的规、画方形的矩，折断工倕那样的人的手指，这样天

战国时代的扶手玉人。

战国时代的缯画。

下才能人人保有他们原本的智巧。所以说:"最大的智巧就像是笨拙一样。"除掉曾参、史鰌那样的德行,钳住杨朱、墨翟那样善辩的口舌,抛弃仁义,那么天下人的德性才能混同一体。人人都能保持他们原本的视觉,那么天下就不会有损坏了;人人都能保持他们原本的听觉,那么天下就不会有忧患了;人人都能保持他们的智慧,那么天下就不会有迷惑了;人人都能保持他们原本的秉性,那么天下就不会出现邪恶了。像那曾参、史鰌、杨朱、墨翟、师旷、工倕、离朱等人,都是把他们的德行外露,用它来惑乱天下的人。这就是圣智之法之所以没有用的原因。

专家点评

本篇主旨跟《马蹄》篇相同,但比《马蹄》更深刻,言辞也更直接。文章阐发了道家的"绝圣弃智"的思想,指出一切人为的仁义礼法,都不过是统治者借以盗掠人民的工具。因此,作者主张摒弃社会文明与进步,退回到所谓"至德之世",即先知无识的原始社会。这显然是一种违背历史潮流的不切实际的幻想。

庄子所处的是一个充满战争、矛盾、冲突、流血与死亡的时代。当时各诸侯国之间的政治、军事斗争愈趋激烈,大国的统治者为了无限扩张土地与财富而不断发动战争,给国内的人民造成了沉重的负担;小国的统治者为了保住自己的地盘而忙于应付战争,疲于奔命,也无暇关心百姓的疾苦。庄子看到了社会文明、进步的副作用,也看到了个人的聪明导致了人与人之间的争斗与敌对,因此他提出通过绝圣弃智的办法来达到天下的和平与社会的安定。这和老子的主张是一脉相承的,本意都是试图从根本上解决当时的社会问题,虽然是一个不可行的办法,却也曲折地反映了对于和平和美好的理想社会的向往。

作者	文体	推荐理由
列御寇	记叙文	本文出自《列子·汤问》。几千年来，它一直影响着一代又一代智慧、坚强的华夏儿女。

信念与力量的赞歌
——《愚公移山》

名文欣赏

原文

太行、王屋二山，方七百里，高万仞。本在冀州之南，河阳之北。

北山愚公者，年且九十，面山而居。惩山北之塞，出入之迂也，聚室而谋曰："吾与汝毕力平险，指通豫南，达于汉阴，可乎？"杂然相许。其妻献疑曰："以君之力，曾不能损魁父之丘，如太行、王屋何？且焉置土石？"杂曰："投诸渤海之尾，隐土之北。"遂率子孙荷担者三夫，叩石垦壤，箕畚运于渤海之尾。邻人京城氏之孀妻有遗男，始龀，跳往助之。寒暑易节，始一反焉。

河曲智叟笑而止之曰："甚矣，汝之不惠！以残年余力，曾不能毁山之一毛，其如土石何？"北山愚公长息曰："汝心之固，固不可彻，曾不若孀妻弱子。虽我之死，有子存焉；子又生孙，孙又生子；子又有子，子又有孙；子子孙孙无穷匮也，而山不加增，何苦而不平？"河曲智叟亡以应。

操蛇之神闻之，惧其不已也，告之于帝。帝感其诚，命夸娥氏二子负二山，一厝朔东，

王屋山上的愚公移山造像。

一厝雍南。自此，冀之南，汉之阴，无陇断焉。

译文

太行、王屋这两座大山，方圆七百里，高达几万尺，它们本来位于冀州的南部，河阳的北边。

北山有一位老人叫做愚公，年纪快九十岁了，他的家正面对着这两座高山。他苦于大山阻碍交通，出入非绕着路走不可，因此召集了全家的人来商议。他说："我同你们一道竭尽全力，来铲平这两座险恶的大山，开辟一条通到豫州南部的路，直达汉水南面，可以吗？"大家都七嘴八舌地表示赞同。这时，他的老伴疑惑地说："以你的力气，就是对魁父那样的小山也毫无办法，更何况太行、王屋这两座大山呢？再说，那些泥土石块，你又把它们放到哪里去呢？"大家异口同声地嚷着说："把这些土石扔到渤海的后面、隐土的北边去！"这样决定了以后，愚公便带领着他的儿孙能挑担子的三个人，打石头，挖土块，用簸箕把石块运到渤海的后面。他的邻居京城氏的寡妇，有一个儿子，才满七岁，也蹦跳着跑去帮忙。他们一年才能往返一次。

　　住在河曲有个叫智叟的，他讥笑着阻止愚公说："你怎么傻成这个样子！像你这样年老力衰的人，恐怕连山上的一根草也拔不掉，又怎么能对付那些泥土石块呢？"愚公长叹一声说："你太顽固了，顽固得简直一窍不通！你简直还不如那个寡妇的不懂事的孩子！就是我死了，还有儿子在呀！儿子生孙子，孙子又生儿子；儿子又有儿子，儿子又有孙子。子子孙孙没有穷尽，可是山上的土石却再也不会增加，还怕平不了它！"河曲智叟理屈词穷，无言可对。

　　山神听到了，害怕愚公他们没完没了地挖下去，只好去禀告天帝。天帝被愚公这种坚强的毅力所感动，于是就命令夸娥氏的两个儿子去背起大山，一座放在朔州的东部，一座放在雍州的南部。从此以后，从冀州的南部直到汉水的南边，便畅通无阻了。

王屋山的主峰天坛峰。

专家点评

　　本文故事完整，情节动人，人物形象性格鲜明。愚公与智叟，一个心雄志壮，具有远见卓识，坚持不懈，不怕困难，不避艰险，而名"愚公"；一个自作聪明，目光短浅，害怕困难，却称"智叟"，二人形成鲜明对比。作品在故事的描绘中，不只点明了"愚公"大智若愚，"智叟"鼠目寸光，而且加重了对比的色彩，具有讽刺的效果。故事用神话结尾，以丰富的想象深化了寓意，阐明了只要有坚定的信心、不懈的努力，就一定能够战胜困难的道理，从而歌颂愚公在改造世界的斗争中所取得的胜利，批判了反对变革、害怕困难、安于现状的守旧倒退的思想，反映了劳动人民要求征服自然、改造自然的强烈愿望。

作者	文体	推荐理由
荀子	议论文	本文选自《荀子》。文章善于择取自然界和日常生活中常见的事例来说明问题。比喻简明贴切，形象生动，增强了文章的说服力。

人类永恒的教科书
——《劝学》

名文欣赏

原文节选

君子曰：学不可以已。青，取之于蓝，而青于蓝；冰，水为之，而寒于水。木直中绳，輮以为轮，其曲中规，虽有槁暴，不复挺者，輮使之然也。故木受绳则直，金就砺则利，君子博学而日参省乎己，则知明而行无过矣。

故不登高山，不知天之高也；不临深溪，不知地之厚也；不闻先王之遗言，不知学问之大也。干、越、夷、貉之子，生而同声，长而异俗，教使之然也。《诗》曰："嗟尔君子，无恒安息。靖共尔位，好是正直。神之听之，介尔景福。"神莫大于化道，福莫长于无祸。

吾尝终日而思矣，不如须臾之所学也。吾尝跂而望矣，不如登高之博见也。登高而招，臂非加长也，而见者远；顺风而呼，声非加疾也，而闻者彰。假舆马者，非利足也，而致千里；假舟楫者，非能水也，而绝江河。君子生非异也，善假于物也。

……

战国晚期著名思想家荀子。

积土成山，风雨兴焉；积水成渊，蛟龙生焉；积善成德，而神明自得，圣心备焉。故不积跬步，无以至千里；不积小流，无以成江海。骐骥一跃，不能十步；驽马十驾，功在不舍。锲而舍之，朽木不折；锲而不舍，金石可镂。蚓无爪牙之利、筋骨之强，上食埃土，下饮黄泉，用心一也；蟹八跪而二螯，非蛇鳝之穴无可寄托者，用心躁也。是故无冥冥之志者，无昭昭之明；无惛惛之事者，无赫赫之功。行衢道者不至，事两君者不容；目不能两视而明，耳不能两听而聪。螣蛇无足而飞，鼯鼠五技而穷。《诗》曰："尸鸠在桑，其子七兮。淑人君子，其仪一兮。其仪一兮，心如结兮。"故君子结于一也。

译文

君子说：学习不可以故步自封。靛青，是从蓼蓝中提取出来的，但比蓼蓝更青；冰，是水变成的，但比水更冷。木料笔直得合于墨线，但把它熏烤弯曲而做成车轮，它的弯曲度就能与圆规画的相契合，即使再烘烤暴晒，它也不再伸直了，是因为经过加工使它成为这样的啊。所以木料受到墨线的弹划校正才能取直，金属制成的刀剑在磨刀石上磨过才能锋利，君子广泛地学习而又能每天检查反省自己，那就会见识高明而行为没有过错了。

所以，不登上高高的山峰，就不知道天空的高远；不俯视深深的山谷，就不知道大地的深厚；没有听到前代圣明帝王流传下来的话，就不知道学问的渊博。吴国、越国、夷族、貊族的孩子，生下来啼哭的声音都相同，长大了的习惯却不一样，这是教化使他们这样的。《诗经》上说："你们君子啊，不要总是贪图安逸。安心供奉你的职位，爱好正直行为。上帝知道了这些，就会赐予你们幸福。"精神修养没有比相融于圣贤的道德更高的了，幸福没有比无灾无难更大的了。

我曾经整天地思索，但不如片刻学习所得的多；我曾经踮起脚跟远望，但不如登上高处所见的广。登上高处招手，手臂并没有加长，但远处的人能看得见；顺着风向呼喊，声音并没有加强，但听见的人觉得很清楚。凭借车马的人，并不是善于走路，却能到达千里之外；凭借船、桨的人，并不是善于游泳，但能渡过江河。君子生性并非与人不同，只是善于凭借外物罢了。

……

积聚泥土成了高山，风雨就会在那里兴起；积蓄水流成了深潭，蛟龙就会在那里生长；积累善行成了有道德的人，精神就会达到很高的境界，而圣人的思想境界也就具备了。所以不积累起一步两步，就无法到达千里之外；不汇积细小的溪流，就不能汇成大江大海。骏马一跃，也不足十步远；劣马跑十天，也能跑完千里的路程，它的成功在于马不停蹄。雕刻东西，如果刻一下就把它放在一边，那就是腐烂的木头也不能刻断；如果不停地刻下去，那么金属和石头也能雕空。蚯蚓没有锋利的爪子和牙齿，也没有强壮的筋骨，但它能吃到地上的尘土，喝到地下的泉水，这是因为它用心专一；螃蟹有八只脚两只螯，但如果没有蛇、鳝的洞穴就无处栖身，是因为它用心浮躁。所以，没有潜心钻研的精神，就不会有洞察一切的智慧；没有默默无闻的工作，就不会有显赫卓著的功绩。徘徊于歧路的人到不了目的地，同时侍奉两个君主的人不能被双方所接受。眼睛不能同时看两个东西而全都看清楚，耳朵不能同时听两种声音而全都听明白。蛇没有脚却能飞行；鼯鼠有五种技能却陷于困境。《诗经》上说："布谷鸟住在桑树上，它的幼鸟有七只。那些善人君子啊，行为要专一不偏邪。行为要专一不偏邪，思想就像打了结那么专注。"所以君子学习时总是把精神集中在一点上。

专家点评

文章首先阐明了学习的重要性以及生活环境对人的影响和改造作用。文章第一句就开门见山地提出了全篇的中心论点："学不可以已"。接着连用五个比喻，从不同角度说明学习的重要，引出"君子博学而日参省乎己，则知明而行无过矣"的结论，强调了博学的重要性，照应了开头的中心论点。荀子认为学习的主要内容是"先王之遗言"，学习就是为了"修身"、"远祸"。为了达到博学的目的，要善于利用客观条件，学习前人的成果。应该指出的是，荀子劝人为学，是要"始乎为士，终乎为圣人"，学习内容是"始乎诵经，终乎读礼"，这和我们今天的学习目的、内容有根本的不同，要注意区分。

作者	文体	推荐理由
荀子	议论文	本文选自《荀子·天论》。文章说理透彻，结构严谨，气势浑厚，多用整齐的排比和比喻，读来富于音韵美。

汉代聘辞大赋的先河
——《天论》

名文欣赏

原文节选

天行有常，不为尧存，不为桀亡。应之以治则吉，应之以乱则凶。强本而节用，则天不能贫；养备而动时，则天不能病；循道而不贰，则天不能祸。故水旱不能使之饥，寒暑不能使之疾，妖怪不能使之凶。本荒而用侈，则天不能使之富；养略而动罕，则天不能使之全；倍道而妄行，则天不能使之吉。故水旱未至而饥，寒暑未薄而疾，妖怪未至而凶。受时与治世同，而殃祸与治世异，不可以怨天，其道然也。故明于天人之分，则可谓至人矣。

……

列星随旋，日月递炤，四时代御，阴阳大化，风雨博施。万物各得其和以生，各得其养以成，不见其事而见其功，夫是之谓神。皆知其所以成，莫知其无形，夫是之谓天。唯圣人为不求知天。

天职既立，天功既成，形具而神生，好恶、喜怒、哀乐臧焉，夫是之谓天情。耳、目、鼻、口、形，能各有接而不相能也，夫是之谓天官。心居中虚，以治五官，夫是之谓天君。财非其类，以养其类，夫是之谓天养。顺其类者谓之福，逆其类者谓之祸，夫是之谓天政。暗其天君，乱其天官，弃其天养，逆其天政，背其天情，以丧天功，夫是之谓大凶。圣人清其天君，正其天官，备其天养，顺其天政，养其天情，以全其天功。如是，则知其所为、知其所不为矣，则天地官而万物役矣，其行曲治，其养曲适，其生不伤，夫是之谓知天。

故大巧在所不为，大智在所不虑。所志于天者，已其见象之可以期者矣；所志于地者，已其见宜之可以息者矣；所志于四时者，已其见数之可以事者矣；所志于阴阳者，已其见知之可以治者矣。官人守天而自为守道也。

译文

大自然的规律永恒不变，它不为尧而存在，不为桀而灭亡。用导致安定的措施去适应它就吉利，用导致混乱的措施去适应它就凶险。加强农业这个根本而节约费用，那么天就不能使他贫穷；衣食给养齐备而活动适时，那么天就不能使他生病；遵循规律而不出差错，那么天就不能使他遭殃。所以水涝旱灾不能使他挨饿，严寒酷暑不能使他生病，自然界的反常变异不能使他遭殃。农业这个根本荒废而用度奢侈，那么天就不能使他富裕；衣食给养不足而活动又少，那么天就不能使他保全健康；违背规律而恣意妄为，那么天就不能使他吉利。所以水涝旱灾还没有来到他就挨饿了，严寒酷暑还没有迫近他就生病了，自然界的反常变异还没有出现他就遭殃了。他遇到的天时和社会安定时期相同，而灾祸却与社会安定时期不同，这不可以埋怨上天，这是他所采取的措施造成的。所以明白了大自然与人类社会的区分，就可以称作是思想修养达到了最高境界的人了。

……

天空的恒星互相伴随着旋转，太阳月亮交替映照，四季轮流控制着节气，阴阳二气大量地化生万物，风雨普遍地施加于万物。万物各自得到了阴阳形成的和气而产生，各自得到了风雨的滋养而成长。看不见阴阳化生万物的工作过程而只见到它化生万物的成果，这就叫做神妙。人们都知道阴阳已经生成的万物，却没有人知道它那无影无踪的生成过程，这就叫做天。只有圣人是不致力于了解天的。

自然的职能已经确立，天生的功绩已经成就，人的形体也就具备而精神也就产生了，爱好与厌恶、高兴与愤怒、悲哀与欢乐等蕴藏在人的形体和精神里面，这些叫做天生的情感。耳朵、眼睛、鼻子、嘴巴、身体，就其功能来说，它们各有自己的感受对象而不能互相替代，这些叫做天生的感官。心处于身体中部空虚的胸腔内，用来管理这五种感官，这叫做天生的主宰。人类能够控制安排好与自己不是同类的万物，用它们来供养自己的同类，这叫做天然的供养。能使自己的同类顺从自己叫做福，使自己的同类反对自己叫做祸，这叫做天然的政治原则。搞昏了那天生的主宰，扰乱了那天生的感官，抛弃了那天然的供养，违反了那天然的政治原则，背离了那天生的情感，以致丧失了天生的功绩，这叫做大凶。圣人明白自己那天生的主宰，管理好自己那天生的感官，完备那天然的供养，顺应那天然的政治原则，保养那天生的情感，从而成全了天生的功绩。像这样，就是明白了自己应该做和不应该做的事了，天地就能被利用而万物就能被操纵

持幡观音菩萨立像。在佛教中，观音菩萨以慈悲为怀，救人于苦难之中。但这是一种迷信，遇到事情不能只依赖神，要依靠自己，万事皆有它的规律。

战国时代的碧玉龙。

了，他的行动就能处处有条理，他的保养就能处处恰当，他的生命就能不受伤害，这就叫做了解了天。

所以，最大的技巧在于有些事情不去做，最大的智慧在于有些事情不去考虑。对于上天所要了解的，不过是它所显现的天象中那些可以测定气候变化的天文资料罢了；对于大地所要了解的，不过是它所显现的适宜条件中那些可以便利种植庄稼的地文资料罢了；对于四季所要了解的，不过是它们所显现的规律中可以安排农业生产的节气罢了；对于阴阳所要了解的，不过是它们所显现的可以治理的方法和状况罢了。圣人任用别人来掌握这些自然现象，而自己所做的只是去掌握治理国家的原则。

专家点评

文章说理透彻，结构严谨，气势浑厚，多用整齐的排比和比喻。以第一段为例，对比和排比的交错使用，寓变化于整齐之中，读来铿锵有力，富于音韵美。已经超越诸子语录体散文的樊篱，标志我国古代说理文趋向成熟。荀子是第一个使用赋的名称和用问答体写赋的人，同屈原一起被称为辞赋之祖。这种好用排比和比喻来铺陈的特点，已经开启了汉代骈辞大赋的先声。

崇高气节的赞歌
——《卜居》

名文欣赏

原文

屈原既放，三年不得复见。竭智尽忠，而蔽障于谗；心烦虑乱，不知所从。乃往见太卜郑詹尹，曰："余有所疑，愿因先生决之。"

詹尹乃端策拂龟，曰："君将何以教之？"

屈原曰："吾宁悃悃款款，朴以忠乎？将送往劳来，斯无穷乎？宁诛锄草茅以力耕乎？将游大人以成名乎？宁正言不讳以危身乎？将从俗富贵以偷生乎？宁超然高举以保真乎？将呢訾栗斯，喔咿嚅唲，以事妇人乎？宁廉洁正直以自清乎？将突梯滑稽，如脂如韦，以絜楹乎？宁昂昂若千里之驹乎？将泛泛若水中之凫与波上下，偷以全吾躯乎？宁与骐骥亢轭乎？将随驽马之迹乎？宁与黄鹄比翼乎？将与鸡鹜争食乎？此孰吉孰凶？何去何从？世混浊而不清：蝉翼为重，千钧为轻；黄钟毁弃，瓦釜雷鸣；谗人高张，贤士无名。吁嗟默默兮，谁知吾之廉贞？"

詹尹乃释策而谢曰："夫尺有所短，寸有所长；物有所不足，智有所不明；数有所不

逮，神有所不通。用君之心，行君之意。龟策诚不能知此事。"

译文

屈原被放逐，三年没有见到楚怀王。他对国家竭尽了忠诚、智慧，可是被奸佞遮蔽、阻挠。他心烦意乱，不知该如何是好。于是他去见太卜郑詹尹，说道："我心中有疑惑，想让您帮我解答。"

詹尹把策摆正，拂去龟壳上的灰尘，问道："您有什么问题？"

屈原问道："我该勤勤恳恳，朴实忠诚呢，还是该永无休止地去应酬逢迎、往来周旋呢？我该去锄掉茅草，勤劳耕作呢，还是该去逢迎达官贵人、以博取荣誉呢？我该直言不讳以致使自己受到危害呢，还是随波逐流贪图富贵、苟且偷生呢？我该超越浊世、远举高蹈，以保持自己的本性呢，还是该去巧言奉承、强作笑颜来侍奉一位女人呢？我该廉洁正直以保持自身的清白呢，还是该圆滑世故、取媚于人呢？我该像一匹千里马那样昂然翘首呢，还是该像野鸭一样随波逐流、偷生全躯呢？我该与骐骥并驾齐驱呢，还是该尾随劣马的足迹呢？我该与天鹅一道并翅高飞呢，还是该去和鸡鸭争食呢？所有这些，究竟哪个好哪个坏？我究竟该选择什么排斥什么？人世混浊，没有一块净土，（人们是非颠倒,)认为知了的翅膀很重,却把千斤的物体看得很轻;声音洪亮的大钟被人们抛弃不用,却敲击瓦钵,让它发出雷鸣般的噪音;谄媚邪佞的人位高权重,十分显赫,贤仁之士毫无地位,默默无闻。唉,我还说什么呢,谁又知道我的廉正忠诚?"

詹尹听后放下了手中的蓍草,辞谢道:"尺有所短,寸有所长,事物各有不足之处,人的智慧也有不能洞悉的东西;占卜也有不能解答的问题,神灵也有无法通晓的时候,您就顺从自己的本心去支配自己的行为吧。我的龟壳、蓍草对此也无能为力。"

专家点评

"卜居"即卜问处世之道。写屈原被逐之后,借占卜决疑,询问自己应当采取什么态度来对待现实,提出了怎样做人、怎样处世的严肃问题。表面看来,作者是企图通过"卜居"来解决他何去何从的问题;实际上,作者的内心采用什么态度对待现实是早已明确的,并不存在何去何从的问题,他也并不认为卜可决疑。关于这一点,清代学者蒋骥早已指出,屈原所谓"何去何从"的说法,只是一种"愤激之词"(《山带阁注楚辞》),这是很有见地的看法。

文章行文流畅,明朗而单纯,开头和结尾的两段,完全是散文的写法,中间行文,骈偶和散行句式交错组成,而以散体为主,句法灵活,用韵随意,体现了由楚骚向汉赋过渡的形式特征。

此为八卦图,乃世人占卜的主要依据。当人们心存疑虑时,人们就会倾向于占卜,向上天寻找出路。

作者	文体	推荐理由
韩非	议论文	"成也韩非，败也韩非"，韩非与秦朝的兴亡真是结下了不解之缘，皆因韩非所著的《五蠹》也。

秦始皇一统天下的宝典
——《五蠹》

名文欣赏

原文节选

　　且世之所谓贤者，贞信之行也；所谓智者，微妙之言也。微妙之言，上智之所难知也。今为众人法，而以上智之所难知，则民无从识之矣。故糟糠不饱者，不务粱肉；短褐不完者，不待文绣。夫治世之事，急者不得，则缓者非所务也。今所治之政，民间之事，夫妇所明知者不用，而慕上智之论，则其于治反矣。故微妙之言，非民务也。若夫贤良贞信之行者，必将贵不欺之士；不欺之士者，亦无不欺之术也。布衣相与交，无富厚以相利，无威势以相惧也，故求不欺之士。今人主处制人之势，有一国之厚，重赏严诛，得操其柄，以修明术之所烛，虽有田常、子罕之臣，不敢欺也，奚待于不欺之士！今贞信之士不盈于十，而境内之官以百数。必任贞信之士，则人不足官；人不足官，则治者寡而乱者众矣。故明主之道，一法而不求智，固术而不慕信，故法不败而群官无奸诈矣。

　　今人主之于言也，说其辩而不求其当焉；其用于行也，美其声而不责其功焉。是以天下之众，其谈言者务为辩而不周于用，故举先王、言仁义者盈廷，而政不免于乱；行身者

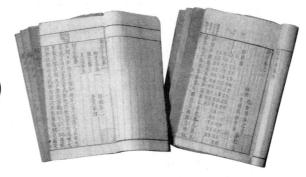

韩非子的著作《韩非子》书影。

竞于为高而不合于功，故智士退处岩穴，归禄不受，而兵不免于弱。兵不免于弱，政不免于乱，此其故何也？民之所誉，上之所礼，乱国之术也。今境内之民皆言治，藏商、管之法者家有之，而国愈贫，言耕者众，执耒者寡也。境内皆言兵，藏孙、吴之书者家有之，而兵愈弱，言战者多，被甲者少也。故明主用其力，不听其言；赏其功，必禁无用；故民尽死力以从其上。夫耕之用力也劳，而民为之者，曰：可得以富也。战之为事也危，而民为之者，曰：可得以贵也。今修文学，习言谈，则无耕之劳而有富之实，无战之危而有贵之尊，则人孰不为也？是以百人事智，而一人用力。事智者众，则法败；用力者寡，则国贫，此世之所以乱也。

故明主之国，无书简之文，以法为教；无先王之语，以吏为师；无私剑之捍，以斩首为勇。是以境内之民，其言谈者必轨于法，动作者归之于功，为勇者尽之于军。是故无事则国富，有事则兵强，此之谓王资。既畜王资而承敌国之衅，超五帝，侔三王者，必此法也。

译文

况且社会上所说的贤，是指忠贞不欺的行为；所说的智，是指深奥玄妙的言辞。那些深奥玄妙的言辞，就连最聪明的人也难以理解。现在制定普通民众都得遵守的法令，却采用那些连最聪明的人也难以理解的言辞，那么民众就无法弄懂了。所以，连糟糠都吃不饱的人，是不会追求精美饭菜的；连粗布短衣都穿不上的人，是不会期望有刺绣的华丽衣衫的。治理国家的政事也一样，如果紧急的事情还没有办好，那么可从缓的就不必忙着去办。现在用来治理国家的政治措施，凡属民间习以为常的事或众人皆知的道理都不加以采用，却去追求连最聪明的人都难以理解的说教，其结果只能是适得其反了。所

法家思想的集大成者韩非。

以那些深奥玄妙的言辞，并不是人民所需要的。至于推崇忠贞信义的品行，必将尊重那些诚实不欺的人；而诚实不欺的人，也没有什么使别人不搞欺骗的办法。平民之间彼此交往，没有财富可以互相利用，没有权势可以互相威胁，所以才要诚实不欺的人。如今君主处于控制一切人的权势地位，拥有整个国家的财富，完全有条件掌握重赏严罚的权力，可以运用各种驾驭臣下的方法和手段来观察和处理问题，那么即使有田常、子罕一类的臣子也是不敢欺骗君主的，何必寻找那些诚实不欺的人呢？现今的诚实不欺的人不满十个，而国家需要的官吏却数以百计；如果一定要任用诚实不欺的人，那么合格的人就不够分派官职；合格的人不够分派官职，那么能够把政事办好的官就少，而会把政事搞乱的官就多了。所以明君的治国方法，在于专一实行法治，而不寻求有智的人；牢牢掌握驾驭臣下的手段，而不指望得到忠信的人。这样，法治就不会遭到破坏，而官吏们也不敢胡作非为了。

现在君主对于臣下的言论，只求动听而不管是否恰当；对于臣下的行事，只慕虚名而不考察他们办事的功效。因此天下很多人说起话来总是夸夸其谈，却根本不切合实际，结果弄得称颂先王、高谈仁义的人充满朝廷，而政局仍不免于混乱；立身处世的人竞相以清高相标榜，却不为国家建功立业；结果有才智的人隐居山林，推辞俸禄而不接受，而兵力仍不免于削弱。兵力不免于削弱，政局不免于混乱，这究竟是怎么造成的呢？因为民众所称赞的，君主所尊崇的，都是些使国家混乱的做法。现在全国的民众都在谈论如何治国，每家每户都藏有商鞅和管仲论法治的书，国家却越来越穷，原因就在于空谈耕作的人太多，而真正拿起农具种地的人太少。全国的民众都在谈论如何打仗，每家每户都藏有孙子和吴起的兵书，国家的兵力却越来越弱，原因就在于空谈打仗的人太多，而真正穿起铠甲上阵的人太少。所以明君只使用民众的力量，不听信高谈阔论；奖赏人们的功劳，坚决禁止那些无用的言行；这样民众就会拼命为君主出力。耕种是需要花费气力吃苦耐劳的事情，而民众却愿意去干，因为他们认为可以由此达到富足。打仗是十分危险的事情，而民众却愿意去干，因为他们认为可以由此取得显贵。如今只要擅长文章学术，能说会道，无需耕种的劳苦就可以获得富足的实惠，无需冒打仗的危险便可以得到尊贵的官爵，那么谁不乐意呢？结果就出现了一百个人从事智谋活动，却只有一个人致力于耕战的情形。从事智谋活动的人多了，法治就要遭到破坏；致力于耕战的人少了，国家就会变得贫穷。这就是社会所以混乱的原因。

因此，在明君的国家里，没有文献典籍，而以法令为教本；禁绝先王的言论，而以官吏为老师；没有游侠刺客的凶悍，而以杀敌立功为勇敢。这样，国内民众的一切言论都必须遵循法令的规定，一切行动都必须归结于对国家有功，一切勇敢都必须用到从军打仗上。正因如此，太平时期国家就富足；战争时期兵力就强盛，这就积累了称王天下的资本。既然拥有称王天下的资本，又善于利用敌国的可乘之机，那么超过五帝、比肩三王，一定得采用这种办法。

专家点评

韩非提倡变法，目的在于使专制君王牢牢地把持权力，维护最高统治者的既得利益。围绕这个目的，他的谈变在很大程度上变成了为反传统、搞权术、饰非拒谏寻找托词。后来秦二世在和赵高的君臣对谈中，就曾经引用韩非的《五蠹》来为自己的穷奢极欲、残害百姓辩护。因此，秦的迅速灭亡，也跟推行韩非的那一套理论脱不了干系。

本篇运用先摆事实，后讲道理的方法，由远而近，从古到今，自浅入深，从具体到抽象，层层深入，论证深刻周密，文风峻刻犀利，具有难以抗拒的说服力。文中寓言的运用和史事的引述，都有助于以具体的形象说明抽象的道理。议论中常引用寓言故事来说理，也增强了文章的生动性。

作者	文体	推荐理由
李斯	奏章	本文选自《史记·李斯列传》。在中国的封建社会，表面上看是人才的普遍缺乏，但从实质上说，则是是否人尽其才的问题，所以我们要呼吁的是"不拘一格用人才"。

秦之文章的楷模
——《谏逐客书》

名文欣赏

原文节选

臣闻吏议逐客，窃以为过矣。昔穆公求士，西取由余于戎，东得百里奚于宛，迎蹇叔于宋，求丕豹、公孙支于晋。此五子者，不产于秦，而穆公用之，并国二十，遂霸西戎。孝公用商鞅之法，移风易俗，民以殷盛，国以富强，百姓乐用，诸侯亲服。获楚、魏之师，举地千里，至今治强。惠王用张仪之计，拔三川之地，西并巴蜀，北收上郡，南取汉中。包九夷，制鄢、郢，东据成皋之险，割膏腴之壤，遂散六国之纵，使之西面事秦，功施到今。昭王得范雎，废穰侯，逐华阳，强公室，杜私门，蚕食诸侯，使秦成帝业。此四君者，皆以客之功。由此观之，客何负于秦哉！向使四君却客而不用，疏士而不与，是使国无富利之实，而秦无强大之名也。

……

臣闻地广者粟多，国大者人众，兵强者士勇。是以泰山不让土壤，故能成其大；河海不择细流，故能就其深；王者不却众庶，故能明其德。是以地无四方，民无异国，四时充美，鬼神降福。此五帝三王之所以无敌也。今乃弃黔首以资敌国，却宾客以业诸侯，使天下之士退而不敢西向，裹足不入秦，此所谓"藉寇兵而赍盗粮"者也。

夫物不产于秦，可宝者多；士不产于秦，而愿忠者众。今逐客以资敌国，损民以益雠，内自虚而外树怨于诸侯，求国无危，不可得也。

译文

臣听说官吏们在计议驱逐客卿，臣私下以为这是错误的。从前，穆公访求贤士，从西方的戎争取由余，从东方的宛得到百里奚，从宋国迎来蹇叔，从晋国招致丕豹、公孙支。这五位先生，不出生在秦国，而穆公任用他们，兼并了二十个小国，终于称霸西戎地区。孝公采用商鞅的新法，转移风气，改变习俗，人民因而殷实兴旺，诸侯都来亲附听命，至今政治安定，国力强盛。惠王采用张仪的计策，攻占三川地区，西并巴蜀，北收上郡，南取汉中，囊括九夷，控制鄢、郢，东据成皋之险，割取别国肥沃的土地，于是拆散六国的合纵联盟，迫使他们向西侍奉秦国，功业一直延续至今。昭王得范雎，废穰侯，驱逐华阳君，加强王室地位、遏制贵族势力，一步步吞食诸侯各国，使秦国成就了帝王的事业。这四位君王，都是依靠客卿的功劳。从上述事实看，客卿有什么对不起秦国的地方呢？假使

▼ 秦代官殿壁画驷马图。

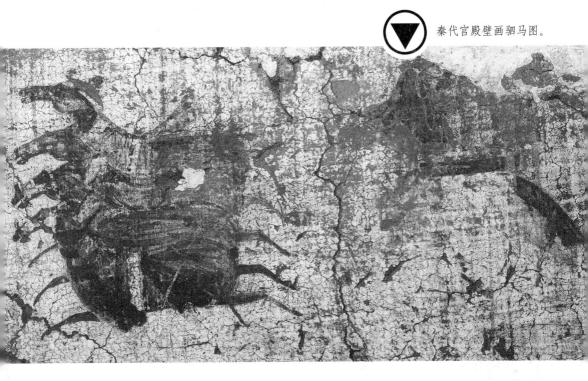

79

当初四位君王拒绝客卿而不接纳，疏远贤士而不任用，那就会使国家没有雄厚富裕的实力，而秦国也就没有强盛的威名了。

……

臣听说，土地广阔，粮食就充足，国家强大，人口就众多，武器精良，士兵就勇敢。因此，泰山不舍弃任何土壤，所以能那样高大；河海不排斥任何细流，所以能那样深广；帝王不拒绝任何臣民，所以能显示他们的恩德。因此，土地不论东西南北，民众不问哪个国家，四季都很美好，鬼神都来降福，这就是五帝三王之所以无敌于天下的原因。如今竟然抛弃百姓去资助敌对国家，排斥客卿以成就其他诸侯，使天下的贤士退缩而不敢向西方来，停步而不愿进入秦国，这可就是"供给敌人武器，送给强盗粮食啊"！东西不出产于秦国，而宝贵的却很多；贤士不出生于秦国，然而愿意效忠者不少。如今，驱逐客卿以资助敌国，损害民众而有利仇人，对内削弱自己，对外结怨诸侯，而想求得国家没有危险，是不可能的啊！

专家点评

文中首先从正面立论，历数穆公、孝公、惠王、昭王四朝受重用的客卿对秦国发展和强大所起到的重要作用；接着反面作结："如果当时四位君主不用客卿，秦国就不可能出现国富民殷的局面，博得强大无敌的名声。"随后指出，对人才兼收并蓄是五帝三王能无敌于天下的原因，现在秦王却采取弃贤资敌的做法，无异于自取灭亡。

文章思路清晰，逻辑严密，论理透彻。所举大量的事实有效地证明了作者的观点。同时还运用了比喻、对比、排比、反问等多种修辞手法，使得文章有如长江大河，一泻千里，有着不容置辩的说服力。无怪乎后人称赞"秦之文章，李斯一人而已"（鲁迅《汉文学史纲要》）。

 秦代武士跪射俑。

作者	文体	推荐理由
刘邦	诏书	本文选自《汉书·高祖记》。在短短179个字的文章中，展现了刘邦跨越历史与现实、高瞻远瞩的霸主风范，真实地道出了他求贤若渴、礼贤下士的真实情感和宽广胸襟。

对贤士英才的呼唤

——《高帝求贤诏》

名文欣赏

原文

盖闻王者莫高于周文，伯者莫高于齐桓，皆待贤人而成名。今天下贤者智能，岂特古之人乎？患在人主不交故也，士奚由进？

今吾以天之灵，贤士大夫，定有天下，以为一家。欲其长久，世世奉宗庙亡绝也。贤人已与我共平之矣，而不与吾共安利之，可乎？贤士大夫有肯从我游者，吾能尊显之。布告天下，使明知朕意。

御史大夫昌下相国，相国酂侯下诸侯王，御史中执法下郡守。其有意称明德者，必身劝，为之驾，遣诣相国府，署行、义、年。有而弗言，觉免。年老癃病，勿遣。

译文

听说三王中以周文王之德最高，五霸中以齐桓公之功最高，他们都靠贤人的辅佐而成名。若论天下贤人的智慧和才能，难道只有古人才具有吗？如果君主不去和他们交往，贤

士怎能有机会显露自身的才华呢？

现在我靠上天辅佐，倚仗贤士大夫们平定天下，把天下统一为一家。想要使政权长久，世世代代不断地供奉祠宗庙。贤士们已和我一起平定了天下，怎能不来跟我一起享受太平呢？贤士们有肯和我交游的，我能使他们尊贵。（将这圣旨）布告天下，让大家知道我的意思。

这诏书由御史大夫周昌下达给相国，相国萧何将它下达给诸侯王，御史中执法下达到各郡的郡守。地方上有确具才德的士人，地方官一定要亲自去劝说，给他驾上马车，送到

西汉开国皇帝汉高祖刘邦。

相国府，注明被举者的为人行事、容貌和年龄。地方上有贤才而郡守不荐举，被发觉后即予免职。年老有病的，不必遣送。

专家点评

本文选自《汉书·高祖纪》，标题依普通选本。

诏书首先以古证今，指出古代像周文王、齐桓公这样成就了王霸之业的君主，他们之所以能够取得成功，是离不开像姜太公和管仲这样的贤士大夫的辅佐的。现在，他之所以能够取得天下，也是凭借上天的保佑和贤士大夫的辅佐，意思是说，没有这些贤者，就没有汉朝的天下。这固然是道出了历史的事实，而且可以想见，士人读到这里，将会多么热血沸腾。因为辅佐君王成就周文王、齐桓公的王霸之业，可以说一直是中国古代士人的最高理想。而刘邦这一纸诏书，简直就是一声热烈的召唤，呼唤有志者辅佐他共襄大举，成就霸业。诏书非常率直地宣称，如果贤士大夫能够为他所用，他就会让他充分发挥自己的才能，从而获得尊贵的地位和显赫的权势。求贤的诏书，要由御史大夫周昌到相国萧何，再由萧何下达到各诸侯王，由各诸侯王下达到各郡守。各郡守一旦发现这样的人才，一定要亲自劝说，给他备车，送到相国府，可见他对此事的重视。从这些细节的交代中可以看出刘邦对此事的慎重态度和重视程度，流露出他"安得猛士兮守四方"的真挚感情。

作者	文体	推荐理由
戴圣	散文	本文选自《礼记·礼运》。文中论述多用对偶、排比等修辞手法，增强了文章的气势和感染力。

美好生活的心灵寄托
——《礼运》

名文欣赏

原文节选

子曰："大道之行也，与三代之英，丘未之逮也，而有志焉。大道之行也，天下为公。选贤与能，讲信修睦。故人不独亲其亲，不独子其子；使老有所终，壮有所用，幼有所长；矜、寡、孤、独、废疾者皆有所养；男有分，女有归。货，恶其弃于地也，不必藏于己；力，恶其不出于身也，不必为己。是故谋闭而不兴，盗窃乱贼而不作，故外户而不闭，是谓大同。今大道既隐，天下为家。各亲其亲，各子其子，货力为己，大人世及以为礼，城郭沟池以为固，礼义以为纪，以正君臣，以笃父子，以睦兄弟，以和夫妇，以设制度，以立田里，以贤勇知，以功为己。故谋用是作，而兵由此起。禹、汤、文、武、成王、周公由此其选也。此六君子者，未有不谨于礼者也，以著其义，以考其信，著有过，刑仁讲让，示民有常。如有不由此者，在执者去，众以为殃。是谓小康。"

译文

孔子说："大道实行的时代和夏、商、周三代英明的君主当政的时代，我没有赶上，但我有志于此。在大道实行的时代，天下是公有的。选举有贤德和才能的人出来为大家办事，讲求信用，相处和睦。所以人们不仅仅敬爱自己的父母，也不仅仅抚爱自己的子女；而是让老年人都能得到奉养直到寿终，让青年人尽量发挥他们的作用，让年幼的人都能得到抚养而健康成长；年老而没有妻子的男人、年老而没有丈夫的妇女、年幼而没有父母的儿童、年老而没有子女以及身患残疾丧失劳动力的人，都能够得到赡养；男人都有职业，女人都有夫家。对于财物，只恨它抛弃在地上不被人利用，但不一定要归自己收藏；对于力气，只恨它不从自己身上使出来，却不一定是为了自己的利益。因此杜绝了奸邪阴谋，没有盗窃财物作乱害人的坏事，所以家家的大门用不着牢牢关闭。这就叫做'大同'。现在大道已经隐没不行了，天下变成了一家的私有。各人只孝敬自己的父母，只抚爱自己的子女，对于财物和气力，都是为自己的利益做打算。天子诸侯的世袭成为制度，建造了城、郭、沟、池用来保障安全，以礼义作为统治的纲纪，以摆正君臣的地位，以加深父子的感情，以保持兄弟的亲睦，以维系夫妻的和睦，以建立各种制度，划分田地闾里的界区，尊崇有勇有智的人，建功立业都是为了自己。所以，奸邪阴谋由此兴起，战乱的坏事也由此发生。禹、汤、文王、武王、成王、周公都用这样的方法成为夏、商、周三代的杰出人物。这六位杰出人物没有一个不谨慎郑重地执行礼的。用礼来分清是非，用礼来考察真伪，用礼来揭露过错；用礼来奖赏有仁德的人，把他们树为榜样；用礼来说服互相争夺的人，要他们讲求礼让；用礼来指示万民，让他们明白应当遵守的常规。如果有权势的在位者不以礼为准则，将被众人认为祸国殃民而遭到罢黜。这就叫做'小康'。"

周公对以往的宗法传统习惯进行整理，制定出一套维护宗法等级制度的行为规范、典章制度及礼节仪式，这个时候的"礼"已基本完善，为后世所尊崇。

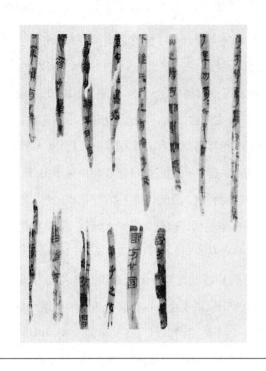

《诗经》竹简。"小康"一词最早出现在《诗经》中,为"安乐、休息"的意思。

专家点评

节选自《礼记·礼运》。本篇大约是战国末年或秦汉之际的儒家学者托名孔子答问的著作。因为它记载的是五帝三王以来礼的变化,所以用"礼运"为篇名。这里节选的是其中关于"大同"和"小康"世界的论述部分。

所谓"大同",即"天下为公"的理想世界,指的是夏禹以前我国原始公社时的社会情况。"大道之行也,天下为公",是后期儒家的社会理想,带有空想的特征。但它反映了人们对当时社会现实的不满,寄托着人们对没有剥削、压迫,人人平等、幸福的美好社会的向往。

"小康"一词早在《诗经》时代就已经出现了。本篇所谓"小康",是作者对"天下为家"的阶级社会的概括。所谓"大道既隐,天下为家",是指私有制产生以后,人各为己,问题很多,甚至兵戎相见,所以要用禹、汤、文、武、成王、周公制定的一套"礼仪"来教育、制约人民,使其达到"小康"的生活。

作者	文体	推荐理由
戴圣	议论文	《学记》是解说古代教育的一篇论著，是古代教育界的一本教科书，是闪耀着儒家光辉思想的一面旗帜，是中国乃至世界上最早最具有系统性、理论性的教育专论之一。

世界史上最早的教育文献
——《学记》

名文欣赏

原文节选

玉不琢，不成器；人不学，不知道。是故，古之王者，建国君民，教学为先。《兑命》曰："念终始典于学"，其此之谓乎！

虽有嘉肴，弗食，不知其旨也；虽有至道，弗学，不知其善也。是故学然后知不足，教然后知困。知不足，然后能自反也；知困，然后能自强也。故曰：教学相长也。《兑命》曰："学学半"，其此之谓乎！

……

大学之法，禁于未发之谓"豫"，当其可之谓"时"，不陵节而施之谓"孙"，相观而善之谓"摩"。此四者，教之所由兴也。

发然后禁，则捍格而不胜；时过然后学，则勤苦而难成；杂施而不孙，则坏乱而不修；独学而无友，则孤陋而寡闻；燕朋逆其师；燕辟废其学。此六者，教之所由废也。

……

　　学者有四失，教者必知之。人之学也，或失则多，或失则寡，或失则易，或失则止。此四者，心之莫同也。知其心，然后能救其失也。教也者，长善而救其失者也。

　　善学者，师逸而功倍，又从而庸之；不善学者，师勤而功半，又从而怨之。善问者，如攻坚木，先其易者，后其节目，及其久也，相说以解；不善问者反此。善待问者，如撞钟，叩之以小者则小鸣，叩之以大者则大鸣，待其从容，然后尽其声；不善答问者反此。此皆进学之道也。

译文

　　玉石不经雕琢，不能成为好的器物；人不学习，就不通达事理。因此古代做君王的人，建立国家，治理民众，都把兴教办学放在第一位。《尚书·兑命》说："人君应当始终念念不忘以教育为本。"就是说的这个意思吧。

　　即使是美味佳肴，你不吃，就不知道它的美味；虽然有高深完善的道理，如果不学，就不知道它好在哪里。因此，通过学习才能知道自己的不足，通过教育别人才发现自己的困惑。知道不足，然后能反省自己；知道困惑，然后能加强自己。因此说教和学是互相促进的。《兑命》篇说："教学一半是教别人，另一半也是增长自己的知识。"就是说的这个意思吧。

　　……

　　大学的教育方法，在学生的邪念尚未萌发的时候就加以预防、禁止，叫做"预防"；当学生可以教育的时候及时进行教育，叫做"适时"；不超越阶段、循序渐进地施行教育，叫做"顺序"；互相观察、学习而提高，叫做"观摩"。以上四条，就是使教育兴盛的方法。

如果等到坏事发生之后再加以禁止，就会因为遭到抵触而难以奏效；如果错过了学习的最佳时机再学习，那么，学起来就会劳苦不堪，也难有成就；如果教学急功近利，或杂乱无章，而不循序渐进，就会打乱教学秩序而无法整饬；如果独自学习而没有朋友互相切磋，就会学识褊狭浅薄而见识不广；如果交友不慎，就会违背师教；闲逛不学好，就会荒废学业。以上六个方面，就是造成教育失败的原因。

……

学生易犯四种过失，老师必须了解。学生的学习，有的失于贪多，有的失于知识面偏窄，有的失于见异思迁，有的失于浅尝辄止。有这四种过失的学生，心理各不相同。了解这些学生的心理，老师才能帮助挽救他们的过失。从事教育的人，就是发扬人的长处而挽救人的过失的。

会学习的学生，能使老师省力而事半功倍，并能感激老师；不会学习的学生，老师辛苦而事倍功半，还要怨恨老师。善于提问的人，如同杠劈坚硬的木材，先从较容易的部位开始，然后再对付树节坚硬处，时间长了，各部分就相互脱离，分解开了；不善于提问的人正好与此相反。善于回答问题的人如同撞钟，用小槌叩击就发出小的鸣声，用大槌叩击就发出大的鸣声，等到钟声从容鸣响而后散尽（问题也就迎刃而解了）；不善于回答问题的人就正好与此相反。这些都是增进学识的道理。

专家点评

文章指出教与学各自有着不同的特征。就"教"的方面而言，提出了"教之所由兴也"有四，"教之所由废也"有六。作者认为教育应及早进行，以收防微杜渐、未雨绸缪之效；否则就有可能因为积重难返而导致劳而无功。学习和教育都要把握好时机，才能收到事倍功半的成效；一旦错过了最佳时机，即使再刻苦努力，也只能有事倍功半的结果。要按照教育的规律办事，按部就班地进行学和教；否则就难以达到预期的效果。学习还应该互相切磋，取长补短，共同进步；如果独自向隅，就会孤陋寡闻，难成大器。以上几点，作者都从正反两方面来阐述，切实中肯，确实是经验之谈，至今仍具有很强的现实针对性。

《礼记》的成书年代在两千多年前的战国后期，比古罗马教育家昆体良的《论演说家的教育》早三百多年，比十七世纪捷克斯洛伐克教育家夸美纽斯的《大教学论》早一千八百多年，可以说是世界教育史上最早的教育文献。

对社会现实的大胆揭露
——《论积贮疏》

名文欣赏

原文

筦子曰："仓廪实而知礼节。"民不足而可治者，自古及今，未之尝闻。古之人曰："一夫不耕，或受之饥；一女不织，或受之寒。"生之有时，而用之亡度，则物力必屈。古之治天下，至纤至悉也，故其畜积足恃。今背本而趋末，食者甚众，是天下之大残也；淫侈之俗，日日以长，是天下之大贼也。残贼公行，莫之或止；大命将泛，莫之振救。生之者甚少，而靡之者甚多，天下财产何得不蹶！

汉之为汉，几四十年矣，公私之积，犹可哀痛！失时不雨，民且狼顾；岁恶不入，请卖爵子，既闻耳矣。安有为天下阽危者若是，而上不惊者？世之有饥穰，天之行也，禹、汤被之矣。即不幸有方二三千里之旱，国胡以相恤？卒然边境有急，数千百万之众，国胡以馈之？兵旱相乘，天下大屈，有勇力者，聚徒而衡击；罢夫羸老，易子而龁其骨。政治未毕通也，远方之能疑者并举而争起矣。乃骇而图之，岂将有及乎？

夫积贮者，天下之大命也。苟粟多而财有余，何为而不成？以攻则取，以守则固，以战则胜。怀敌附远，何招而不至！今殴民而归之农田，皆著于本；使天下各食其力，末技游食之民，转而缘南畮，则畜积足而人乐其所矣。可以为富安天下，而直为此廪廪也，窃为陛下惜之。

译文

管子说："粮仓装满了，人们才会讲究礼节。"老百姓没有足够的粮食而国家却能够治理好，这种事例从古到今从来没有听说过。古人说过这样的话："一个农夫不耕田种地，就会有人挨饿；一个农妇不养蚕织布，就会有人受冻。"生产粮食等生活物资需要一定的时间，但使用起来却没有限度，那么物资就一定会匮乏。古代的君主治理国家，工作细致、考虑周到，所以他们的物资储备就足以依赖。如今人们放弃农业生产去从事工商业活动，需要国家养活的人很多，这对国家来说是个很大的害处。铺张浪费的风气，一天比一天盛行，这也是国家的一个大害。弃农经商、铺张浪费的行为公然流行，没有人出来制止，国家的命运将要倾覆了，没有人来拯救！从事粮食、物资生产的人很少，可是挥霍浪费的人却很多，一个国家的物资怎么可能不匮乏呢？

汉朝立国已经将近四十年了，但国家和私人粮食储备还少得令人心忧！耕种季节的雨水不足，老百姓就有顾虑；农作物收成不好，国家就只好卖爵位，人民就只能卖儿卖女，这些事情大概皇上都听说了吧。一个国家出现这样危急的情况，居上位治理国家的人怎么能不惊慌忧虑呢？农业生产上有歉收，也有丰收，这是自然的规律。夏禹、商汤都遇到过有灾荒的年头。现在如果不幸有方圆二三千里的地方发生旱灾，国家用什么来救济老百姓呢？或者突然间边疆有紧急军情，要出动上千、上百万的军队，国家用什么来保证军队的后方供给呢？战事、旱灾

贾谊一生受谗遭贬，未登公卿之位，但他具有的远见卓识是其他人不可比拟的。

相继发生，国家的物资都消耗一空，那些年轻力壮的人只好聚众抢劫，老弱病残的人就只能交换子女来充饥了！国家的治理没有走上正常的轨道，边远地区那些有野心的人就会相继造反。到那时才产生警觉，策划平定的方法，难道还来得及吗？

粮食、物资的储备，是一个国家的命脉。如果一个国家的粮食充足、物资丰富，还有什么事情办不到的？凭这种优势去进攻别的国家，就会无坚不摧；凭这种优势来抵抗敌人侵扰，就会牢不可破；凭这种优势去抗击敌人，就会战无不胜；凭这种优势去安抚远方的人，又有谁敢不归顺！现在如果能够采取措施，促使老百姓回去从事农业生产，让他们牢固地依附在土地上，使全国的人都自食其力，迫使那些从事工商业的人和无业游民都回到农村去从事耕作，那么国家和私人的粮食以及其他物资的储备就会充裕起来，人们就会安居乐业了。本来是可以让国家富裕、社会安定的，如今却出现这样令人担忧的情况，我私下为皇上感到可惜！

专家点评

所谓"积贮"，就是屯积五谷，以防备水旱兵灾。本文首先引用管子"仓廪实而知礼节"和"一夫不耕，或受之饥，一女不织，或受之寒"的论断，从理论上阐明粮食储蓄对于巩固封建政权的重大政治作用和深远的历史意义。接着指出西汉建国近40年，由于"生之者甚少，而靡之者甚众"，指出"公私之积，犹可哀痛"，国家时有粮食匮乏导致颠覆的危险。紧接着提出积贮以备灾荒的主张，指出不积贮粮食的危害：一旦发生旱灾，国家无以赈灾；万一边境有急，国家无以筹粮；这样"兵旱相乘，天下大屈"，万一有人聚众作乱，则后果不堪设想。这样就从反面论证了为了内安社会，外御强敌，储备充足的物资是必要的。最后从正面归结到"夫积贮者，天下之大命也"，指出"苟粟多而财有余，何为而不成"、"怀敌附远，何招而不至"的大利。同时，进一步提出了"驱民而归之农，皆著于本，使天下各食其力"的具体办法。贾谊在文章中还毫不隐讳地揭露了当时人民备受饥寒的困苦生活，对统治阶级骄奢淫逸、挥霍无度提出严厉的批判，言辞犀利激切。

作者	文体	推荐理由
晁错	奏章	《论贵粟疏》是晁错的代表作之一，也是"西汉鸿文"（鲁迅语）中的代表作之一。文章语言简练隽永，流畅优雅，充分体现了一个政治家兼文学家的睿智与才能，备受后人尊崇。

"西汉鸿文"的代表作
——《论贵粟疏》

名文欣赏

原文

圣王在上，而民不冻饥者，非能耕而食之，织而衣之也，为开其资财之道也。故尧、禹有九年之水，汤有七年之旱，而国亡捐瘠者，以畜积多而备先具也。今海内为一，土地人民之众不避汤、禹，加以亡天灾数年之水旱，而畜积未及者，何也？地有遗利，民有余力，生谷之土未尽垦，山泽之利未尽出也，游食之民未尽归农也。

民贫则奸邪生，贫生于不足，不足生于不农，不农则不地著，不地著则离乡轻家。民如鸟兽，虽有高城深池，严法重刑，犹不能禁也。夫寒之于衣，不待轻暖；饥之于食，不待甘旨。饥寒至身，不顾廉耻。人情一日不再食则饥，终岁不制衣则寒。夫腹饥不得食，肤寒不得衣，虽慈母不能保其子，君安能以有其民哉？明主知其然也，故务民于农桑，薄赋敛，广畜积，以实仓廪，备水旱，故民可得而有也。

民者，在上所以牧之，趋利如水走下，四方亡择也。夫珠玉金银，饥不可食，寒不可衣，然而众贵之者，以上用之故也。其为物轻微易藏，在于把握，可以周海内而亡饥寒之

患。此令臣轻背其主，而民易去其乡，盗贼有所劝，亡逃者得轻资也。粟米布帛生于地，长于时，聚于力，非可一日成也。数石之重，中人弗胜，不为奸邪所利，一日弗得而饥寒至，是故明君贵五谷而贱金玉。

今农夫五口之家，其服役者不下二人，其能耕者不过百亩，百亩之收不过百石。春种夏耕，秋获冬藏，伐薪樵，治官府，给徭役，春不得避风尘，夏不得避暑热，秋不得避阴雨，冬不得避寒冻，四时之间，亡日休息；又私自送往迎来，吊死问疾，养孤长幼在其中。勤苦如此，尚复被水旱之灾，急政暴虐，赋敛不时，朝令而暮改，当具有者半贾而卖，亡者取倍称之息。于是有卖田宅，鬻子孙，以偿责者矣。而商贾大者积贮倍息，小者坐列贩卖，操其奇赢，日游都市，乘上之急，所卖必倍。故其男不耕耘，女不蚕织，衣必文采，食必粱肉，亡农夫之苦，有仟佰之得。因其富厚，交通王侯，力过吏势，以利相倾，千里游敖，冠盖相望，乘坚策肥，履丝曳缟，此商人所以兼并农人，农人所以流亡者也。今法律贱商人，商人已富贵矣；尊农夫，农夫已贫贱矣。故俗之所贵，主之所贱也；吏之所卑，法之所尊也。上下相反，好恶乖迕，而欲国富法立，不可得也。

方今之务，莫若使民务农而已矣。欲民务农，在于贵粟。贵粟之道，在于使民以粟为赏罚。今募天下入粟县官，得以拜爵，得以除罪。如此，富人有爵，农民有钱，粟有所渫。夫能入粟以受爵，皆有余者也。取于有余，以供上用，则贫民之赋可损，所谓"损有余，补不足"，令出而民利者也。顺于民心，所补者三：一曰主用足，二曰民赋少，三曰劝农功。今令：民有车骑马一匹者，复卒三人。车骑者，天下武备也，故为复卒。神农之教曰："有石城十仞，汤池百步，带甲百万，而亡粟，弗能守也。"以是观之，粟者，王者大用，政之本务。令民入粟受爵，至五大夫以上，乃复一人耳。此其与骑马之功相去远矣。爵者，上之所擅，出于口而亡穷；粟者，民之所种，生于地而不乏。夫得高爵与免罪，人之所甚欲也。使天下人入粟于边，以受爵免罪，不过三岁，塞下之粟必多矣。

译文

在贤明君主的统治下，老百姓之所以没有挨饿受冻，并不是因为明君能种出粮食给老百姓吃，织出布帛给老百姓穿，而是由于他有给老百姓开辟财源的办法。所以尧、禹的时候有过九年水灾，汤的时候有过七年旱灾，可是却没有由于粮食缺乏导致百姓被遗弃或者瘦弱不堪因而减少国内人口，这是因为积蓄的粮食多，事先早有防灾的准备。现在全国统一，土地和人口之多不亚于汤、禹的时候，又多年没有发生水旱灾害，可是粮食的积蓄却不如禹、汤的时候，是什么原因呢？是因为现有的土地还没有得到有效利用，老百姓的生产能力还没有得到充分发挥，可以种植谷物的土地没有全部开垦，山林水泽的资源没有全部开发，社会上还有游手好闲、不劳而食的人不从事耕种。

老百姓生活贫困，就容易违法乱纪。他们生活贫困是由于财物不足，财物不足是由于老百姓不热爱农业生产，不热爱从事农业生产，便不愿在农村安家落户。不愿意在农村安家落户，便会轻易离开家乡。老百姓像鸟兽一样四处谋生，即使有很高的城墙，很深的护城河，严厉的法律，残酷的刑罚，还是不能禁止他们违法乱纪。人在寒冷的时候，不会等到有了轻便暖和的衣服才穿；人在饥饿的时候，也不会等到有了美食才吃。人一旦饥寒交迫，就不顾廉耻了。人之常情是：一天不吃两顿饭就会饥饿，一年到头不添制衣服就会受冻。肚子饿没有东西吃，身子冷没有衣服穿，就是慈爱的母亲也不能保全她的孩子，君主又怎么能保有他的百姓呢？英明的君主是懂得这个道理的，所以他让农民从事农业生产，减轻赋税，扩充积蓄，用来充实国库，防备水旱灾害，这样就可以得到老百姓的拥护。

老百姓的去留，取决于君主如何管理。他们追逐利益如同水朝低处流一样，是不选择什么东南西北的。珠宝、玉石、金银，饿了不能吃，冷了不能穿，但是大家都把它看得很珍贵，这是因为君主喜欢用它。这些东西，作为财物，轻便、小巧，容易收藏，可以放在手里拿着，走遍全国也不担心受冻挨饿。这样便使臣子轻易背叛君主，使老百姓轻易地离开他的家乡，使盗贼得到鼓励，使逃亡的人可以很轻便地携带着财物。粟米布帛的原料生在地里，生长要靠天时，收获加工需要人力，不是短时间可以完成的。好几石重的粮食布帛，一般人拿不动，不容易被坏人贪图利用，但一天得不到它，饥寒就产生了，因此英明的君主重视五谷而轻视金玉。现在五口之家的农户，给官府服役的不会少于两人，他们能耕种的田不会超过一百亩，一百亩田收的粮食不会超过一百石。春天耕种，夏天耕耘，秋天收获，冬天收藏，砍柴禾，修建房舍，提供劳役；做这些事春不能躲避风沙尘土，夏不能躲避酷暑炎热，秋不能躲避阴雨，冬不能躲避寒冷冰冻，一年四季，没有休息的时候；又有个人的送往迎来、悼念死者、慰问病人、抚养孤儿、养育小孩等等费用都出自农业收入。像这样辛勤劳苦，还遭受水旱灾害和官府残酷的压榨，征收赋税没有一定的时候，早上发出命令，晚上就要缴齐。在准备纳税时，手头有粮的，就把粮半价卖出去，手头没有钱粮的只能出加倍的利息向人借钱完税。于是出现了靠卖田卖屋、卖子卖孙来还债的情况。可是大商人却囤积货物，追求加倍的利润，小商人开设店铺，贩卖货物，也大获赢利。他们天天在街市上游逛，当朝廷急需某种货物的时候，就趁机抬高物价，牟取成倍的暴利。所以他们男的不从事农业生产，女的不养蚕织布，但穿的总是华美的锦绣，吃的总是精美的食物，没有经历过农民种田的辛苦，却坐享农民的劳动成果。依仗自己财力雄厚，他们与王侯结交，势力比官僚还大，相互争夺利益；还到处游玩，华丽的冠服车盖在大道上互相可以望见，他们乘着坚固的车子、赶着肥壮的马，脚穿丝鞋、身上拖着丝织的长衣，招摇过市，这就是商人兼并农民的土地，农民背井离乡、流亡在外的原因。现在法律上轻视商人，可是商人已经富贵之极；法律上尊重农民，可是农民已经贫困无比。所以世俗所尊重的，正是君主所轻视的商人；官吏所轻视的，正是法律上所尊重的农民。上下相反，喜恶的态度相互抵触，这样下去，国家富强、法制建全的理想是不能实现的。

当前最为紧要的事情，莫过于让老百姓安心务农。要老百姓安心务农，关键在于国家要重视粮食生产。重视粮食生产的办法，就是要让老百姓知道粮食可以作为奖赏和惩罚的手

 汉代画像石《乘驾云车·周游八极》。

段。现在需要号召全国人民把粮食缴纳给政府，使缴纳粮食的人能得到爵位，或免去罪刑。这样，富人有了爵位，农民有了钱，粮食也分散到需要的地方去了。能够献出粮食得到爵位的人，都是家有余粮的。从有余粮的人手中得到一些粮食，供政府使用，那贫穷农民的赋税就可以减少，这就是所谓损有余，补不足，命令一出，老百姓就会得到好处。依顺老百姓的心愿，好处有三点：一是政府需用的用度充足了，二是老百姓的田赋减少了，三是鼓励人们从事农业生产。现在法令规定：老百姓有出一匹拉战车的马的，可以免除三人服兵役。车骑是国家的军备，所以可以使献它的人免除兵役。神农氏留下教导说："有十仞高的石头城墙，百步长的注满沸水的护城河，披盔带甲的百万士兵，可是没有粮食，城池还是守不住。"由此可以看出，粮食是对于君王大有用途的东西，重视粮食是政事中根本大事。让老百姓交纳粮食，授予他五大夫以上的爵位，才免除一个人的兵役、劳役，这出粮食和出战马所得到的待遇相比真是相差太远了。爵位，是君主专有的东西，皇帝一开口，就可以没有穷尽地授给人爵位。粮食，是老百姓种出来的，只要生长在地里就不会缺乏。而得到高的爵位和免除罪刑，是人人都十分向往的权利。让天下的人将粮食送到边地，由此来得到爵位、免除罪刑，不超过三年，边防地区的粮食就一定会大大增多。

专家点评

选自《汉书·食货志》，标题依普通选本。

汉文帝十二年（公元前168年），晁错上书给汉文帝，说明守卫边塞、"劝农务本"是当前急迫的两件事。这一篇《论贵粟疏》就是论其中"劝农力本"的部分。汉初，实行"与民休息"的政策，生产得到了一定的恢复和发展。但随着商业的发展，大地主、大商人势力日益膨胀。他们大肆聚敛财富，兼并、侵夺广大农民的土地和财产，迫使大批农民破产逃亡，背井离乡，农业生产凋敝，贫富差距日益扩大，阶级矛盾渐趋激化。针对这种情况，晁错向文帝上了这一封奏疏，提出了重农抑商的主张和入粟受爵的建议。

文章指出，只有大力发展农业生产，才是安定社会、富国强兵的根本。只有让人民丰衣足食，才不会产生暴乱。明君应该"贵五谷而贱金玉"，使农民与土地相依为命，一心务农，不轻易离乡远走，去追逐商贾之利。作者尖锐地指出汉初农业政策的弊病，农民负担沉重，一年四季不停地耕作劳动，却所得甚微。而官府的赋税和劳役都很沉重，劳作一年的结果往往是即使贩卖儿女都不足以缴纳赋税。而商贾们交结王侯，兼并农民土地，操纵市场价格，囤积居奇，牟取暴利，不从事农业生产却坐享其成，生活奢侈，并受到世俗的尊重。有鉴于此，文中建议汉文帝采取贵粟的措施，即入粟受爵，以此来打破财产过于集中的状况，提高农业生产的地位，刺激农民生产粮食的积极性，带来主用足，民赋少，劝农功、塞下之粟必多三大好处。

这篇奏疏不仅是切中时弊的精彩政论，而且是历代传诵的文学名篇。文中善于使用对比手法，如用禹、汤有蓄积同当今无蓄积相比；用饥寒则君主不能保有其民，同充实粮仓以防备水旱则"民可得而有"相比；用贵珠玉的害处与贵粟之利相比；用农夫勤劳但生活困苦同商人的安逸享乐相比；用法律的贵贱同世俗的好恶相比；用有粟和无粟相比等等。通过正反两方面的对比，揭示了当时农民穷困劳苦的状况，抨击了商人的骄奢逸乐和政府的急征暴赋，呼吁最高统治者要重视和发展农业生产。在对比中又往往使用排比和铺陈，使得文气流动，气势不凡。文章逻辑严密，说理透彻，辞意畅达。立论方法上紧扣论点，环环紧扣，论证严密，具有极强的说服力。全篇语言风格简练峻急，流畅优雅，于严峻中透出一股逼人的气势。既体现了政治家的高瞻远瞩之谋，又表现了政论家的能言善辩之才，是鲁迅所称"西汉鸿文"中的代表作之一。

古代兵法的新巅峰
——《言兵事疏》

名文欣赏

原文节选

臣闻汉兴以来，胡虏数入边地，小入则小利，大入则大利；高后时再入陇西，攻城屠邑，驱略畜产；其后复入陇西，杀吏卒，大寇盗。窃闻战胜之威，民气百倍；败兵之卒，没世不复。自高后以来，陇西三困于匈奴矣，民气破伤，无有胜意。今兹陇西之吏，赖社稷之神灵，奉陛下之明诏，和辑士卒，砥砺其节，起破伤之民以当乘胜之匈奴，用少击众，杀一王、败其众而大有利。非陇西之民有勇怯，乃将吏之制巧拙异也。故兵法曰："有必胜之将，无必胜之民。"由此观之，安边境，立功名，在于良将，不可不择也。

……

臣又闻小大异形，强弱异势，险易异备。夫卑身以事强，小国之形也；合小以攻大，敌国之形也；以蛮夷攻蛮夷，中国之形也。今匈奴地形技艺与中国异。上下山阪，出入溪涧，中国之马弗与也；险道倾仄，且驰且射，中国之骑弗与也；风雨疲劳，饥渴不困，中国之人弗与也，此匈奴之长技也。若夫平原易地，轻车突骑，则匈奴之众易挠乱也；劲弩长戟射疏及远，则匈奴之弓弗能格也；坚甲利刃，长短相杂，游弩往来，什伍俱前，则匈奴之兵弗能当也；材官驺发，矢道同的，则匈奴之革笥木荐弗能支也；下马地斗，剑戟相接，去就相薄，则匈奴之足弗能给也，此中国之长技也。以此观之，匈奴之长技三，中国之长技五。陛下又兴数十万之众，以诛数万之匈奴，众寡之计，以十击一之术也。虽然，兵，凶器；战，危事也。以大为小，以强为弱，在俯昂之间耳。夫以人之死争胜，跌而不振，则悔之无及也。帝王之道，出于万全。今降胡义渠蛮夷之属来归谊者，其众数千，饮食长技与匈奴同，可赐之坚甲絮衣，劲弓利矢，益以边郡之良骑。令明将能知其习俗和辑其心者。以陛下之明约将之。即有险阻，以此当之；平地通道，则以轻车材官制之。两军相为表里，各用其长技，横加之以众，此万全之术也。

传曰："狂夫之言，而明主择焉。"臣错愚陋，昧死上狂言，唯陛下裁择。

译文

我听说汉兴以来，匈奴数次侵入边地，小规模的侵袭就获得小胜利，大举入侵就获得大的胜利；高祖吕后时再次侵入陇西，攻占城池，屠杀百姓，劫掠牲畜等财物；后来又侵入陇西，杀死守城的官兵，大肆劫掠。我私下听说，战胜的威力可以使百姓气势百倍；吃了败仗的士兵，很长时间都难以恢复元气。自从高祖吕后以来，陇西三次被困于匈奴，百姓垂头丧气，没有胜利的信心。现在陇西的官吏，上赖社稷的神灵，遵奉陛下圣明的命令，团结士卒，磨砺他们的气节，发动已经垂头丧气的百姓来抵挡乘胜前进的匈奴，以少敌众，杀死了一个匈奴的首领，大败他们的大部队而取得大的胜利。这并非陇西的百姓有勇敢和怯懦的区分，而是将领节制的方法有巧妙和笨拙的差别。所以兵法说："有一定会胜利的将领，没有一定会胜利的百姓。"由此看来，安定边境，建立功名，在于好的将领，所以不能不慎重选择。

……

我又听说小国和大国的表现不同，强国和弱国的形势有异，险要之地与不险要之地的戒备不同。谦卑地侍奉强国，这是小国的表现；联合小国来攻打大国，这是势均力敌的国家的表现；用蛮夷来攻打蛮夷，这是中国的表现。现在匈奴的地形和技艺都与中国不同。上下山阪，出入溪涧，中国的马匹不如他们；道路险要，地势不平，一边奔驰一边射箭，

中国的骑兵不如他们；经历风雨的疲劳，忍受饥渴的能力，中国人不如他们，这是匈奴擅长的地方。如果在平原上，地势平坦，轻车突骑，那么匈奴容易被挠乱；劲弩长戟射到远处，那么匈奴人的弓箭不能抵御；坚甲利刃，长短相杂，游弩往来，十个五个一拥而上，那么匈奴的士兵不能抵挡；能用强弩的骑射之官，同时射向敌军，那么匈奴的皮做的铠甲和木做的盾牌就不能抵挡了；在马下格斗，剑戟相交，短兵相接，那么匈奴人的脚就受到威胁了，这是中国擅长的地方。由此看来，匈奴的长处有三个，中国的长处有五个。陛下又兴兵数十万，用来诛讨数万人的匈奴，众寡悬殊，用的是以十击一的方法。尽管这样，兵器是不祥之物；战争是危险的事情。大变成小，强变成弱，只在俯仰之间那么短暂的时间里就会发生。硬打硬拼，企图用人海战术取胜，一旦失败，就难以东山再起，就会后悔莫及。帝王的策略，出自万分的周全。现在义渠的少数民族来投降汉朝的有数千人，他们的饮食和长处与匈奴一样，可以赐给他们盔甲棉衣、强劲的弓弩和锋利的箭，让边境的优秀将领统率他们。让将领了解他们的习俗，懂得他们心理，用陛下的规则约束他们。如果地势险要崎岖，让他们来抵挡匈奴；如果地势平坦无碍，就用汉朝的将领来对付匈奴。两西汉的长信宫灯。

军互相辅佐，各自发挥自己的长处，再加上数量众多，这是万无一失的方法。

传说："狂妄之人的话，圣明的君主加以选用。"我晁错愚昧鄙陋，冒死进献狂妄之言，希望陛下裁夺择用。

专家点评

西汉初期，居于我国北方的匈奴空前强大。到了冒顿单于统治的时候，更是大肆向四周扩张，向东大败东胡王，俘虏当地人民、畜产无数；向西攻打月氏，还先后吞并了附近几十个弱小民族。同时，匈奴豪酋又与汉王朝中的某些卖国求荣的通敌分子互相勾结，屡次南下，侵扰汉朝的北方边境，劫掠财物，杀戮人民，对汉朝的边境安全和边地人民正常的生产生活构成了严重威胁。汉文帝时，匈奴曾经屡次入侵，朝廷或者采取兵来将挡的消极抵抗政策，穷于应付；或者试图通过和亲来缓和朝廷和匈奴的紧张关系，但都没有收到显著的效果。当时汉朝的有识之士已经看到了解决这一问题的重要性和紧迫性，先后上书向文帝进献自己的看法。在晁错之前，著名的文学家贾谊就上《治安策》，向汉文帝陈述匈奴的危害。但在如何处理匈奴入侵这个问题上，并没有取得一致的意见。有主张和匈奴议和的，有主张坚决抗击的。而在主战一派，又有着是以攻为主还是以守为主的分歧，一时间众说纷纭。大家各执己见，莫衷一是。

当时担任太子家令的晁错，非常关心国事，对北方边境的局势有着深入的思考，他也呈上了自己的意见，就是这篇《言兵事疏》。从这篇奏疏中可以看出，晁错对于汉兴以来抗击匈奴的历史十分熟悉，对前代处理匈奴问题的得失成败也了然于胸，这使得他的论点有别于一般的书生之见，而是有着深刻的历史依据和坚实的现实基础，具有较强的可行性。他根据敌我双方的形势对比和汉朝当时的实力，提出了守边备塞的正确政策和一整套抗击匈奴的战略战术。

文章首先回顾了汉兴以来与匈奴作战胜败得失的情况，援引古代兵法"有必胜之将，无必胜之民"的说法，突出良将在战争中所起到的重要作用，并由此总结出"安边境，立功名，在于良将，不可不择也"的经验教训。为了说明将帅在守边备塞、训练士卒、鼓舞士气等多方面的重要作用，他采用对比的手法论述了吕后时"民气破伤，无有胜意"，到

西汉时期的单于和亲砖范。

文帝时"起破伤之民以当乘胜之匈奴，用少击众，杀一王、败其众而大有利"的形势转变，以叙述为议论，论证十分有力。文章用大量的笔墨，采取比较论证的方法，从战争的地理条件、武器装备及士卒训练等三个方面展开了充分论述，阐明了将帅在战争中争取胜利的三个重要条件："得地形"、"卒服习"、"器用利"。由此引出作者的结论，也就是在对匈奴的作战中器械要坚固锋利，士卒要精兵劲卒，将领要精通军事，君主要选择良将。这四个方面的论证，也是采取正反两面论证的方法。另外作者根据"小大异形，强弱异势，险易异备"的理论，具体分析了敌我的优劣条件，提出对匈奴作战的一整套战略战术，如"以蛮夷攻蛮夷"，"以己之长攻敌之短"，"以众攻寡"等，不但见解独到，而且具有现实可操作性。

一代思想家的伟大风范
——《论守边疏》

名文欣赏

原文

臣闻，秦时北攻胡貉，筑塞河上；南攻杨粤，置戍卒焉。其起兵而攻胡粤者，非以卫边地而救民死也，贪戾而欲广大也，故功未立而天下乱。且夫起兵而不知其势，战则为人禽，屯则卒积死。夫胡貉之地，积阴之处也，木皮三寸，冰厚六尺，食肉而饮酪，其人密理，鸟兽毳毛，其性能寒。杨粤之地，少阴多阳，其人疏理，鸟兽希毛，其性能暑。秦之戍卒，不能其水土，戍者死于边，输者偾于道。秦民见行，如往弃市，因以谪发之，名曰谪戍。先发吏有谪及赘婿、贾人，后以尝有市籍者，后又以大父母，父母尝有市籍者，后入闾取其左。发之不顺，行者深怨，有背畔之心。凡民守战至死而不降北者，以计为之也。故战胜守固，则有拜爵之赏；攻城屠邑，则得财卤以富家室。能使其众蒙矢石，赴汤火，视死如生。今秦之发卒也，有万死之害，而无铢两之报，死事之后，不得一算之复。天下明知祸烈及己也！陈胜行戍，至于大泽，为天下先倡，天下从之如流水者，秦以威劫而行之之敝也。

飞将军李广为击溃匈奴的进犯做出了巨大贡献。但针对匈奴不能只靠武力，应该从其民族习俗方面着手，彻底解决匈奴问题。

胡人衣食之业不著于地，其势易以扰乱边竟。何以明之？胡人食肉饮酪，衣皮毛，非有城郭田宅之归居，如飞鸟走兽于广野，美草甘水则止，草尽水竭则移。以是观之，往来转徙，时至时去，此胡人之生业，而中国之所以离南编也。今使胡人数处转牧行猎于塞下，或当燕代，或当上郡、北地、陇西，以候备塞之卒，卒少则入，陛下不救，则边民绝望而有降敌之心；救之，少发则不足，多发，远县才至，则胡又已去。聚而不罢，为费甚大；罢之，则胡复入。如此连年，则中国贫苦而民不安矣。

陛下幸忧边境，遣将吏发卒以治塞，甚大惠也。然令远方之卒守塞，一岁而更，不知胡人之能，不如选常居者家室田作，且以备之，以便为之高城深堑，具蔺石，布渠答。复为一城，其内城间百五十步。要害之处，通川之道，调立城邑，毋下千家，为中周虎落。先为室屋，具田器，乃募罪人及免徒复作，令居之；不足，募以丁奴婢赎罪及输奴婢欲以拜爵者，不足，乃募民之欲往者。皆赐高爵，复其家，予冬夏衣廪食，能自给而止；郡县之民，得买其爵以自增至卿；其亡夫若妻者，县官买予之。人情，非有匹敌不能久安其处。塞下之民，禄利不厚，不可使久居危难之地。胡人入驱而能止其所驱者，以其半予之，县官为赎其民。如是，则邑里相救助，赴胡不避死，非以德上也，欲全亲戚而利其财也。此与东方之戍卒不习地势而心畏胡者，功相万也。

以陛下之时，徙民实边，使远方无屯戍之事，塞下之民，父子相保，亡俘虏之患，利施后世，名称圣明，其与秦之行怨民，相去远矣。

译文

我听说秦朝曾进攻北方的胡貉，并在黄河岸边修筑要塞，还向南进攻南越，派兵驻守。秦朝派兵进攻胡貉和南越，不是为了保卫边疆以拯救苦难的百姓，而是为了扩张领土以满足其贪婪暴虐的欲望，所以没有取得成功反而致使天下大乱。再说，秦朝并不了解胡貉和南越的情况就贸然发兵，结果往往是一旦交战就被敌人俘获，一旦驻扎下来，只是徒增士兵的死亡数量。胡貉居住的地方，气候阴冷缺少阳光；树皮厚达三寸，结冰深达六尺；居民主要食用肉类和奶酪，身体十分结实；鸟兽的毛很细密，具有耐寒的特性。南越居住的地方，阴天少而阳光多，人的肌肉不发达，鸟兽的毛很稀少，具有耐热的特性。秦朝派去防守边疆的士兵不服当地水土，很多人病死在边塞，运输粮草的人大多倒毙在路旁。秦朝的老百姓把防守边疆的兵役看作去送死，于是有罪的又被发配到边疆去执行这项任务，称之为"谪戍"。起初，发配边疆的有受处分的官吏、赘婿和商人，后来又发配曾经当过商人的人，再后来竟发配祖父母或父母曾是商人的人，最后凡是居住在各闾左侧的贫民都被发配了。这种发配没有正当的理由，被发配的人十分怨恨，都有背叛朝廷的想法。一般而言，如果百姓在攻守作战中宁死也不投降，他们都有自己的考虑，这就是打败了敌人或守住了城池会有封爵的赏赐，攻下城邑并大肆掠杀可以得到财物，从而使自己的家庭生活富裕，所以他们才会在对敌作战中无视刀箭的危险，赴汤蹈火，视死如归。而秦朝对待被征发服役的士兵，只带给他们出生入死的危害，而没有丝毫的财物做报偿，人死后也没有任何减免赋役的优待，全国的老百姓都清楚地知道凡是被征伐就意味着大祸临头。所以陈胜去戍守边疆，走到大泽乡，就第一个举起了起义的旗帜，结果天下闻风响应，有如洪流奔腾，势不可挡，这就是秦朝威逼强迫人民戍守边疆的弊端。

北方胡人的衣食来源并不依靠农桑耕织，这容易导致他们对边疆地区进行骚扰掠夺。为什么这样说呢？因为胡人主要食用肉类和奶酪，衣服由皮毛制成。他们没有城邑、田地、住宅作为定居的家园，而是有如旷野上的飞鸟走兽，看到水草丰茂的地方就停留下来，水草耗尽便转移到一个新的地方。由此看来，辗转迁移、时来时去已经成为胡人的生活方式。这种生活方式使得中原人民无法安定地从事农业生产。现在，在边疆地区有很多地方可供胡人往来放牧打猎，有的正对着燕代一带，有的正对着上郡、北地、陇西等地区。胡人借此机会，随时侦察边塞的守备情况，发现兵力少就乘虚而入。这时陛下不发兵相救，边塞地区的军民就会对朝廷感到绝望，甚至会有投降敌人的想法。如果发兵相救，派去的士兵太少，则不足以抵御敌人的进攻；要大规模发兵救援，等士兵刚从远方郡县调来，胡人却已经逃走了。大量的兵力集中在边塞地区而不撤走，耗费又太大；如果立即撤走，胡人又要来进犯。这样持续几年，国家势必陷于贫困，而人民也得不到安宁。

陛下忧虑边境之事，调兵遣将以整顿边塞，真是一件大好事。但是，征发远方的士兵守备边塞，一年之后又要更换，而新来的士兵又不了解胡人的生活特性，这样倒不如选派一些人长期在边塞地区定居下来，让他们拥有家室，从事耕种，以充实守边力量。从而便于高筑城墙、深挖壕沟，准备大量臟石，遍布铁蒺藜，并在城内再筑一城，外城与内城之间相距一百五十步。凡是险隘之处，交通要道，都要计划修建这种城邑。城内的住户不得少于一千家，城市周围设置一道道篱笆似的屏障；要先修好住房，准备好农具，然后招募罪人以及刑期未满的人的前往定居；如果人口不足，就再招募用成年奴婢赎罪以及向官府输送奴婢想取得爵位的人；还不足，就招募老百姓当中愿意前往定居的人，赐给他们高级爵位，免除全家赋役，并给予冬天和夏天穿的衣服，由官府供给粮食，直到衣食能够自给自足为止。各郡县的老百姓都可以通过这个途径买到爵位，由大夫以上逐级增至列卿。其中有些没有丈夫或妻子的人，官府应买人给他们完婚。就人的性情来说，没有相应的回报，他们是不会在一个地方长久安定下去的。边塞地区的居民，如果不给予他们丰厚的利禄，他们不可能长期在这种危险的地方

汉代画像石《车骑·楼阁人物》。

安居乐业。胡人长驱入境进行掠夺，如果有人能够截获胡人掠夺的财物，财物的原主要分一半的财物给他，或者由官府作价向原主赎买这一半财物再送给他。这样一来，邻里之间就会相互救援帮助，就会共同对付胡人的劫掠而不是贪生怕死。他们这样做当然不是为了报答皇上的恩德，而是想保全身家性命并得到分享财物的好处。这与征发东方那些不熟悉边塞情况并对胡人心存恐惧的士兵相比，前者的功效要大于后者千万倍。

陛下从现在起，开始迁移民众充实边塞，既可使远方郡县不再有戍守边疆的任务，也可使边塞地区的百姓如同父子相互保护一样，没有被胡人掳掠的祸害，这必将有利于后世，博得皇上圣明的美名，与秦朝征发心怀怨恨的士兵去守边相比，有天壤之别啊！

专家点评

文章指出，匈奴人劫掠成性，和他们游牧民族的生活方式有关。他们终年东飘西荡，居无定所，哪里水草丰美，就到哪里去放牧。而他们正好有多处的放牧地和汉朝的边地相邻，这样他们就有机会去窥探那里的虚实，一旦有机可乘，就犯边扰民。所以对此一定要有长远的打算，不可重蹈秦朝以民戍边的覆辙。匈奴兵马来去不定，长期驻兵守御，势必消耗国力。因此晁错提出迁徙内地人民充实边疆、屯垦防御的建议，让他们平日发展生产，战时相互救助，共同御敌。为了鼓励人民迁居边地，晁错建议政府应该采取相应的奖励措施，比如赏赐迁居者爵位和田宅，免除其赋税和劳役。好处是不但可以加强边疆的守备力量，使边境免于匈奴的骚扰，而且耕作的所得也可以自给自足，减少军费开支。这大概是中国古代最早的移民屯垦。它不是一时的权宜之计或者一战的攻守之议，而是从战争的总体性质出发，深入地剖析了敌我双方形势、力量消长之后的对策，具有战略性的意义，见解是十分深刻的。

文章先从秦朝对待匈奴侵袭的对策失误说起，借以提醒文帝吸取秦朝的教训，自然地转入下文对于匈奴特殊习性的描述，引出迁徙内地居民到边地屯田的主张，前呼后应，有水到渠成之妙，行文很有技巧。文章结构严谨，逻辑严密，论及面对匈奴侵边扰民、汉廷进退两难的处境时的一段议论尤其精彩："陛下不救，则边民绝望而有降敌之心；救之，少发则不足，多发，远县才至，则胡又已去。聚而不罢，为费甚大；罢之，则胡复入。"议论意气风发，令人拍案叫绝。总之，文章分析形势深切详明，提出措施具体可行，善于以叙为议，夹叙夹议，而且议论富于形象性，都表现出晁错奏疏的特色。

作者	文体	推荐理由
赵充国	奏章	渗透着《孙子》思想光辉的《上屯田状》是武帝时的大将军赵充国的一篇兵家力作。文章摆事实，讲道理，内容充实，语言质朴，具有很强的说服力。

使西北边塞安定的良策
——《上屯田状》

名文欣赏

原文

臣闻，帝王之兵，以全取胜，是以贵谋而贱战。战而百胜，非善之善者也，故先为不可胜以待敌之可胜。蛮夷习俗虽殊于礼义之国，然其欲避害就利，爱亲戚，畏死亡，一也。今虏亡其美地荐草，愁于寄托远遁，骨肉离心，人有畔志，而明主般师罢兵，万人留田，顺天时，因地利，以待可胜之虏，虽未即伏辜，兵决可期月而望羌虏瓦解。前后降者万七百余人，及受言去者凡七十辈，此坐支解羌虏之具也。

臣谨条不出兵留田便宜十二事：步兵九校，吏士万人，留屯以为武备，因田致谷，威德并行，一也；又因排折羌虏，令不得归肥饶之堑，贫破其众，以成羌虏相畔之渐，二也；居民得并田作，不失农业，三也；军马一月之食，度支田士一岁，罢骑兵以省大费，四也；至春省甲士卒，循河湟漕谷至临羌，以际羌虏，扬威武，传世折冲之具，五也；以闲暇时，下所伐材，缮治邮亭，充入金城，六也；兵出，乘危徼幸，不出，令反畔之虏窜于风寒之地，离霜露、疾疫、瘃堕之患，坐得必胜之道，七也；亡经阻远追死伤之害，八也；内不

《耕种图》。人们生存靠的就是粮食，屯田可以安定民心，杜绝反叛之心。

损威武之重，外不令虏得乘间之势，九也；又亡惊动河南大开、小开，使生它变之忧，十也；治湟狭中道桥，令可至鲜水，以制西域，信威千里，从枕席上过师，十一也，大费既省，繇役豫息，以戒不虞，十二也。留屯田得十二便，出兵失十二利。

臣充国材下，犬马齿衰，不识长册，唯明诏博详公卿，议臣采择！

译文

我听说，帝王的军队，以毫无损失地获胜为高，是崇尚谋略而轻视作战的。战斗每战必胜，不是善中之善，所以先做好争取胜利的各种准备以等待可以取胜的时机。蛮夷民族的习俗虽然和我大汉礼仪之国不同，但他们想要避害就利，珍惜亲人，畏惧死亡，都是一样的。现在敌军没有肥沃的土地和丰盛的草料，为终日流离失所、四散奔逃而苦恼，就是骨肉也离心离德，人人都有反叛之心。皇上圣明，让疲劳的士兵回去，留下一万人在边疆屯田，顺应天时，凭借地利，伺机消灭敌人。敌人虽然没有马上服罪，但决战就在这个月，可以看得到敌军土崩瓦解。现在前后投降我军的已有一万零七百多人，听从我的话回去劝降的有七十批，这样就具备了不费一兵一卒而瓦解敌军的条件。

我谨逐一陈述不必出兵而留下士兵屯田的便利十二条：步兵九校，吏士一万人，留屯田以为武备，利用土地种植谷物，威德并行，这是第一条；又因此可以阻挠羌敌，使他们不能回到肥沃富饶之地，使他们贫困破败，以造成内部的叛乱形势，这是第二条；居民可以和军队一起耕田劳作，不影响农业生产，这是第三条；军马一个月的粮食，估计可以支出屯田军队一年的用度，废止骑兵用以节省大量费用，这是第四条；到春天检阅士兵，沿着河湟漕运谷到临羌，让羌虏见识我军的威武，向世人展示我们击退敌军的能力，这是第五条；利用空闲，运送所采伐的木材，缮治邮亭，充实金城，这是第六条；出兵是冒着危险侥幸取胜，不出兵还可以让反叛的敌军流窜在风寒之地，遭到寒冷和疾病的祸患，这是不费兵卒而得到胜利的办法，这是第七条；没有经历险阻远追死伤的害处，这是第八条；对内不损害威武的崇高威望，对外不让敌人得到可乘之机，这是第九条；又没有惊动黄河南大开、小开两个部落以致发生其他变化的忧虑，这是第十条；修治湟水一带道路桥梁，使之可以到达鲜水，以控制西域，威振千里，军队通过，十分便利，这是第十一条；大费既可节省，徭役可预先免除，以防意外，这是第十二条。留军屯田就能得到十二便利，出兵就失去十二便利。

臣赵充国才智低下，年岁衰老，不知道上等的策略，希望皇上圣明，能够下诏公卿，详细讨论臣的建议！

《扬场》。长年征战，归根到底拼的是粮草。积极实行屯田制度，使军中粮草有了保障。

专家点评

文章首先引用《孙子》"上兵伐谋"的观点，指出"战而百胜，非善之善者也"，要为不战而胜做好充分的准备，这才是用兵的上策。不战而胜的条件何在呢？那就是人都有趋利避害的本性，游牧民族爱好居住在土地肥沃、水草丰美的地方，现在士兵屯田，占据了他们的地方，可是他们的军队又无法和汉军匹敌，只有过着流离四散的日子。长此以往，必然会厌倦这种生活，就产生反叛之心，汉朝就可以不费一兵一卒而使边疆安宁。屯田不但可以收罢兵之利，而且可以保证边疆的长治久安。作者不只是高谈阔论，而是一口气罗列了罢兵屯田的十二大优势，而且句句都言之有理，难怪刚开始持反对意见的朝臣们后来一个个都被说服，改变了立场。

作者	文体	推荐理由
邹阳	奏章	文章正气凛然，悲愤激越，文采绚烂，富于感染力。用语婉转，态度恳切，逻辑严谨，结构周密，具有很强的说服力，遂成为千古名文。

战国文章中的瑰宝
——《狱中上梁王书》

名文欣赏

原文节选

语曰："有白头如新，倾盖如故。"何则？知与不知也。故樊於期逃秦之燕，借荆轲首以奉丹事；王奢去齐之魏，临城自刭以却齐而存魏。夫王奢、樊於期非新于齐、秦而故于燕、魏也，所以去二国死两君者，行合于志，慕义无穷也。是以苏秦不信于天下，为燕尾生；白圭战亡六城，为魏取中山。何则？诚有以相知也。苏秦相燕，人恶之燕王，燕王按剑而怒，食以駃騠；白圭显于中山，人恶之于魏文侯，文侯赐以夜光之璧。何则？两主二臣剖心析肝相信，岂移于浮辞哉！故女无美恶，入宫见妒；士无贤不肖，入朝见嫉。昔者司马喜膑脚于宋，卒相中山，范雎拉胁折齿于魏，卒为应侯。此二人者，皆信必然之画，捐朋党之私，挟孤独之交，故不能自免于嫉妒之人也。是以申徒狄蹈雍之河，徐衍负石入海，不容于世，义不苟取比周于朝，以移主上之心。故百里奚乞食于道路，缪公委之以政；甯戚饭牛车下，桓公任之以国。此二人者，岂素宦于朝，借誉于左右，然后二主用之哉？感于心，合于行，坚如胶漆，昆弟不能离，岂惑于众口哉？故偏听生奸，独任成乱。昔鲁听季孙之说逐孔子，宋任子冉之计囚墨翟。夫以孔、墨之辩，不能自免于谗谀，而二国以危。何则？"众口铄金，积毁销骨"也。秦用戎人由余而伯中国，齐用越人子臧而强威、宣。此二国岂系于俗，牵于世，系奇偏之浮辞哉！公听并观，垂明当世。故意合则吴越为兄弟，由余、子臧是矣；不合则骨肉为仇敌，朱、象、管、蔡是矣；今人主诚能用齐、秦之明，后宋、鲁之听，则五伯不足侔，而三王易为也。

是以圣王觉寤，捐子之之心，而不说田常之贤，封比干之后，修孕妇之墓，故功业覆于天下。何则？欲善无厌也。夫晋文亲其雠，强伯诸侯；齐桓用其仇，而一匡天下。何则？慈仁殷勤，诚加于心，不可以虚辞借也。至夫秦用商鞅之法，东弱韩魏，立强天下，卒车裂之；越用大夫种之谋，禽劲吴而伯中国，遂诛其身。是以孙叔敖三去相而不悔，於陵子仲辞三公，为人灌园。今人主诚能去骄傲之心，怀可报之意，披心腹，见情素，堕肝胆，施德厚，终与之穷达，无爱于士，则桀之犬可使吠尧，跖之客可使刺由。何况因万乘之权，假圣王之资乎？然则荆轲湛七族，要离燔妻子，岂足为大王道哉！

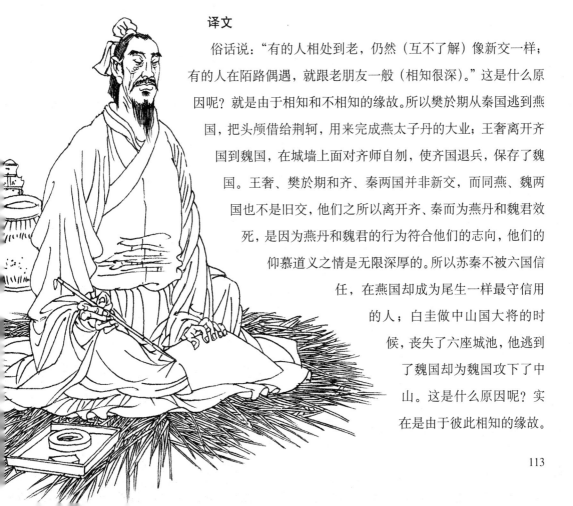

译文

俗话说："有的人相处到老，仍然（互不了解）像新交一样；有的人在陌路偶遇，就跟老朋友一般（相知很深）。"这是什么原因呢？就是由于相知和不相知的缘故。所以樊於期从秦国逃到燕国，把头颅借给荆轲，用来完成燕太子丹的大业；王奢离开齐国到魏国，在城墙上面对齐师自刎，使齐国退兵，保存了魏国。王奢、樊於期和齐、秦两国并非新交，而同燕、魏两国也不是旧交，他们之所以离开齐、秦而为燕丹和魏君效死，是因为燕丹和魏君的行为符合他们的志向，他们的仰慕道义之情是无限深厚的。所以苏秦不被六国信任，在燕国却成为尾生一样最守信用的人；白圭做中山国大将的时候，丧失了六座城池，他逃到了魏国却为魏国攻下了中山。这是什么原因呢？实在是由于彼此相知的缘故。

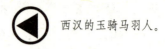
西汉的玉骑马羽人。

苏秦辅佐燕王的时候，有人在燕王面前说他的坏话，燕王对那个人按剑怒视，却把他的良马驺骁宰了宴请苏秦；白圭因攻下中山而地位显赫，有人在魏文侯面前说他的坏话，魏文侯反而赐给白圭夜光宝璧。这是什么原因呢？就是由于两个国君和两个大臣能够推心置腹互相信赖，其关系又怎么会被那些流言蜚语所动摇！所以女子不分美丑，一入宫中就遭到嫉妒；士人不分优劣，进了朝廷就遭到嫉妒。从前，司马喜在宋国受到膑刑，在中山国却官居丞相；范雎在魏国被敲断肋骨、打掉牙齿，在秦国被封为应侯。这两个人都深信自己必然能实现的筹谋，摒弃拉帮结派的私心，抱着孤芳自赏的态度与人交往，这就不免受到别人的嫉妒了。因此，申徒狄只好跳入雍水，徐衍只好抱石投海。他们不为当世所容，却坚守正义，不贪图眼前的私利，在朝廷上结党营私，去蒙蔽主上的心。从前，百里奚在路上讨饭，秦缪公却把政事委托给他；宁戚在车下喂牛，齐桓公却把国家的重任交给他。这两个人难道一向在朝里做官，依靠左右的人替他说好话，然后两国君主才重用他们的吗？这是因为两个人的心同主上的心相通，两个人的行为同主上的行为相合，君臣之间的关系坚固如胶漆，连亲兄弟也无法离间他们，难道能为众人之口所惑乱吗？所以偏听偏信就会产生奸邪，只信任一个人就要造成祸乱。从前鲁国君主听信了季孙氏的话，驱逐了孔子；宋国君主听信了子冉的计谋，拘禁了墨翟。以孔子、墨翟的雄辩，尚且不能使自己免于坏人的诬陷，致使鲁、宋两国也受到了危害，这是什么原因呢？这是由于"众口铄金，积毁销骨"的缘故。秦君任用戎人由余而称霸中原各国，齐国任用越人子臧而使威王、宣王时的国势强盛。这两个国家的君主难道是拘泥于俗情、牵制于世情、局限于偏见的人吗？他们能广泛听取意见，从各方面进行观察，从而使他们的英明声誉流传于世。所以意见相合，吴越可以成为兄弟，由余和子臧就是这样；意见不合，就是亲骨肉也可以变成仇敌，丹朱、象、管叔和蔡叔就是这样。假如人主真能采用齐、秦两国国君的明智做法，不要像宋君、鲁君那样偏听偏信，那么，五霸的事业不足以相比，而三王的功业也是很容易做到的。

因此，圣明的君主很明智，能摒弃子之那种"忠心"；不欣赏田常所谓的"贤能"，而是封忠臣比干的后嗣，修缮被害孕妇的坟墓，所以他们的功业大得可以覆盖天下。这是什么原因呢？这是因为存心行善就永远不会感到满足的。晋文公亲近他的仇人勃鞮，在诸侯中成为强霸；齐桓公任用他的仇人管仲，终于号令天下。这是什么原因呢？这是因为他们仁慈殷勤，心意真诚，不是凭着虚假的言辞装模作样的缘故！至于那个秦国，用商鞅的新法，向东削弱了韩、魏，很快成为天下的强国，而最后却把商鞅车裂了；越国用大夫文种的计谋，制服了强大的吴国，称霸中原，最后却迫使文种自杀。所以孙叔敖三次免相而不悔恨，於陵陈仲子辞掉三公的高官，去给人家浇菜园。现在的人主真能克服骄傲之心，抱着有功必报的宗旨，推心置腹，以诚相待，肝胆相照，厚施恩德，和谋臣同甘共苦，对他们毫无保留，那么可以让夏桀的狗对尧嗥叫，可以让跖的门客刺杀许由。何况凭着国君的权势，又借助圣王的恩泽呢？既然如此，那么荆轲不怕灭七族，要离甘愿烧死妻子的事，难道还有必要给大王讲吗？

专家点评

作者对谗谀小人、结党营私、蒙蔽君主、残害忠良的种种伎俩和罪行，进行了尖锐地揭露和深刻地批判，从历史和自身饱含血泪的经历中总结出"众口铄金，积毁销骨"的道理，可以说是痛切之至，堪称警世的格言。

文章大量引用历史典故和运用比喻，借他人之酒杯浇自己的块垒，借古人鸣冤来达到为自己伸冤的写法，是很高明的。文章还运用了大量通俗而深刻的比喻、谚语来说明他的论点，论证雄辩有力，情词恳切。

由奴隶跃升为宰相的伊尹。如果没有商汤的赏识与支持，伊尹很难成为宰相，所以贤明的君主是很重要的。

作者	文体	推荐理由
司马迁	记叙文	《项羽本纪》是《史记》人物传记中富有文学性的篇章之一，而"钜鹿、鸿门、垓下三段自是史公《项羽本纪》中聚精会神，极得意文字"（郭嵩焘《史记札记》）。

史传文学的典范
——《项羽本纪》

名文欣赏

原文节选

项王军壁垓下，兵少食尽，汉军及诸侯兵围之数重。夜闻汉军四面皆楚歌，项王乃大惊曰："汉皆已得楚乎？是何楚人之多也！"项王则夜起，饮帐中。有美人名虞，常幸从；骏马名骓，常骑之。于是项王乃悲歌慷慨，自为诗曰："力拔山兮气盖世，时不利兮骓不逝。骓不逝兮可奈何，虞兮虞兮奈若何！"歌数阕，美人和之。项王泣数行下，左右皆泣，莫能仰视。

于是项王乃上马骑，麾下壮士骑从者八百余人，直夜溃围南出，驰走。平明，汉军乃觉之，令骑将灌婴以五千骑追之。项王渡淮，骑能属者百余人耳。项王至阴陵，迷失道，问一田父，田父绐曰"左"。左，乃陷大泽中。以故汉追及之。项王乃复引兵而东，至东城，乃有二十八骑。汉骑追者数千人。项王自度不得脱。谓其骑曰，"吾起兵至今八岁矣，身七十余战，所当者破，所击者服，未尝败北，遂霸有天下。然今卒困于此，此天之亡我，非战之罪也。今日固决死，愿为诸君快战，必三胜之，为诸君溃围、斩将、刈旗，令诸君

清代版《史记》书影。

知天亡我，非战之罪也。"乃分其骑以为四队，四向。汉军围之数重。项王谓其骑曰："吾为公取彼一将。"令四面骑驰下，期山东为三处。于是项王大呼驰下，汉军皆披靡，遂斩汉一将。是时，赤泉侯为骑将，追项王，项王瞋目而叱之，赤泉侯人马俱惊，辟易数里，与其骑会为三处。汉军不知项王所在，乃分军为三，复围之。项王乃驰，复斩汉一都尉，杀数十百人，复聚其骑，亡其两骑耳。乃谓其骑曰："何如？"骑皆伏曰："如大王言。"

于是项王乃欲东渡乌江。乌江亭长檥船待，谓项王曰："江东虽小，地方千里，众数十万人，亦足王也。愿大王急渡。今独臣有船，汉军至，无以渡。"项王笑曰："天之亡我，我何渡为！且籍与江东子弟八千人渡江而西，今无一人还，纵江东父兄怜而王我，我何面目见之？纵彼不言，籍独不愧于心乎？"乃谓亭长曰："吾知公长者。吾骑此马五岁，所当无敌，尝一日行千里，不忍杀之，以赐公。"乃令骑皆下马步行，持短兵接战。独籍所杀汉军数百人。项王身亦被十余创。顾见汉军骑司马吕马童，曰："若非吾故人乎？"马童面之，指王翳曰："此项王也。"项王乃曰："吾闻汉购我头千金，邑万户，吾为若德。"乃自刎而死。

译文

项王的军队驻营垓下，兵少粮尽，且陷入了汉军和诸侯兵的重围。夜晚，听到四面的汉军都唱楚歌，项王大惊，说："汉军已经完全征服楚国了吗？为何楚人这么多！"于是，项王夜半起身，在军帐中饮酒。有个叫虞姬的美人，项王经常带在身边；有匹叫骓的骏马，项王经常骑着作战。项王作歌一首，慷慨悲愤地唱道："力能拔山啊，壮气盖世；时局不利啊，骓不奔驰。骓不奔驰啊，应该怎么办？虞姬啊，虞姬，叫我怎么把你安置？"项王接连唱了几遍，虞姬也一起唱和。项王的眼泪禁不住落下来。左右的人都感伤落泪，不忍抬头看项王。

于是项王上马，部下壮士八百余人骑马跟随，趁着黑夜，向南飞奔突围。天亮时，汉军才发觉，命令骑将灌婴率领五千骑兵追赶。项王渡过淮河，跟随的骑兵仅有一百多人了。待到东城（今安徽定远），随骑只剩下二十八人，而追赶的汉军骑兵却有几千人。项王估计无法逃脱，就对跟从的将士说："我从起兵到现在已经八年，亲自参加的战役达七十余次，阻挡我的无不被我打败，所要进攻的无不降服，从未打过败仗，因此称霸天下。然而今天却被围困于此，这是老天爷叫我灭亡，并不是我不会打仗所致。今日我要决一死战，为各位痛痛快快地打一仗，一定要战胜敌人三次，为各位突出重围，斩杀敌将，砍倒敌军大旗，让各位知道是天要亡我，并不是我不会打仗。"于是项王把将士分为四队，面向四方。在汉

"西楚霸王"项羽。

军重围之中，项王对将士说："我为你们斩一员敌将。"说罢命令四队将士冲下去，约定在山的东面分三处集合。项王大声呼喊着冲了下去，汉军惊恐溃散，项王当场斩了一员汉将。这时，汉军骑将杨喜追赶项王，项王怒目大吼，吓得杨喜人马俱惊，向后退了几里地。项王骑马奔驰，又斩了汉军一个都尉，杀了近百名追兵，等到部下会合起来，只损失了两个骑兵。项王对大家说："怎么样？"壮士们心悦诚服地回答："确如大王所说的一样。"

项王打算东渡乌江。乌江亭长备船等待，对项王说："江东虽小，但总还有地方千里，民众数十万，足可以称王。希望大王赶快渡江。现在只有我一条船，汉军来了也无法过江。"项王听了笑笑说："天要亡我，我渡江干什么！况且我项籍与江东子弟八千人渡江西进，今

项羽所忠爱的宠姬虞姬。

虞姬

天无一人回来，即使江东父兄怜惜我，奉我为王，我又有什么脸面再见他们？即便他们不说，我项籍难道不感到愧疚吗？"他又对亭长说："我知道你是个忠厚之人，我这匹马骑了五年，每战必胜，曾经日行千里，不忍心杀掉他，就送你做个纪念吧。"于是令将士们下马步行，持短兵器交战。项王一人就杀死汉军几百人，他自己身上也十几次受伤。项王回头看到汉军骑兵司马吕马童，便说："你不是我的老朋友吗？"吕马童不敢正视项王，指给王翳说："这就是项王。"项王接着说："我听说汉王用赐千金、封万户侯的重赏买我的头，我就送你做个人情吧。"说完，就自刎而死。

专家点评

　　"垓下之围"集中刻画了项羽英雄末路的复杂心理和真实情态，在气势雄壮的楚汉战争背景上涂上了重重的悲剧色彩。垓下被困，四面楚歌，项羽帐中夜饮，慷慨悲歌："力拔山兮气盖世，时不利兮骓不逝！骓不逝兮可奈何，虞兮虞兮奈若何！"抒发了英雄之气和儿女之情，催人泪下。可贵的是，作者对于项羽失败的描写不仅止于同情，他还写出了项羽至死不悟的自负和幼稚，塑造出的是一个有血有肉的悲剧英雄形象。项羽到死都没有意识到自己政治上的失败，在东城决战中他面对强敌，"大呼驰下，汉军皆披靡"；赤泉侯杨喜被他嗔目怒叱，竟"人马俱惊，辟易数里"；乌江自刎前，他与汉军短兵相击，一人杀汉军数百人，真正表现了拔山盖世的气概。他宁愿一死，也不愿怀着惭愧的心情在江东称王，表现了他憨直磊落的英雄本色。但他临死前还说："然今卒困于此，此天之亡我，非战之罪也。"没有认识到自己失败的原因在于缺少谋略，却又是多么可悲！

史上最早的"安民告示"
——《约法三章》

名文欣赏

原文

汉元年十月,沛公兵遂先诸侯至霸上……召诸县父老豪杰曰:"父老苦秦苛法久矣,诽谤者族,偶语者弃市。吾与诸侯约,先入关者王之。吾当王关中。与父老约法三章耳:杀人者死,伤人及盗抵罪。余悉除去秦法。诸吏人皆案堵如故。凡吾所以来,为父老除害,非有所侵暴,无恐!吾所以还军霸上,待诸侯至而定约束耳。"

乃使人与秦吏行县乡邑,告谕之。秦人大喜,争持牛羊酒食献飨军士。沛公又让不受,曰:"仓粟多,非乏,不欲费人。"人又益喜,唯恐沛公不为秦王。

译文

汉元年十月间,沛公刘邦的军队比各路诸侯的军队先到达霸上……沛公召集了各县乡管理公务和有威望的人士,说:"各位遭受秦朝苛刻残暴统治的苦痛太深久了,议论一下是非的人就要被灭族,私下讲讲《诗》、《书》的人就要被杀害。我曾经同各路诸侯约定,

西汉长乐未央瓦当。

谁先攻入函谷关就可以封王，现在我理当在关中一带称王。我今天同各位约定，定出这样三条法规：杀人的人要处以死刑，伤害人的人要酌情治罪，盗窃他人财物的人也要酌情治罪。此外，秦朝的一切苛法暴政都要废除。各位官员都请照原位安于职守。自从我起兵以来，到处为民除害，没有任何侵扰、暴虐的行为，请大家不必惧怕！而且我之所以把军队退驻在霸上，是为了等待各路诸侯到齐后再来商定各项管理法规。"

于是沛公派人同秦地的官员到县乡里去宣传，让大家都知晓这些管理法规。秦地的人听了很喜欢，都争先恐后地送牛羊酒食来犒劳军中的将士。沛公又表示谦让不肯接受，说："官仓里的粮食很多，并不缺乏，不能再让大家破费钱财了。"秦地的人更是欢喜，只担心沛公不在秦地称王。

专家点评

公元前206年，刘邦率领农民起义军首先攻破咸阳，在灭秦中立了头功。刘邦攻占咸阳后，他虚心接受樊哙的意见，毫不留恋咸阳宫中的美色财宝，还军霸上。为了安定民心以争夺天下，他下令废除秦的苛法，又约法三章："杀人者死，伤人及盗抵罪。"这是汉代最早的立法，也可以算是我国历史上最早的"安民告示"。

这段文章，记述"约法三章"的原委、内容和作用，简明扼要。文章用秦王朝的苛法暴政做反衬，又用秦地人民的欢喜劳军做陪衬，突出地反映了"约法三章"的正确性和深远意义。文章记载的刘邦的演说，富有鼓动性。只用了99个字就全面、准确地说明了自己的政策，其中著名的约法三章"杀人者死，伤人及盗抵罪"更是仅仅10个字，但已树立起了新政权威严公正、取信于民的形象，可谓掷地有声，令人不敢不从。

作者	文体	推荐理由
司马迁	记叙文	史学家用极其悲壮的笔调，记述了赵氏孤儿事件，淋漓尽致地刻画出了公孙杵臼、程婴两位义士的形象。语言质朴简练，情节曲折，富于戏剧性。

对舍生取义的赞颂
——《赵氏孤儿》

名文欣赏

原文节选

晋景公之三年，大夫屠岸贾欲诛赵氏……皆灭其族。

赵朔妻成公姊，有遗腹，走公宫匿。赵朔客曰公孙杵臼，杵臼谓朔友人程婴曰："胡不死？"程婴曰："朔之妇有遗腹，若幸而男，吾奉之；即女也，吾徐死耳。"居无何，而朔妇娩身，生男。屠岸贾闻之，索于宫中。夫人置儿绔中，祝曰："赵宗灭乎，若号；即不灭，若无声。"及索，儿竟无声。已脱，程婴谓公孙杵臼曰："今一索不得，后必且复索之，奈何？"公孙杵臼曰："立孤与死孰难？"程婴曰："死易，立孤难耳。"公孙杵臼曰："赵氏先君遇子厚，子强为其难者；吾为其易者，请先死。"乃二人谋取他人婴儿负之，衣以文葆，匿山中。程婴出，谬谓诸将军曰："婴不肖，不能立赵孤。谁能与我千金，吾告赵氏孤处。"诸将皆喜，许之，发师随程婴攻公孙杵臼。杵臼谬曰，"小人哉程婴！昔下宫之难不能死，与我谋匿赵氏孤儿，今又卖我。纵不能立，而忍卖之乎！"抱儿呼曰："天乎天乎！赵氏孤儿何罪？请活之，独杀杵臼可也。"诸将不许，遂杀杵臼与孤儿。诸将以

《苦心养育》。长辈苦心培养孩子，是希望他们能够成才，不是为了得到什么回报。

为赵氏孤儿良已死，皆喜。然赵氏真孤乃反在，程婴卒与俱匿山中。

居十五年，晋景公疾……召赵武、程婴遍拜诸将，遂反与程婴、赵武攻屠岸贾，灭其族。复与赵武田邑如故。

及赵武冠，成人，程婴乃辞诸大夫……曰："彼以我为能成事，故先我死。今我不报，是以我事为不成。"遂自杀。

译文

晋景公三年，大夫屠岸贾想要杀害赵朔一家……把赵朔所有族人都杀死了。

赵朔的妻子是晋成公的姐姐，当赵朔遇害时她正怀有身孕，就去（赵朔的朋友）程婴家里躲藏了起来。赵朔的一位门客名叫公孙杵臼，他对程婴说："你怎么还活着？"程婴回答说："赵朔的妻子身怀有孕，如果幸而生个男孩，我将奉养他长大成人；如果生的是个女孩，那我再死也不迟。"过了不久，赵朔的妻子分娩了，生的是个儿子。屠岸贾听到这个消息，就到程婴家里来搜捕。赵朔的妻子把孩子放在套裤里，祷告说："赵氏宗族要绝灭，你就大声哭；如不绝灭，你就不要出声。"到了搜捕的时候，这个孩子竟一声也没有出。脱险后，程婴对公孙杵臼说："今天来搜一次得不到，以后一定还会再来搜的，这该怎么办呢？"公孙杵臼说："抚养赵氏孤儿成人和死，这两件事哪一件更难？"程婴说："死很容易，抚养赵氏孤儿却很难啊！"公孙杵臼说："赵氏的祖先曾经厚待您，您就勉为其难吧；我来办容易的事，请让我先死。"于是他们二人合谋，抱来别人家的一个婴儿，包在小被子里，让公孙杵臼带到山里躲藏起来。程婴走出家去，假意地对将领们说："我不贤，不能够抚养赵氏孤儿。谁能给我黄金千斤，我就告诉他赵氏孤儿藏在哪里。"诸将都

春秋时代的几何纹鼎。

很高兴，就答应了，后派兵跟着程婴到山里去捉拿公孙杵臼。公孙杵臼见了，假意说："程婴！你这个无耻小人！过去在下宫之难中你没有死，说是跟我合谋隐藏赵氏孤儿，现在又出卖我。你即使不能为抚养赵氏孤儿出力，也不该忍心出卖我呀！"说完就抱起赵氏孤儿呼唤道："天呀天呀！赵氏孤儿有什么罪？请让他活下去，只杀我一人就行了！"诸将不同意，就把公孙杵臼和那个孩子都杀死了。诸将以为赵氏孤儿真的已经死了，都很高兴。可是真的赵氏孤儿却仍然活着，程婴后来同他一起隐藏在山里。

过了十五年，晋景公生病……（得知当年事变真相后）召唤赵武（赵氏孤儿）、程婴回来——拜访诸将，（告诉他们真相，）诸将又反过来和程婴、赵武一道攻打屠岸贾，灭绝了他的家族。后来又将赵家的田地家产全部还给赵武。

等到赵武二十岁那年，程婴这才与各位大夫告辞……说："公孙杵臼认为我能够成就立孤的事，所以他死在我的前面，今天我如果不报答他，他就会认为我没有成就立孤的事。"于是就自杀而死。

专家点评

节选自《史记·赵世家》，标题依普通选本。

这段文章，以极为悲壮的笔调，记述了赵氏孤儿的事件，刻画出公孙杵臼、程婴两位义士的形象。语言简练，富于个性；情节曲折，富有戏剧性。宋朝的皇帝和赵氏孤儿同姓，传说大宋皇帝就是春秋赵氏的后裔。所以从延绵国祚出发，从宋神宗朝开始为程婴、公孙杵臼修祠立庙，加封爵号。程婴等人的事迹，在宋末元初的文人志士和普通百姓中更是口耳相传，流传极广。

对残酷政治现实的针砭
——《伯夷列传》

名文欣赏

原文节选

孔子曰："伯夷、叔齐，不念旧恶，怨是用希。""求仁得仁，又何怨乎？"余悲伯夷之意，睹轶诗可异焉。其传曰：伯夷、叔齐，孤竹君之二子也。父欲立叔齐，及父卒，叔齐让伯夷。伯夷曰："父命也。"遂逃去。叔齐亦不肯立而逃之。国人立其中子。于是伯夷、叔齐闻西伯昌善养老，"盍往归焉？"及至，西伯卒，武王载木主，号为文王，东伐纣。伯夷、叔齐叩马而谏曰："父死不葬，爰及干戈，可谓孝乎？以臣弑君，可谓仁乎？"左右欲兵之。太公曰："此义人也。"扶而去之。武王已平殷乱，天下宗周，而伯夷、叔齐耻之，义不食周粟，隐于首阳山，采薇而食之。及饿且死，作歌，其辞曰："登彼西山兮，采其薇矣。以暴易暴兮，不知其非矣。神农、虞、夏，忽焉没兮，我安适归矣？于嗟徂兮，命之衰矣！"遂饿死于首阳山。由此观之，怨邪非邪？

……

子曰："道不同不相为谋"，亦各从其志也。故曰："富贵如可求，虽执鞭之士，吾亦为之。如不可求，从吾所好。""岁寒，然后知松柏之后凋"。举世混浊，清士乃见。岂以其重若彼，其轻若此哉？

译文

孔子说："伯夷、叔齐不记旧仇，因而怨恨很少。""目的在于求仁，而得到的正是仁，又有什么可怨恨的呢？"可是我却为伯夷、叔齐的事迹感到悲哀。读了他们流传在民间的歌辞，感到有不同于孔子所说的令人惊异的地方。他们的传记中说：伯夷、叔齐是孤竹君的两个儿子。父亲想要叔齐即位，到父亲死后，叔齐让位给伯夷，伯夷说："这是父亲的决定啊！"于是逃离了孤竹国。叔齐也不肯即位，逃走了。国中的人便立了孤竹君的二儿子为国君。这时候，伯夷、叔齐听说西伯姬昌能很好地奉养老人，说："何不去投奔他呢？"到了那里，西伯已死。周武王用车子载着西伯的牌位，追封西伯为文王，宣称奉文王遗命东进讨伐纣王。伯夷、叔齐拉住武王的马缰绳劝说道："父亲死了不去埋葬，竟然大动干戈，能说是孝吗？身为臣子却要弑杀君主，能说是仁吗？"武王左右的人要杀掉他们，太公吕尚说："这是有节义的人啊！"说着把他们搀扶到一边，让他们走了。武王平定殷纣之乱以后，天下都归附周朝，而伯夷、叔齐却认为这是耻辱，坚持节义，不吃周朝的粮食，隐居在首阳山，采食薇菜为生。等到快饿死的时候，他们作了一首歌，歌词说："登上那座西山啊，采掘山上的薇菜吃啊。用暴力去取代暴力啊，还不自知为非。神农、虞舜、夏禹那些盛世都匆匆消逝了，我们又去何方寻找归宿？哎呀，我们即将死去了啊，这是我们命运不济啊！"于是饿死在首阳山上。由此看来，他们是怨恨呢，还是不怨恨呢？

……

孔子说："观点主张不同，不必互相磋商。"这意思也是各自按照自己的意愿行事罢了！所以说："如果富贵可以从道义求得，即使做个给人拿鞭子的前驱、开路的小吏，我也干；如果不可以以道义求得，那就按照我所喜好的去做。""到了严冬季节，才能知道松柏的叶子是最后凋落的。"当整个社会都混浊污秽的时候，高洁之士才会显现出来。这或许是因为俗人对富贵是看得那样的重，而高洁之士对富贵却看得这样的轻吧！

专家点评

　　伯夷、叔齐和孔子的弟子颜回都被认为是仁德纯厚、品行高洁的代表，可是他们或者饿死，或者短命，结局都很悲惨，而盗跖成天残害无辜，横行天下，最后却能够高寿。作者不由得对"天道无亲，常与善人"这种说法表示怀疑，从而质疑"天道"本身是否存在："余甚惑焉，倘所谓天道，是耶？非耶？"这种反迷信、反天道的思想，在"天人感应"之说盛行的西汉时代，是极其可贵的。这和他在《封禅书》、《陈涉世家》、《田单列传》中对天道、迷信思想的否定态度也是一以贯之的。而这些又恰恰是写在当时统治者大肆鼓吹天道的时代，这就使我们越发感到了司马迁这种反迷信、反天道思想的可贵。

《商山四皓》。此图为东汉彩箧漆画之局部。图中所绘为"侍郎"、"使者"、"纣帝"、"伯夷"。图中人物姿态各异，生动传神。

作者	文体	推荐理由
司马迁	人物传记	《屈原列传》是司马迁在《史记》中有关屈原的第一篇传记力作，它堪称中华民族历史上第一座巍然耸立的爱国主义者的丰碑。

爱国主义者的丰碑
——《屈原列传》

名文欣赏

原文节选

长子顷襄王立，以其弟子兰为令尹。楚人既咎子兰以劝怀王入秦而不反也。屈平既嫉之，虽放流，眷顾楚国，系心怀王，不忘欲反。冀幸君之一悟，俗之一改也。其存君兴国，而欲反覆之，一篇之中，三致意焉。然终无可奈何，故不可以反。卒以此见怀王之终不悟也。

人君无愚智、贤不肖，莫不欲求忠以自为，举贤以自佐。然亡国破家相随属，而圣君治国累世而不见者，其所谓忠者不忠，而所谓贤者不贤也！怀王以不知忠臣之分，故内惑于郑袖，外欺于张仪，疏屈平而信上官大夫、令尹子兰。兵挫地削，亡其六郡，身客死于秦，为天下笑。此不知人之祸也。《易》曰："井渫不食，为我心恻，可以汲。王明，并受其福。"王之不明，岂足福哉！

令尹子兰闻之大怒，卒使上官大夫短屈原于顷襄王。顷襄王怒而迁之。

屈原至于江滨，被发行吟泽畔。颜色憔悴，形容枯槁。渔父见而问之曰："子非三闾大夫软？何故而至此？"屈原曰："举世皆浊而我独清，众人皆醉而我独醒，是以见放。"

渔父曰："夫圣人者，不凝滞于物而能与世推移。举世混浊，何不随其流而扬其波？众人皆醉，何不铺其糟而啜其醨？何故怀瑾握瑜而自令见放为？"屈原曰："吾闻之，'新沐者必弹冠，新浴者必振衣。'人又谁能以身之察察，受物之汶汶者乎！宁赴常流而葬乎江鱼腹中耳，又安能以皓皓之白，而蒙世之温蠖乎！"乃作《怀沙》之赋。于是怀石，遂自投汨罗以死。

译文

怀王的大儿子顷襄王即位，任用他的弟弟子兰做令尹。楚国人因为子兰劝说怀王到秦国去却没有回来的缘故而对他十分不满，屈平也因此对子兰痛恨不已。屈平虽然被流放，仍眷恋楚国，惦记怀王，念念不忘返回朝廷。他盼望怀王能幡然醒悟，楚国贵族腐败的陋习能全部革除。他爱护国君、振兴楚国而恢复楚国强盛的意愿，在文章中再三表露出来。但是（屈平）终究没有办法，所以终究没有回到朝廷，由此也可以看出怀王终究没有悔悟。一个国君无论他是愚昧还是聪明，贤能还是昏聩，没有不想寻求忠臣、任用贤良来辅佐自己的。可是亡国破家的事情接二连三地发生，而圣明的君主和安定太平的国家却多少世代也没有出现过，也许就是因为人君所认为的忠臣并不是真正忠诚，所认为的贤臣并不是真正贤明啊。怀王因为不懂得忠臣的职分，所以在国内被郑袖所迷惑，在国外被张仪所欺骗，疏远屈平而信任上官大夫、令尹子兰。结果，军队遭挫败，国土被削割，失掉了六郡，自己客死在秦国，被天下人耻笑。这就是怀王不了解人所招来的祸患啊。《易》说："把井淘干净了，却没有人食用，使我心中难过；这井里的水原本是可以汲取食用的（正如贤人所掌握的治国之道是可以供国君施用的）。如果君主英明，那么天下人就能够得福。"楚怀王既然不英明，哪里能够给人们带来幸福呢？

令尹子兰听说屈原对他不满，勃然大怒，终于唆使上官大夫在顷襄王的面前诋毁屈原。顷襄王听后很恼怒，就把屈原放逐了。

129

屈原来到江边，披散着头发，在水边一面行走一面吟唱，面容憔悴，形貌消瘦。有个渔父见到他，便问他说："您不是三闾大夫吗？为什么来到这里？"屈原说："整个社会都污浊，我一人洁净；众人都昏醉，我一人清醒。因此被放逐。"渔父说："那聪明通达的人，不受外界事物的拘束，而能够跟世俗一道转变。整个社会浑浊，为什么不随波逐流、推波助澜呢？众人都昏醉，为什么不迁就他们，和他们一起吃那酒糟、饮那薄酒呢？为什么要特意保持美玉一样高洁的品德而使自己被放逐呢？"屈原说："我听说，刚洗完头发的人一定要弹去帽子上的灰尘（然后才戴上帽子），刚洗过澡的人一定要拍掉衣上的尘土（然后才穿上衣服），作为一个人，又有谁愿意让自己的洁净之身受脏物的污染呢？宁可跳进江水，葬身在鱼腹之中，又怎能让高洁的品德蒙受世俗的污染呢？"于是他写了《怀沙》赋，后抱着石头，自投汨罗江而死。

专家点评

本文是《史记·屈原贾生列传》中有关屈原的部分，是现存关于屈原最早的较完整的史料，是研究屈原生平的重要依据。

战国后期，齐、楚、燕、韩、赵、魏、秦等七国争霸，争相完成统一大业。屈原是楚国人，怀王之子子兰却劝怀王去秦，怀王终于去了秦国，果然被扣留，最后客死于秦。当时屈原已被逐出朝廷，流放到汉北地区。楚怀王死了以后，长子顷襄王即位，再次把屈原流放到江南地区。屈原辗转流离在沅、湘一带大概有九年之久。当秦兵攻破楚都的消息传出后，他怀着满腔的悲愤，抱石自沉汨罗江，以身殉国，用死来表明他高洁忠贞的爱国情怀。

文中渔父和屈原的一段对话生动而鲜明地表现了屈原宁折不弯，宁为玉碎、不为瓦全的刚直不阿的美好品格，他执着地坚持和追求自己的理想，不和外界妥协，不向命运屈服。这和屈原所置身的楚国黑暗的政治环境是格格不入的，而这也正是屈原的悲剧命运的根源所在，所以他最终选择了抱石自沉，以死明志。

我国伟大的浪漫主义诗人屈原像。

作者	文体	推荐理由
司马迁	人物传记	闪耀着爱国主义思想光辉的《荆轲刺秦王》为人们塑造了一个舍生取义、视死如归的荆轲的英雄形象。他的侠肝义胆，千百年来为后世所敬仰。

令人感慨的千古悲歌
——《荆轲刺秦王》

名文欣赏

原文节选

太子及宾客知其事者，皆白衣冠以送之。至易水之上，既祖，取道，高渐离击筑，荆轲和而歌，为变徵之声，士皆垂泪涕泣。又前而为歌曰："风萧萧兮易水寒，壮士一去兮不复还。"复为慷慨羽声，士皆瞋目，发尽上指冠。于是荆轲就车而去，终已不顾。

遂至秦，持千金之资币物，厚遗秦王宠臣中庶子蒙嘉。嘉为先言于秦王曰："燕王诚振怖大王之威，不敢举兵以逆军吏，愿举国为内臣，比诸侯之列，给贡职如郡县，而得奉守先王之宗庙。恐惧不敢自陈，谨斩樊於期之头，及献燕督亢之地图，函封，燕王拜送于庭，使使以闻大王，惟大王命之。"秦王闻之大喜，乃朝服，设九宾，见燕使者咸阳宫。荆轲奉樊於期头函，而秦舞阳奉地图柙，以次进。至陛，秦舞阳色变振恐，群臣怪之。荆轲顾笑舞阳，前谢曰："北蕃蛮夷之鄙人，未尝见天子，故振慴。愿大王少假借之，使毕使于前！秦王谓轲曰："起！取舞阳所持地图。"轲既取图奏之，秦王发图，图穷而匕首见。因左手把秦王之袖，而右手持匕首揕之。未至身，秦王惊，自引而起，袖绝。拔剑，剑长，

荆轲

操其室。时惶急，剑坚，故不可立拔。荆轲逐秦王，秦王还柱而走。群臣皆愕，卒起不意，尽失其度。而秦法：群臣侍殿上者，不得持尺兵；诸郎中执兵，皆陈殿下，非有诏不得上。方急时，不及召下兵，以故荆轲乃逐秦王，而卒惶急无以击轲，而以手共搏之。是时侍医夏无且以其所奉药囊提轲。秦王方还柱走，卒惶急不知所为，左右乃曰："王负剑！王负剑！"遂拔以击荆轲，断其左股。荆轲废，乃引其匕首以擿秦王，不中，中柱。秦王复击轲，轲被八创。轲自知事不就，倚柱而笑，箕踞以骂曰："事所以不成者，乃欲以生劫之，必得约契以报太子也。"左右既前，斩荆轲，秦王不怡者良久。已而论功，赏群臣及当坐者各有差，而赐夏无且黄金二百溢，曰："无且爱我，乃以药囊提荆轲也。"

译文

　　太子和知道这件事（荆轲刺杀秦王的计划）的宾客，都穿戴着白色丧服来送行。到了易水边上，祭了路神，为荆轲饯行上路。高渐离击筑，荆轲和着节拍歌唱，音调十分凄凉，送行者无不垂泪哭泣。荆轲又边走边唱道："风萧萧啊易水寒，壮士一去啊不复还！"这慷慨激昂的悲壮音调，让听者都怒目圆睁，怒发冲冠。于是荆轲上车离去，没有回头，就这样走了。

　　到了秦国，荆轲拿出价值千金的礼物厚赠给秦王宠爱的大臣中庶子蒙嘉。蒙嘉预先告诉秦王："燕王实在畏惧大王的威严，不敢出兵抗拒大王派出的兵将，燕国愿意完全归附秦国，作为秦国臣属，列身于各诸侯国的行列，像郡县一样向您交纳贡赋，只求能够守住先王的祠庙。燕王不敢亲自来陈述，特意砍下樊於期的脑袋，献上燕国督亢的地图，用匣子密封好，燕王在朝廷上举行送行仪式，派使者把这些情况禀报大王，请求大王指示。"秦王听后大喜，便穿上上朝礼服，安排了有九个司仪的隆重仪式，在咸阳宫接见燕国使者。荆轲捧着装樊於期脑袋的匣子，秦舞阳捧着地图匣子，按正副使次序前进。到了殿前的台阶时，秦舞阳脸色突变，全身发抖，大臣们感到奇怪。荆轲回头对秦舞阳笑了笑，并上前谢罪说："北方偏僻地区的粗野之人，没有见过天子，所以惊恐畏惧。请大王稍微宽容他一下，让他能够在大王面前完成他的使命。"秦王对荆轲说："取秦舞阳所拿的地图来。"荆轲拿着地图进献上去。秦王展开地图，图卷展到最后，匕首露出来了。荆轲左手抓住秦王的衣袖，而右手持匕首直刺秦王，还没有触及秦王的身体，秦王大惊，抽身跃起，把袖子挣断了。秦王抽剑，剑太长，仅仅抓住了剑鞘，秦王当时惊慌失措，剑又套得很紧，所以不能立刻拔出剑来。荆轲追赶秦王，秦王绕着柱子跑。大臣们都非常惊愕，事情来得突然，出人意料，大臣全都失去了常态。秦国的法律规定，在殿上侍从的大臣都不能携带武器；许多侍卫官拿着武器排列在殿下，没有诏令召唤不准上殿，所以荆轲才能追逐秦王。大臣们惊惶失措，只好一齐赤手空拳来打荆轲，侍从医官夏无且也用他所带的药袋投击荆轲。秦王正绕着柱子跑，急迫惊慌之际，不知如何拔剑。侍从人员大喊，"大王把剑往背后推！"秦王就把剑推到背后，于是拔出剑来，砍断了荆轲的左腿。荆轲残废了，便举起匕首掷向秦王，没有击中，匕首击到了铜柱上。秦王再刺荆轲，荆轲被砍伤八处。荆轲知道事情已经没有希望成功，就靠着柱子笑笑，又开两腿坐下骂道："事情之所以不成功，是因为我想劫持你，一定要得到你的承诺去回报太子。"这时，侍从人员上前杀死了荆轲。秦王为此恼怒多时。事后论功赏赐群臣和处置有罪过的人，各有差别，赏了夏无且黄金二百镒。秦王说："无且爱戴我，才拿药袋子去投击荆轲。"

专家点评

文章善于写一瞬间同时发生的各种现象，交织起来就创造出一个悲壮感人的场面。其中"易水送别"是最感人肺腑的一个场面：风寒水冷，送别的宾客都"白衣冠送之"，暗示出此行的凶多吉少；而"高渐离击筑、荆轲和而歌，为变徵之声"，"士皆垂泪涕泣"，怒发冲冠，更是通过众人的慷慨悲壮之感烘托出此行的悲壮；最后荆轲高歌："风萧萧兮易水寒，壮士一去兮不复还。"用慷慨悲歌来表达自己对于高渐离等知己者生离死别的悲凉心情，抒发自己视死如归的壮烈情怀。又如，荆轲刺秦王时，荆轲的动作，秦王惊起拔剑不出，环柱而逃的狼狈相，群臣的惊愕，侍医的掷药囊，左右呼"王负剑"，一直到荆轲"身被八创"，"箕踞以骂"。在极短的时间里，写了秦王殿庭上下的情状，写动作、写表情、写高呼、写怒骂，组织成一个惊心动魄的壮烈场面。

对封建专制的血泪控诉
——《报任少卿书》

名文欣赏

原文节选

古者富贵而名摩灭，不可胜记，唯俶傥非常之人称焉。盖西伯拘而演《周易》，仲尼厄而作《春秋》，屈原放逐，乃赋《离骚》，左丘失明，厥有《国语》，孙子膑脚，兵法修列；不韦迁蜀，世传《吕览》；韩非囚秦，《说难》、《孤愤》；《诗》三百篇，大底贤圣发愤之所为作也。此人皆意有所郁结，不得通其道，故述往事，思来者。及如左丘明无目，孙子断足，终不可用，退论书策以舒其愤，思垂空文以自见。仆窃不逊，近自托于无能之辞，网罗天下放失旧闻，略考其行事，综其始终，稽其成败兴坏之纪。上计轩辕，下至于兹，为十表，本纪十二，书八章，世家三十，列传七十，凡百三十篇，亦欲以究天人之际，通古今之变，成一家之言。草创未就，会遭此祸，惜其不成，是以就极刑而无愠色。仆诚以著此书，藏之名山，传之其人通邑大都；则仆偿前辱之责，虽万被戮，岂有悔哉！然此可为智者道，难为俗人言也。

且负下未易居，下流多谤议，仆以口语遇遭此祸，重为乡党戮笑，汙辱先人，亦何面目复上父母之丘墓乎？虽累百世，垢弥甚耳。是以肠一日而九回，居则忽忽若有所亡，出则不知其所往，每念斯耻，汗未尝不发背沾衣也！身直为闺阁之臣，宁得自引深藏岩穴邪！故且从俗浮湛，与时俯仰，以通其狂惑。今少卿乃教之以推贤进士，无乃与仆私心剌谬乎！今虽欲自雕琢，曼辞以自饰，无益，于俗不信，适足取辱耳。要之，死日然后是非乃定。书不能尽意，故略陈固陋。谨再拜。

译文

古时候虽尊贵而后世默默无闻的人，多得无法记述，唯有卓越杰出的人能受到后人的称道。周文王被拘禁而推演出《周易》；孔子受困厄而作《春秋》；屈原被放逐才写出《离骚》；左丘明双目失明，写出《国语》；孙子被剜去膝盖骨而写出了《兵法》；吕不韦迁居蜀地，《吕览》流传于后世；韩非在秦国被捕下狱，写出了《说难》、《孤愤》；《诗》三百篇，大都是贤人、圣人抒发他们内心的愤懑而作出来的。这些人都是内心有抑郁难解的事情，理想不能够实现，所以才追述过去的事，而寄希望于未来的人。就像左丘明双目失明，孙子废去双足，再也不能被重用了，于是退隐著书，以此抒发内心的愤懑，期望文章能流传后世，使自己的心意得以表白。近年来，我自不量力，运用拙劣的文辞，搜集天下散失的历史传闻，粗略地考证其事实，综述事实的本末，考察其成功、失败、兴起、衰亡的规律，上从黄帝算起，下至于今，写成表十篇、本纪十二篇、书八篇、世家三十篇、列传七十篇，共一百三十篇，也是想用来弄清自然和人事之间的关系，通晓从古到今的变化，而成为一家之言。刚开始草创而没有完毕，恰逢这起灾祸，我痛惜全书没有完成，因此，受极残酷的刑罚而没有怨恨的表示。如果我真能写成这部书，我将把它藏在名山之中，传给了解我的人然后传到交通发达的大都邑，那么我就抵偿了此前所受的侮辱，即使一万次受刑被杀，又有什么可后悔的呢！然而这些只可以向有智慧的人去说，很难向一般人说清楚。

而且，背负着因为犯罪而受刑的坏名声在社会上不容易居处，处于低下卑贱地位的人常受到诽谤、非难。我因说话而遭逢这场灾祸，深为乡里所耻笑。因为玷污辱没了祖上，我又有什么脸面再到父母的坟墓前面去祭扫呢？即使延续到百世，耻辱仍会越来越深！因此，心中的痛苦整天辗转反复，平日在家往往恍恍惚惚，若有所失，出门常常不知要到何处去。每当念及这个耻辱，未尝不汗流浃背、沾湿衣服。我只是宫中的一个小小臣仆，哪里能够自我引退、隐居山中呢！所以，暂且随世俗而浮沉，顺应时势苟活下去，以抒发自己内心的郁结。如今少卿竟然教我推贤进士，不是和我个人的想法相违背吗？现在即使我想通过推贤进士的行动来雕饰自己，用美好的言辞来修饰自己，也没有用，因为世俗之人

是不会相信的，我只会得到耻辱而已。总之，人死了之后是非才能有定论。这封信不能详尽地表达我的心意，只是大略地陈述我鄙陋的见解。谨再拜。

专家点评

信中以回答任安"慎于接物，推贤进士"的责备为线索，倾诉了自己因李陵事件而惨受腐刑的全过程，叙说了自己隐忍苟活、发愤著书的目的、决心和毅力，倾吐了长期以来郁积在内心的痛苦和愤懑，字里行间流露出对汉武帝、对酷吏政治，以及对当时整个官僚社会的无比愤怒和憎恶。

文章在叙事的背后，有着沉痛悲愤的感情，而出之以委婉深沉的言辞，起伏跌宕的文势，真有横扫千军的力量，足以让任何一个读者产生共鸣，和他一起为不幸的遭遇而痛苦，为政治的昏庸残暴而愤怒，为终于成就的"名山事业"而欣慰。文章结构严谨，内在逻辑极其严密，叙述事情原委有条不紊，环环相扣，首尾呼应，具有极强的说服力。文中大量运用典故、对偶、排比和铺陈的手法，句式多样，音节和谐，读来琅琅上口。而且语言的形式和作品的内容配合得十分到位，可以说是天衣无缝：悲哀时如泣如诉，慷慨时大义凛然，说理雄辩，叙述严谨，具有很强的感染力。

作者	文体	推荐理由
司马迁	序文	《货殖列传序》是司马迁《货殖列传》的序文。全文夹叙夹议，文笔流畅，比喻恰当，尤其对人物的描写栩栩如生。

论述社会经济的专章
——《货殖列传序》

名文欣赏

原文节选

太史公曰：夫神农以前，吾不知已。至若《诗》、《书》所述虞、夏以来，耳目欲极声色之好，口欲穷刍豢之味，身安逸乐而心夸矜势能之荣。使俗之渐民久矣，虽户说以眇论，终不能化。故善者因之，其次利道之，其次教诲之，其次整齐之，最下者与之争。

……

《周书》曰："农不出则乏其食，工不出则乏其事，商不出则三宝绝，虞不出则财匮少。"财匮少而山泽不辟矣。此四者，民所衣食之原也。原大则饶，原小则鲜。上则富国，下则富家。贫富之道，莫之夺予，而巧者有余，拙者不足。故太公望封于营丘，地潟卤，人民寡，于是太公劝其女功，极技巧，通鱼盐，则人物归之，繦至而辐凑。故齐冠带衣履天下，海岱之闲敛袂而往朝焉。其后齐中衰，管子修之，设轻重九府，则桓公以霸，九合诸侯，一匡天下；而管氏亦有三归，位在陪臣，富于列国之君。是以齐富强至于威宣也。

故曰："仓廪实而知礼节，衣食足而知荣辱。"礼生于有而废于无。故君子富，好行

137

其德；小人富，以适其力。渊深而鱼生之，山深而兽往之，人富而仁义附焉。富者得执益彰，失执则客无所之，以而不乐。夷狄益甚。谚曰："千金之子，不死于市。"此非空言也。故曰："天下熙熙，皆为利来；天下壤壤，皆为利往。"夫千乘之王，万家之侯，百室之君，尚犹患贫，而况匹夫编户之民乎！

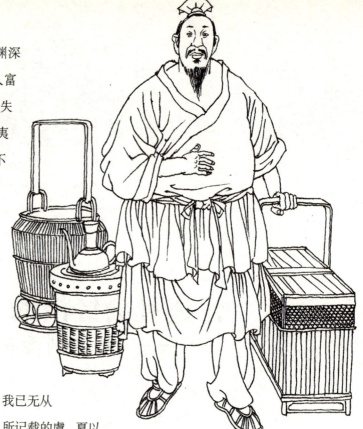

译文

　　太史公说：神农以前的事，我已无从考知了。至于《诗经》、《尚书》所记载的虞、夏以来的情况，还是可以考知的：人们的耳朵、眼睛要竭力享受声、色之乐，嘴里要吃尽各种美味。身体安于舒适快乐，而心里又羡慕夸耀有权势、有才干的光荣。这种风气浸染民心已经很久了。即使用高妙的理论挨家挨户去劝导，到底也不能使他们改变，所以，对于人民最好的做法是顺其自然，其次是因势利导，再其次是进行教育，再其次是制定规章，限制他们的发展。而最坏的做法是与民争利。

　　……

　　《周书》上说："农民不生产，粮食就缺乏；工人不生产，器物就缺乏；商人不转运，粮食、器物、财货就断绝；虞人不生产，财货就缺乏。"财货缺乏，山泽中的资源就不能开发了。农、工、商、虞这四种人的生产，是人民赖以穿衣吃饭的来源。来源大就富足，来源小就贫困。来源大了，对上可以使国家富强，对下可以使家庭富裕，贫富全靠自己。富了也没人掠夺他，穷了没人给他东西，而聪明的人有余，愚笨的人不足。姜太公封在营丘，那里的土地都是盐碱地，劳力很少。于是姜太公就鼓励妇女纺线织布，尽力施展她们的技巧，并且使本地的鱼盐流通外地。老百姓用褓褓背着孩子络绎不绝地聚到那里，真如同车辐凑集于车毂似的。因而齐国产的冠带衣履行销天下；东海和泰山之间的各小国的国

西汉军队管理粮仓的官印——万石仓印。

君，都拱手敛袖恭恭敬敬地来齐国朝见。后来，齐国中途衰弱，管仲又修订了太公的政策，设立了调节物价出纳货币的九府。齐桓公就借此称霸，多次会合诸侯，使天下的一切都得到匡正，因而管仲也奢侈地收取市租。他虽处陪臣之位，却比列国的君主还要富。因此，齐国的富强一直延续到齐威王、齐宣王时代。

所以，管仲说："仓库储备充实，老百姓才能懂得礼节，衣食丰足，老百姓才能分辨荣辱。"礼仪是在富有的时候产生的，到贫困的时候就废弃了。因此，君子富了，才肯施恩德；平民富了，才能调节自己的劳力。水深，鱼自然会聚集；山深，兽自然会奔去；人富了，仁义自然归附。富人得了势，声名就更显著；一旦失势，就会如同客居的人一样没有归宿，因而不快活。在夷狄外族，这种情况则更厉害。俗话说："家有千金的人，不会死在市上。"这不是空话啊！所以说："天下的人乐融融，都是为财利而来；天下的人闹嚷嚷，都是为着财利而往。"兵车千辆的国君，食邑万户的诸侯，食禄百户的大夫，尚且还都怕穷，更何况普通的平民百姓呢！

专家点评

《货殖列传》是论述春秋末年到汉武帝年间的社会经济史的专章。在序文中，作者驳斥了老子的"小国寡民"的历史倒退论，肯定了人们追求物质财富的合理欲望，并试图以此来说明社会问题和社会意识问题。他认为人们的物质生活需求必然推动社会生产的分工和社会各经济部门的发展，而人的道德行为又是受他占有财富的多少制约的，从而谴责了汉武帝时期的经济垄断政策，抨击了当时以神意解释社会问题的唯心主义观点。

思想与艺术的完美结合
——《邹忌讽齐王纳谏》

名文欣赏

原文

邹忌修八尺有余，而形貌昳丽。朝服衣冠，窥镜，谓其妻曰："我孰与城北徐公美？"其妻曰："君美甚，徐公何能及君也？"城北徐公，齐国之美丽者也。忌不自信，而复问其妾曰："吾孰与徐公美？"妾曰："徐公何能及君也？"旦日，客从外来，与坐谈，问之："吾与徐公孰美？"客曰："徐公不若君之美也。"明日，徐公来，熟视之，自以为不如；窥镜而自视，又弗如远甚。暮寝而思之，曰："吾妻之美我者，私我也；妾之美我者，畏我也；客之美我者，欲有求于我也。"

于是入朝见威王，曰："臣诚知不如徐公美。臣之妻私臣，臣之妾畏臣，臣之客欲有求于臣，皆以美于徐公。今齐地方千里，百二十城，宫妇左右莫不私王，朝廷之臣莫不畏王，四境之内莫不有求于王；由此观之，王之蔽甚矣。"

王曰："善。"乃下令："群臣吏民能面刺寡人之过者，受上赏；上书谏寡人者，受中赏；能谤议于市朝，闻寡人之耳者，受下赏。"令初下，群臣进谏，门庭若市；数月之后，时时而间进；期年之后，虽欲言，无可进者。

燕、赵、韩、魏闻之，皆朝于齐。此所谓战胜于朝廷。

译文

邹忌身高八尺有余，体格相貌清朗俊美。早晨，邹忌穿戴完毕，在镜前照了照，问妻子："你看我与城北的徐公谁更俊美？"他的妻子应声答道："您太俊美了，徐公怎能和您相比呀！"城北的徐公，他是齐国有名的美男子。邹忌一思量，怀疑自己未必比徐公美，因而又问他的妾，说："我跟徐公，哪个俊美？"他的妾也不加思索地说："徐公哪里比得过您呢？"第二天，有客人从外地来，交谈之中，邹忌问客人说："我与徐公谁俊美？"客人答道："徐公俊美，您比徐公更俊美！"过了一天，徐公来到这里，邹忌端详许久，自以为自己不如徐公长得美，后又临镜自观，更觉得自己差得远。晚上，邹忌躺在床上，琢磨近日发生的事情，终于明白了其中的道理："虽然我长得不及徐公美；而我的妻子夸耀我，这是出于私情偏爱，妾来奉承我，这是惧怕我疏远她；客人讨好我，这是为了从我这里得到好处。"

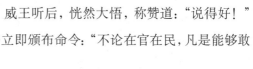

于是，邹忌上朝拜见威王，进谏说："臣下实在知道自己不如徐公俊美，由于臣下的妻子偏爱臣下，臣下的妾畏惧臣下，臣下的客人有求于臣下，所以臣下被说成是比徐公还要俊美的人。当今，齐国方圆千里，大小城池一百二十多座，宫中嫔妃侍从没有一个不效忠于您的，朝廷中大小官吏没有一个不敬畏您的，国境之内，事无巨细，没有一件不求助于您的，如此说来，您所蒙受的蔽害也真够严重的了。"

威王听后，恍然大悟，称赞道："说得好！"并立即颁布命令："不论在官在民，凡是能够敢于当面指摘我的过失的，授上等奖赏；通过上书揭发我的错误的，授中等奖赏；能够在民间或朝廷中对我评头品足、讽刺议论而又传入我的耳中的，授下等奖赏。"命令一发出，群臣活跃起来，纷纷面君批评时政，陈说利弊。进谏的人从王宫大门出出进进，就像集市一样热闹。几个月后，来进谏的人已经断断续续，不像当初那样接踵而来了。一年以后，虽然有人还想进谏，可是已经没什么可说的了。

后来，燕、赵、韩、魏等国听说，都来朝拜齐国。这就是所谓的"在朝廷上打败敌人"。

战国时代的图案花纹方砖。

专家点评

文章结构严谨，层次井然，叙事简明，逻辑严密，行文错综有致，有较强的感染力。邹忌前后三问，内容相同，只在文字上略有变化，不但毫无重复之感，还有力突出了邹忌不自信的心理。妻、妾、客的回答内容也基本一致，反映出三人与邹忌不同的关系和感情；而邹忌也正是由此体会出这些回答对于正确判断的影响。齐王回答邹忌时只有一个字："善"，这既表现了他的从谏如流，又显示出他地位尊贵和神态庄重。邹忌向齐王进谏的那段劝说之词，比喻巧妙，以小见大，入情入理，步步进逼，堪称一篇短小精悍的说理文。总之，文章措辞委婉，情节生动，语言极富个性，很有特色。像用"门庭若市"形容人来人往的热闹景象，已经成为众口相传的成语。

"纪传体"的雏形
——《冯谖客孟尝君》

名文欣赏

原文节选

长驱到齐，晨而求见。孟尝君怪其疾也，衣冠而见之，曰："责毕收乎？来何疾也！"曰："收毕矣。""以何市而反？"冯谖曰："君云'视吾家所寡有者'。臣窃计，君宫中积珍宝，狗马实外厩，美人充下陈。君家所寡有者，以义耳！窃以为君市义。"孟尝君曰："市义奈何？"曰："今君有区区之薛，不拊爱子其民，因而贾利之。臣窃矫君命，以责赐诸民，因烧其券，民称万岁。乃臣所以为君市义也。"孟尝君不说，曰："诺，先生休矣！"

后期年，齐王谓孟尝君曰："寡人不敢以先王之臣为臣。"孟尝君就国于薛，未至百里，民扶老携幼，迎君道中。孟尝君顾谓冯谖："先生所为文市义者，乃今日见之。"

冯谖曰："狡兔有三窟，仅得免其死耳。今君有一窟，未得高枕而卧也。请为君复凿二窟。"孟尝君予车五十乘，金五百斤，西游于梁，谓惠王曰："齐放其大臣孟尝君于诸侯，诸侯先迎之者，富而兵强。"于是梁王虚上位，以故相为上将军，遣使者，黄金千斤，车百乘，往聘孟尝君。冯谖先驱，诫孟尝君曰："千金，重币也；百乘，显使也。齐其闻之矣。"梁使三反，孟尝君固辞不往也。

齐王闻之，君臣恐惧，遣太傅赍黄金千斤，文车二驷，服剑一，封书谢孟尝君曰："寡人不祥，被于宗庙之祟，沉于谄谀之臣，开罪于君，寡人不足为也，愿君顾先王之宗庙，姑反国统万人乎？"冯谖诫孟尝君曰："愿请先王之祭器，立宗庙于薛。"庙成，还报孟尝君曰："三窟已就，君姑高枕为乐矣。"

孟尝君为相数十年，无纤介之祸者，冯谖之计也。

译文

冯谖赶着马车，马不停蹄，直奔齐都，清晨就求见孟尝君。冯谖回得如此迅速，孟尝君感到很奇怪，立即穿好衣服、戴好帽子去见他，问道："债都收完了吗？怎么回得这么快？"冯谖说："都收了。""买什么回来了？"孟尝君问。冯谖回答道："您曾说'看我家缺什么'，我私下考虑，您宫中积满珍珠宝贝，外面马房多的是猎狗、骏马，后庭多的是美女，您家里所缺的只不过是'仁义'罢了，所以我用债款为您买了'仁义'。"孟尝君道："买仁义是怎么回事？"冯谖道："现在您不过有块小小的薛地，如果不抚爱百姓，视民如子，而用商贾之道向人民图利，这怎行呢？因此我擅自假造您的命令，把债款赏赐给百姓，顺便烧掉了契据，以致百姓欢呼'万岁'，这就是我用来为您买义的方式啊。"孟尝君听后很不悦地说："嗯，先生，您下去休息吧。"

过了一年，齐闵王对孟尝君说："我可不敢把您——先王的臣子当做我的臣子。"孟尝君只好回到他的领地薛去。在离薛地还有一百里的地方，薛地的人民扶老携幼，都在路旁迎接孟尝君的到来。孟尝君见此情景，回头看着冯谖道："您为我买的'义'，我今天才知道它的作用。"

冯谖说："狡猾机灵的兔子有三个洞才能免遭死患，现在您只有一个洞，还不能高枕无忧，请让我再去为您挖两个洞吧。"孟尝君应允了，就给了他五十辆车子、五百斤黄金。冯谖往西到了魏国，他对惠王说："现在齐国把他的大臣孟尝君放逐到国外去，哪位诸侯先迎住他，就可使自己的国家富庶强盛。"于是惠王为孟尝君把相位空了出来，把原来的相国调为上将军，并派使者带着千斤黄金、百辆车子去聘请孟尝君。冯谖先赶车回去，告诫孟尝君说："黄金千斤，这是很重的聘礼了；百辆车子，这算显贵的使臣了。齐国君臣大概听说这件事了吧。"魏国的使臣往返了三次，孟尝君坚决推辞而不去魏国。

齐闵王果然听到了这一消息，君臣上下十分惊恐。于是连忙派太傅拿着千斤黄金，驾着两辆四匹马拉的绘有文采的车子，带上一把佩剑，并向孟尝君致书谢罪说："都是我治国无方，遭到祖宗降下的灾祸，又陷于阿谀逢迎之中，所以得罪了您。我是不值得您帮助的，但希望您顾念齐国先王的宗庙，暂且回国都来治理百姓吧。"冯谖又告诫孟尝君道："希望你向齐王请求先王传下来的祭器，在薛建立宗庙。"宗庙建成后，冯谖回报孟尝君："现在三个洞已经营造好，您可以高枕无忧了。"

孟尝君在齐国当了几十年的宰相，没有遭遇丝毫祸患，这都是实行冯谖计谋所带来的好处。

专家点评

冯谖有关"狡兔有三窟"的议论，是全文承上启下的关键，使得整篇文章结构严密紧凑，布局生动自然。那么冯谖所谓"狡兔三窟"究竟指的是什么呢？"焚券市义"指的是收买人心；西游于梁，致使"梁王虚上位"，聘请孟尝君，是扩大和抬高孟尝君的知名度和身价，争取周边国家的支持；立齐国宗庙于薛，是利用宗族观念巩固孟尝君在齐国的地位。这样，孟尝君立身治国上赖"祖灵"保护、下靠百姓拥戴、又不乏邻国的支持，无怪乎冯谖志得意满地向孟尝君表示："君姑高枕为乐矣！"经营"三窟"是冯谖展开才干的过程和步骤，是孟尝君"高枕而卧"的前提和保障，也是孟尝君和冯谖二人知遇和报恩的具体展开，是对前文大肆渲染的孟尝君尊贤纳士的回应。

为了突出策士的作用，作者于文末夸大其词地论断道："孟尝君为相数十年，无纤介之祸者，冯谖之计也。"充分反映了纵横家崇计尚谋的思想倾向，但并非历史的真实反映，这是读者要注意的。

作者	文体	推荐理由
不详	书信	不战而屈人之兵的《鲁连书》根据当时的形势，针对燕将的进退失据的处境和矛盾的心理，晓以大义，阐明利害，说理透辟，有着无法抗拒的说服力。

不战而屈人之兵的楷模
——《鲁连书》

名文欣赏

原文节选

吾闻之，智者不倍时而弃利，勇士不怯死而灭名，忠臣不先身而后君。今公行一朝之忿，不顾燕王之无臣，非忠也；杀身亡聊城，而威不信于齐，非勇也；功废名灭，后世无称，非知也。故知者不再计，勇士不怯死。今死生荣辱，尊卑贵贱，此其一时也。愿公之详计而无与俗同也。且楚攻南阳，魏攻平陆，齐无南面之心，以为亡南阳之害，不若得济北之利，故定计而坚守之。今秦人下兵，魏不敢东面，横秦之势合，则楚国之形危。且弃南阳，断右壤，存济北，计必为之。今楚、魏交退，燕救不至，齐无天下之规，与聊城共据期年之弊，即臣见公之不能得也。齐必决之于聊城，公无再计。彼燕国大乱，君臣过计，上下迷惑。栗腹以百万之众，五折于外；万乘之国，被围于赵；壤削主困，为天下戮，公闻之乎？今燕王方寒心独立，大臣不足恃，国弊祸多，民心无所归。今公又以弊聊之民，距全齐之兵，期年不解，是墨翟之守也；食人炊骨，士无反北之心，是孙膑、吴起之兵也。能以见于天下矣！故为公计者，不如罢兵休士，全车甲，归报燕王，燕王必喜。士民见公，如见父母，交游攘臂而议于世，功业可明矣。上辅孤主，以制群臣；下养百姓，以资说士。矫国革俗，于天下功名可立也。意者，亦捐燕弃世，东游于齐乎？请裂地定封，富比陶、卫，世世称孤寡，与齐久存，此亦一计也。二者显名厚实也，愿公熟计而审处一也。且吾闻，傲小节者不能行大威，恶小耻者不能立荣名。昔管仲射桓公中钩，篡也；遗公子纠而不能死，怯也；束缚桎梏，辱身也。此三行者，乡里不通也，世主不臣也。使管仲终穷抑幽囚而不出，惭耻而不见，穷年没寿，不免为辱人贱行矣。然而管子并三行之过，据七国之政，一匡天下，九合诸侯，为五伯首，名高天下，光照邻国。曹沫为鲁君将，三战三北，而丧地千里。使曹子之足不离陈，计不顾后，出必死而不生，则不免为败军禽将。曹子以败军禽将，非勇也；功废名灭，后世无称，非知也。故去三北之耻，退而与鲁君计也，曹子以为遭。齐桓公有天下，朝诸侯。曹子以一剑之任，劫桓公于坛位之上，颜色不变，而辞气不悖。三战之所丧，一朝而反之，天下振动，（诸侯）惊骇，威信吴、楚，传名后世。若此二公者，非不能行小节，死小耻也，以为杀身绝世，功名不立，非知也。故去忿恚之心，而成终身之名；除感忽之耻，而立累世之功。故业与三王争流，名与天壤相敝也。公其图之！

译文

我听说，聪明的人不违背时势而丢弃利益，勇敢的人不逃避死亡而埋没名声，忠臣不会先顾自己而后顾君主。如今您逞一时之忿，冒着使燕王失去一个大臣的危险作战，这是不忠；自己战死而聊城失守，威名并不能张扬于齐国，这是不勇；功败名灭，后世对您无所称道，这是不智。有这三个短处，现世的君主不会要他做臣子，游士说客不会向世人称道他。所以聪明的人不会优柔寡断，勇敢的人不会贪生怕死。现在生与死、荣与辱、贵与贱、尊与卑的选择摆在您的面前，时机不会再来，希望

鲁连，又叫鲁仲连，战国末年齐国人。其人奇伟高蹈、不慕荣利。

您仔细权衡，不要做出与俗人相同的决断。现在，齐国用全国的兵力，对天下别无贪求，全力来夺取聊城，我看您要死守这被围困了一年多的城池，是不可能成功的。而且燕国发生纷乱，君臣毫无应急之策，全国上下人心惶惶。而您凭借聊城这支疲惫的军队抵挡住了整个齐国的进攻，这可以说您如墨翟一样善于守城了；城中匮乏到以人肉为食、人骨为柴的地步，而将士没有叛离之心，这可以说您如孙膑一样擅长用兵了。您的才能已经昭示于天下。虽然如此，为您计议，不如保全兵力来报答燕国。兵甲完好无损回到燕国，燕王一定高兴；身体完好地回到故土，百姓如同重见父母，朋友们兴奋地议论赞许，功业可望由此显扬。如果无意于此，可否离开燕国，抛弃世俗成见，东归齐国？齐国会割地封赏，让您富足得可以和魏冉、商鞅相比；世代称孤道寡，与齐国共存，这也是一个办法。两个计策，一个可以显扬名声，一个可以得到丰厚的实惠。希望您认真考虑，审慎地选定一条。我还听说过这样的话：拘泥小节的人不能成就荣名，不忍小耻的人难以建立大功。从前管夷吾射中齐桓公的衣带钩，这是犯上的罪过；丢下公子纠不能为他效死，这是怯懦的表现；身遭捆绑囚禁，这是耻辱的印记。那时假如管仲坐牢没有出狱，假如身死而没回齐国，那么他就只能落个人品低劣、行为卑鄙的臭名了。倘若如此，即使奴婢也耻于与他并列，更何况一般人呢！然而，管仲不以身遭囚禁为耻，而以不能使天下太平为耻；不以不替公子效死为耻，而以不能在诸侯张扬威名为耻。因而，他虽然兼有犯上、怕死、受辱三重过失，但却终于辅佐齐桓公成为五霸之首，名扬天下，光耀邻国。曹沫做鲁国的将军，三战三败，丧失土地五百里，当时假如曹沫不前思后虑、从容计议，急忙割颈自杀，那他也不免被人看作常败将军了。曹沫不顾三次失败的耻辱，趁齐桓公大会天下诸侯的机会，凭一剑之力，在会盟坛上指向桓公心窝，面不改色，义正词严，终于将三次战败丢失的土地，在一个早晨就收了回来，使天下震动，诸侯惊骇，威震吴越。像这两位高士，不是不懂得顾全小的名节和操守；而是认为身死名灭，功名无从建立，这不是理智的行为。因此他们放弃一时的愤慨，建立终身的威名，捐弃失节的耻辱，奠定累世的功业。他们的功业可以和三王媲美，他们的荣名可以与天地共存。愿将军选择一个榜样去行动吧！

专家点评

　　以"为人排患、释难、解纷乱而无所取"闻名于世的鲁仲连，为了消灭战争，使百姓得以安宁，便修书一封给燕将。这些情境的交待，为后文鲁仲连的书信发挥效用埋下了伏笔，同时也有助于读者理解和评价书信的内容。

　　信中根据当时的形势，针对燕将的进退失据的处境和矛盾的心理，晓以大义，阐明利害，指明只有放弃聊城才是唯一明智的选择。说理透辟，义正词严，有着无法抗拒的说服力。

作者	文体	推荐理由
不详	人物传记	这是一篇生动的人物传记。全文气势波澜起伏，而且相得益彰，结构极为巧妙，不失为一篇上乘之作。

以游说而致富贵的传奇
——《苏秦始将说秦》

名文欣赏

原文节选

苏秦始将连横说秦惠王曰："大王之国，西有巴蜀、汉中之利，北有胡貉、代马之用，南有巫山、黔中之限，东有崤、函之固。田肥美，民殷富，战车万乘，奋击百万，沃野千里，蓄积饶多，地势形便，此所谓天府，天下之雄国也。以大王之贤，士民之众，车骑之用，兵法之教，可以并诸侯，吞天下，称帝而治。愿大王少留意，臣请奏其效。"

秦王曰："寡人闻之，毛羽不丰满者不可以高飞，文章不成者不可以诛罚，道德不厚者不可以使民，政教不顺者不可以烦大臣。今先生俨然不远千里而庭教之，愿以异日。"

苏秦曰："臣固疑大王之不能用也。昔者神农伐补遂，黄帝伐涿鹿而禽蚩尤，尧伐骦兜，舜伐三苗，禹伐共工，汤伐有夏，文王伐崇，武王伐纣，齐桓任战而伯天下，由此观之，恶有不战者乎？古者使车毂击驰，言语相结，天下为一；约从连横，兵革不藏；文士并饬，诸侯惑乱；万端俱起，不可胜理；科条既备，民多伪态；书策稠浊，百姓不足；上下相愁，民无所聊；明言章理，兵甲愈起；辩言伟服，战攻不息；繁称文辞，天下不治；

舌敝耳聋，不见成功；行义约信，天下不亲。于是乃废文任武，厚养死士，缀甲厉兵，效胜于战场。夫徒处而致利，安坐而广地，虽古五帝、三王、五伯，明主贤君，常欲坐而致之，其势不能，故以战续之。宽则两军相攻，迫则杖戟相撞，然后可建大功。是故兵胜于外，义强于内，威立于上，民服于下。今欲并天下，凌万乘，诎敌国，制海内，子元元，臣诸侯，非兵不可。今之嗣主，忽于至道，皆惛于教，乱于治，迷于言，惑于语，沉于辩，溺于辞，以此论之，王固不能行也。"

说秦王书十上而说不行，黑貂之裘敝，黄金百斤尽，资用乏绝，去秦而归。赢縢履跻，负书担橐，形容枯槁，面目黧黑，状有愧色。归至家，妻不下纴，嫂不为炊，父母不与言。苏秦喟然叹曰："妻不以我为夫，嫂不以我为叔，父母不以我为子，是皆秦之罪也。"乃夜发书，陈箧数十，得太公《阴符》之谋，伏而诵之，简练以为揣摩。读书欲睡，引锥自刺其股，血流至足，曰："安有说人主不能出其金玉锦绣，取卿相之尊者乎？"期年，揣摩成，曰："此真可以说当世之君矣。"

译文

苏秦起初用连横的策略游说秦惠王，他说："秦国西边有巴、蜀、汉中等富庶之地，北面有胡貉、代马可以使用，南方有巫山、黔中做屏障，东边有崤、函天险易守难攻。秦国土地肥美，百姓殷实富足，兵车万辆，勇士百万；而且有千里沃野，物产丰富；地势险峻，利于攻守。这正是人们所说的得天独厚的天府，天下的大国啊！况且凭借您的贤明，百姓的众多，如果习用车骑，教以兵法，一定可以兼并诸侯，统一天下，成就帝业。我希望大王对此稍加留意，请允许我陈明其成效吧。"

秦惠王说："我听说：羽翼不丰满的鸟，不能高飞；法令不完备的国家，难以施行诛罚；德行不高的人，不能够役使百姓；政治教化还没有修明，不可以烦劳大臣。现在您不远千里郑重庄严地在宫廷上指教我，我希望您以后再说吧！"

苏秦回答道:"我本来就疑惑您是否能相信我的主张。远古的时候,神农氏讨伐补遂,黄帝出征涿鹿,擒杀蚩尤,唐尧讨伐骧兜,虞舜讨伐三苗,夏禹讨伐共工,商汤诛灭夏桀,周文王征伐崇侯虎,周武王讨伐商纣,齐恒公用武力称霸天下,由此看来,哪有不凭借武力的呢?近世各国派遣的使者车辆往来,路上络绎不绝;策士们巧舌如簧,互相交结,使天下连接到一起。但结果或者约从,或者连横,战争却无法消灭。辩士们巧言文饰,使各国诸侯昏乱迷惑,结果万端俱起,莫衷一是,难以理喻;规章制度虽已完备,人民弄虚作假的现象却更加普遍;国家法令繁多、混乱不堪,百姓因此更加贫穷。这样,君臣愁怨,百姓无所依靠。道理讲了许多,说得越明白,道理越明显,战争反而更加频繁。策士们奇装异服,能言善辩,可是诸侯间的战争并未平息;越是满口的道理,天下越是治理不好。说的人口干舌燥,听的人昏昏欲睡,毫无效果可言。你提倡仁义,恪守诺言,可是天下的人并不相亲相爱。于是诸侯才废文用武,优厚地豢养敢死之士;同时整顿军备,厉兵秣马,在战场上争取胜利。不加强军事修备,妄想什么都不做就能获得胜利、扩充疆域,这不过是空想罢了;即使是古代的五帝、三王、五霸、明主贤君,他们虽然也常想安坐而获利,然而天下的大势也终不可能使之成为现实!所以必须依靠武力来成就大业。如果地域广阔,两军之间可以展开攻坚战;倘若地势狭窄,两军短兵相接,展开白刃战,这样就可以见到军事上的功用。对外能取得战争的胜利,对内能实行仁义;在上能树立君主的威信,在下能使百姓服从。当今之世,如果想吞并天下,凌驾于大国之上,威震敌国,控制海内,统治黎民,臣服诸侯,就非用兵不可!现在继承君位的人,忽视了用兵这个最重要的道理,一个个政教不明,治理混乱,沉溺迷惑于辩士的花言巧语。这样看来,您本来就不可能采纳我的主张啊!"

苏秦向秦王上书十次,但他的主张终不被采纳,最后黑貂皮袍破了,带的钱花光了,以至于用度缺乏,只得离秦归家。他绑裹腿,穿草鞋,背书担囊,面容憔悴,脸色黑黄,面带羞愧。回到家里,妻子见到他,自顾自织布,对他不理不睬。嫂子不为他做饭,父母也不与他说话。苏秦见此情状,长叹道:"妻子不把我当丈夫,嫂嫂不把我当小叔,父母不把我当

秦国铜盾。

儿子，这都是我的不好啊！"于是他连夜拿出所藏书籍，把几十个书箱打开，找到一部姜太公的兵书《阴符经》，立即伏案诵读，反复研习揣摩，深入领会。有时读书读得昏昏欲睡，他就取过铁锥，照着自己的大腿刺去，以至于血流到脚跟，他发狠说："哪有游说君主而不能使其拿出金玉锦缎，并把卿相之尊位给我的呢？"一年以后，他觉得已经学成，便道："这次真可用所学的去游说当今的君主了。"

专家点评

文章记叙了苏秦开始用"连横"的主张游说秦惠王，从地理优势、兵力雄厚、物产丰饶、人民众多、君主贤能等各方面分析了秦"称帝而治"的有利条件；又从正反两面论证了统一天下非用战争手段不可的道理，可是被秦王用"毛羽不丰满者不可以高飞"的理由委婉但坚定地拒绝了。初出茅庐的苏秦遭受了失败的打击，回到家里又受到父母妻嫂的冷遇。于是引咎自责，发愤攻读，转而鼓吹合纵，游说赵王，大获成功。

作者以赞赏的笔调渲染苏秦的成功；通过言语和行动的描写，展现了苏秦自信、刻苦、坚韧、执着的性格特点和他刻意谋求"势位富贵"的内心世界。作者还出色地运用了对比和细节描写的手法，对苏秦发迹前后，其父、母、妻、嫂待他"前倨而后卑"的情状做了生动描绘，不但深刻地揭示了人物的精神面貌，而且形象地暴露了当时的炎凉世态。

作者	文体	推荐理由
不详	记叙文	文章选材典型集中，叙事委婉，过渡自然，论述逻辑严密，层层深入，在艺术上有较高的成就。

招贤纳士的策略
——《燕昭王求士》

名文欣赏

原文

燕昭王收破燕后即位，卑身厚币，以招贤者，欲将以报雠。故往见郭隗先生曰："齐因孤国之乱，而袭破燕。孤极知燕小力少，不足以报。然得贤士与共国，以雪先王之耻，孤之愿也。敢问以国报仇者奈何？"

郭隗先生对曰："帝者与师处，王者与友处，霸者与臣处，亡国与役处。诎指而事之，北面而受学，则百己者至；先趋而后息，先问而后嘿，则什己者至；人趋己趋，则若己者至；冯几据杖，眄视指使，则厮役之人至；若恣睢奋击，呴籍叱咄，则徒隶之人至矣。此古服道致士之法也。王诚博选国中之贤者，而朝其门下，天下闻王朝其贤臣，天下之士必趋于燕矣。

昭王曰："寡人将谁朝而可？"

郭隗先生曰："臣闻古之君人，有以千金求千里马者，三年不能得。涓人言于君曰：'请求之。'君遣之。三月得千里马，马已死，买其首五百金，反以报君。君大怒曰：'所求者生马，安事死马而捐五百金？'涓人对曰：'死马且买之五百金，况生马乎？天下必以王为能市马，马今至矣。'于是不能期年，千里之马至者三。今王诚欲致士，先从隗始，隗且见事，况贤于隗者乎？岂远千里哉？"

于是昭王为隗筑宫而师之。乐毅自魏往，邹衍自齐往，剧辛自赵往，士争凑燕。燕王吊死问生，与百姓同其甘苦。二十八年，燕国殷富，士卒乐佚轻战。于是遂以乐毅为上将军，与秦、楚、三晋合谋以伐齐。齐兵败，闵王出走于外。燕兵独追北，入至临淄，尽取齐宝，烧其宫室宗庙。齐城之不下者，唯独莒、即墨。

译文

燕昭王接收了残破的燕国后登上王位。他礼贤下士，用丰厚的聘礼招求贤人，想要依靠他们来报（齐国破燕之）仇。所以他特地去见郭隗先生说："齐国乘我国内乱之机来攻破我们燕国，我很明白燕国国小势弱，不能报仇。但如能求得贤士来共同治理国家，就能够洗雪先王的耻辱，这是我的心愿啊。请问先生要替国家报仇该怎么办？"

郭隗先生回答道："成就帝业的国君以贤人为师，成就王业的国君以贤人为友，成就霸业的国君以贤人为臣，至于那亡国的国君，对待贤人就像仆役一样。如果能够委屈己意而敬奉贤人，身居下位而以贤人为师，就将有才能高出自己百倍的贤人光临；如果引道于前而休息在后，发问在前而沉默在后，就会有才能高出自己十倍的贤人来到；如果跟着人家亦步亦趋，就会有才能与自己相当的人来到；如果靠案扶杖，斜眼观看，随意指使，就将有供驱使的差役来到；如果放肆骄横，野蛮凶狠，暴跳如雷，狂喊乱骂，那么，就只会有服劳役的犯人和奴隶来到了。这是自古以来实行王道和招致人才的方法啊。大王若是真想广泛选拔国内的贤人，就应该恭敬地谒见他们，天下的贤士听说大王尊爱贤臣，就一定会赶到燕国来了。"

燕昭王说："我将谒见谁才好呢？"郭隗先生说："我听说古代有一位国君，用千金求购千里马，过了三年没能买到。他身边的一位内侍对他说：'请让我去买吧。'国君便派他去买。三个月后找到了千里马，但马已死了，于是他用五百金买了这匹死马的马头，回来向国君报告。国君大怒道：'我所要买的是活马，怎么买死马呢？你竟然还花费了我五百金！'这位内侍答道：'买一匹死马尚且用了五百金，何况活马呢？天下人一定都会认为大王善于买马，千里马就要来了。'于是不到一年，三匹千里马就到手了。现在大王果真想要招致贤士，就先从我郭隗开始吧。我郭隗尚且受到敬奉，何况那些胜过我郭隗的人

155

呢？他们哪里还会认为千里的路程太遥远呢？"

于是燕昭王为郭隗专门建造了房屋，并且拜他为师。这样一来，乐毅从魏国前往燕国，邹衍从齐国前往燕国，剧辛从赵国前往燕国，贤士们争相奔赴燕国。

燕昭王祭奠死者，慰问生者，与百姓同甘共苦。在燕昭王二十八年的时候，燕国殷实富足，战士们安乐舒适，不怕打仗。于是燕昭王就任命乐毅为上将军，与秦、楚、赵、韩、魏等国共同谋划攻打齐国。齐国军队被打得大败，齐闵王逃到国外。燕国军队独自追击败逃的齐军，攻进齐国，到了齐国国都临淄，掠取了齐国的全部珍宝，烧毁了齐国的宫室宗庙。齐国所有城邑中没有被燕国军队攻下的，就只剩下莒和即墨两个地方。

专家点评

文章选材典型集中，毫无枝蔓；叙事委婉，过渡自然；论述逻辑严密，层层深入，在艺术上有较高的成就。文章中郭隗的两段论述尤其精彩。前一段运用递进手法，正反对比，生动描述了"古服道致士之法"："帝者与师处，王者与友处，霸者与臣处，亡国与役处"，在递进中有对比和转折，将对待贤士的不同态度和效果阐述得极为透彻。后一段用千金买马的故事说明招纳贤才表现诚意的重要作用，形象生动，具有很强的感染力。而千金买马的故事更是广为流传的典故。

对厚葬制度的鞭挞
——《谏起昌陵书》

名文欣赏

原文

《易》曰："古之葬者，厚衣之以薪，臧之中野，不封不树。后世圣人易之以棺椁。"棺椁之作，自黄帝始。黄帝葬于桥山，尧葬济阴，丘垅皆小，葬具甚微。舜葬苍梧，二妃不从。禹葬会稽，不改其列。殷汤无葬处。文、武、周公葬于毕，秦穆公葬于雍橐泉宫祈年馆下，樗里子葬于武库，皆无丘垅之处。此圣帝、明王、贤君、智士远览独虑无穷之计也。其贤臣孝子亦承命顺意而薄葬之，此诚奉安君父，忠孝之至也。

……

逮至吴王阖闾，违礼厚葬，十有余年，越人发之。及秦惠文、武，昭、严襄五王，皆大作丘垅，多其瘗臧，咸尽发掘暴露，甚足悲也。秦始皇帝葬于骊山之阿，下锢三泉，上崇山坟，其高五十余丈，周回五里有余，石椁为游馆，人膏为灯烛，水银为江海，黄金为凫雁。珍宝之臧，机械之变，棺椁之丽，宫馆之盛，不可胜原。又多杀宫人，生埋工匠，计以万数。天下苦其役而反之，骊山之作未成，而周章百万之师至其下矣。项籍燔其宫室

汉阳陵的汉俑方阵。从这个方阵可以看出汉阳陵的规模有多么宏大。

营宇，往者咸见发掘门。其后牧儿亡羊，羊入其凿，牧者持火照求羊，失火烧其臧椁。自古至今，葬未有盛如始皇者也，数年之间，外被项籍之灾，内离牧竖之祸，岂不哀哉！

是故德弥厚者葬弥薄，知愈深者葬愈微。无德寡知，其葬愈厚，丘垅弥高，宫庙甚丽，发掘必速。由是观之，明暗之效，葬之吉凶，昭然可见矣。周德既衰而奢侈，宣王贤而中兴，更为俭宫室，小寝庙，诗人美之，《斯干》之诗是也。上章道宫室之如制，下章言子孙之众多也。及鲁严公刻饰宗庙，多筑台囿，后嗣再绝，《春秋》刺焉。周宣如彼而昌，鲁、秦如此而绝，是则奢俭之得失也。

译文

《易经》上又说："远古埋葬死了的人，厚积薪柴覆盖在尸体上，深埋在泥土里，不聚土为坟，不种植树木。后代的圣人改变了做法，用棺椁埋葬死人。"棺椁的制作，是从黄帝开始的。黄帝埋葬在桥山，尧埋葬在济阴，坟冢都很小，陪葬的东西也不多。舜死后埋葬在苍梧山，他的两个妃子在洞庭湖投湖自尽，并没有陪葬。禹埋葬在会稽山，没有改变周围树木百物的排列。商汤我们不知道他埋葬在什么地方。周文王、周武王、周公旦都葬在毕原。秦穆公埋葬在雍地橐泉宫祈年观下面，樗里子葬在汉未央宫武库的下面，也都没有山坟。这些神圣贤明的帝王、君主、智士都能深谋远虑，为后代长久打算。他们的贤臣孝子也能顺应天命，秉承圣意，实行薄葬，这确实是侍奉先君安顿先父的良策，称得上是最忠孝的。

……

等到了春秋的吴王阖闾，他违背礼制实行厚葬，但仅仅经过十多年时间，他那奢侈的陵墓就被越国人发掘。至于秦惠文王、武王、昭王、庄襄王等五位国君，都大建坟冢，随葬品也很丰厚，但后来都被挖掘，十分可悲。秦始皇葬在骊山旁，下面穿引三泉，用铜液浇铸加固，向上耸立的山坟高达五十多丈，周围占地五里有余，以石为椁，在地下筑成了离宫别馆。用人鱼油膏做灯烛，水银做江海，黄金做野鸭、飞雁，藏有珍宝无数，设有各种暗道机关以防偷窃。棺椁之华丽，宫馆之盛大，难以一一描述。又杀死许多宫女，活埋了不少工匠，殉葬的人成千上万。结果天下百姓对此劳役痛苦不堪，陈胜揭竿而起，天下积极响应。骊山墓还未建成，周章率领的百万大军已经攻到山下。随后项梁焚烧秦国宫室，到骊山墓的人都是去发掘财物。后来有牧童丢失了羊，羊钻进掘墓人所挖的洞穴；牧童用火把照明找羊，不小心失火，烧掉了秦始皇的陵墓。从古到今，墓葬的盛大没有比得上秦始皇的，但数年之间，外遭项羽之灾，内受牧童之祸，难道还不值得悲哀吗？

因此，功德越大的人墓葬越俭约，智虑越深的人墓葬越隐蔽，没有德行又缺乏智虑的人，墓葬越丰厚，山坟越高耸，宫庙越华丽，而被发掘的时间也就一定越快。由此看来，如果由墓葬所带来的吉凶祸福来判断帝王明智与昏庸的区别，真是一清二楚。周朝的德政既然早已衰微，奢侈也就成为风气。周宣王的贤明才智使中兴局面再现。当时宫室从俭，寝庙变小，所以得到诗人的美誉，这反映在《诗经·小雅·斯干》中。诗篇的上一章说宣王修建宫室遵循礼制，下一章说他的子孙众多。到了鲁庄公时，大力雕刻装饰宗庙，修建了许多楼台苑囿，结果致使他的后代被诛灭，《春秋》一书曾予以讽刺。周宣王的做法使国家昌盛，鲁庄公的做法使国家灭亡，这就是奢侈与节俭所带来的得与失。

专家点评

文中先从天命说起，指出天命所归，不止一家一姓，因此，历代圣贤帝王都谨慎小心，唯恐触怒上天，使之收回成命。大胆地提出"自古及今，未有不亡之国"的论点，试图从这样的思想高度，来向封建统治者力陈长治久安之策，引起成帝充分的重视。接着引用了大量的史实，历述古代帝王贤者薄葬的先例，以及昏君庸者厚葬的危害，充分发挥了作为一个学问家"博物洽闻，通达古今"的优势。文章叙议结合，有条不紊，反复详明地阐明了薄葬的主张。谏书气势恢弘，行文从容不迫，无论是议论还是叙事都很流畅，具有较强的感染力。

刘向，字子政，原名更生，西汉著名经学家、目录学家、文学家。

高尚民族气节的印记
——《苏武传》

名文欣赏

原文节选

初，武与李陵俱为侍中。武使匈奴明年，陵降，不敢求武。久之，单于使陵至海上，为武置酒设乐。因谓武曰："单于闻陵与子卿素厚，故使陵来说足下，虚心欲相待。终不得归汉，空自苦亡人之地，信义安所见乎？前长君为奉车，从至雍棫阳宫，扶辇下除，触柱折辕，劾大不敬，伏剑自刎，赐钱二百万以葬。孺卿从祠河东后土，宦骑与黄门驸马争船，推堕驸马河中溺死，宦骑亡。诏使孺卿逐捕，不得，惶恐饮药而死。来时太夫人已不幸，陵送葬至阳陵。子卿妇年少，闻已更嫁矣。独有女弟二人，两女一男，今复十余年，存亡不可知。人生如朝露，何久自苦如此？陵始降时，忽忽如狂，自痛负汉，加以老母系保宫，子卿不欲降，何以过陵？且陛下春秋高，法令亡常，大臣亡罪夷灭者数十家，安危不可知。子卿尚复谁为乎？愿听陵计，勿复有云！"武曰："武父子亡功德，皆为陛下所成就，位列将，爵通侯，兄弟亲近，常愿肝脑涂地。今得杀身自效，虽蒙斧钺汤镬，诚甘乐之。臣事君，犹子事父也；子为父死，亡所恨，愿勿复再言！"陵与武饮数日，复曰：

"子卿！壹听陵言。"武曰："自分已死久矣！王必欲降武，请毕今日之驩，效死于前！"陵见其至诚，喟然叹曰："嗟呼，义士！陵与卫律之罪，上通于天！"因泣下沾衿，与武诀去。陵恶自赐武，使其妻赐武牛羊数十头。

后陵复至北海上，语武："区脱捕得云中生口，言太守以下吏民皆白服，曰：'上崩。'"武闻之，南向号哭，欧血，旦夕临，数月。

昭帝即位，数年，匈奴与汉和亲。汉求武等，匈奴诡言武死。后汉使复至匈奴，常惠请其守者与俱，得夜见汉使，具自陈道。教使者谓单于言："天子射上林中，得雁足有系帛书，言武等在某泽中。"使者大喜，如惠语以让单于。单于视左右而惊，谢汉使曰："武等实在。"

于是李陵置酒贺武曰："今足下还归，扬名于匈奴，功显于汉室，虽古竹帛所载、丹青所画，何以过子卿！陵虽驽怯，令汉且贳陵罪，全其老母，使得奋大辱之积志，庶几乎曹柯之盟。此陵宿昔之所不忘也！收族陵家，为世大戮，陵尚复何顾乎？已矣，令子卿知吾心耳！异域之人，壹别长绝！"陵起舞，歌曰："径万里兮度沙幕，为君将兮奋匈奴。路穷绝兮矢刃摧，士众灭兮名已隤，老母已死，虽欲报恩将安归！"陵泣下数行，因与武决。单于召会武官属，前以降及物故，凡随武还者九人。

译文

当初，苏武和李陵都在汉朝当侍中。苏武出使匈奴的第二年，李陵归降匈奴，因为内心惭愧，不敢拜访苏武。过了好久，单于派李陵到北海，安排酒宴女乐，款待苏武。李陵趁机对苏武说："单于听说我同子卿一向友情深厚，所以派我来劝说你。单于很有诚意，想对你以礼相待。你终究没有机会回归汉廷，白白地在这荒无人烟的地方受苦，你所守的信义又怎么能够让人知道呢？前些时候，你的哥哥苏长君做奉车都尉，伴随皇上到雍州棫阳宫，侍从们扶车辇下殿阶时，一不小心让皇上的车辇撞在柱子上，车辕撞折。令兄被弹劾犯了不敬罪，只好拔剑自杀。皇上不过赏赐二百万钱埋葬他的遗体。你的弟弟孺卿随同皇上到河东郡祭祀后土神，有个骑马的宦官同一个黄门驸马都尉争抢过河的渡船，宦官竟把黄门驸马推下河里淹死，自己骑马逃跑了。皇上下诏，命令孺卿去追捕。由于没有抓到逃犯，孺卿惶恐不安，就服毒自杀了。你出国时，太夫人不幸病逝，我曾经送葬到阳陵。嫂夫人还年轻，听说已经改嫁了。苏家只有你的两位妹妹和你的两位千金、一位公子。现在又经过十多年，不知道他们的生死存亡。人生短暂，有如早晨的露水，你又何必这样自己苦自己呢？我刚投降匈奴的时候，精神恍惚，如痴如狂，痛恨自己对不起汉朝；加上老母还被汉朝囚禁在保官，内心顾虑重重。你不愿投降的心情总不会超过我吧！再说皇上已经老了，法令变化无常，大臣无罪而被灭族的已有几十家。你即使能回到朝廷，前途安危也难以预料。子卿！你这样坚持不肯投降，到底又为了谁呢？希望你听从我的建议，不要再说什么了。"苏武说："我们父子无功无德，都是承蒙皇上培植起来的。父亲官至将军，封为通侯，兄弟三人都是皇上身边的近臣，一直希望能够为国捐躯，报效皇上的大恩。现在已经得到以身殉国的机会，即使受到最残酷的刑戮，刀砍、斧剁、下油锅，我也会心甘情愿地接受。臣子侍奉君主，就好像儿子侍奉父亲。儿子为父亲牺牲，不会有什么遗憾。希望你不要再讲了。"李陵同苏武喝了几天酒，又劝他道："子卿，你一定要考虑我的话。"苏武说："我认定自己是个早就已经死去的人了！单于如果一定想要我投降，那就请你今天和我一起痛饮，大醉一场，尽欢而散。然后我就自尽在单于面前！"李陵看他坚贞的意志不可动摇，就叹息着说，"唉，义士啊！我和卫律的罪孽连上天也会知道。"李陵泪如雨下，把衣襟都沾湿了，同苏武道别。李陵自感羞惭，不敢出面送礼物给苏武，便让他的妻子出面送给苏武几十头牲畜。

后来李陵又来到北海边，对苏武说："在汉朝和匈奴两国的边境上抓到云中郡的俘虏，说当地太守以及所有的官吏百姓都穿白戴孝，说是皇上驾崩了。苏武听到这个消息，面向南方放声痛哭，悲痛得都吐出了鲜血，每天早晚都哭泣哀悼，这样持续了数月。

过了几个月，汉昭帝登位。又过了几年，匈奴同汉朝和亲。汉朝派使臣寻找苏武等人的下落，匈奴欺骗汉朝说苏武已经死了。后来汉朝使臣再次来到匈奴，常惠得知了消息，就请求看守他的人同他一起去见汉使。在一个夜晚，常惠见到了汉使，详细地讲述了这些年的遭遇，并让汉使告诉单于，就说汉天子在上林苑里面射猎，射到一只大雁，发现雁脚上系有一封写在绢帛上的信，上面讲苏武等人住在某某大湖旁边。使臣很高兴，就按照常惠的话去责问单于。单于看看左右的人，不由得大吃一惊，只好向汉使臣道歉说："苏武这个人确实还活着。"

于是李陵设酒宴祝贺苏武说："现在你就要回去了。你忠贞的名声，将会流传匈奴；你不辱使命的功绩，将会光耀汉室。即使古代史书所记载的功业事迹，彩色图画所描绘的英雄豪杰，也不能超过你的崇高节操。我虽然笨拙懦怯，但如果汉天子能暂时宽赦我的罪过，保全我的老母，让我能够把忍辱负重、压抑在心底的志向迸发出来，或许我也清代画家王震的《苏武牧羊图》。

会像古代曹沫在柯邑结盟时劫持齐桓公来
报答鲁国一样，对汉朝做点贡献，这是我
一天到晚都铭记在心的。可是汉朝竟然收
捕、处死我全家，成为世上最大而且残酷的屠
戮，我还有什么可以再留恋的呢？一切都完了！今天
旧事重提，只不过让子卿了解我的心罢了。我是流落异地
的人，这次一别，永无再见之日了！"说完离席起舞，一边
歌吟道："穿过茫茫沙漠啊，万里远征；浴血奋战匈奴啊，替皇
上统兵。深山峡谷被围啊，刀箭摧折；五千壮士牺牲啊，我声名
荡然无存。白发老母遭惨死啊，纵想报国恩，何处是归程？"李陵
涕泪纵横，就此同苏武诀别。单于把苏武当初带来的随行人员全部召集起来。除掉以前
已经投降匈奴的和先后死去的，总共还有九个人随同苏武回国。

专家点评

作者善于运用对比手法来突出苏武精神的可贵和品格的崇高。所以苏武刚一亮相，就
是一个忠于朝廷、光明磊落的形象。李陵劝降一段，更是反衬出苏武的坚贞不屈，宁折不
弯的崇高气节。值得称道的是，作者在描写李陵时，并没有简单地将李陵描写成一个十恶
不赦的无耻叛徒，而是结合他的处境、地位和思想，表现了他复杂的内心世界。他本有效
法曹沫劫持齐桓公而报大辱的想法，但又始终摆脱不了个人的恩怨得失，一失足成千古
恨，终究成为投降敌国的千古罪人。当他劝降无效时，对比苏武的民族气节，他又内心懊
悔，痛苦而泣，流露出无限的痛苦。文章富于个性化的语言也为传记增色不少。

为功臣鸣冤的申辩词
——《诣阙上书理马援》

名文欣赏

原文

臣闻，王德圣政，不忘人之功，采其一美，不求备于众。故高祖赦蒯通，而以王礼葬田横，大臣旷然，咸不自疑。夫大将在外，谗言在内，微过辄记，大功不计，诚为国之所慎也。故章邯畏口而奔楚，燕将据聊而不下，岂其甘心末规哉？悼巧言之伤类也！

窃见故伏波将军新息侯马援，以四年冬始归正朔。当此之时，虏述矫号于益州，隗嚣拥兵于陇冀，豪杰盱睢，且自为政。援拔自西州，钦慕圣义，间关险难，触冒万死，孤立群贵之间，傍无一言之佐，驰深渊，入虎口，岂顾计哉？宁自知当要七郡之使，徼封侯之福邪？八年，车驾西讨隗嚣，国计狐疑，众营未集，援建宜进之策，卒破西州。隗嚣克定，援有力焉。及吴汉下陇，冀路断隔，豪强叛城，酋羌杀吏，唯独狄道为国坚守，士民饥困，乃嗷弩煮履，寄命漏刻。援奉诏西使，镇慰边众，乃奋不顾身，间关山谷之中，挥戈先零之野，招集豪杰，晓诱羌戎，谋如涌泉，势如转规，遂救倒悬之急，存几亡之城。兵全师进，因粮敌人，陇冀略平，而独守空郡，兵动有功，师进辄克。诛锄先零，缘入山谷，猛怒力战，飞矢贯胫。征在虎贲，则有忠策嘉谋于国。又出征交阯，士多瘴气，援与妻子生诀，无悔吝之心，遂斩灭征侧，克平一州，使王府纳越裳之贡，边境无兵革之忧。间复南讨，立陷临乡，师已有业，未竟而死，吏士离疫，援不独存。夫战，或以久而立功，或以速而致败，深入未必为得，不进未必为非，人情岂乐久屯绝地不生归哉？

惟援得事朝廷二十二年，北出塞漠，南渡江海，触冒害气，僵死军中，名灭爵绝，国土不传。海内不知其过，众庶未闻其罪，卒遇三夫之言，横被诬罔之谗。家属杜门，葬不归墓，怨隙并兴，宗亲怖栗，死者不能自明，生者莫为之讼，臣窃伤之！夫明主酨于用赏，约于用刑。高祖尝与陈平金四万斤，以间楚军，不问出入所为，岂复疑以钱谷间哉？夫操孔父之忠而不能自免于谗，此邹阳之所悲也。《诗》云："取彼谗人，投畀豺虎，豺虎不食，投畀有北，有北不受，投畀有昊。"此言欲令上天而平其恶。惟陛下留思竖儒之言，无使功臣怀恨黄泉！臣闻，《春秋》之义，罪以功除。圣王之祀臣有五义，若援，所谓以死勤事者也。愿下公卿平援功罪，宜绝宜续，以厌海内之望！

臣年已六十，常伏田里，窃感栾布哭彭越之义，冒陈悲愤，战栗阙庭。

译文

我听说圣德的帝王理政，不忘人臣的功劳；采用他的某一方面美德，不要求他具备所有的优点。汉高祖赦免蒯通而用王礼殡葬田横，大臣因此心胸开阔，都不患得患失了。大将在外，谗言在内，小过必究，大功不计，这种情况实在是国家应当避免的。（因为有了这种情况存在，）章邯畏惧谗言而投降了项羽，燕国的将军攻下了聊城而不敢回国。难道是他们甘心出此下策吗？实在是畏惧谗言的伤害啊。

来自西州，原为陇西隗嚣部将的马援，于建武四年冬归顺武帝，他钦慕皇帝的圣德仁义，历经艰险，心甘情愿地冒着随时死亡的危险，和其他朝廷贵族完全不同，

东汉开国功臣马援。

东汉的车马仪仗俑群。

在身旁没有一个人相助的情况下，奔深渊，入虎口，这所有的一切哪有为自己打算呢？难道他自知会担任七郡的使命，获取封侯的福分吗？建武八年，车驾西讨隗嚣，国家决策狐疑未定，大军尚未集中，马援提出应当进军的建议，终于击败西州。等到吴汉从陇右撤回，进入冀县的道路断绝，唯独狄道坚守不下，士民饥饿疲劳，命在旦夕。马援奉诏出使西方，安慰边地民众，于是招集豪杰，劝诱羌戎，计谋百出，有如泉涌；战势顺利，如转圆规，就此解救了边地的倒悬之急，保存了几乎败亡的城池，军队也因此得以保全。进而挥师进击，夺取敌人的粮食作为补给，陇、冀平定。虽然独守空郡，一发兵就能够建立功勋，一出师就能够夺取胜利。消灭先零，一直追入山谷，奋勇力战，被飞箭穿透小腿。又出征交趾，当地常有瘴气，马援与妻子儿女生死诀别，没有丝毫悔恨之心。后杀灭征侧，平定交州。之后再度南征，立即攻陷临乡，出师已经有初步的业绩，事业还没有成功而自己先牺牲了。虽然帐下的将士患上了疫病，马援也没有独自生存。战争或者因持久而建立功勋，或者以速决而招致失败，深入攻敌未必就对，迟疑不进未必就错。人之常情难道是乐意长久驻扎在绝地，不想生还吗？

只是马援服务朝廷二十二年，北出大漠，南越江海，触冒害人的瘴气，僵死在战场之上，结果却名誉败坏，封爵削夺，封国不能传给后人。海内不知道他的过失，百姓没听说他的丑行，突然就因为几个人的片面之词，横遭诬蔑不实的诽谤。家属不敢外出，尸体不能葬入祖坟，一时间，所有的怨言和不满全都集中到了他身上，连他的宗族亲属也战战兢兢。死者不能自洗冤屈，生者不能为他辩白，为此我在暗中不免感到悲伤。

明主重于用赏，轻于用刑。汉高祖曾给陈平黄金四万斤以离间楚军，不问他如何使用，难道会怀疑他把钱粮私吞了吗？具有孔夫子的忠诚而不能免于谗言的伤害，这是邹阳之所以悲哀的事。《诗经》说："抓住那个造谣的人，丢给豺虎去吃掉。豺虎如果不吃，放逐他去北方。北方如果不接受，让老天去惩罚他。"这首诗是想让上天来评定他的罪恶。希望陛下能够留意我这个无知儒生的话，不要让功臣怀恨于九泉之下。我听说《春秋》的经义，罪过可用功劳来抵消。圣王的祭祀礼仪，为臣的做到五义就可以配享祭祀了。比如马援，就是其中所谓死于勤王之事的人。请皇上下令公卿评议马援的功罪，该断的断，该续的续，以平息海内的不满。

我今年已经六十岁了，常隐居民间。昔日栾布不顾禁令，哭祭无辜受戮的彭越；我受他正义之举的感染，在宫阙前面战战兢兢地冒死陈述心中的悲愤。

专家点评

文章讲事实，摆道理，善于引用前代经典和征引史实，增强文章的说服力。文章语言质朴，不事雕琢，但意蕴深厚，具有很强的感染力。尤其是追述马援惨遭毁谤的那一段："惟援得事朝廷二十二年，北出塞漠，南渡江海，触冒害气，僵死军中，名灭爵绝，国土不传。海内不知其过，众庶未闻其罪，卒遇三夫之言，横被诬罔之谗。家属杜门，葬不归墓，怨隙并兴，宗亲怖栗，死者不能自明，生者莫为之讼，臣窃伤之！"将马援生前的精忠报国，至死不渝和死后的声名受辱，无人申冤比照写来，笔触沉痛，声调悲凉。

作者	文体	推荐理由
班超	奏章	班超能文能武，为大汉江山社稷曾慨然投笔从戎，立功边疆。班超于战火中创作的这篇《请兵平定西域疏》仍无法掩饰他出众的文采，着实让世人惊美，堪称《后汉书》中的名篇。

为国效命的动人誓言
——《请兵平定西域疏》

名文欣赏

原文

臣窃见先帝欲开西域，置校尉，计思虑十有余年，乃发大策，北击匈奴，西使外国。鄯善、于阗，即时向化。今拘弥、莎车、疏勒、月氏、乌孙、康居复愿归附，欲共并力，破灭龟兹，平通汉道。若得龟兹，则西域未服者，百分之一耳。臣伏自惟念，卒伍小吏，实愿从谷吉效命绝域，庶几张骞弃身旷野。昔魏绛列国大夫，尚能和辑诸戎，况臣奉大汉之威，万死之志，而无铅刀一割之用乎？

前世议者皆曰取三十六国，号为断匈奴右臂。今西域诸国，自日之所入，莫不向化，大小欣欣，各奉国珍，前后不绝，唯焉耆、龟兹独未服从。臣前与官属三十六人奉使绝域，备遭艰厄，自孤守疏勒，于今五载，胡夷情数，臣颇识之。问其城郭，小大皆言倚汉与依天等。以是效臣之能，则葱岭可通，葱岭通则龟兹可伐。今宜拜龟兹侍子白霸为其国王，以步骑数百送之，与诸国连兵，岁月之间，龟兹可禽。以夷狄攻夷狄，计之善者也。臣见莎车、疏勒，田地肥广，草木饶衍，不比敦煌、鄯善间也，兵可不费中国，而粮食自足。

投笔从戎的班超。

且姑墨、温宿二王，特为龟兹所置，既非其种，更相厌苦，其势必有降反。若二国来降，则龟兹自破。愿下臣章，参考行事，诚有万分，死复何恨！

臣超区区，特蒙神灵，窃冀未便僵仆，目见西域平定，陛下举万年之觞，荐勋祖庙，布大喜于天下！

译文

我私下得知，先帝时准备开辟西域，所以派了军队在北边攻打匈奴，而派了使节出使西部国家，鄯善国和于阗国很快就归顺了王化。现在拘弥国、莎车国、疏勒国、大月氏、乌孙国、康居国又愿归附我们，想与我们共同行动，消灭龟兹国，开通大汉向西域的大道。如果能够夺取龟兹国，那么西域还没有顺服我们大汉的国度，也就只剩下百分之一了。我独自思忖，就是像普通士兵和小吏那样的人，也都情愿追随谷吉，到绝远荒凉的边疆效命，期望像张骞那样投身到旷野中。从前，魏绛只是一个小国的大夫，尚能和诸戎订立和盟，何况我今天仰仗大汉王朝的声威，难道不能竭尽铅刀一割的作用吗？

前代人议论说，攻取了三十六国，就像切断了匈奴的右臂膀。现在的西域诸国，哪怕是极边远的小国，全都愿意归附汉朝，大小国家满怀喜悦，纷纷供给我们珍宝，前后相继

东汉的牵马俑。

不断。唯独焉耆、龟兹国还没前来顺服。我以前同所属的官吏十六个人奉命出使到边远的外地，历尽艰难困苦和危险，从孤守疏勒城到今天，已有五年了。关于胡夷的情形，我很了解。我问那里大小城郭中的人，他们都说："我们倚靠大汉和依顺上天意志一样重要。"我们如果顺势去做，那么葱岭就可以畅通了；葱岭的道路一打通，那么龟兹国也就可以夺取了。现在我们应该扶助龟兹王派来的侍子白霸为龟兹国的国王，并派遣步骑兵数百人护送他回国，联合西域诸国的军队，只需很短的时间，就可以擒获龟兹国王。用夷狄攻打夷狄，这是最好的策略。我观察莎车、疏勒田地肥美广阔，牧草富足繁盛，不像敦煌和鄯善之间的状况。出征作战的军队可以不耗费我们中国的供给，粮食也完全可以自足。还有姑墨、温宿两国的国王，原来是龟兹王扶立的，国王既不和龟兹人同一种族，国与国之间又相互厌恶，我看他们肯定会有反叛的举动。假若两国能前来投降，那龟兹国也就不攻而自破了。我希望陛下将我的奏疏交给大臣们讨论，参考我的意见行事。如真能有万分之一的可用之处，我就是死了，也无怨恨。

臣班超地位卑下，只是承蒙神灵保佑，暗中希望能趁着尚未死去的时候，亲眼见到西域平定的盛举，看到陛下举起预祝万寿无疆的酒杯，向祖庙极功，向天下宣布特大喜讯。

专家点评

疏文还表达了班超为国效命的热情和开通西域的决心，表示愿以张骞、谷吉、魏绛为榜样，愿为大汉效"铅刀一割之用"，如果皇帝接受自己的建议，"诚有万一，死复何恨！"显示出班超壮阔远大的抱负。

奏疏说理透彻，语言平实，感情深挚，明晰的论证与昂扬的激情交织在一起，形成强烈的说服力。

劝友匡正不良风气的书信
——《与黄琼书》

名文欣赏

原文

闻已度伊、洛，近在万岁亭。岂即事有渐，将顺王命乎？

盖君子谓："伯夷隘，柳下惠不恭。"故《传》曰："不夷不惠，可否之间。"盖圣贤居身之所珍也。诚遂欲枕山栖谷，拟迹巢由，斯则可矣；若当辅政济民，今其时也。自生民以来，善政少而乱俗多，必待尧、舜之君，此为志士终无时矣。

常闻语曰："峣峣者易缺，皎皎者易污。《阳春》之曲，和者必寡；盛名之下，其实难副。"近鲁阳樊君，被征初至，朝廷设坛席，犹待神明。虽无大异，而言行所守无缺。而毁谤布流，应时折减者，岂非观听望深，声名太盛乎？自顷征聘之士胡元安、薛孟尝、朱仲昭、顾季鸿等，其功业皆无所采，是故俗论皆言处士纯盗虚声。愿先生弘此远谟，令众人叹服，一雪此言耳！

译文

听说您已经度过伊水、洛水，眼看就到万岁亭了。难道不正是事情有了转机，要顺从王命出仕了吗?

古代君子说:"伯夷狭隘,柳下惠不恭谨。"因此阐述儒家经典的书写道:"不要像伯夷那样清高迂腐,也不要像柳下惠那样态度随便,而折中于可否之间。"这就是圣贤立身处世所重视的原则啊。如果您真的立志隐居山林,沿着巢父、许由的足迹走而不应聘入朝,这样做是可以的。如果想要辅佐皇上执政、救济百姓疾苦,现在正是好时机。自从有人类以来,善政时期少,乱政时期多,一定等待尧、舜那样的圣君在位才出仕的话,志士仁人恐怕终身没有从政的机会了。

曾经听说:"高峻的山峰容易受风雨侵蚀而损折,洁白的玉石容易受外物的污染。《阳春》那样的高雅乐曲,唱和的人必然少;人在盛名之下,实际言行难以相称。"鲁阳人樊莱被征荐之初,朝廷铺设坛席,如同对待神明一样。他虽然没有突出的表现,但言论行为并没有缺陷失误,当时产生了不少诽谤他的流言,他的名声骤降。这难道不是因为他名声太大,人们的期望值太高吗? 近来征聘的士人胡元安、薛孟尝、朱仲昭、顾季鸿等,他们的政绩都没有什么值得肯定、表彰的,因此舆论界都说这些有才德而隐居不仕的人完全是沽名钓誉。但愿先生弘扬深谋远虑,使众人叹服,彻底洗刷掉这句话给处士们带来的耻辱吧。

专家点评

这是一封简短的书信,信的基本内容有两点。一是劝说黄琼入仕,实现"辅政济民"的抱负。文章首先指出"不夷不惠,可否之间"是圣贤立身的根本所在,也就是要根据具体的时代和条件,选择立身处世的原则,不要固守教条,不知权变。因为"自生民以来,善政少而乱俗多,必待尧舜之君,此为志士终无时矣"。因此,作者鼓励黄琼不要倾慕巢由栖隐岩石之间、终身不仕的虚名,而应该积极出仕,发奋有为,以成就辅佐君主、救济百姓的大志。二是激励黄琼施展才能,做出政绩。信中反复阐明"盛名之下,其实难副"这个针砭时弊、卓有远见的论题,意在激励黄琼挺身而出,"弘此远谟",做一个名副其实的好官,以匡正"处士纯盗虚声"的颓败风气。

忠言逆耳利于行
——《谏党锢疏》

名文欣赏

原文

臣闻，明主不讳讥刺之臣，以探幽暗之实；忠臣不恤谏争之患，以缈万端之事。是以君臣并熙，名奋百世。臣幸得遭盛明之世，逢文武之化，岂敢怀禄逃罪，不竭其诚？

陛下初从藩国，爰登圣祚，天下逸豫，谓当中兴。自即位以来，未闻善政。梁孙寇邓，虽或诛灭；而常侍黄门，续为祸虐，欺罔陛下，竞行谲诈，自造制度，妄爵非人，朝政日衰，奸臣日强。伏寻西京，放恣王氏，佞臣执政，终丧天下。今不虑前事之失，复循覆车之轨，臣恐二世之难，必将复及；赵高之变，不朝则夕！近者奸臣牢讨，造设党议，遂收前司隶校尉李膺、太仆杜密、御史中丞陈翔、太尉掾范滂等，逮考连及数百人，旷年拘录，事无效验。臣惟膺等建忠抗节，志经王室，此诚陛下稷、卨、伊、吕之佐，而虚为奸臣贼子之所诬枉，天下寒心，海内失望！惟陛下留神澄省，时见理出，以厌人鬼喁喁之心！

臣闻，古之明君，必须贤佐，以成政道。今台阁近臣尚书令陈蕃、仆射胡广、尚书朱寓、荀绲、刘祐、魏朗、刘矩、尹勋等，皆国之贞士，朝之良佐；尚书郎张陵、妫皓、苑康、杨乔、边韶、戴恢等，文质彬彬，明达国典。内外之职，群才并列；而陛下委任近习，专树饕餮，外典州郡，内干心膂。宜依次贬黜，案罪纠罚，抑夺宦官欺国之封，案其无状诬罔之罪，信任忠良，平决臧否，使邪正毁誉，各得其所，宝爱天官，唯善是授。如此，咎征可消，天应可待。间者有嘉禾、芝草、黄龙之见。夫瑞必生于嘉士，福至实由善人，在德为瑞，无德为灾。陛下所行，不合天意，不宜称庆。

译文

我听说明主是不忌讳批评讥刺的，而是从批评讥讽的言语中探究出它深藏的实际内容；忠臣也不怕进谏所带来的祸患，而是以此理清千头万绪的事情。所以君臣可以相互扶助，享受和乐，立英名于百世，而传之永久。我幸运地生于昌明繁盛的年代，沐浴在文武教化大行的时期，哪里敢虚耗国家俸禄而逃避谏争带来的罪罚，而不竭尽为臣的一片忠心呢？

陛下最初受封侯王，由此而荣登皇帝的宝位，那时普天下的百姓都十分振奋和欢乐，说大汉就要再度振兴了，但从您即位至今，并没有看到您施行什么好的政治举措。虽然梁冀、孙寿、寇荣、邓万代那类人有的已经被处以极刑，可黄门、常侍等人都又接着成为天下的祸害，肆虐天下，欺侮蒙蔽陛下，争相玩弄阴谋诡计，擅自创设制度法纪，胡乱给那些不应该任职授事的人以官爵，使得国家政治日渐衰败，奸臣们的势力反而日益强大。我暗自思索，西汉时期朝廷放纵外戚王氏擅权，使得阿谀献媚的臣下参与政治，最终导致失去了整个天下的恶果。现在，您不借鉴前代的失误，反而又要重蹈覆辙，我深深忧虑秦二世胡亥被权臣杀害的灾难会再度发生，害怕赵高之变朝夕间就会爆发。最近奸臣牢讨捏造罗织结党的事件，使您收捕了前任司隶校尉李膺、太仆杜密、御史中丞陈翔、太尉掾范滂等官员，进行审讯追究，案件株连的人多达数百，经过了连续几年的拘禁拷问，事情却很少有确凿的证据。我认为李膺等人忠诚正直，具有高尚的气节，志在辅佐王室，他们实在是辅佐陛下的良臣，就如同后稷、契、伊尹、吕尚一样，但却徒然遭受奸臣贼子们的诬蔑和冤枉，真让天下士人寒心，而使海内人民失望。我希望陛下尽快澄清事件原委，马上处理这件事，使天下人纷纷、鬼神不安的骚动平息下来。

我还听说，古代的圣明君主必定要有贤良的臣子辅佐，由此达到政治清明，治理有方。现在的台阁亲近大臣中，尚书令陈蕃、仆射胡广、尚书朱寓、荀绲、刘祐、魏朗、刘矩、尹勋等，都是国家的正人君子，是朝廷的贤良之佐。尚书郎张陵、妫皓、苑康、杨乔、边韶、戴恢等，文质彬彬，举止有理，了解熟悉国家典章。朝廷不论内外的职事，都是人才

东汉的彩绘陶翼兽。

济济，但陛下您却信任身边熟悉亲近的宦官，宠信贪得无厌的人，派他们到州郡中去办事，让他们参与朝廷的机密。您应该对他们逐渐加以贬黜，根据他们所犯的罪行处罚他们，限制和夺回宦官们用欺骗从您这儿得到的封赏，根据他们的不法行为和欺骗蒙蔽君主的罪行治罪，您还要信任忠良的臣僚，公正地区别好坏，让忠邪好坏的评判不失准则，能各自适应。陛下您要珍惜上天给予您的授命权力，唯善是授。这样，上天示罪的警戒征兆就可以消去，而上天感应的瑞象也就可以期待了。嘉禾、芝草、黄龙的瑞征也曾偶尔出现，然而，祥瑞征兆的出现必定是由于嘉士的出现，福运的降临正是由于正直之士的感应。所以，由德行而生的是祥瑞征兆，而由无德生出的征兆就是恶兆。陛下您所做的事，与天的意志不相符合，即使出现了祥瑞征兆也不该庆幸称贺。

专家点评

疏文首先从正面开导桓帝，说明进谏是自己作为臣下对桓帝应尽的职责。文章指出，圣明的君主能够"不讳讥刺之言"，乐于听取臣下的批评，及时发现奸佞的勾当；忠臣敢于放言直谏，不惮危难，使国事畅达。只有这样，才能君臣和睦，流芳百世。这一段实际是为下文自己的进谏作辅垫。

疏文言词激烈，对桓帝政治提出了猛烈抨击，要求他更新举措，任用贤人，以免重蹈赵高篡秦的覆辙。作者在文章的末尾批评所谓黄龙、嘉禾、芝草出现的吉兆，指出一切吉兆由人不由神，重贤亲善才算瑞生，"瑞生必于嘉士，福至实由善人，在德为瑞，无德为灾"，这种说法在封建社会是极为大胆的。

作者	文体	推荐理由
陈寿	对话	短短隆中数语，却能闪光于历史长河。《隆中对》打开了诸葛孔明的智囊，"卧龙"尔后为丞相，从而能运筹帷幄之中，决策千里之外。

诸葛亮智慧绽放光彩
——《隆中对》

名文欣赏

原文节选

时先主屯新野。徐庶见先主，先主器之。谓先主曰："诸葛孔明者，卧龙也，将军岂愿见之乎？"先主曰："君与俱来。"庶曰："此人可就见，不可屈致也。将军宜枉驾顾之。"

由是先主遂诣亮，凡三往，乃见。因屏人曰："汉室倾颓，奸臣窃命，主上蒙尘。孤不度德量力，欲信大义于天下，而智术浅短，遂用猖蹶，至于今日，然志犹未已，君谓计将安出？"

亮曰："自董卓以来，豪杰并起，跨州连郡者不可胜数。曹操比于袁绍，则名微众寡，然操遂能克绍，以弱为强者，非惟天时，抑亦人谋也。今操已拥百万之众，挟天子以令诸侯，此诚不可与争锋。孙权据有江东已历三世，国险民附，贤能为之辅，此可以为援而不可图也。荆州北据汉、沔，利尽南海，东连吴、会，西通巴、蜀，此用武之国，而其主不能守。此殆天所以资将军，将军岂有意乎？益州险塞，沃野千里，天府之土，高祖因之以成帝业。刘璋暗弱，张鲁在北，民殷国富，不知存恤，智能之士思得明君。将军既帝室之

诸葛亮，字孔明，号卧龙，是我国杰出的
政治家和军事家。

胄，信义著于四海，总揽英雄，思贤如渴，若跨有荆、益，保其岩阻，西和诸戎，南抚夷
越，外结好孙权，内修政理；天下有变，则命一上将将荆州之军以向宛、洛，将军身帅益
州之众出于秦川，百姓孰敢不箪食壶浆以迎将军者乎？诚如是，霸业可成，汉室可兴矣。"

先主曰："善！"于是与亮情好日密。

关羽、张飞等不悦，先主解之曰："孤之有孔明，犹鱼之有水也。愿诸君勿复言。"羽、
飞乃止。

译文

当时，刘备率领部队驻扎在新野。徐庶谒见刘备，刘备很器重他。徐庶对刘备说：
"诸葛亮是正在隐居的人中之龙，将军愿不愿意见他？"刘备说："请你陪他一起来。"
徐庶说："此人可以前往拜访，而不可委屈他自己前来。将军最好委屈一下自己，亲自
登门拜访他。"

于是刘备亲自拜访诸葛亮，一共去了三次才见到他。刘备让左右的随从回避，独自对
诸葛亮说："汉朝皇室已经衰败，奸臣董卓、曹操先后专权，皇上遭难，出奔在外。我没
有估量自己的品德和力量是否能够胜任，只是想伸张正义于天下。可是由于智谋短浅，一
再遭受挫折，以至于到了今天这个地步，但我也并未因此丧失雄心壮志。先生您认为应该
怎么办呢？"

诸葛亮回答说："自从董卓专权乱政以来，豪杰之士纷纷乘机起兵、称雄一方，地跨

礼贤下士、知人善任的蜀先主刘备。

州郡的割据者数不胜数。曹操同袁绍相比实在是名望低微，兵力弱小，然而曹操最终能够战胜袁绍，由弱者变为强者，这不只是天时有利于他，也因为他有正确的谋划。如今曹操已经拥兵百万，并且挟制皇帝而向诸侯发号施令，确实不可与他直接较量。孙权占有江东地区，其统治历经三代，那里地势险要，百姓归附，贤能的人都愿意辅佐他，可以和他结盟以为援助，而不可以谋取他。荆州北有汉水、沔水做屏障；南至大海，有丰富资源可用；东连吴郡、会稽郡，西通巴郡、蜀郡。这里是用兵的战略要地，但他的统治者刘表却没有能力守住它。这大概是上天资助给将军的吧，将军有意于此吗？益州地势险要，地域辽阔，土地肥沃，是天然的富饶之地，汉高祖就是凭借此地而成就了帝业。现在，益州牧刘璋昏庸无能，张鲁又在北边与之作对，尽管这里人口众多、资源富庶，但因为刘璋不知道爱抚民众，致使有才能的人都渴望归附英明的君主。将军既然身为汉室的后代，而且信义又名扬四海，广交天下英雄，求贤若渴，倘若占领荆、益二州，控扼险要的地势，西与诸族和睦为邻，南面安抚夷越之地的人民，对外和孙权结为盟友，对内修明政治；天下形势一旦发生变化，就伺机派遣一员大将率领荆州部队向南阳、洛阳地区进军，而将军自己亲自率领益州部队北出秦川，所过地区的百姓谁还不担着丰盛酒食来迎接将军呢！确实能够做到这些，那么统一的大业就可以成功，汉朝的天下就可以复兴了。"

　　刘备听了说："先生的计划好极了。"从此，刘备和诸葛亮的感情日益深厚。关羽、张飞等人对此很不高兴。刘备向他们解释说："我得到诸葛亮的辅佐，就好比鱼得到水一样，希望你们不要再多说了。"关羽、张飞这才不再抱怨。

专家点评

　　这是诸葛亮同刘备讨论天下大势的一次对话,史学家称为隆中对策。当时东汉王朝已经衰微,宦官与权臣相继作乱,为争夺天下,刘备、孙权、曹操逐鹿中原,在这场惊心动魄的争霸斗争中,刘备明显处于劣势,他虽有复兴汉室的雄心,却无扶危持颠的良谋。正是在这种关键时刻,诸葛亮在隆中对策中,对当时的政治、经济、军事以及地理环境等做了精辟的分析,从而为刘备制定了统一天下的大政方针与策略。随即揭开了刘备与孙、曹抗衡争霸的新篇章。

　　《隆中对》不过短短数言,却是诸葛亮韬光养晦、隐居十年的体悟。它无疑是我国古代战争谋划发展史上的经典之作。但历史和构想总是有着现实的差距。诸葛亮舌战群儒,实现了联吴抗曹的战略,在赤壁一战打败曹操。刘备迅速占领了武陵、零陵、长沙和桂阳四郡,获得了荆州的部分地区,并由此分兵入蜀,夺取益州、汉中,建立了蜀汉政权,形

古隆中三顾堂。此堂为刘备三顾茅庐、诸葛亮作隆中对策的地方。

成了三足鼎立的历史局面。刘备的迅速崛起,和诸葛亮制订的正确战略和表现的惊人才干是分不开的。但是《隆中对》的战略并没有得到完全实现。《隆中对》战略是以荆州为根据地,联吴抗魏,希望的是夺取荆州,向北威胁、牵制曹操,向东制约、压服孙权。但后来荆州却被三家瓜分,另外曹操占据樊城,使得中原腹地有了屏障;孙权得到江夏郡和南郡的南部,势力深入荆州。在这样的情况下,蜀国既要维护自己在荆州的利益,又要和孙权真诚合作、抗击曹操,和孙吴的关系就变得十分微妙,最终因为荆州和孙吴决裂,并导致蜀国由盛转衰。

千古忠臣的箴言
——《出师表》

名文欣赏

原文

臣亮言：先帝创业未半，而中道崩殂。今天下三分，益州疲弊，此诚危急存亡之秋也。然侍卫之臣不懈于内，忠志之士忘身于外者，盖追先帝之殊遇，欲报之于陛下也。诚宜开张圣听，以光先帝遗德，恢弘志士之气；不宜妄自菲薄，引喻失义，以塞忠谏之路也。宫中府中，俱为一体，陟罚臧否，不宜异同。若有作奸犯科及为忠善者，宜付有司论其刑赏，以昭陛下平明之治，不宜偏私，使内外异法也。

侍中侍郎郭攸之、费祎、董允等，此皆良实，志虑忠纯，是以先帝简拔以遗陛下。愚以为宫中之事，事无大小，悉以咨之，然后施行，必能裨补阙漏，有所广益。将军向宠，性行淑均，晓畅军事，试用于昔日，先帝称之曰"能"，是以众议举宠为督。愚以为营中之事，悉以咨之，必能使行阵和穆，优劣得所。亲贤臣，远小人，此先汉所以兴隆也；亲小人，远贤臣，此后汉所以倾颓也。先帝在时，每与臣论此事，未尝不叹息痛恨于桓、灵也。侍中、尚书、长史、参军，此悉贞良死节之臣也，愿陛下亲之信之，则汉室之隆，可计日而待也。

清代画家张亿的《三顾一遇图》。此图描绘的是刘备三顾茅庐，邀请诸葛亮出山，辅助其完成宏图大业的故事。

臣本布衣，躬耕于南阳，苟全性命于乱世，不求闻达于诸侯。先帝不以臣卑鄙，猥自枉屈，三顾臣于草庐之中，咨臣以当世之事，由是感激，遂许先帝以驱驰。后值倾覆，受任于败军之际，奉命于危难之间，尔来二十有一年矣！先帝知臣谨慎，故临崩寄臣以大事也。受命以来，夙夜忧叹，恐托付不效，以伤先帝之明。故五月渡泸，深入不毛。今南方已定，兵甲已足，当奖率三军，北定中原，庶竭驽钝，攘除奸凶，兴复汉室，还于旧都。此臣所以报先帝而忠陛下之职分也。至于斟酌损益，进尽忠言，则攸之、祎、允之任也。愿陛下托臣以讨贼兴复之效；不效，则治臣之罪，以告先帝之灵。若无兴德之言，则责攸之、祎、允等之慢，以彰其咎。陛下亦宜自谋，以咨诹善道，察纳雅言，深追先帝遗诏，臣不胜受恩感激！

今当远离，临表涕零，不知所云。

译文

臣诸葛亮上表进言：先帝开创大业未完成一半，竟中途去世。如今天下分成三国，我益州地区人力疲惫、民生凋敝，这正是处在万分危急、存亡难料的时刻。但是，宫廷里的侍奉守卫的臣子，不敢稍有懈怠；疆场上忠诚有志的将士，舍生忘死地作战，这都是追念先帝的特殊恩遇，想报答给陛下的缘故。陛下确实应该广开言路、听取群臣意见，发扬光

 明代朱有燉的《诸葛亮读书图》。

大先帝遗留下来的美德，振奋鼓舞志士们的勇气，绝不应随便看轻自己，说出无道理的话，从而堵塞了忠诚进谏的道路。宫中的近臣和丞相府统领的官吏，本都是一个整体，赏罚褒贬，扬善除恶，不应标准不同。如有做坏事违法乱纪的，或尽忠心做善事的，应该一律交给主管部门加以惩办或奖赏，以显示陛下在治理方面公允明察，切不应私心偏袒，使宫廷内外施法不同。

侍中郭攸之、费祎和侍郎董允等人都是些善良诚实、情志意念忠贞纯正的人，因而先帝才选留下来辅佐陛下。我认为宫内的大小事情都应该征询他们的意见，然后再去施行。这样一定能够弥补疏漏，增益实效。将军向宠，性情德行平和公正，了解通晓军事，当年试用，先帝曾加以称赞，说他能干，因而经众人评议荐举任命为中部督。我认为军营里的事情，无论大小，都要征询他的意见，就一定能够使军伍团结和睦，德才高低的人各有合适的安排。亲近贤臣，远避小人，这是汉朝前期所以能够兴盛的原因；亲近小人，远避贤臣，这是汉朝后期所以衰败的原因。先帝在世的时候，每次跟我评论起这些事，对于桓帝、灵帝时代，没有不哀叹和遗憾的。侍中郭攸之、费祎，尚书陈震，长史张裔，参军蒋琬，这些都是忠贞、耿直，能以死报国的节义臣子，真心希望陛下亲近他们，信任他们，则汉王室的兴盛，就时间不远了。

我本是个平民，在南阳郡务农，在乱世间只

求保全性命，不希求诸侯知道我而获得显贵。先帝不介意我的卑贱，委屈地自我降低身份，接连三次到草庐来看望我，征询我对时局大事的意见，因此我深为感激，从而答应为先帝驱遣效力。后来在先帝兵败的危亡关头，我接受委任，至今已有二十一年了。先帝深知我做事谨慎，所以临去世时把国家大事嘱托给了我。接受遗命以来，日夜担忧兴叹，只恐怕托付给我的大任不能完成，从而损害先帝的英明。所以我五月率兵南渡泸水，深入荒芜之境。如今南方已经平定，武库兵器充足，应当鼓励和统率全军，北伐平定中原地区，我希望竭尽自己低下的才能，消灭奸邪势力，复兴汉朝王室，迁归旧日国都。这是我用来报答先帝，并尽忠心于陛下的职责本分。至于衡量利弊得失，毫无保留地进献忠言，那就是郭攸之、费祎、董允的责任了。希望陛下把讨伐奸贼，兴复汉室的责任托付给我，如果没有达成目标，那就惩治我失职的罪过，用来告慰先帝的在天之灵。如果没有发扬圣德的言论，那就责备郭攸之、费祎、董允等人的怠慢，来揭示他们的过失。陛下也应该自己思虑谋划，征询从善的道理，明察和接受正直的进言，远念先帝遗诏中的旨意，我就受恩感激不尽了。

如今正当离朝远征，流着泪写了这篇表文，激动得不知该说什么了。

专家点评

诸葛亮与蜀汉政权的关系，首先是建立在刘备对诸葛亮的知遇之恩的基础上的。刘备的倾心委任，诸葛亮的鞠躬尽瘁，历二十年而彼此诚信不变，甚至有"犹鱼之得水"（刘备语）的说法，这在整个中国历史上，都可以说是个特例。对于诸葛亮来说，忠于蜀汉政权，辅佐后主刘禅，不仅仅是一个简单的忠君问题，它同时也是忠于自己事业的问题，又是一个情谊和义务的问题，因此他的忠诚也是任何其他"忠臣"所不能比拟的。

正是出于这样一片忠心，使得这篇表文中反复说着"盖追先帝之殊遇，欲报之于陛下也"，"此臣之所以报先帝，而忠陛下之职分也"一类的话。也正是出于这样一片忠心，使诸葛亮在表文中能够不避嫌疑，直率地向刘禅进陈谏戒，直率地指出后主刘禅该做什么，不该做什么，这是一般的臣下不该写、也不敢写的。但出自诸葛亮之口，却只让人体味到一片忠诚恳切之思，而别无欺君凌上之意。也正是出于这样一片忠心，诸葛亮写出了"鞠躬尽瘁，死而后已"这样流传千古的名言，而他最后病死五丈原也正是用生命诠释了他的一腔忠诚。

古代文学的新境界
——《典论·论文》

名文欣赏

原文节选

常人贵远贱近，向声背实，又患䎡于自见，谓己为贤。夫文本同而末异，盖奏议宜雅，书论宜理，铭诔尚实，诗赋欲丽。此四科不同，故能之者偏也；唯通才能备其体。

文以气为主，气之清浊有体，不可力强而致。譬诸音乐，曲度虽均，节奏同检，至于引气不齐，巧拙有素，虽在父兄，不能以移子弟。

夫文章，经国之大业，不朽之盛事。年寿有时而尽，荣乐止乎其身，二者必至之常期，未若文章之无穷。是以古之作者，寄身于翰墨，见意于篇籍，不假良史之辞，不托飞驰之势，而声名自传于后。

故西伯幽而演《易》，周旦显而制《礼》，不以隐约而弗务，不以康乐而加思。夫然，则古人贱尺璧而重寸阴，惧乎时之过已。而人多不强力，贫贱则慑于饥寒，富贵则流于逸乐，遂营目前之务，而遗千载之功。日月逝于上，体貌衰于下，忽然与万物迁化，斯志士之大痛也！融等已逝，唯干着论，成一家言。

三国时期第一位称帝的君主——魏文帝曹丕。

译文

一般人总是看重古代的遥远的作家，而轻视当代的近地的作品，向往虚名而不顾实际，又患有看不见自己短处的毛病，常常自以为了不起。写文章的基本原则是相同的，但各种文体又有不同的特点。奏章议事的文章要典雅，书信和论文要说理清楚，铭文和诔文要真实可感，诗歌和辞赋要辞藻华丽。由于这四种文体各不相同，而作家所擅长的往往只是其中一种，只有全才才能写好各种体裁的文章。

文章的好坏在于风格，风格的清浊高下是天生的，不是靠勉强努力就能得到的。好比演奏音乐，曲谱虽然相同，节奏也按照统一的法度，但由于运气行声不同，音量、音色有高下之分，这种巧妙完全靠平日的修炼得来，即使父兄有这种才气，也不能把它传给子弟。

文章是关系国家气运、使个人永垂不朽的伟大事业。一个人的寿命总有终了的时候，现实社会中的荣华富贵，也仅限于一辈子而已。寿命和荣华富贵都有一定的期限，不如文章可以永远流传。所以古代的作家投身于写作，把自己的思想感情表现在篇章书籍之中，不必借助良史的记载，也不必依托权贵的势力，而使自己的名声自然地流传于后世。

所以周文王被囚禁而演绎《易》，周公旦显达而制定《礼》，他们不因穷困失意而不著

185

三体石经《尚书》、《春秋》残石。

述，不因富贵安乐而改变写作的念头。因此，古人不爱惜一尺的璧玉而看重一寸的光阴，深怕光阴虚度。但是一般人多半不肯努力，贫贱的时候整日为饥寒担忧，富贵的时候就纵情地享乐，只经营目前的事务，而不去做可以流传千载的功业。岁月如流，逐渐消失，身体也随之变化衰老，转瞬间就随着万物的变化而死亡，这才是有理想有抱负的人最痛心的事啊！孔融等人都已经去世，只有徐干著有《中论》，自成一家之言。

专家点评

这篇文章广泛涉及了文学的价值问题、作家的个性与作品的风格问题、文体问题、文学的批评态度问题等等一系列中古文学史的主要理论问题。

关于文学的价值，作者本着文以致用的精神，强调了文章是"经国之大业，不朽之盛事"，把文学提到与治理国家相提并论的高度，并鼓励文人不依附权贵，而去努力从事文学活动。西汉以来，一直是重视学术著作，而轻视文学创作的，曹丕以帝王的身份提倡文学创作，这对魏、晋以后文学的发展，无疑是有推动作用的。

曹丕的《典论·论文》肯定文学的价值，探讨作文的方法，在一定程度上激发了当时人的创作热情，促进了健康的文学批评风气，把已经是灿烂多姿的中国古代文学推进到更加壮丽辉煌的境界。

平定吴国的指南
——《请伐吴疏》

名文欣赏

原文

先帝顺天应时，西平巴蜀，南和吴会，海内得以休息，兆庶有乐安之心。而吴复背信，使边事更兴。夫期运虽天所授，而功业必由人而成。不一大举扫灭，则众役无时得安。亦所以隆先帝之勋，成无为之化也。故尧有丹水之伐，舜有三苗之征，咸以宁静宇宙，戢兵和众者也。蜀平之时，天下皆谓吴当并亡，自此来十三年，是谓一周，平定之期，复在今日矣。议者常言，吴楚有道后服，无礼先强，此乃诸侯之时耳。当今一统，不得与古同谕。夫适道之论，皆未应权，是故谋之虽多，而决之欲独。

凡以险阻得存者，谓所敌者同，力足自固；苟其轻重不齐，强弱异势，则智士不能谋，而险阻不可保也。蜀之为国，非不险也。高山寻云霓，深谷肆无景，束马悬车，然后得济。皆言一夫荷戟，十人莫当。及进兵之日，曾无藩篱之限，斩将搴旗，伏尸数万，乘胜席卷，径至成都。汉中诸城，皆鸟栖而不敢出，非皆无战心，诚力不足相抗。至刘禅降服，诸营堡者索然俱散。今江淮之难，不过剑阁，山川之险，不过岷汉，孙皓之暴，侈于刘禅，吴人之困，甚于巴蜀；而大晋兵众，多于前世，资储器械，盛于往时。今不于此平吴，而更阻兵相守，征夫苦役，日寻干戈，经历盛衰，不可长久。宜当时定，以一四海。

今若引梁益之兵，水陆俱下，荆楚之众，进临江陵，平南、豫州，直指夏口，徐扬青兖，并向秣陵，鼓旆以疑之，多方以误之，以一隅之吴，当天下之众，势分形散，所备皆急。巴汉奇兵，出其空虚，一处倾坏，则上下震荡。吴缘江为国，无有内外，东西数千里，以藩篱自持，所敌者大，无有宁息。孙皓恣情任意，与下多忌，名臣重将不复自信，是以孙秀之徒皆畏逼而至。将疑于朝，士困于野，无有保世之计，一定之心。平常之日，犹怀去就；兵临之际，必有应者。终不能齐力致死，已可知也。其俗急速，不能持久；弓弩戟楯不如中国，唯有水战是其所便。一入其境，则长江非复所固，还保城池，则去长入短。而官军悬进，人有致节之志，吴人战于其内，有凭城之心。如此，军不逾时，克可必矣。

译文

先帝顺应天命，向西平定巴蜀，向南与吴国讲和，海内因此能够休养生息，百姓有安乐之心。可是吴国再次背信弃义，又在边境挑起事端。虽说机遇是上天赐予的，但功业却是由人来成就的，如果不大举进攻，一次荡平吴国，那么士兵就没有一刻能够安宁。我们也可以借此机会，使先帝的功业更加兴盛，而成就无为而治的风化。所以，尧发动丹水之战，舜征伐三苗，都是通过战争的手段，使天下得到安宁，消灭战争，而使百姓和睦。平定蜀国的时候，天下百姓都认为吴国应当灭亡，至今已有十三年，正好是一个周期，平定吴国的日子就在今天。议论的人常说吴、楚两国有天道，臣服在后，虽然无礼，却首先强大起来，这只适应于诸侯割据的时代。如今统一天下，不能与古代的情况同日而语。那些适应天道的论调，都没有与权变相适应，因此，谋划事情的人虽然很多，但决断大事的就一人。

凡是凭借险要地势得以生存的国家，往往认为如果敌对的国家与自己势均力敌，凭借自己的力量就可自保了。假使两国力量悬殊，即使有才能的人也不能为之谋划，即使地势险要也不能得以保全。蜀作为一个国家，地势不是不险

西晋时期工匠所烧制的手持盾牌陶俑。

要，山峰高耸入云，山谷深不见底，束马悬车，然后才能够通过，都说是一人拿戟凭险守卫，一千个人不能抵挡。等到进兵的时候，竟然没有遇到任何阻碍，我军顺利地斩杀敌军将士，夺取敌军大旗，被斩杀者的尸体成千上万。我军乘胜前进，长驱直入成都，汉中各城守军，都像鸟一样躲在城里，不敢出战。他们不是没有作战的决心，实在是力量悬殊，无法对抗。等到刘禅投降臣服后，那些守城将士感到再坚守毫无意义，就都弃城，四散而走。而今江淮的艰险，比不上四川的剑阁；山川的险要，抵不上岷江和汉水；但孙皓的暴虐，超过刘禅；吴国百姓的困苦，比巴蜀百姓的困苦更严重。而且，我大晋兵员的数量超过前代；物资器械更加丰富。现在不趁此机会平定吴国，却又驻兵不进，进行防守，征发百姓服役，连续作战，时而处于优势，时而处于劣势，这种情况不能拖延太久，应该及时决定胜负，统一全国。现在，如果率领梁州、益州的军队水陆俱下，荆州、楚地的军队进兵江陵，平定南方；率领豫州的军队，直接向夏口进发；率领徐州、扬州、青州、兖州的军队一起向秣陵进击，播响战鼓，挥动军旗，以各种方法来迷惑对方，他们以一个小小的吴国抵抗我大晋全国的军队，不得不分散兵力，所防御的战线将处处告急。四川、汉中的奇兵突起，进攻吴军防守薄弱的地方，只要突破一处防线，吴国举国上下就会震动。吴国依靠长江建立国家，没有江内江外的区分，辖地东西数千里，把长江天险作为屏障，防御我军。但吴国要对付强大的晋国，必定没有安宁休息的时机。孙皓喜怒无常，随心所欲，对待属下多有猜忌，使得朝中有名的大臣、军中重要的将领个个人心惶惶。因此，孙秀等人都因害怕，被迫投降。将领被朝廷猜忌，战士困守在战场，他们没有保卫国家的谋划和坚定不移的决心。吴军将士在平时尚且有是否要离开吴国投奔我们的考虑，现在兵临城

189

下，一定有要投降的人。他们最终不能同心协力，以死报国，已经是很明显会出现的情况了。吴国军队的习惯，在于速战速决，却不能持久作战。他们手持弓箭戟盾进行步战，不如我们中原的军队，只有水战是他们的优势。一旦进入吴国国境，那么长江就不再是坚固的防线，吴军撤退，坚守城池，是从优势变为了劣势。而我军浩浩荡荡挺进，人人有建功立业、效命国家的志向，吴军在城内作战，有依赖坚固的城池防守的心理。像这样，用不了多长时间，我军取胜是必然的结果。

专家点评

泰始五年（公元269年），羊祜以尚书左仆射都督荆州诸军事，出镇襄阳（今属湖北襄樊），致力于灭吴准备。多年来，他开办学校，绥怀远近，安抚人心，甚得民心，百姓称之为羊公。他以德取信吴人，平日与吴将互通使节，各保分界。吴将陆抗称其德量，即使乐毅、诸葛孔明也不及。史书记载陆抗曾有病，羊祜派人送去药物，陆抗立即服用，毫无疑心。他身边的人规劝他不要服用，他说："羊祜难道是毒杀人的人！"由此足见羊祜为人。羊祜每与吴兵交战，约定日期，不行偷袭；对战死的吴将，厚加殡殓。凡军行吴境，割谷为粮，皆按计量以绢偿还，吴军来投降者不绝于道。他又实施计谋，使吴国从石城撤离守军，晋因此可以将戍卫荆州的人数减少一半（四万人）。羊祜抽调这四万人，垦田八百多顷。使羊祜初到襄阳时军无百日粮的状况得到了彻底改变。十年之后，荆州八万士兵已经积有十年余粮，为西晋伐吴奠定了雄厚的物质基础。数年来，他训练士卒，修缮兵甲，屯田积谷，士兵的斗志也很高昂。

晋武帝咸宁二年（公元276年），羊祜任征南大将军。这时陆抗已卒，羊祜遂上书请伐吴。文中，他力陈灭吴大计，分析吴晋双方形势：吴主暴虐无道，国敝民困，众叛亲离；而东晋君臣一心，兵力强大，士气旺盛，物资器械供应充足——由此批驳了反对伐吴的错误论调，指出了伐吴必胜的具体条件。文中还具体拟订了伐吴的具体方针，那就是发挥陆战的优势，速战速决。最后在分析局势之后提出具体的作战计划：梁、益之兵水陆俱下；荆、楚之众进临江陵；平南、豫州之兵直指夏口；徐、扬、青、兖之兵会攻吴都秣陵。又提出以巴、汉奇兵乘吴空虚，突入其境，破其长江险阻，使之上下震荡。同时强调战争中人的作用："夫期运虽天所授，而功业必由人而成。"文章举例论证，有理有据，令人信服。用词朴实，字字说理，句句真情。读来琅琅上口，不失为一篇佳作。

作者	文体	推荐理由
李密	奏章	李密的这篇《陈情表》写得文采飞扬。它既是中国古典文学作品中的名篇，又是早期骈体文的典范之作，千百年来传诵不衰。

千百年来传颂不衰的典范之作
——《陈情表》

名文欣赏

原文

臣密言：臣以险衅，凤遭闵凶。生孩六月，慈父见背，行年四岁，舅夺母志。祖母刘愍臣孤弱，躬亲抚养。臣少多疾病，九岁不行，零丁孤苦，至于成立。既无叔伯，终鲜兄弟。门衰祚薄，晚有儿息。外无期功强近之亲，内无应门五尺之童，茕茕孑立，形影相吊。而刘夙婴疾病，常在床蓐，臣侍汤药，未尝废离。

逮奉圣朝，沐浴清化。前太守臣逵，察臣孝廉；后刺史臣荣，举臣秀才。臣以供养无主，辞不赴命。诏书特下，拜臣郎中，寻蒙国恩，除臣洗马。猥以微贱，当侍东宫，非臣陨首所能上报。臣具以表闻，辞不就职。诏书切峻，责臣逋慢；郡县逼迫，催臣上道，州司临门，急于星火。臣欲奉诏奔驰，则以刘病日笃；欲苟顺私情，则告诉不许。臣之进退，实为狼狈。

伏惟圣朝以孝治天下，凡在故老，犹蒙矜育，况臣孤苦，特为尤甚。且臣少事伪朝，历职郎署，本图宦达，不矜名节。今臣亡国贱俘，至微至陋，过蒙拔擢，宠命优渥，岂敢

晋武帝司马炎。晋武帝读完《陈情表》后，被李密的言词感动，接受了李密的请求。

盘桓，有所希冀？但以刘日薄西山，气息奄奄，人命危浅，朝不虑夕。臣无祖母，无以至今日；祖母无臣，无以终余年。母孙二人，更相为命，是以区区不能废远。臣密今年四十有四，祖母刘今年九十有六，是臣尽节于陛下之日长，报养刘之日短也。乌鸟私情，愿乞终养。

臣之辛苦，非独蜀之人士及二州牧伯所见明知，皇天后土，实所共鉴。愿陛下矜愍愚诚，听臣微志。庶刘侥幸，卒保余年，臣生当陨首，死当结草。臣不胜犬马怖惧之情，谨拜表以闻。

译文

臣李密上言：我因为命运坎坷，幼年便遭到不幸。生下才刚六个月，慈父便弃我辞世；到四岁时，舅父又强迫母亲改嫁。祖母刘氏，怜悯我孤单幼弱，亲自抚养我。我从小多病，到九岁还不能走路，孤苦零丁，直到成人。家族内既没有叔伯，也没有兄弟，门庭衰微，福分浅薄，很晚才有儿子。外面没有近亲，家里没有照看门户的僮仆。孤孤单单，形影相伴。祖母刘氏，多年疾病缠身，时常卧床不起；我侍奉她服用汤药，一直没有间断、离开过。

到了当今圣朝，我沐浴着清明政治的教化。先是太守逵察举我为孝廉；其后刺史荣荐举我为秀才。我考虑外出做官，祖母无人供养，都表示辞谢，没有应命前往。陛下特地下达诏书，任命我为郎中；不久又蒙国家恩典，任命我为太子洗马。像我这样卑微低贱之人，担当侍奉太子的官职，我即使粉身碎骨，也不能报答陛下您对我的恩遇。我曾将自己的心情处境，上表陈述，辞谢不去就职。如今诏书又下，急切严峻，指责我回避怠慢；郡、县官府，层层逼迫，催我上路；州官登门催促，急迫之状，超过星火。我想接受诏命，赶路就职，但刘氏的病情日益加重。想姑且迁就私情，但虽然已经上诉我的苦衷，却未蒙准许。我眼下实在进退两难，处境狼狈。

我想到圣朝以孝道治理天下，凡属老年人，尚且蒙受怜恤抚养，何况我的孤苦情况，更是不同寻常。再说我年轻时曾在伪朝蜀汉任职，做过郎官，本愿仕途显达，并不夸耀名节。如今我是卑贱的亡国俘虏，极为卑微鄙陋，蒙受过分的提拔，恩宠深厚，怎敢徘徊观望，而有非分之想？只因刘氏如同迫近西山的残阳，气息奄奄，生命垂危，朝不保夕。我过去如无祖母抚育，就不能长大有今日；祖母眼下如无我的侍奉，就活不了多久了。祖孙二人，相依为命，因此我不愿停止对祖母的侍养而远出为官。我李密如今四十四岁，祖母刘氏九十六岁，这样看来，我今后尽忠于陛下的日子还长，而报答刘氏的日子却很短了。我怀着乌鸦反哺的私情，乞求为祖母养老送终。

我的苦衷，不但蜀地人士和两位长官都亲见了解，天地神明也都看得清清楚楚。希望陛下怜悯我的诚心，准许我实现卑微的志愿，使刘氏能侥幸地保全她的余生。我活着应当为陛下献出生命，死后变鬼，也应当像结草老人那样在暗中报答陛下的恩遇。臣怀着犬马对主人十分恐惧的心情，恭敬地上表奏报陛下。

专家点评

亡国之臣不接受新朝的征召，容易让人产生忠于旧朝甚至图谋不轨的怀疑，遭受不测之祸。可是凭借此表，李密不但没有遭到任何责难，反而打动了晋武帝。根据《晋书》记载，晋武帝看了此表后曾感叹："士之有名，不虚然哉！"认为李密孝顺是名不虚传。不但不再勉强李密在新朝做官，而且还"嘉勉其诚款，赐奴婢二人，下郡县供养其祖母奉膳"。

表中并不刻意抒情，也很少用典。却在朴实真切的叙事中有一股真情流动，感人肺腑，催人泪下。

作者	文体	推荐理由
刘琨	诗歌	文章结构严谨，感情真挚，抒情言事有条不紊，说理论事有理有据。字里行间流露出作者深厚的爱国情怀和忠勇奋发的感情，感人至深。

爱国情怀的释放
——《劝进表》

名文欣赏

原文节选

建兴五年三月癸未朔十八日辛丑，使持节散骑常侍、都督河北并冀幽三州诸军事、领护军匈奴中郎将、司空、并州刺史、广武侯臣琨，使持节侍中、都督冀州诸军事抚军大将军、冀州刺史、左贤王、渤海公臣磾顿首，死罪上书。

臣琨，臣磾，顿首顿首，死罪死罪。臣闻，天生蒸民，树之以君，所以对越天地，司牧黎元。圣帝明王监其若此，知天地不可以乏飨，故屈其身以奉之；知蒸黎不可以无主，故不得已而临之。社稷时艰，则戚藩定其倾；郊庙或替，则宗哲纂其纪。是以弘振遐风，式固万世。三五以降，靡不由之。

……

臣琨，臣磾，顿首顿首，死罪死罪。臣闻，昏明迭用，否泰相济，天命无改，历数有归。或多难以固邦国，或殷忧以启圣明。是以齐有无知之祸，而小白为五伯之长；晋有丽姬之难，而重耳以主诸侯之盟。社稷靡安，必将有以扶其危；黔首几绝，必将有以继其绪。

臣琨，臣磾，顿首顿首，死罪死罪。臣闻，尊位不可久虚，万机不可久旷。虚之一日，则尊位以殆，旷之浃辰；则万机以乱。方今踵百王之季，当阳九之会，狡寇窥窬，伺国瑕隙，黎元波荡，无所系心，安可废而不恤哉？陛下虽欲逡巡，其若宗庙何？其若百姓何？昔者惠公虏秦，晋国震骇；吕郤之谋，欲立子圉，外以绝敌人之志，内以固阖境之情。故曰："丧君有君，群臣辑睦，好我者劝，恶我者惧。"前事之不忘，后代之元龟也。陛下明并日月，无幽不烛，深谋远猷，出自胸怀。不胜犬马忧国之情，迟睹人神开泰之路，是以陈其乃诚，布之执事。臣等忝于方任，久在遐外，不得陪列阙庭，与睹盛礼，踊跃之怀，南望罔极！

臣琨谨遣兼左长史右司马臣温峤、主簿臣辟闾训；臣磾遣散骑常侍、征虏大将军、清和太守、领右长史、高平亭侯臣荣劭，轻车将军关内侯臣郭穆奉表。臣琨，臣磾等，顿首顿首，死罪死罪。

译文

建兴五年三月十九日，使持节散骑常侍、都督河北并冀幽三州诸军事、领护军匈奴中郎将、司空、并州刺史、广武侯刘琨，使持节侍中、都督冀州诸军事抚军大将军、冀州刺史、左贤王、渤海公臣段匹磾，叩头，冒着死罪上书陛下。

臣刘琨，臣段匹磾叩头，冒着死罪上书陛下。天生民众，给他们树立君主，靠他来对答称扬天地，统治万民。圣明的帝王就是出于这种考虑，知道天地神祇不能缺乏祭品，所以屈身下拜敬献给他们；知道众民不可以无人主管，所以不得已出来统领他们。国家有时会遭受灾难，作为亲属的藩国就出来帮助它平定倾覆；朝代或许更改，宗族中的贤明之人就出来继承君主的地位，主持宗庙的祭祀。以此来弘扬广大高远的风俗教化，成为万世的榜样。三皇五帝以下，没有不经由此道的。

……

臣刘琨，臣段匹磾叩头，冒着死罪上书陛下。我听说日月交替出现，好坏相辅相成，上天的意旨没有改变，天道有其归属，晋朝的江山还要延续下去。有的多灾多难，却能使国家得到巩固；有的苦难深重，却能成就圣明的君主。从前齐国有公孙无知杀君自立的祸乱，而公子小白却因此成为春秋五霸的首领；晋国有骊姬谮杀太子的灾难，而公子重耳却因此成就了霸主的功业。国家不安定，一定要有人出来扶救它的危难；老百姓几乎被灭绝，一定要有人出来帮助他们生存下去。

臣刘琨，臣段匹磾叩头，冒着死罪上书陛下。我听说帝王之位不可长期虚置，帝王日常祖逖闻鸡起舞。祖逖与刘琨年轻时是好朋友,祖逖半夜听到鸡叫头遍时,便叫醒同床的刘琨,二人一起拔剑起舞,锻炼体魄,准备将来为国出力。

的纷繁政务不可长期无人处理。如果帝位空一日,就会有危险;事务不处理达十日,那么皇帝的政务就会乱。当今正到了历代帝王的末世,处在灾年和厄运时期,狡猾的敌人想伺机而动,(时时)在侦察(我们)国家有什么缺陷和机会,老百姓动荡不安,不知心归向何处?您怎么能丢掉他们不去抚恤呢?您虽然可以犹豫,但又能够拿宗庙怎么办呢?从前晋惠公被秦国俘虏,晋国非常害怕,按照吕饴甥、郤乞等大臣的计谋,立公子圉,对外可以断绝敌人(吞并)的野心,对内可以稳定全国的情绪。所以说:"丧失了君主再立新君,所有的大臣都和睦相处。喜爱我的人鼓励再立新君,憎恶我的人害怕再立。"以前的事情不忘记,正可以将它作为后来发生的事情的借鉴。陛下您的圣明和日月同光,没有哪里的昏暗不被您的智慧照亮,深远的谋略,都出自您的胸怀。微臣不堪为国事忧虑的心情,希望看见人神安宁之路,因此陈述自己的忠诚,将其告诉您的左右。我等愧于一方重任,担任镇守边疆的职务,不能到朝廷陪列,一同观赏您登极的大典,但我们以欢欣振奋的心情遥望南方,感念您的大恩大德。

臣刘琨谨派遣兼左长史右司马温峤、主簿臣辟闾训;臣段匹磾遣散骑常侍、征虏大将军、清和太守、领右长史、高平亭侯臣荣劭,轻车将军关内侯臣郭穆奉表。臣刘琨,臣段匹磾等,叩头,冒着死罪上书陛下。

专家点评

文章大量运用骈偶、排比来铺陈,读来琅琅上口,气势逼人,富于感染力。如:"愿陛下存舜、禹至公之情,狭巢、由抗矫之节;以社稷为务,不以小行为先;以黔首为忧,不以克让为事。"对比的手法和对偶的修辞交错使用,不但突出表达了作者的观点,而且在艺术上富于错落的美感。文中又杂用大量四言的句式,如:"况臣等荷宠三世,位厕鼎司!闻问震惶,精爽飞越,且惊且愧,五情无主,举哀朔垂,上下泣血。"显得格外典雅深刻,也十分适合劝进这种严肃重大的场合。

作者	文体	推荐理由
王羲之	散文	《兰亭集序》整篇洋溢着春天的清新气息，超凡脱俗。文辞朴实优美，富于情致。语调抑扬顿挫，富于音乐美感。于吟哦中，便感到亦真亦幻。

书法界第一神品
——《兰亭集序》

名文欣赏

原文

永和九年，岁在癸丑，暮春之初，会于会稽山阴之兰亭，修禊事也。群贤毕至，少长咸集。此地有崇山峻岭，茂林修竹，又有清流激湍，映带左右，引以为流觞曲水。列坐其次，虽无丝竹管弦之盛，一觞一咏，亦足以畅叙幽情。是日也，天朗气清，惠风和畅。仰观宇宙之大，俯察品类之盛，所以游目骋怀，足以极视听之娱，信可乐也。

夫人之相与，俯仰一世，或取诸怀抱，晤言一室之内；或因寄所托，放浪形骸之外。虽取舍万殊，静

东晋著名书法家王羲之。

197

躁不同，当其欣于所遇，暂得于己，快然自足，曾不知老之将至。及其所之既倦，情随事迁，感慨系之矣！向之所欣，俯仰之间，已为陈迹，犹不能不以之兴怀，况修短随化，终期于尽！古人云："死生亦大矣！"岂不痛哉！

每览昔人兴感之由，若合一契，未尝不临文嗟悼，不能喻之于怀。固知一死生为虚诞，齐彭殇为妄作，后之视今，亦犹今之视昔，悲夫！故列叙时人，录其所述，虽世殊事异，所以兴怀，其致一也。后之览者，亦将有感于斯文。

▽ 清代画家任颐所绘的《羲之观鹅图》。

译文

永和九年是癸丑年，暮春三月上旬，我们在会稽郡山阴县的兰亭聚会，举行祓禊之事。本地贤德之士无不到会，老少济济一堂。兰亭这地方有崇山峻岭，繁茂的林木和幽深的竹篁。又有清澈湍急的溪流，辉映环绕左右，正好引溪水作为泛觞的曲水。大家依次坐在水边，虽然没有管弦合奏的盛况，饮酒赋诗，也足以令人畅叙胸怀。这一天，晴明爽朗，和风习习。仰观浩大的宇宙，俯察众多的物类，纵目四顾，舒展胸襟，极尽耳目视听的欢娱，真是人生的一大乐事！

人们彼此亲近交往，俯仰之间便度过了一生。有的人在室内晤谈，倾吐自己的心里话；有的人则将志趣寄托于外物，生活狂放不羁。虽然他们或内或外的取舍千差万别，好静好动的性格各不相同，但当他们遇到可喜的事情，得意于一时，也感到心满意足，竟然都会忘记衰老即将到来。等到对已有的事物发生厌倦，心情也随之改变，又不免会引发无限的感慨。以往所得到的快乐，很快就成为历史的陈迹，人们对此尚且不能不为之发生感慨，更何况人的一生长短取决于造化，而终究要归结于穷尽呢！古人说："死生是件大事。"这怎么能不让人痛心呢！

每当看到前人所发出感慨的原因，和我所感慨的就像一张符契那样一致，总难免要在前人的文章面前嗟叹一番，不过心里却不明白为什么会这样。我当然知道把死和生混为一谈是虚诞的，把长寿与短命等量齐观是荒谬的，后人看待今人，也就像今人看待前人，这正是事情的可悲之处。所以我要一一列出到会者的姓名，录下他们所作的诗篇。尽管时代有别，行事各异，但触发人们感情的原因却是相通的。后人阅读这些诗篇，恐怕也会由此引发同样的感慨吧。

专家点评

感叹人生短暂是魏晋以来士大夫的普遍心态，所谓"生年不满百，常怀千岁忧"，就是这种心态的写照。对于生死，儒道两家有着不同的理解。儒家认为"死生有命"，主张奋发有为；道家把死与生看做是一回事，而且认为生使人劳苦，而死却能使人休息，所以主张对生死不必看得太重。王羲之并不赞同庄子"一死生"、"齐彭殇"的观点，在魏晋玄风盛行的背景下，坚持一种有为的人生，这是难能可贵的。王羲之在《兰亭集序》中能认识到"一死生为虚诞，齐彭殇为妄作"，已经暗含玄风消退的契机。序文的景物描写虽着墨不多，却自然流露出对于山水的赏爱之情，可以说是开了风气之先。

归隐田园的自白
——《归去来兮辞》

名文欣赏

原文

归去来兮！田园将芜，胡不归？既自以心为形役，奚惆怅而独悲？悟以往之不谏，知来者之可追；实迷途其未远，觉今是而昨非。舟遥遥以轻飏，风飘飘而吹衣。问征夫以前路，恨晨光之熹微。

乃瞻衡宇，载欣载奔。僮仆欢迎，稚子候门。三径就荒，松菊犹存。携幼入室，有酒盈樽。引壶觞以自酌，眄庭柯以怡颜，倚南窗以寄傲，审容膝之易安。园日涉以成趣，门虽设而常关。策扶老以流憩，时矫首而遐观。云无心以出岫，鸟倦飞而知还。景翳翳以将入，抚孤松而盘桓。

归去来兮！请息交以绝游，世与我而相违，复驾言兮焉求？悦亲戚之情话，乐琴书以消忧。农人告余以春及，将有事于西畴，或命巾车，或棹孤舟，既窈窕以寻壑，亦崎岖而经丘。木欣欣以向荣，泉涓涓而始流。羡万物之得时，感吾生之行休。

已乎矣！寓形宇内复几时，曷不委心任去留，胡为遑遑欲何之？富贵非吾愿，帝乡不

明代的《陶渊明扶松图》。

可期。怀良辰以孤往，或植杖而耘耔，登东皋以舒啸，临清流而赋诗。聊乘化以归尽，乐夫天命复奚疑。

译文

　　回家去吧！田园将要荒芜了，为什么还不回去呢？既然是自己要使心灵受形体的奴役，为什么还要独自惆怅伤悲？我明白了，以往的不能挽救；我知道了，未来的事情还可以追回。走入迷途还不算远，我醒悟到今是而昨非。船儿轻快地摇荡着前进，风儿徐徐地吹拂衣襟。向行人打听前面的路程，恨晨光还是这样朦胧不清。刚刚望见自家的屋檐，就忍不住欢乐地向前飞奔。僮仆跑出来迎接，小儿子等候在门庭。虽然荒草已经长满庭园的小路，可是我心爱的松菊却依然茂盛。拉着幼子的手走进屋门，屋里已准备了美酒盛满酒樽。高高地举杯自酌自饮，悠闲地欣赏庭园的树木，这是多么开心！依靠着南窗（窗外有傲天的孤松）寄托自己傲世的情怀，环顾小屋就可以使人心安。每天在庭园散步其乐无穷，家中虽然有门却常常只开不关。拄着拐杖走走歇歇，时时昂首眺望远方的青天。白云无心地飘出山去，鸟儿飞倦了也知道飞回巢中。斜晖渐渐黯淡，将隐入西山，我仍抚着孤松盘桓流连徘徊。

回家去吧！我愿停止断绝那世俗的交游。世俗既然和我的愿望不合，我驾车出来又有什么可以追求？我喜欢的是亲戚间知心的交谈，或者弹琴读书以消解忧愁。农人告诉我春天已经来临，要耕种就去那西边的田地。有时我挥着鞭子赶着小车，有时我划动双桨乘坐小舟。有时沿着幽深曲折的溪水进入山谷，有时也崎岖坎坷地走过山丘。树木欣欣向荣，泉水涓涓奔流。我赞美万物的同时，感慨自己的一生行将罢休。

算了吧！寄身天地之间还会有多久，为什么不按照自己的心愿决定去留？为什么心神不宁还想去追求什么？富贵既然不是我的愿望，仙境又不可预期，那就挑个好日子独自出游吧，或者就像古代的隐士那样把手杖插在一边，在田间除草、培土。登上东边的山坡放声长啸，靠近清澈的溪流尽情赋诗。姑且顺应生命自然的变化了此一生吧，高高兴兴地接受天命还有什么怀疑！

专家点评

本文是陶渊明作于东晋义熙元年（公元405年）11月的一篇散文，当时他任彭泽令仅八十余天后决定弃官隐居。这是作者辞官后回家时的作品。文章表现了作者对现实的不满，描述了摆脱官场束缚、远道归来的喜悦心情和向往淳朴的农村田园生活的高洁情趣，同时也流露了"乐天知命"的消极处世情绪。

整篇文章感情真切率直，语言自然和谐，是陶渊明鄙弃仕途、归隐田园的诗意自白，犹如一首优美的抒情诗。

明代画家王仲玉所绘《陶渊明像》。

作者	文体	推荐理由
陶渊明	散文	《桃花源记》在中国文学史上占据特殊的位置，是理想主义的代表作。文章写得简洁而又情趣盎然，语言朴实，文笔流畅，被同时代的文学批评家钟嵘称为"古今隐逸诗人之宗"。

内心深处的世外桃源
——《桃花源记》

名文欣赏

原文

晋太元中，武陵人捕鱼为业。缘溪行，忘路之远近。忽逢桃花林，夹岸数百步，中无杂树，芳草鲜美，落英缤纷。渔人甚异之，复前行，欲穷其林。

林尽水源，便得一山。山有小口，仿佛若有光，便舍船，从口入。初极狭，才通人。复行数十步，豁然开朗。土地平旷，屋舍俨然。有良田、美池、桑、竹之属，阡陌交通，鸡犬相闻。其中往来种作，男女衣着，悉如外人；黄发垂髫并怡然自乐。见渔人，乃大惊，问所从来。具答之。便要还家，设酒、杀鸡、作食。村中闻有此人，咸来问讯。自云：先世避秦时乱，率妻子邑人来此绝境，不复出焉，遂与外人间隔。问今是何世？乃不知有汉，无论魏晋！此人一一为具言所闻，皆叹惋。余人各复延至其家，皆出酒食，停数日，辞去。此中人语云："不足为外人道也。"

既出，得其船，便扶向路，处处志之。及郡下，诣太守，说如此。太守即遣人随其往，寻向所志，遂迷，不复得路。南阳刘子骥，高尚士也。闻之，欣然规往，未果，寻病终。后遂无问津者。

译文

晋太元年间，武陵有个靠捕鱼为生的人。(一天) 他沿着溪水行船，不知不觉迷路了。忽然遇到一片桃花林，只见两岸几百步以内，全是桃花，没有夹杂一棵别的树。芳草鲜美，桃花盛开。渔人觉得很奇怪，便把小船继续向前划去，想到达桃林的尽头。

桃林的尽头，正是溪水发源的地方。那里有一座山，山下有个小洞口，仿佛有光亮透出来。渔人便弃船步行，从洞口走进去。刚进去，看到地方十分狭窄，仅容一人通过。再向前走几十步，豁然开朗。土地平坦广阔，房屋整整齐齐，有肥沃的田地、幽静的池塘、桑树、竹林等等。田间的小路纵横交错，不时传来鸡鸣狗吠的声音。人们来往耕作的情形，男男女女的衣着装束，都和外界一样。老老少少全都自由自在，看上去十分怡然自得。他们看见渔人，大为惊讶，问他是从哪里来的，渔人一一告诉了他们。人们就邀请他回到家中，摆酒杀鸡来款待。村里听说有这样一个客人，都来问候和打听消息。他们自称祖先为

清代钱慧安所绘《桃源问津图》。图中描绘的是陶渊明《桃花源记》中的故事。

204

清代张风所绘《陶渊明嗅菊图》。

了躲避秦代的战乱，领着妻子儿女和乡亲来到这个与世隔绝的地方，再没出去，于是和外边的人断绝了来往。渔人询问（桃源人）现在是什么朝代，（他们）竟然不知道有汉朝，更不要说魏和晋了。渔人就把他所知道的外界的情形一五一十地讲给他们听，他们听了都惊叹感慨。其余的人也都相继邀请渔人到家中，拿出酒饭来招待他。渔人一连住了好几天，才告辞离开。这里的人叮嘱他说："用不着对外面的人说起（这里）。"

渔人出了（洞口），找到了自己的船，顺着来时的路，一处一处地做了标记。回到武陵郡，便去见太守，如此这般地说了一通。太守随即派人跟着他前往（桃花源），寻找以前沿途所做的标志，结果迷失了方向，再也找不到那条路了。

南阳人刘子骥，是个志趣高尚的人，他听说这件事后，兴致勃勃地打算去寻访，没有去成。不久他病死了，后来就再也没有去探访的人了。

专家点评

中国文学里表达对理想乐土的追求，从《诗经》时代就开始有了，而中国文学中最具乌托邦特色的作品，无疑是陶渊明的《桃花源记》。与以往文学作品中对理想的描述不同的是，陶渊明笔下的桃花源无论是其发现还是其关注的对象都带有浓厚的乌托邦特色。《桃花源记》乃至《桃花源诗》表现的都不是游仙或归隐这类个人之志，而是关注富于理想色彩的社会群体及其生活，这正是乌托邦文学的基本特点。而陶渊明以后有不少写桃源的诗作，恰恰把陶诗中理想的人间社会变成了一个虚无缥缈的仙境，因而失去了原诗中理想社会的意义。

《桃花源记》超越了魏晋时代好用骈体、注重藻饰的文学风气，语言朴素，笔调流畅，描写逼真，写得隽永自然，自成一家。使人读后如临其境，如闻其声，具有很强的艺术感染力。

古代无神论理论的最高水平
——《神灭论》

名文欣赏

原文

或问予云："神灭，何以知其灭邪？"答曰："神即形也，形即神也。是以形存则神存，形谢则神灭也。"

问曰："形者无知之称，神者有知之名。知与无知，即事有异；神之与形，理不容一。形神相即，非所闻也。"答曰："形者神之质，神者形之用。是则形称其质，神言其用。形之与神，不得相异也。"

问曰："神故非质，形故非用，不得为异，其义安在？"答曰："名殊而体一也。"

问曰："名既已殊，体何得一？"答曰："神之于质，犹利之于刃；形之于用，犹刃之于利。利之名非刃也，刃之名非利也。然而舍利无刃，舍刃无利，未闻刃没而利存，岂容形亡而神在？"

问曰："刃之与利，或如来说；形之与神，其义不然。何以言之？木之质无知也，人之质有知也。人既有如木之质，而有异木之知，岂非木有其一，人有其二邪？"答曰："异哉言乎！人若有如木之质以为形，又有异木之知以为神，则可如来论也。今人之质，质有知也，木之质，质无知也；人之质非木质也，木之质非人质也。安在有如木之质而复有异木之知哉！"

问曰："人之质所以异木质者，以其有知耳。人而无知，与木何异？"答曰："人无无知之质，犹木无有知之形。"

问曰："死者之形骸，岂非无知之质邪？"答曰："是无知之质也。"问曰："若然者，人果有如木之质，而又有异木之知矣？"答曰："死者有如木之质，而无异木之知；生者有异木之知，而无如木之质也。"

问曰："死者之骨骼，非生者之形骸邪？"答曰："生形之非死形，死形之非生形；区已革矣。安有生人之形骸，而有死人之骨骼哉？"

问曰："若生者之形骸非死者之骨骼，死者之骨骼则应不由生者之形骸，不由生者之形骸，则此骨骼从何而至此邪？"答曰："是生者之形骸变为死者之骨骼也。"

南北朝时的敦煌壁画中的菩萨及禅僧。

问曰："生者之形骸虽变为死者之骨骼，岂不因生而有死，则知死体犹生体也？"答曰："如因荣木变为枯木，枯木之质宁是荣木之体？"

问曰："荣体变为枯体，枯体即是荣体；如丝体变为缕体，缕体即是丝体。有何别焉？"答曰："若枯即是荣，荣即是枯，则应荣时凋零，枯时结实也。又荣木不应变为枯木，以荣即是枯，故枯无所复变也。又荣枯是一，何不先枯后荣？要先荣后枯，何也？丝缕同时，不得为喻。"

207

问曰："生形之谢，便应豁然都尽，何故方受死形，绵历未已邪？"答曰："生灭之体，要有其次故也。夫歘而生者必歘而灭，渐而生者必渐而灭。歘而生者，飘骤是也；渐而生者，动植是也。有歘有渐，物之理也。"

译文

有人问我说："精神消灭，怎么知道它消灭呢？"我回答说："精神就是形体，形体就是精神。所以形体存在，那么精神也存在，形体消灭，那么精神也消灭。"

问："形体是对没有知觉的东西的称呼，而精神是对有知觉的东西的称呼。有知觉与无知觉，它们之间有差别；那么从道理上讲，精神和形体不应该是一个东西吗？形体和精神互为一体，我没有听说过。"我回答说："形体是精神的本体，精神是形体的用处。这样就是用形体来指代它的本体，用精神来指称它的用处。形体和精神，不是不同的。"

问："精神本来就不是本体，形体本来就不是用处，二者不得不同，其中的道理是什么呢？"我回答说："名称不同而本体统一。"

问："名称既然已经不同，而本体又怎么能够统一呢？"我回答说："精神和本体的关系，有如锋利和刀刃的关系；形体和作用的关系，有如刀刃和锋利的关系。锋利的名称不是刀刃，刀刃的名称也不是锋利。然而没有锋利就没有刀刃，没有刀刃就没有锋利，没听说过刀刃消失了而锋利尚且存在，岂有形体消亡了而精神依然存在？"

问："刀刃和锋利的关系，或者有如你以上所说的那样；形体和精神的关系，其中的道理却不是这样。为什么这么说呢？木的本体是无知觉的，人的本体是有知觉的。人既有和木一样无知觉的本体，而有不同于木的知觉，难道不是木有其一，人有其二吗？"我回答说："你的推论很奇怪啊！人如果有和木一样的本体作为形体，又有不同于木的知觉以为精神，则可如你所论述的这样。现在的情况是，人的本体是有知觉的，木的本体是无知觉的；人的本体不同于木的本体，木的本体也不同于人的本体。又怎么会有人有与木一样的本体而又有不同于木的知觉（这一点）呢！"

问："人的本体之所以不同于木的本体，是因为人有知觉。是人却没有知觉，与木有什么区别？"我回答说："人没有无知觉的本体，就像木没有有知觉的形体。"

问："死者的形体，难道不是无知觉的本体吗？"我回答说："是无知觉的本体。"问："如果是这样，那么人果真有和木一样的本体，而又有不同于木的知觉了。"我回答说："死南北朝时的青瓷莲花尊。

者有和木一样的本体，而没有不同于木的知觉；生者有不同于木的知觉，而没有和木一样的本体。"

问："死者的骨骼，不是生者的形体吗？"我回答说："活着的形体不是死亡的形体，死亡的形体不是活着的形体；类别已经改变了。哪里有人既有活着的形体，同时又有死人的骨骼呢？"

问："如果生者的形体非死者的骨骼，那么死者的骨骼，就应该不来自生者的形体，不来自生者的形体，那么这骨骼从哪里来的？"我回答说："是生者的形体变为死者的骨骼。"

问："生者的形体虽然变为死者的骨骼，难道不是因为生然后死，这样就知道死体还是生体。"我回答说："如果树木由荣木变为枯木，枯木的本体还是荣木的本体吗？"

问："荣体变为枯体，枯体就是荣体；就好像丝体变为缕体，缕体就是丝体。有什么区别呢？"我回答说："如果枯就是荣，荣就是枯，那么应该在繁荣的时候凋零，在凋零的时候结果。而且荣木不应该变为枯木，因为荣就是枯，所以枯无从自荣变化而来。而且既然荣枯是一个，那为什么不先枯后荣，而要先荣后枯，为什么呢？而丝和缕是共时的关系，不得用来比喻荣和枯。"

问："生者形体的凋谢，就应该一下子全部消失干净，为什么方受死形体，绵绵不绝呢？"我回答说："生灭要有它的顺序的缘故。倏然就生长的一定倏然灭亡，缓慢生长的一定缓慢灭亡。倏然生长的是飘风骤雨；缓慢生长的是动植物。有倏然有缓慢，这是大自然的规律。"

专家点评

文章通过设问和答辩，展开了思想的交锋。问者乘暇抵隙，不断紧逼，答者据理反驳，雄辩有力，在反驳中从各方面阐明了神灭的道理，体现了真理无坚不摧的力量。十二组问答将论战逐层深入，有着严密的内在逻辑。细读全文，好像亲自旁听了一场精彩的论战。

作者	文体	推荐理由
丘迟	书信	丘迟的《与陈伯之书》堪称齐梁时期的上乘佳作，在散文发展史上也占有相当重要的地位。

政治性书信中的不朽奇文
——《与陈伯之书》

名文欣赏

原文

迟顿首陈将军足下：无恙，幸甚幸甚！

将军勇冠三军，才为世出。弃燕雀之小志，慕鸿鹄以高翔。昔因机变化，遭遇明主，立功立事，开国称孤，朱轮华毂，拥旄万里，何其壮也！如何一旦为奔亡之虏，闻鸣镝而股战，对穹庐以屈膝，又何劣邪！

寻君去就之际，非有他故，直以不能内审诸己，外受流言，沉迷猖獗，以至于此。圣朝赦罪责功，弃瑕录用，推赤心于天下，安反侧于万物，将军之所知，不假仆一二谈也。朱鲔涉血于友于，张绣剚刃于爱子，汉主不以为疑，魏君待之若旧。况将军无昔人之罪。而勋重于当世！夫迷途知返，往哲是与；不远而复，先典攸高。主上屈法申恩，吞舟是漏。将军松柏不剪，亲戚安居，高台未倾，爱妾尚在，悠悠尔心，亦何可言。今功臣名将，雁行有序。佩紫怀黄，赞帷幄之谋；乘轺建节，奉疆埸之任。并刑马作誓，传之子孙。将军独靦颜借命，驱驰毡裘之长，宁不哀哉！

梁武帝像。梁武帝命萧宏领兵北伐，陈伯之与梁军在寿阳列阵对抗。萧宏命丘迟写信劝降陈伯之，丘迟写成《与陈伯之书》。

夫以慕容超之强，身送东市；姚泓之盛，面缚西都。故知霜露所均，不育异类；姬汉旧邦，无取杂种。北虏僭盗中原，多历年所，恶积祸盈，理至燋烂。况伪孽昏狡，自相夷戮，部落携离，酋豪猜贰。方当系颈蛮邸，悬首藁街。而将军鱼游于沸鼎之中，燕巢于飞幕之上，不亦惑乎！

暮春三月，江南草长，杂花生树，群莺乱飞。见故国之旗鼓，感平生于畴日，抚弦登陴，岂不怆恨！所以廉公思赵将，吴子之泣西河，人之情也，将军独无情哉！想早励良规，自求多福。

当今皇帝盛明，天下安乐。白环西献，楛矢东来。夜郎滇池，解辫请职；朝鲜昌海，蹶角受化。唯北狄野心，掘强沙塞之间，欲延岁月之命耳。中军临川殿下，明德茂亲，总兹戎重，吊民洛汭，伐罪秦中。若遂不改，方思仆言。聊布往怀，君其详之。丘迟顿首。

译文

丘迟拜上陈将军足下：身体健康！荣幸之至！

将军英勇善战，全军推为第一，是当代最为杰出的人才。您摒弃燕、雀的小志，追慕鸿鹄的远大志向。过去，您顺应时势，背齐投梁，遇到英明的君主，建功立业，被封为江州刺史，像一方诸侯那样开国称孤，乘坐装饰华贵的车子，手执朝廷颁发的旄节，号令方圆万里之地，是多么气派啊！怎么一下子竟成了逃亡投降敌国的人，听到弓箭之声就两腿发抖，见到帐篷便屈膝下跪，又是多么可悲呀！

考察您背叛梁朝投奔北魏的时候，没有别的原因，不过是自己内心考虑不周，又受到流言蜚语的诽谤，一时内心迷惑而行为狂乱，以至于到了今天这个地步。现在圣朝赦免罪过，鼓励建功立业，不计较过失而录用人才，向天下人展示诚心，让一切彷徨、观望的人都内心安定。这些，都是将军所了解的，不必我一一细说了。想当年，朱鲔曾劝刘玄杀刘秀的哥哥刘伯升，刘秀不计前嫌；张绣杀过曹操的长子曹昂、侄儿曹安民，曹操对待他有如过去一样。况且将军并没有朱鲔、张绣那样的罪过，而功勋举世闻名。迷途知返，是前代哲人所称道的；早日回头，是古代典籍所高度推崇的。皇上轻刑法，重恩典，法网宽大，连吞舟的大鱼也能得到宽免。（何况将军你呢？）将军祖坟无损，亲戚都安居乐业，故宅的楼台也没有损坏，妻妾子女依然健在。将军您深思熟虑，还有什么（不回来的理由）可说的呢？现在，朝廷里的功臣名将，像大雁飞行时排着整齐的行列一样，次序井然。他们怀金印，佩紫绶，参与决定军国大计；乘轻车，执旄节，担当保疆卫国重任。君臣还杀了白马，饮血立誓，将禄位传给子孙后代。而独有将军怀着羞愧苟且偷生，为身穿着毡裘之衣的北魏皇帝奔走效劳吗？

而且，凭慕容超的强大，最终被朝廷押赴刑场，斩首示众；凭姚泓那样的强盛，最终也被绑到长安，难逃一死。由此可知，阳光雨露虽然分布均匀，却不能容忍异族人的生长；周、汉立国的地方，不让外族盘踞。北方寇虏窃据中原的统治权位，已有多年，恶贯满盈，理应灭亡。况且北魏统治者逆天行事，昏庸狡诈，自相残杀，各部落分崩离析，酋长们互相猜疑，各怀异心。用不了多久，他们就会被绞杀在蛮邸，头颅挂在藁街示众。将军您现在的处境就如同养在沸水里的游鱼，在飘动的帷幕上筑巢的燕子，难道不是很糊涂吗！

暮春三月，江南草木茂盛，鲜花盛开，姹紫嫣红，黄莺在枝头飞来飞去。您看到故国的旗帜和战鼓，回忆起往昔的日子，登上城墙，手抚琴弦弹上一曲，岂不伤怀！当年的廉颇念念不忘自己曾经是赵国的将领，吴起洒泪，不忍离开魏国的西河，这是人之常情啊！将军难道无动于衷吗？想必会早做打算，为自己争取光明前途。

当今皇上英明，天下百姓安居乐业，西方邻国献来白玉环，东方邻国进贡涒矢石砮；西南的夜郎、滇国人解下发辫，摒弃固有的习俗，改用我朝的服饰；夜郎、滇池西方诸国的国君解下发辫，请求担任我朝的职务；朝鲜、昌海两处边远地区的国家首脑，也叩头受降，表示愿意接受教化。唯有北狄之人，野心勃勃，在沙漠边塞一带勉强支撑，但也坚持

南北朝敦煌壁画《狩猎图》。

不了多久了。中军将军临川王殿下，德行美好，又是皇上至亲，主持这次北伐的军事重任，在洛水、秦中一带慰劳百姓，讨伐罪魅，解除百姓所受外族人压迫的痛苦。将军如果还不悔改，到我朝北伐胜利时才想到我这番话，就追悔莫及了。现在略为陈述个人的看法，请您仔细考虑吧！丘迟拜上。

专家点评

　　这封信，先是批判陈伯之叛国投敌的行径，义正词严；接着阐明梁朝既往不咎的用人政策，打消对方的顾虑；最后分析敌我形势，指出只有回归梁朝，才是唯一的出路。全信段落分明，论说集中透彻，而且段与段之间相互紧扣，互为补足，称得上是层次分明、谨严周密。语言上，虽然是以骈文为主，但却不受骈俪对偶的束缚，写得充实切要、朴素明辨，绝少虚文浮辞，用典也平实可喜，文采斐然。既晓以民族大义，又激发诱导对方思念故土家国的感情，很有感染力，是一篇传诵极广的好文章。

作者	文体	推荐理由
李谔	奏章	李谔的《上书正文体》纠正了元朝以来华而不实的文风，指出了培养人才、选拔人才中存在的问题，对后世影响颇深。

引领文学风尚的旗帜
——《上书正文体》

名文欣赏

原文

臣闻，古先哲王之化民也，必变其视听，防其嗜欲，塞其邪放之心，示以淳和之路。五教六行，为训民之本，《诗》、《书》、《礼》、《易》，为道义之门，故能家复孝慈，人知礼让。正俗调风，莫大于此。其有上书献赋，制诔镌铭，皆以褒德序贤，明勋证理，苟非惩劝，义不徒然。

降及后代，风教渐落。魏之三祖，更尚文词，忽君人之大道，好雕虫之小艺。下之从上，有同影响，竞骋文华，遂成风俗。江左齐梁，其弊弥甚，贵贱贤愚，唯矜吟咏。遂复遗理存异，寻虚逐微，竞一韵之奇，争一字之巧；连篇累牍，不出月露之形；积案盈箱，唯是风云之状。世俗以此相高，朝廷据兹擢士。禄利之路既开，爱尚之情愈笃，于是闾里童昏，贵游总丱，未窥六甲，先制五言。至如羲皇、舜、禹之典，伊、傅、周、孔之说，不复关心，何尝入耳？以傲诞为清虚，以缘情为勋绩，指儒素为古拙，用词赋为君子。故文笔日繁，其政日乱，良由弃大圣之轨模，构无用以为用也！损本逐末，流遍华壤，递相师祖，久而愈扇！

及大隋受命，圣道聿兴，屏黜轻浮，遏止华伪。自非怀经抱质，志道依仁，不得引预缙绅，参厕缨冕。开皇四年，普诏天下，公私文翰，并宜实录。其年九月，泗州刺史司马幼之文表华艳，付所司治罪。自是公卿大臣，咸知正路，莫不钻仰《坟》《索》，弃绝华绮，择先王之令典，行大道于兹世。如闻外州远县，仍踵敝风，选吏举人，未遵典则。至有宗党称孝，乡曲归仁，学必典谟，交不苟合，则摈落私门，不加收齿。其学不稽古，逐俗随时，作轻薄之篇章，结朋党而求誉，则选充吏职，举送天朝。盖由县令刺史，未行风教，犹挟私情，不存公道。臣既忝宪司，职当纠察。若闻风即劾，恐挂网者多。请勒诸司，普加搜访，有如此者，具状送台。

译文

我听说古代圣明的君主教化人民的时候，一定首先注意改变他们视听的内容，预防他们发展嗜好欲望，堵塞邪恶放纵的心意，以淳厚和善的道德规范教导他们。将古代"父义、母慈、兄友、弟恭、子孝"这五种伦理道德和"礼、义、仁、智、信、乐"这六种善行作为训导人民的根本，把《诗》、《书》、《礼》、《易》作为培植道义的入口，所以能够做到家家父慈子孝，人人懂得礼义谦让，使民俗纯正、风气和美，没有什么比这更好了。如果有人上书献赋，写诔文刻铭文，就都能用来褒扬美德、介绍贤良的人，明示有功的人，证明天理，如果不是为了惩治邪恶、奖励善良的人，那些法则是不会凭空这样制定的。

到了后代，风俗教化逐渐衰落。曹魏时，曹操父子三人，更加崇尚文词，忽略了作为人君的治国之道，喜好那些推敲诗赋文词的雕虫小技。身居下位的普通人追随上层，如影随形，如响随声。大家都竞相炫耀文辞的华美，于是形成了风气。到了江东的齐、梁时代，那种弊病更加严重，无论贵贱贤愚，都只注重吟诵辞赋。于是，他们抛弃了文章的义理而只保留了奇异的形式，追求的是虚浮和细微的形式，以一韵之奇相争，以一字之巧相斗。连篇累牍的文章，离不开月亮露珠之类的描写之词；堆满书桌、装满书箱的，也只是些咏风歌月之语，和现实生活一点关系都没有。而社会风气还是把这些作为互相推崇的标准，朝廷也以这些作为选拔人才的依据。既然这样的文辞已经打开功名利禄的道路，喜爱、崇尚这些浮华文字的倾向就更明显了。于是，就连乡间那些愚昧无知的人、没有官位的贵族和才束发的小孩，甚至还不了解天干地支等基本知识，就先写起五言诗来了。至于像伏羲、舜、禹传下来的典章制度，伊尹、傅说、周公、孔子的学说，也就不再去关心了，又哪里会听得进去呢？他们以傲慢、放诞为清高玄虚，把抒发情性看成是莫大的成就。指责儒家朴素的风格为古拙，把能作辞赋的人当做君子。所以文笔日渐繁琐，政治日益混乱，确实都是因为抛弃大圣的轨迹楷模、虚构无用为有用造成的。这样舍本逐末，流毒遍及整个中国，人与人之间互相效仿，时间一长这种风气就更加盛行了。

　　到了隋朝接受天命，圣道迅速兴起，摒弃了轻浮的风气，制止了奢华虚伪的习俗。如果不是满腹经纶、掌握根本的义理、一心向道、遵从仁义具有真才实学的人，那就不能被举荐为缙绅，参与政治。开皇四年，皇上诏令全国的公私文书，都应当据实记录。同年九月，泗州刺史司马幼所上文表浮华艳丽，被交付有司治罪。从此以后，公卿大臣都知道了正确的道路，没有谁不钻研仰仗古代典籍，抛弃浮华的文风、绮丽的辞藻，选择先王的宪章法令，推行大道于当今之世。但是，我听说外州远县，仍然追逐颓败的风气，选拔官吏，举荐人才，并未遵守典章法则。以致有人被宗党称赞为孝道，被乡曲赞誉为仁义，学习的必定是古代的经典，交往慎重而不苟且附合，却被垄断选举的权势者弃置一旁，不予录用；那些学习不研习古代经典、追逐当时虚浮的习俗、写一些轻浮浅薄的文章、交结朋党以求取名誉的人，反而被选拔充任官府的办事人员，还被举送到朝廷。这大概是因为那些县令、刺史还未推行良好的风俗教化，又还心怀私人的情感而不存公道所造成的罢！我既已充任宪司的职位，就负有纠察的责任。如果听到一点风声就立即劾奏，恐怕受牵连的人太多，还请勒令各个主管部门，自己普遍加以搜寻访查，确有这种情况的，可写成文件送到御史台。

 开创大隋王朝的隋文帝杨坚。

专家点评

　　六朝士人崇尚清谈，好玄言，写诗作文讲求形式，文风绮丽，内容大多吟风弄月，十分空泛。加之隋初选人，也以此为据，重文词而不问道德，浮华不实的风气更盛。许多依附王公贵人的文人雅士脱离现实生活，沉溺于游乐饮宴，趋奉于权贵之门。隋开皇四年，文帝下诏"公私文翰，并宜实录"。李谔的《上书正文体》就是这种思想的产物。

历代奏疏中的奇篇
——《谏太宗十思疏》

名文欣赏

原文

臣闻求木之长者，必固其根本；欲流之远者，必浚其泉源；思国之安者，必积其德义。源不深而望流之远，根不固而求木之长，德不厚而思国之治，虽在下愚，知其不可，而况于明哲乎？人君当神器之重，居域中之大，将崇极天之峻，永保无疆之休，不念于居安思危，戒奢以俭，德不处其厚，情不胜其欲，斯亦伐根以求木茂，塞源而欲流长者也。

凡百元首，承天景命，有善始者实繁，能克终者盖寡。岂取之易而守之难乎？昔取之而有余，今守之而不足，何也？夫在殷忧，必竭诚以待下；既得志，则纵情以傲物。竭诚则吴越为一体，傲物则骨肉为行路。虽董之以严刑，振之以威怒，终苟免而不怀仁，貌恭而不心服。怨不在大，可畏惟人，载舟覆舟，所宜深慎。

奔车朽索，其可忽乎！君人者，诚能见可欲，则思知足以自戒；将有所作，则思知止以安人；念高危，则思谦冲而自牧；惧满溢，则思江海而下百川；乐盘游，则思三驱以为度；忧懈怠，则思慎始而敬终；虑壅蔽，则思虚心以纳下；惧谗邪，则思正身以黜恶；恩

 唐代阎立本的《步辇图》。此图描绘的是唐太宗接见迎娶文成公主的吐蕃使者的场景。

所加，则思无因喜以谬赏；罚所及，则思无因怒而滥刑。总此十思，宏兹九德。简能而任之，择善而从之，则智者尽其谋，勇者竭其力，仁者播其惠，信者效其忠。文武争驰，君臣无事，可以尽豫游之乐，可以养松乔之寿，鸣琴垂拱，不言而化。何必劳神苦思，代下百司，役聪明之耳目，亏无为之大道哉？

译文

我听说过：要使树木生长得好，就一定要加固它的根本；要使河水流得长远，就一定要深挖它的源头；要使国家安定，就一定要多积聚道德仁义。源泉挖得不深，却希望水流得长远，树根埋得不牢，却希望树木生长得很好，道德仁义不深厚，却希望国家很安定，我虽然愚笨，但也知道这是不可能的，更何况明智的人呢？国君担负着帝王的重任，处于天下最高的地位，不能居安思危，力戒奢侈，厉行节俭，这也就像砍断树根却要求树木茂盛，堵塞泉源却要使流水长远一样啊。

大凡以前的国君，承受上天的大命，创业时做得好的确实很多，但能坚持到底的却很少。难道取得天下容易，守住天下就很难吗？这大概是因为他们在忧患中创业的时候，必然尽心尽意地对待下面的人；而一旦得志，便放纵欲望，傲视他人。如果尽心尽意地待人，那么，即使像吴越这样的世仇，也能团结在一起；如果傲视别人，那么，骨肉之亲也会疏远得像过路人一样。如果这样，即使用严酷的刑罚加以督责，用威严的势力加以镇压，最后也只能使人苟且地免除刑罚，而不会怀念君王的恩惠，表面上恭敬，可是却不心悦诚服。引起百姓怨恨的不一定是大事，可怕的是对君主有了怨恨的百姓。百姓像水一样，可以载船，也可以翻船，这是应该特别谨慎对待的。

用腐烂的绳索驾驶疾驰的马车，这是可以忽视的吗？要真能做到：看见自己喜爱的东西，就想到知足，以便警戒自己；将要大兴土木，就想到要适可而止，以便使人民安定；考虑到地位高随时会有危险，就想到要谦虚，并加强自我修养；怕自己骄傲自满，就想到要像江海一样甘居百川的下游，容纳一切；喜欢游乐，就想到国君每年打猎三次的限度；担心意志懈怠，就想到要始终谨慎；担心上下闭塞，就想到要虚心地接受臣下的意见；怕偏听谗佞之言，就想到要正心修身，斥退邪恶的人；有所赏赐时，就想到不要因为自己高兴而赏赐不当；施行刑罚时，就想到不要因为自己恼怒而滥用刑罚。要完全做到十思，发扬九种美德。选拔有才能的人而任用他，择取好的意见而采用它。那么，聪明的人就能竭尽他的智谋，勇敢的人就会竭尽他的气力，仁义的人就会传播他的美德，诚实的人就会贡献他的忠心。文武并重，就可以垂衣拱手、无为而治了。何必一定要国君来劳神苦思，代行百官的职务呢！

专家点评

唐王朝建立以后，鉴于隋朝二世而亡的历史教训，采取了一系列缓和阶级矛盾与发展社会生产的措施。唐太宗李世民即位以后，进一步推行这些有利于社会发展的措施，从而开创了"贞观之治"的繁荣局面。唐太宗李世民在所谓"太平盛世"面前，也滋长了骄傲情绪，开始过分地追求享乐。魏征对此十分担忧，他多次上疏劝谏，希望唐太宗不要重蹈隋朝的覆辙。《谏太宗十思疏》是魏征多次上疏中的重要一篇，作于贞观十一年（公元637年）。

这篇文章不但在历史上发挥了重要的作用，而且在艺术上也有诸多令人称道之处：文章以一个"思"字贯穿全文，结构紧凑；反正对比，不使直笔；语言精练，字字生辉，创造了许多有教育意义的警句，如"居安思危，戒奢以俭"、"载舟覆舟，所宜深慎"，以及谦冲自牧、虚心纳下、慎始敬终、知人善任等，这些警句直到今天仍然熠熠生辉，有着不朽的生命力。

文苑诗坛的璀璨明珠
——《滕王阁序》

名文欣赏

原文节选

遥吟甫畅，逸兴遄飞。爽籁发而清风生，纤歌凝而白云遏。睢园绿竹，气凌彭泽之樽；邺水朱华，光照临川之笔。四美具，二难并。穷睇眄于中天，极娱游于暇日。天高地迥，觉宇宙之无穷；兴尽悲来，识盈虚之有数。望长安于日下，指吴会于云间。地势极而南溟深，天柱高而北辰远。关山难越，谁悲失路之人？萍水相逢，尽是他乡之客。怀帝阍而不见，奉宣室以何年？

嗟乎！时运不齐，命途多舛。冯唐易老，李广难封。屈贾谊于长沙，非无圣主；窜梁鸿于海曲，岂乏明时？所赖君子安贫，达人知命。老当益壮，宁移白首之心？穷且益坚，不坠青云之志。酌贪泉而觉爽，处涸辙以犹欢。北海虽赊，扶摇可接；东隅已逝，桑榆非晚。孟尝高洁，空怀报国之情；阮籍猖狂，岂效穷途之哭？

译文

高歌远眺，兴致飞扬。箫管吹起清风，美妙的歌声让白云也不忍离去。今日的聚会很像当年睢园竹林的聚会，饮酒的豪兴超过了彭泽县令陶渊明；像邺水的荷花灿烂，诗人的文采胜过临川内史谢灵运。四美具备，二难齐全。向天空中极目远眺，在假日里尽情欢娱。天高地远，认识宇宙的无穷无尽；乐尽悲来，早知兴衰贵贱都由命中注定。西望长安，东指吴会。南方的陆地已到尽头，大海深不可测；北方的北斗星多么遥远，天柱高不可攀。关山重重难以越过，有谁同情不得志的人？在座的各位如浮萍在水上相聚，大家都是异乡之客。怀念宫廷却无法看不见；等待朝廷的召见，又是何年？

啊，时机不好，命运不顺。冯唐容易衰老，李广难得封侯。使贾谊遭受委屈，贬于长沙，并不是没有圣明的君主；使梁鸿逃匿到齐鲁海滨，难道不是政治昌明的时代？只不过君子安于贫贱，达人了解命运罢了。年纪虽然老了，但仍然心有壮志，谁

位居江南三大名楼之首的滕王阁。

能理解白头人的一片苦心？境遇虽然困苦，但节操应当更加坚定，决不抛弃自己的凌云壮志。即使喝了贪泉的水，心境依然清爽廉洁；就算身处于干涸的车辙中，还能乐观开朗。北海虽然十分遥远，乘着旋风还是能够到达；少年的时光虽然已经消逝，珍惜将来的岁月还不算晚。孟尝君心地高洁，但空有一腔报国的热情；阮籍为人放纵不羁，我们怎能学他在无路可走时的恸哭！

专家点评

　　文章先叙地势之雄、人物之异、宾主之美、宴会之盛，后写层台飞阁、山川风物。接着以回荡起落的笔触，由"遥吟甫畅，逸兴遄飞"转入兴尽悲来的感慨，在"四美具，二难并"的诗酒歌管之中，迸发出更为深沉的感伤。

　　其文中如"老当益壮，宁移白首之心？穷且益坚，不坠青云之志"，"北海虽赊，扶摇可接；东隅已逝，桑榆非晚"等等的妙语佳句无不为世人所叹赏。

　　这篇文章最为人所称道的还是"落霞"、"秋水"一联，描绘出一幅色彩斑斓、情景交融的图画。至此，诗歌的意境已经达到了一个新的境界，难怪都督阎公听此句而大呼"斯不朽矣"，"真天才也"。

"初唐四杰"之一——王勃。

作者	文体	推荐理由
骆宾王	檄文	文章起笔不凡,先声夺人;全文排比,盛气凌人;语言精当,脍炙人口。

鞭挞武氏篡位的长鞭
——《为徐敬业讨武曌檄》

名文欣赏

原文

伪临朝武氏者,性非和顺,地实寒微。昔充太宗下陈,曾以更衣入侍。洎乎晚节,秽乱春宫。潜隐先帝之私,阴图后庭之嬖。入门见嫉,蛾眉不肯让人;掩袖工谗,狐媚偏能惑主。践元后于翚翟,陷吾君於聚麀。加以虺蜴为心,豺狼成性。近狎邪僻,残害忠良。杀姊屠兄,弑君鸩母。神人之所共嫉,天地之所不容。犹复包藏祸心,窥窃神器。君之爱子,幽之于别宫;贼之宗盟,委之以重任。呜呼!霍子孟之不作,朱虚侯之已亡。燕啄皇孙,知汉祚之将尽。龙漦帝后,识夏庭之遽衰。

敬业皇唐旧臣,公侯冢子。奉先帝之成业,荷本朝之厚恩。宋微子之兴悲,良有以也;袁君山之流涕,岂徒然哉!是用气愤风云,志安社稷。因天下之失望,顺宇内之推心。爰举义旗,誓清妖孽。南连百越,北尽三河;铁骑成群,玉轴相接。海陵红粟,仓储之积靡穷;江浦黄旗,匡复之功何远!班声动而北风起,剑气冲而南斗平。暗鸣则山岳崩颓,叱咤则风云变色。以此制敌,何敌不摧?以此图功,何功不克?

唐代大文学家骆宾王。

公等或成家传汉爵，或地协周亲；或膺重寄于爪牙，或受顾命于宣室。言犹在耳，忠岂忘心。一抔之土未干，六尺之孤何托？倘能转祸为福，送往事居，共立勤王之勋，无废旧君之命，凡诸爵赏，同指山河。若其眷恋穷城，徘徊歧路，坐昧先机之兆，必贻后至之诛。请看今日之域中，竟是谁家之天下！（移檄州郡，咸使知闻。）

译文

那个窃取帝位、把持朝政的武氏，本性就不和顺，出身非常贫寒低贱。她最初充当太宗的才人，曾利用服侍皇帝的便利，得到宠幸。等到年事稍长，又秽乱于太子宫中。她隐瞒了同先帝的私情，暗地里谋求在后宫的宠幸。入宫的嫔妃，都被她妒嫉，她总想以自己的美貌压倒别人；她施展阴谋，善于谗毁他人，卖弄姿色，迷惑君主。终于窃据了皇后的名位，致使我们的君主败乱了人伦。加上她心如蛇蝎，性同豺狼，亲近奸邪，残害忠良，杀害姐妹兄弟，谋害君主，毒死母亲，使得人神共愤，天地不容。她甚至于暗藏祸心，阴谋篡夺君位。君王的爱子，被幽禁在别宫；武家的同族，却被委以重任。唉！也没有像霍子孟、朱虚侯那样的宗室（来挽救唐朝危亡的命运）。"燕啄皇孙"，预示着汉朝将要灭亡；"龙漦帝后"标志着西周将很快走向末路。

徐敬业是大唐的旧臣，公侯的直系子孙，继承先辈的功业，蒙受朝廷的厚恩。宋微子触景生悲，确实有他不得已的原因；袁君山痛哭流涕，难道是平白无故的感伤吗？因此，由于气愤而导致风云变色，目的在于使国家安定。趁着天下百姓对武氏的失望情绪，顺应海内民心的向背，于是举起义旗，决心清除妖孽。（义军的规模）南至百越，北达三河，铁骑成群结队，战车首尾相接。海陵的红粟，仓廪的储积，无穷无尽；江浦一带，黄旗遍野，匡复天下的大功，指日可待。战马长鸣，北风卷起；剑气冲天，与南斗相齐。怒气勃发，足使山岳崩摧；气愤呼号，可令风云变色。用这样的军队对付敌人，什么样的敌人不能摧毁？用这样的军队建立功业，什么样的功业不能完成？

你们这些官员，有的享有世袭的爵位，有的身为皇亲国戚，有的承担重要的委任，有的在内廷领受先帝的遗嘱。先帝的遗言还在耳边回响，对李唐王朝的忠诚难道就已忘却了吗？先帝坟墓上的土还没有干，幼小的孤君何在？倘若你们能转祸为福，送别去世的先帝，而拥戴即位的幼君，共同建立扶助皇室的勋业，不废弃先帝的遗命，那么所有封爵赏赐，都可以指山河为信。如果仍然留恋孤立无援的城池，迟疑观望，徒然错过事先吉利的征兆，必然因迟到而受到惩罚和诛杀。请看今日之国中，究竟是谁家的天下！（这道檄文颁布到各州郡，让大家都知晓。）

专家点评

骆宾王为了维护李唐王朝的正统，以封建君臣之义相号召，历书武则天谋权篡位的种种罪行，口诛笔伐，不遗余力。虽然不尽符合史实，却极富煽动性。据唐段成式《酉阳杂俎》载："骆宾王为徐敬业作檄，极疏大周过恶，则天览及'蛾眉不肯让人，狐媚偏能惑主'，微笑而已。至'一抔之土未干，六尺之孤何托'，不悦曰：'宰相何得失如此人！'"《新唐书》武则天本传也有类似的记载。可见骆宾王的檄文所产生的巨大影响，即使是被讨伐的人，亦能受到心灵的震撼。虽然徐敬业起兵不久就被镇压了，但是骆宾王的这篇檄文却作为千古奇文一直流传至今。

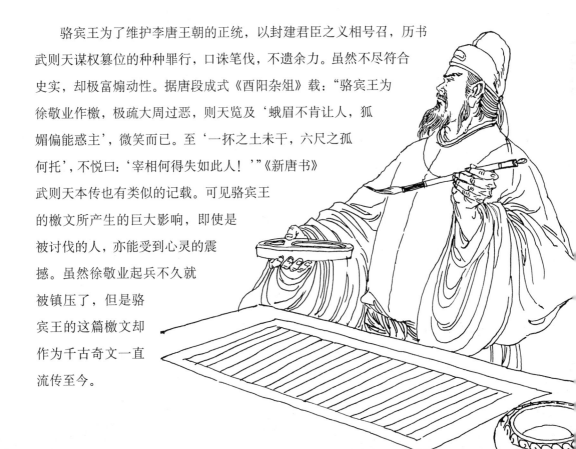

忧国忧民之心的全然释放
——《谏造浮图大像疏》

名文欣赏

原文

臣闻为政之本，必先人事。陛下矜群生迷谬，溺丧无归，欲令像教兼行，睹相生善。非为塔庙必欲崇奢，岂令僧尼皆须檀施？得杗尚舍，而况其余？今之伽蓝，制过宫阙，穷奢极壮，画绘尽工，宝珠殚于缀饰，瑰材竭于轮奂。工不使鬼，止在役人；物不天来，终须地出。不捐百姓，将何以求？生之有时，用之无度，编户所奉，常若不充，痛切肌肤，不辞蒨楚。游僧一说，矫陈福祸，剺发解衣，仍惭其少。亦有离间骨肉，事均路人，身自纳妻，谓无彼我。皆托佛法，诖误生人。里陌动有经坊，阛阓亦立精舍。化诱倍急，切于官征；法事所须，严于制敕。膏腴美业，倍取其多，水碾庄园，数亦非少。逃丁避罪，并集法门，无名之僧，凡有几万，都下检括，已得数千。且一夫不耕，犹受其弊，浮食者众，又劫人财，臣每思惟，实所悲痛。

往在江表，像法盛兴，梁武、简文，舍施无限。及其三淮沸浪，五岭腾烟，列刹盈衢，无救危亡之祸；缁衣蔽路，岂有勤王之师？比年已来，风尘屡扰，水旱不节，征役稍繁。

以不畏权贵著称的狄仁杰。

家业先空，疮痍未复，此时兴役，力所未堪。伏惟圣朝，功德无量，何必要营大像，而以劳费为名？虽敛僧钱，百未支一。尊容既广，不可露居，覆以百层，尚忧未偏，自余廊庑，不得全无。又云不损国财，不伤百姓，以此事主，可谓尽忠？臣今思惟，兼采众议，咸以为如来设教，以慈悲为主，下济众品，应是本心，岂欲劳人，以存虚饰？

当今有事，边境未宁，宜宽征镇之徭，省不急之费。设令雇作，皆以利趋，既失田时，自然弃本。今不树稼，来岁必饥，役在其中，难以取给。况无官助，义无得成。若费官财，又尽人力，一隅有难，将何救之？

译文

我听说施政治国的根本，首先要注重的是人世间的各种事情。陛下怜悯尘世众生迷惑茫然，可怜那些沉沦丧志、精神无所归依的人们，意欲建造佛像，以像立教，让人们看到慈善的佛像面貌而心灵净化，生出善心。这并非是要佛塔寺庙高大奢华，又哪里用得着下令天下僧尼全部必须布施出钱呢？现今的佛寺，规模超过皇宫，极其奢侈壮丽，雕画穷尽工巧，装饰佛殿用尽各种宝珠，高大华美的建筑耗尽大量珍材异木。工程不能借助鬼神之力，只有役使百姓；物资不能从天上掉下来，终究依靠土地出产；不损害百姓，又如何能得到这些东西呢？各类生产有一定的时间上的规定性，使用它没有限度，平民所当进献，常苦于不能供应，常因缴纳不足遭受杖刑处罚，身受皮肉之苦。游方和

227

唐代壁画《顶礼佛陀》。

尚一游说，诈称什么祸福，（百姓受蒙骗）捐献钱物，甚至剪下头发、脱下衣服献给寺庙，仍惭愧布施的东西太少。有的和尚离间他人骨肉，（引诱他们出家）使他们视亲骨肉如同路人；还有的和尚自己纳他人之女为妻，而宣扬什么彼我无别。这都是依托佛法，贻误百姓。他们动辄在里巷修造佛寺经坊，甚至在市场也修建佛寺僧房。佛教教化诱导众生所急需之物，往往被人们视作比官府征收赋税还急迫；做佛事所需物品，也被看成比天子诏令征调东西还要紧急。肥沃富饶的土地和获利丰饶的产业，佛寺大量占有；水碾磨坊和庄园，也有不少为它拥有。逃亡的壮丁、躲避惩罚的罪人，往往寄身佛门以求庇护；没有在官府登记注册的僧人，大概有几万人之多，仅仅对都城周围地区核对查实，就有数千僧人没有名籍。而且一个人不耕作劳动，天下尚且受其害，何况不事生产的和尚很多，而这些人还以佛教化缘施舍为幌子变相劫夺他人财物呢？我每想起这事，心里确实感到悲痛。

从前在南朝的时候，佛法兴盛，梁武帝、简文帝施舍给佛寺的财物无限。等到三淮五岭地区沸浪腾烟、叛乱迭起的时候，满街鳞次栉比的佛塔，不能挽救国家危亡的灾祸；僧徒蔽路，哪里有勤王救主的军队！近年以来，屡受战事干扰，水旱失调，赋税徭役渐多。百姓家产已经空了，生计凋敝的创伤尚未平复，这时候大兴土木，百姓实在无力承受。微臣认为：我朝圣明，修有无量功德，何必非要营造大佛像，造成劳民费财的名声不可呢？即使征收齐了僧人捐助的钱，但数量不及全部费用的百分之一。佛像体积庞大，又不可居于露天中，用百层高的殿堂遮盖，还担心不能完全盖上，其余堂前廊屋等，也不能都没有。有人说造大佛像因僧尼捐钱不会耗费国财，也不会伤害百姓，以这种说法侍奉君主，能够称得上是尽忠吗？我反复考虑这件事，同时多方听取别人的意见，都认为如来佛施教化，以慈悲为主旨，下救助众生，应是如来的本心，哪里要劳民伤财，以追求浮华无实的外表装饰呢？

当今国家有事，边境不安宁，应该宽缓地方的徭役，节省不紧急的费用；假如雇工造佛像，百姓都因有利可图而前往受雇，（就会贻误耕种播种的季节）农时既失，自然也就要耽误农业生产。今年不种植庄稼，来年必定饥饿，那么正在兴建的工程，也就难以保证物资供应了。况且没有官府的帮助，营造佛像的工程肯定无法完成；假如耗费官府的财物，又用尽民力，那么万一哪一个地区有难，陛下将用什么去解救呢？

专家点评

狄仁杰生活的时代，正是唐代佛教迅猛发展的时期。武则天称帝后，为了利用佛教加强统治，在政治、经济上对佛教大力扶植，佛教势力得到迅速发展，势力大张。修建大批佛塔庙宇，耗费无数国库资财，加重了人民的负担。老百姓为了逃避租税徭役，纷纷依托寺院，多达数万，国家编户减少，从而影响朝廷赋税收入。

武则天于久视元年（公元700年）决定动用数百万民力，营造一尊特大规模的如来佛像，工程巨大，需耗资数百万。狄仁杰当时正担任朝廷内史，他深感不安，认为自己有责任出面阻止这件既不利国又不利民的事情。于是抱病写成《谏造浮图大像疏》一文，呈交武则天。

文章以四言为主，简洁明了，语调急促，言词恳切。大量的对比、排比和反问句更增加了文章的气势，狄仁杰一片忧国忧民之心，跃然纸上。文章有理有据，有破有立，语言在简朴中蕴涵力度，一气呵成，具有较强的说服力。

颜真卿　　　　　　奏章

忠臣的肺腑之言
——《请开言路疏》

名文欣赏

原文节选

臣闻，太宗勤于听览，庶政以理。故著《司门式》云："其有无门籍人，有急奏者，皆令监门司与仗家引奏，不许关碍。"所以防壅蔽也。并置立仗马二匹，须有乘骑便往，所以平治天下，正用此道也。天宝已后，李林甫威日盛，群臣不先咨宰相辄奏事者，仍托以他故中伤，犹不敢明约百司，令先白宰相。又，阉官袁思艺日宣诏至中书，玄宗动静，必告林甫，先意奏请，玄宗惊喜若神。以此权柄恩宠日甚，道路以目，上意不下宣，下情不上达。所以渐致潼关之祸，皆权臣误主，不遵太宗之法故也。陵夷至于今日，天下之蔽，尽萃于圣躬，岂陛下招致之乎？盖其所从来者渐矣。自艰难之初，百姓尚未凋敝，太平之理，立可便致。属李辅国用权，宰相专政，递相姑息，莫肯直言。大开三司不安，反侧逆贼，散落将士，北走党项，合集土贼，至今为患。伪将更相惊恐，因思明危惧，扇动却反。又，今相州败散，东都陷没，先帝由此忧勤，至于损寿。臣每思之，痛切心骨！

今天下兵戈未戢，疮痏未平，陛下岂得不日闻谠言以广视听，而欲顿隔忠谠之路乎！

臣窃闻，陛下在陕州时，奏事者不限贵贱，务广闻见，乃尧、舜之事也。凡百臣庶，以为太宗之理，可翘足而待也。臣又闻，君子难进易退，由此言之，朝廷开不讳之路，犹恐不言，况怀厌怠，令宰相宜进止，使御史台作条目，不令直进。从此人人不敢奏事，则陛下闻见，只在三数人耳。天下之士，方钳口结舌，陛下后见无人奏事，必谓朝廷无事可论，岂知惧不敢进，即林甫、国忠复起矣。凡百臣庶，以为危殆之期，又翘足而至也。如今日之事，旷古未有；虽李林甫、杨国忠，犹不敢公然如此。今陛下不早觉悟，渐成孤立，后纵悔之，无及矣！

译文

我听说太宗皇帝勤于听取进言、阅读奏章，所以各种政事都能得到很好的治理，所以他撰写《司门式》说："如果没有出入宫门凭证的人有紧急事要进奏，就让掌管宫殿门禁的部门与皇宫卫士中主事的人领入宫中进奏，不许阻碍。"这是防止君主受蒙蔽的方法。并下令准备两匹本来是充作宫廷仪仗的马，有必须骑马的便送去。太宗之所以能治理好天下，正是用了这种方法。天宝以后，宰相李林甫权势日盛，群臣不先征求宰相意见就上奏事情的，林甫便假托别的事情诬陷他，但是尚且不敢明白约束百官，让他们进奏必须先禀告宰相。另外宦官袁思艺每天到中书省传达圣旨，玄宗的动静，他必定告诉李林甫，李林甫便在玄宗示意之前提出请求，玄宗对李林甫能预先知道自己的心意感觉很惊喜，觉得李林甫灵验得像神明一样，因此给予李林甫的恩宠和权力一天胜过一天。人们畏惧，在路上相遇不敢说话，只用眼睛示意。结果上面的旨意不能下达，下面的情况不能上达，因此逐渐招致潼关失守的灾难，这都是由于权臣贻误君主，不遵守太宗制定的法规造成的。国家衰落到了今天，天下的弊病全集中在陛下的这个时代，难道是陛下招致它们的吗？恐怕它们也是逐渐积累的，不是一朝一夕形成的。在国家刚开始出现艰难困苦的时候，百姓还没有凋敝，所以太平时世的政治，即刻就能达到。适逢宦官李辅国当权，宰相专擅朝政，彼此相互姑息，不肯直言，大设三司会审，不安抚反复无常的人，使叛贼溃散的将士，向北逃往党项，聚集当地盗贼，至今犹是祸患。已经投降朝廷的安禄山旧将领纷纷惊恐不安，史思明心存疑惧，便煽动大家再次造反。后来官军在相州溃败，东都洛阳沦陷，先帝因此而忧愁劳苦，以至于减少寿命，我每次想起这事，哀痛便深入心骨。

现在天下的战争不曾止息，国家的创伤没有平复，陛下哪能不每日听取正直之言以扩大见闻，却要一下子阻隔忠诚正直者的进谏之路呢！我私下听说陛下在陕州时，上奏事情的人不受贵贱的限制，致力于增广见闻，这就是尧、舜做的事情。一切臣僚百姓，都以为太宗朝的政治，在极短的时间内即可到来。我又听说君子前进难后退易，由此说来，朝廷开辟鼓励直言之路，尚且害怕群臣不说话，更何况怀有倦怠之心，命宰相传达圣旨，让御史台订立规章，不让他们直接进言呢？从此人人不敢上奏事情，那么陛下所听见的，只不过是三两个人的意见罢了。天下的士人现在都三缄其口，不敢对陛下进言，而陛下以后看到无人上奏事情，就必定以为朝廷无事可奏，哪里知道群臣是害怕不敢进奏呢？那么李林甫、杨国忠一类人就会再次出现了。一切臣僚百姓，都会以为国家危险的时期马上就要到了。像今天的事情，是有史以来从未发生过的，即使是李林甫、杨国忠，也还不敢公然这样！现在陛下如果不及早醒悟，就会逐渐成为孤立无援的人，以后即使后悔，也来不及了！

▲ 颜真卿的《自书告身》。

专家点评

文章首先指出，这种旨意带来的是"朝野嚣然"、"人心衰退"的恶劣后果。因为诸司长官、郎官御史都是天子、臣下和百姓沟通的"心腹耳目"，皇帝正是凭借他们使自己"耳聪目明"，现在只由宰相一人定可否，无异于"自屏耳目"，阻挡了进言之路。接着列举唐太宗广开言路而使天下太平，唐玄宗偏信奸相李林甫而招致"潼关之祸"的正反两方面的例子，证明堵塞言路遗祸无穷。代宗到玄宗为时不远，安史之乱的历史教训应该说是记忆犹新，以李林甫比元载，并且指出元载之专权较李林甫有过之而无不及，后果如何，不言自明，具有很强的说服力。而当今战乱未息，本应大开"忠谠之路"，"以广视听"；现实的情况却是宦官当道，宰相专政，群臣大多三缄其口，"天下之士钳口结舌"，广开言路的急迫性也就一望可知了。文章最后说，"臣实知忤大臣者，罪在不测"，不仅显示了颜真卿不顾个人安危，冒死进谏的忠贞不渝，而且暗含对于邪佞小人的不屑，充满了万死不辞的决绝之感。

匡救规劝的名篇
——《奉天请罢琼林大盈二库状》

名文欣赏

原文节选

陛下嗣位之初，务遵理道，敦行约俭，斥远贪饕；虽内库旧藏，未归太府；而诸方曲献，不入禁闱。清风肃然，海内丕变。议者咸谓汉文却马、晋武焚裘之事，复见于当今。近以寇逆乱常，銮舆外幸，既属忧危之运，宜增儆励之诚。臣昨奉使军营，出由行殿，忽睹右廊之下，牓列二库之名，矍然若惊，不识所以。何则？天衢尚梗，师旅方殷，疮痛呻吟之声，噢咻未息；忠勤战守之效，赏赉未行；而诸道贡珍，遽私别库，万目所视，孰能忍怀。窃揣军情，或生觖望。试询侯馆之吏，兼采道路之言，果如所虞，积憾已甚。或忿形谤讟，或丑肆讴谣，颇含思乱之情，亦有悔忠之意。

……

夫国家作事，以公共为心者，人必乐而从之；以私奉为心者，人必咈而叛之。故燕昭筑金台，天下称其贤；殷纣作玉杯，百代传其恶：盖为人与为己殊也。周文之囿百里，时患其尚小；齐宣之囿四十里，时病其太大：盖同利与专利异也。为人上者，当辨察兹理，

233

洒濯其心，奉三无私，以壹有众；人或不率，于是用刑。然则宣其利而禁其私，天子所恃以理天下之具也。舍此不务，而壅利行私，欲人无贪，不可得已。今兹二库，珍币所归，不领度支，是行私也；不给经费，非宣利也；物情离怨，不亦宜乎！

智者因危而建安，明者矫失而成德。以陛下天姿英圣，傥加见善必迁，是将化蓄怨为衔恩，反过差为至当；促殄遗孽，永垂鸿名，易如转规，指顾可致。然事有未可知者，但在陛下行与否耳。能则安，否则危；能则成德，否则失道：此乃必定之理也，愿陛下慎之惜之。

译文

皇上您即位之初，凡事遵循规矩，力行简朴，排斥、疏远贪婪之人。不但皇宫旧有的收藏没有归于国家正库，就是各地曲意私献的珍玩奇物，也不入归皇宫。清廉风气肃然而起，四海之内民风大变。舆论都认为汉文帝退还所献千里马，晋武帝焚烧所献雉裘的故事，又在当今重现。近来由于盗寇打乱了常规，皇上您的车驾被迫离开京城，朝廷既然已经处在危亡时期，就应该增加自诚自励的诚意。臣下（我）昨天奉命出使军营，出来时经过陛下的行殿，忽然看到右边的走廊下，挂着琼林、大盈二财库的匾额，我大吃一惊，不知道皇上这么做是为什么。为什么这么说呢？通京师的道路还被阻塞，战乱正多。到处都是老百姓的痛苦呻吟之声，没有休止；战士们忠心耿耿，立下累累战功，可是还没有进行赏赐。各方进贡的珍品，就这样私归别库，多少双眼睛盯着，谁又能无动于衷呢？我私下揣测军心，担心或许会滋生怨恨。我试着询问主管接待行旅、宾客食宿的馆舍官吏，同时留心道路上的议论，果然像我所担忧的那样，臣民郁积的怨恨已很多。有的把愤恨诉之于诽谤，有的用民间歌谣造谣丑化。包含"唯恐天下不乱"的心理，也有后悔忠诚的意思。

……

国君处理事情，一心为公的，人民必然乐意追随；以满足私欲为心的话，人民必然会背叛他。所以燕昭王筑黄金台，天下都称赞他贤能；殷纣做玉杯，百代之后还流传恶名：这是为人和为己的区别啊。周文王的苑囿一百里，当时的人民嫌它太小；齐宣王的苑囿四十里，当时的人还嫌它太大：这是与民同利和自私自利的区别啊。为天子的，应当明辨这个道理，净化自己的内心，奉行天地日月那种无私奉献的精神，和众人一样。人民如果不遵从，然后才用刑罚。疏散财货而禁止私利，是天子所赖以治理天下的方法和工具。放着这个不做，而去积聚财货，横行私利，想要别人不贪，是不可能的。现在这两个库，珍贵

唐代的三彩骆驼载乐俑。

的礼品储藏在这里，不受度支官的统辖支配，是牟取私利；不供给日常的开支，不符合散发财物的道理；民心离散怨恨，不就理所当然了吗？

聪明的人能转危为安，矫正过失而成其德政。倘若再加上能见善而改过，这将能化积怨为感恩，将过失反转为恰当。促使残余叛逆的消灭，永垂美好的名声，就像圆规转动那样容易，很快就能够做到。然而，事情不可预知的地方，就在于陛下肯不肯去做。能行动就安全，否则就危险；能行就成就德行，否则就失去人心：这是必然不变的道理。愿陛下慎重珍惜这个机会。

专家点评

文章从义利关系的角度，突出叛乱未平、军心民情尚不稳定的当前政局，并回顾历史上"以公共为心者"与"以私奉为心者"正反两面的经验教训，特别是玄宗贪私欲、建内库而导致败亡的前车之鉴等诸多方面，反复陈述罢二库、散财货、收人心的重要性。文章紧紧抓住"散其小储，而成其大储；损其小宝，而固其大宝"的辩证关系，针对德宗怕失君位的要害心理，反复剖析，晓以利害更能打动蒙难避乱的德宗。

本篇状表论据充分，感情真挚，文辞优美，清新流畅；引古论今，言必有据；对比论事，合情合理，因此具有极强的感染力，最终打动了德宗，使他纳谏罢库。赵翼曾经称赞"陆宣公奏议，虽亦不脱骈偶之习，而指切事情，纤微毕到，其气又浑灏流转，行乎其所不得不行，此岂可以骈偶少之。"（《廿二史札记》）正精当地指出了陆贽奏议文兼有骈散之长的特色，而本文正是其中的代表作。

复兴儒学的宣言
——《原道》

名文欣赏

原文节选

帝之与王，其号虽殊，其所以为圣一也。夏葛而冬裘，渴饮而饥食，其事虽殊，其所以为智一也。今其言曰："曷不为太古之无事？"是亦责冬之裘者曰："曷不为葛之之易也？"责饥之食者曰："曷不为饮之之易也。"

传曰："古之欲明明德于天下者，先治其国；欲治其国者，先齐其家。欲齐其家者，先修其身；欲修其身者，先正其心；欲正其心者，先诚其意。"然则古之所谓正心而诚意者，将以有为也。今也欲治其心，而外天下国家，灭其天常；子焉而不父其父，臣焉而不君其君，民焉而不事其事。孔子之作《春秋》也，诸侯用夷礼，则夷之，进于中国，则中国之。经曰："夷狄之有君，不如诸夏之亡！"诗曰："戎狄是膺，荆舒是惩。"今之举夷狄之法。而加之先王之教之上，几何其不胥而为夷也！

夫所谓先王之教者，何也？博爱之谓仁，行而宜之之谓义，由是而之焉之谓道，足乎己无待于外之谓德。其文，《诗》、《书》、《易》、《春秋》；其法，礼、乐、刑、政；其民，

描绘古人认真读书的《高贤读书图》。

士、农、工、贾；其位，君臣、父子、师友、宾主、昆弟、夫妇；其服，麻丝；其居，宫室；其食，粟米、果蔬、鱼肉。其为道易明，而其为教易行也。是故以之为己，则顺而祥；以之为人，则爱而公；以之为心，则和而平；以之为天下国家，无所处而不当。是故生则得其情，死则尽其常。郊焉而天神假，庙焉而人鬼飨。曰："斯道也，何道也？"曰："斯吾所谓道也，非向所谓老与佛之道也。尧以是传之舜，舜以是传之禹，禹以是传之汤，汤以是传之文武周公，文武周公传之孔子，孔子传之孟轲。轲之死，不得其传焉。荀与扬也，择焉而不精，语焉而不详。由周公而上，上而为君，故其事行；由周公而下，下而为臣，故其说长。"

然则如之何而可也？曰："不塞不流，不止不行。人其人，火其书，庐其居，明先王之道以道之，鳏寡孤独废疾者，有养也，其亦庶乎其可也。"

译文

五帝和三王，他们的名号虽然不同，但他们成为圣人的原因却是一样的。夏天穿葛布衣，冬天穿皮衣，渴了喝水，饿了吃饭，这些事虽然不同，但它们所以称为聪明举动的原因却是一样的。现在他们谈论时却说："为什么不实行远古的无为而治呢？"这也就像是

责备冬天穿皮衣的人说："为什么不穿夏衣，那样做，多么简单呀？"责备饿了吃饭的人说："为什么不光喝水，那样做，多么简单呀？"

《礼记》上说："古时想让天下的人都具备光辉德行的，必先治理他的国家；想治理他的国家的，必先整治他的家庭；想要整治他的家庭的，必先自我修养；想自我修养的，必先端正他的思想；想端正他的思想的，必先使他的意念纯真。"既然这样，那么古时所谓端正思想，使意念纯真的人，是将要有所作为的。现在想修养心性，却撇开天下国家，毁弃天然的伦理纲常，儿子不把自己的父亲作为父亲，臣子不把自己的君主作为君主，百姓不做自己的事情。孔子作《春秋》时，诸侯当中那些使用夷狄的礼仪的，都把他们当做夷狄；接受中原的礼仪的，就把他们当做中原的国家。《论语》上说："即使夷狄有了君主，也还不如华夏各国没有君主。"《诗经》上说："进攻戎狄，惩罚荆舒。"现在，却采用夷狄的法度，并且把它抬高到先王的遗教之上，这不是差不多很快都要变为夷狄了吗？

所谓先王的教化，是什么呢？博爱叫做仁，实行仁而实行得适宜叫做义，从这里到达仁义的途径叫做道，自我完善而又不依赖外界的力量叫做德。它的文献就是《诗经》、《尚书》、《易经》、《春秋》；它的法度就是礼仪、音乐、刑法、政令；它对人民的分法就是士人、农夫、工匠、商人四类；它的名位就是君臣、父子、师友、宾主、兄弟、夫妇；它规定的服装就是麻布和丝绸；它规定的住处就是房屋；它规定的食物就是粮食、瓜果、蔬菜、鱼肉；它作为道理是容易明白的，作为教化是容易推行的。因此，把它用于自身，就顺利而吉祥；拿它对待别人，就博爱而公平。拿它修养身心，就中和而平静；用它治理天下国家，就到处都适用。因此，人活着就会感受到人与人之间的感情，人死了就能受到合乎纲常的礼遇，祭天则天神降临，祭祖则祖宗的灵魂享用。有人问："这个道是什么道？"我说："这是我所说的道，不是过去所说的老子和佛的道。"尧把它传给舜，舜把它传给禹，禹把它传给汤，汤把它传给文王、武王、周公，文王、武王、周公传给孔子，孔子传给孟轲。孟轲死了，没有能够继续传下去。荀子和扬雄，从中吸取过一些东西但不精当，论述也不详尽。从周公而上，传道的都是在上作为君主的，所以道能够得到推行。自周公以下，传道的都是在下作为臣属的，所以他们的学说能得以长久流传。

　　然而，怎么样才可以传道呢？我说："不阻塞佛老之道，儒道就不流通；不禁止佛老之道，儒道就不能推行。把佛老的教徒变为百姓，把他们的书籍烧掉，把他们的寺庙道观变成民房。阐明先王的儒道来教导他们。使鳏夫、寡妇、孤儿、老人、残废人都能生活，这样做差不多就可以了。"

专家点评

　　文章从探求儒道义理入手，以儒家的道统说来驳斥老、佛二教的异说，往复辩证，说理透辟，气势磅礴，具有很强的逻辑力量。文中说："古之民四，教者处其一；今之民六，而教者处其三"，这就造成了食粟器用的不足，从而得出"奈何民不穷且盗也"的结论，有力地揭示了老、佛二教盛行给国计民生带来严重灾难的社会现实。结尾提出解决社会弊端的办法时有这样一段话："不塞不流，不止不行。人其人，火其书，庐其居，明先王之道以道之，鳏寡孤独废疾者，有养也，其亦庶乎其可也。"戛然而止，深得文章收束之法。语言极为凝练，具有一定特色，其中"不塞不流，不止不行"等语已成为今天常用的语句。

 "文起八代之衰"的韩愈。

华夏文明的瑰宝
——《师说》

名文欣赏

原文

古之学者必有师。师者，所以传道、受业、解惑也。人非生而知之者，孰能无惑？惑而不从师，其为惑也，终不解矣。生乎吾前，其闻道也固先乎吾，吾从而师之；生乎吾后，其闻道也亦先乎吾，吾从而师之。吾师道也，夫庸知其年之先后生于吾乎？是故无贵无贱，无长无少，道之所存，师之所存也。

嗟乎！师道之不传也久矣！欲人之无惑也难矣！古之圣人，其出人也远矣，犹且从师而问焉；今之众人，其下圣人也亦远矣，而耻学于师。是故圣益圣，愚益愚。圣人之所以为圣，愚人之所以为愚，其皆出于此乎？

爱其子，择师而教之；于其身也，则耻师焉，惑矣！彼童子之师，授之书而习其句读者，非吾所谓传其道、解其惑者也。句读之不知，惑之不解，或师焉，或不焉，小学而大遗，吾未见其明也。

巫医、乐师、百工之人，不耻相师。士大夫之族，曰师曰弟子云者，则群聚而笑之。

问之，则曰："彼与彼年相若也，道相似也，位卑则足羞，官盛则近谀。"呜呼！师道之不复，可知矣。巫医乐师百工之人，君子不齿，今其智乃反不能及，其可怪也欤！

圣人无常师。孔子师郯子、苌弘、师襄、老聃。郯子之徒，其贤不及孔子。孔子曰："三人行，则必有我师。"是故弟子不必不如师，师不必贤于弟子，闻道有先后，术业有专攻，如是而已。

李氏子蟠，年十七，好古文，六艺经传皆通习之，不拘于时，学于余。余嘉其能行古道，作《师说》以贻之。

译文

古时求学的人一定有老师。老师是传授道理、传授学业、解释疑难的人。人不是生下来就懂得道理的，谁能没有疑惑？有疑惑而不从师学习，那他对于所疑惑的问题，就始终不能解决。出生比我早的人，他懂得道理本来就比我早，我跟从他，向他学习；比我出生晚的人，他懂得道理如果也比我早，我也跟从他学习，把他当做老师。我学习的是道理，哪里计较他出生得比我早还是晚呢？所以，不论地位显贵还是地位低下，不论年长年少，道理存在的地方，也就是老师存在的地方。

唉！从师学道的风尚失传已经很久了，要人们没有疑惑是很难的啊！古代的圣人，他们超过一般人很多，尚且从师求教；现在的许多人，他们跟圣人相比相差很远，却以向老师求学为耻。所以圣人就更加圣明，愚人就更加愚昧。圣人之所以成为圣人，愚人之所以成为愚人，大概都是由于这个原因吧？

众人喜爱他们的孩子，选择老师教育孩子；对于他们自己呢，却耻于让老师教他们，这真是糊涂啊！那孩子的老师，只是教孩子读书、学习断句的人，并非我所说的给人传授道理、给人解释疑惑的人。文句不理解，疑惑不能解决；前者向老师学习，后者却不向老师求教；小的方面学习，大的方面却放弃了，我看不出他们明白事理的地方。

巫医、乐师以及各种工匠，不以互相学习为耻。士大夫这类人中，如果有人以"老师"、"学生"相称的，这些人就聚集在一起嘲笑他。问他们为什么要嘲笑，他们就说："那个人与某某年龄相近，修养和学业也差不多，（怎么能称他为老师呢？）以官位低的人为师，很可耻；称官位高的人为师，近于谄媚。"啊！从师求学的风尚不能恢复，由此就可以知道了。巫医、乐师以及各种工匠，士大夫对他们是很鄙视的，现在士大夫们的智慧反而赶不上他们，这也真是奇怪啊！

描绘文人雅士集会的《琴棋书画·画》。

圣人没有固定的老师，孔子曾以郯子、苌弘、师襄、老聃为师。郯子这一类人，他们的品德才能当然比不上孔子。孔子说："三个人走在一起，其中就一定有可以做我老师的人。"所以学生不一定不如老师，老师也不一定比学生强，知道道理有先有后，学术、技能各有专长，如此而已。

李家的孩子名叫蟠，今年十七岁，爱好古文，《诗》、《书》等六经、经文、传注都认真研习过，又不受耻于从师的习俗的限制，跟从我学习。我赞许他能实行古人从师求学的做法，特别写了这篇《师说》来赠给他。

专家点评

中国历来有尊师重教的传统。早在秦始皇统一中国之前，秦国臣相吕不韦就在他的历史著作《吕氏春秋》中提出"尊师"的口号。孔子作为中国历史上最早的著名教育家，中国师道尊严的代表，历代都受到普遍的尊崇。

孔子曾经说过："三人行，则必有我师。择其善者而从之，择其不善而改之。"这是讲学习相从之道，事实上也是尊师的重要内涵之一。可是，在很长的一段历史时期，这一精神却在尊师的内涵中失落了。社会上竟然以从师为耻，中唐时代柳宗元在《答韦中立论师道书》一文中有这样的描述："今之世，不闻有师，有辄哗笑之，以为狂人。独韩愈奋不顾流俗，犯笑侮，收召后学，作《师说》，因抗颜为师。世界群怪聚骂，指目牵引，而增与为言辞，愈以是得狂名。"这里，柳宗元热情地赞扬了敢于逆潮流而动的韩愈。由此我们也可以大略了解韩愈《师说》的写作背景和其社会影响。《师说》的思想性和艺术性对后世有着深刻的影响和教育意义，在海内外被广泛传播，可谓是华夏文明的瑰宝。

作者	文体	推荐理由
韩愈	议论文	唐宋八大家之一的韩愈在此文中首创赋中"解"体。通篇用韵,语言"简洁而又参差多变,极修辞之妙"。是历来被世人所称道的美文名篇。

别具风格的美文

——《进学解》

名文欣赏

原文节选

国子先生晨入太学,召诸生立馆下,诲之曰:"业精于勤,荒于嬉。行成于思,毁于随。方今圣贤相逢,治具毕张。拔去凶邪,登崇畯良。占小善者率以录,名一艺者无不庸。爬罗剔抉,刮垢磨光。盖有幸而获选,孰云多而不扬?诸生业患不能精,无患有司之不明;行患不能成,无患有司之不公。"

言未既,有笑于列者曰:"先生欺余哉!弟子事先生,于兹有年矣。先生口不绝吟于六艺之文,手不停披于百家之编。记事者必提其要,纂言者必钩其玄;贪多务得,细大不捐。焚膏油以继晷,恒兀兀以穷年:先生之业,可谓勤矣。抵排异端,攘斥佛老;补苴罅漏,张皇幽眇;寻坠绪之茫茫,独旁搜而远绍;障百川而东之,回狂澜于既倒:先生之于儒,可谓有劳矣。少始知学,勇于敢为;长通于方,左右具宜:先生之于为人,可谓成矣。然而公不见信于人,私不见助于友。跋前踬后,动辄得咎。暂为御史,遂窜南夷。三年博士,冗不见治。命与仇谋,取败几时!冬暖而儿号寒,年丰而妻啼

文人雅士互较棋艺的《琴棋书画·棋》卷。

饥。头童齿豁，竟死何裨？不知虑此，而反教人为！”

先生曰：“吁！子来前……登明选公，杂进巧拙，纡余为妍，卓荦为杰，校短量长，惟器是适者，宰相之方也。昔者孟轲好辩，孔道以明，辙环天下，卒老于行。荀卿守正，大论是弘，逃谗于楚，废死兰陵。是二儒者，吐辞为经，举足为法，绝类离伦，优入圣域，其遇于世何如也？今先生学虽勤而不繇其统，言虽多而不要其中，文虽奇而不济于用，行虽修而不显于众。然而圣主不加诛，宰臣不见斥，兹非其幸欤？动而得谤，名亦随之，投闲置散，乃分之宜。若夫商财贿之有亡，计班资之崇庳，忘己量之所称，指前人之瑕疵，是所谓诘匠氏之不以杙为楹，而訾医师以昌阳引年，欲进其狶苓也。”

译文

国子先生早晨进入太学，招集学生们站在校舍的屋檐下，教导他们说："精通学业在于勤奋学习，荒废学业是由于玩乐造成的，品德的成就来自于思考，失败在于因循守旧。现在圣君和贤臣相遇，各种法令都一一建立起来了。除掉了凶狠奸邪的坏人，优秀人才都得到了提拔和尊重。稍有德行的人都被录取，只要有一技之长的人没有不被任用的。经过搜罗、选择、培养、造就，也许有学问狭隘而侥幸被选中的，但有谁能说学识广博反而得不到重用呢？同学们要担心的是学业不能精通，不要担心主管官员不高明；值得担心的是德行不能养成，不要担心主管官员办事不公正。"

先生的话还未说完，有个学生在队列里笑着说："先生是在骗我们吧！我向先生学习，到今天已有数年了。见到先生口里不停地吟诵六经的文章，手里不停地翻阅诸子百家的著作，对记事的文章总要掌握它的要点，对立论的文章总要探索出它的奥妙；贪图多学，务必要有些收获，小的大的都不放弃；点燃灯烛，夜以继日，常常辛苦地度过一年。先生钻研学问，可以称得上勤奋了。抵制异端，排斥佛教与道家，填补儒学缺漏的地方，阐发儒学中精深微妙的道理，寻找那茫无头绪、已经衰落了的儒家道统，独自一人四处搜访，直追向那远古的源头。先生对于儒学，可以说是有功劳的了。先生从少年时代开始懂得学习的时候，就勇于实践，长大以后精通了治学的方法，做起学问来更是得心应手。先生在为人方面，可以说是很成熟了。但是办公事您得不到同事的信任，办私事您得不到朋友的帮助。进退两难，动不动就犯错误。刚做了监察御史，就被贬到南方。做了三年国子博士，在这闲散的职位上又无法施展政治才干。命运似乎是您的仇敌，所以您一再遭到失败。冬天暖和的时候，您的孩子们都还在因为没有冬衣御寒而喊冷；年成丰收了，可您的妻子却在为饥饿而啼哭。先生头发掉光了，牙齿也脱落了，这样到死又有什么益处呢？自己不知道好好反思一下这些事，却反来教训别人做什么？"

先生说："唉！你到前面来……选择提拔人才，见识明白、行事公正，好的差的人才都得到任用，行事委婉、不露锋芒被认为是美好的品格，品格超群被看做是杰出的人才，比较人物的高下长短，使每个人担当的事情都符合他的能力，这是宰相用人的原则。从前孟轲喜欢辩论，使孔子的学说得到了阐明，他的车辙遍于天下，终于老死在游说的途中。荀卿坚持儒学正道，阐发出博大精深的理论，为了躲避别人说他的坏话，逃到楚国，最后被罢官，死在兰陵。这两位大儒，一言一语都是经典，一举一动都成了楷模，超出了当时的一般人，足够进入圣人的领域，但他们在当时的遭遇又怎么样呢？现在先生我钻研学问虽然勤奋，却没有从儒学的系统入手；言论虽多，却没有抓住儒学的关键内容；文章虽然奇诡，却没有实际用途；德行虽然有一定修养，却还没有在众人中显示出来。可是圣明的君主不责罚我，宰相不贬斥我，这不是很幸运吗？我动不动就遭到诽谤，名誉也跟着受损，被安置在闲散的地方，实在是恰如其分的。至于说到要计算钱财的有无，计较官位品级的高低，忘记了自己的能力和什么地位相称，指责那些身居高位的人的错误，那就是人们所说的责问木工为什么不用小木桩做屋的柱子，讥笑医师用昌蒲做延年益寿的药，而想献上自己的猪苓一样。"

唐代学堂中的情形。

专家点评

《进学解》是唐宪宗元和八年（公元813年）三月，韩愈再度被贬为国子博士时写的。此时他的心中颇为愤愤不平，因而写下了这篇文章。文章借着国子先生与学生的对话，抒发了自己屡遭贬斥的愤怒之情，暗寓着当权者用人不公的社会现实，同时也提出一些关于品德修养、学业进步和评价典籍的正确意见。文中所说的虽是韩愈个人的情况，但却有着普遍的社会意义。"执政览其文，以为有史才，改比部郎中，史馆修撰"，可见这篇文章确实有它的成功之处。

作者	文体	推荐理由
韩愈	奏章	韩愈的《论迎佛骨表》，有如一声惊雷，唤醒了儒家思想在中唐的复兴。从思想史上看，是不可或缺的一页，对后世也产生了积极的影响。

唤醒儒家思想的惊雷
——《论迎佛骨表》

名文欣赏

原文节选

高祖始受隋禅，则议除之。当时群臣识见不远，不能深究先王之道、古今之宜，推阐圣明，以救斯蔽，其事遂止。臣常恨焉。伏惟睿圣文武皇帝陛下，神圣英武，数千百年以来，未有伦比。即位之初，即不许度人为僧尼、道士，又不许别立寺观。臣当时以为高祖之志必行于陛下之手，今纵未能即行，岂可恣之令盛也……

夫佛本夷狄之人，与中国言语不通，衣服殊制，口不道先王之法言，身不服先王之法服，不知君臣之义、父子之礼。假如其身尚在，奉其国命，来朝京师，陛下容而接之，不过宣政一见，礼宾一设，赐衣一袭，卫而出之于境，不令惑众也。况其生死已久，枯朽之骨，凶秽之余，岂宜令入禁宫？

孔子曰："敬鬼神而远之。"古之诸侯，行吊于其国，必令巫祝先以桃茢祓除不祥，然后进吊。今无故取朽秽之物，亲临观之，巫祝不先，桃茢不用，群臣不言其非，御史不举其失，臣实耻之。乞以此骨付之水火，永绝根本，断天下之疑，绝后代之惑，使天下之人知大圣人之所作为出于寻常万万也。岂不盛哉！岂不快哉！佛如有灵，能作祸祟，凡有殃咎，宜加臣身。上天鉴临，臣不怨悔。无任感激恳悃之至，谨奉表以闻。臣某诚惶诚恐。

译文

我们高祖继承隋朝而取得天下，曾经考虑取缔和尚尼姑道士等。只可惜当时的大臣们才识不高，没有远见，不能深明先王的旨意以及古今不变的法则，进而推广先皇的圣德，来拯救时弊，因而这件事才没有最后实行，我常引以为憾。皇帝陛下聪明睿智，文武兼备，几千年来无与伦比。即位之初，就已下令不许将普通百姓度化为和尚、尼姑、道士，又不允许建立道观寺庙。我常认为当年高祖没办法达成的志向，将在皇上的手中实现。到了今天纵使不能立即实行，又怎可放纵他们，使佛道更加兴盛呢……

佛祖本为外国人，跟我中国言语不通，衣着服饰也不一样。他们口不能说我先王的大道，身又不穿我圣王所制的礼服，不知道有所谓君上臣下的道义及父慈子孝的感情。假如现在他还活在人间，被派遣来京城晋见皇上，皇上若要接见他，不过在宣政殿召见他一次，在礼宾院设宴款待他一次，赐给他一套衣物，保护他离开国境而不让他来迷惑国人。何况现在他早已经死了，已经枯槁的骨头，肮脏不祥，怎可让他出入宫廷之内！

孔子有言："敬奉鬼神，可是仍要保持距离。"古时诸侯在国内举行吊祭仪式时，尚且要先请巫师先以桃符等来驱除不祥，才可以吊丧。如今竟无缘无故拿来这已腐朽的污秽东西，而且亲自去观看，也没有请巫祝先用桃符来去除不祥。大臣们也不指出皇帝的过失，而御史们也不加以检举，我实在感到难过。希望皇上能将这骨头交给属下那些官吏，加以烧毁，以便永绝祸患，使得天下百姓不再迷惑于此。更可让普天之下的人都知道圣王的所作所为超乎平常人实在太多了，这难道不是一件不朽的盛事吗？不是一件大快人心的事吗？假若佛祖果真能够显灵，能降灾害给人。那么所有的祸患，都应验在我韩愈身上，由我韩愈一人承担。上天作证，我无怨无悔。只诚恳地请求皇上能接纳我的意见，实在感激不尽，我不胜惶恐。

专家点评

在历史上，作为思想家和文学家的韩愈，一样著作等身，影响深远。而其在思想史上的重要建树之一，便是辟佛。

唐代的三彩女立俑。

　　佛教对于社会的危害，有识之士很早就认识到了。唐高祖武德九年（公元626年），太史令傅奕上疏李渊请除僧尼、道士、女冠。当时大臣萧瑀信佛，反对傅奕，上疏力争。李渊倒是支持傅奕的，但因为传位给其子李世民而作罢。李世民却是欣赏佛教的，反佛的事就此中断。此后武则天的名臣狄仁杰亦反佛，但都没有韩愈坚决。宪宗即位之初，还曾经下诏不许冒充僧道以逃徭役，可是后来他好长生之事，对于佛道又热衷起来。佛教一时大兴于天下。佛骨迎入宫中的第二天，宪宗就向群臣宣称他在夜里看到了舍利大放光明。一时满朝叩贺，唯有韩愈上表进谏，上的就是这篇《论迎佛骨表》。

　　从韩愈留下来的诗文来看，当时韩愈反佛的主要理由有三个，一是佛非中华之物，正如《论迎佛骨表》开头所说的，乃"夷狄之一法耳"。第二，佛"灭其天常，子焉而不父其父，臣焉而不君其君，民焉而不事其事"。危害到"君君臣臣父父子子"的封建等级秩序。第三，佛使老幼弃其生业，上下捐其钱物，乃至舍身事佛，影响农业生产。这篇表写于崇拜佛教的高潮时期，佛教的哲学意义、世界观意义已经降至次要地位，而政治、伦理、行政次序的意义则格外突出。韩愈将奉佛与否与封建统治者的福祚寿命相联系，并非要耸人听闻，而是为了让宪宗从国家社稷着想，进而废止佛教。可谓一片苦心！

对历史进程的深刻透视
——《封建论》

名文欣赏

原文节选

夫尧、舜、禹、汤之事远矣，及有周而甚详。周有天下，裂土田而瓜分之，设五等……然而降于夷王，害礼伤尊，下堂而迎觐者。历于宣王，挟中兴复古之德，雄南征北伐之威，卒不能定鲁侯之嗣。陵夷迄于幽厉，王室东徙，而自列为诸侯矣。余以为周之丧久矣，徒建空名于公侯之上耳。得非诸侯之盛强、末大不掉之咎欤？遂判为十二，合为七国，威分于陪臣之邦，国殄于后封之秦。则周之败端，其在乎此矣。

秦有天下，裂都会而为之郡邑，废侯卫而为之守宰，据天下之雄图，都六合之上游，摄制四海，运于掌握之内，此其所以为得也。不数载而天下大坏，其有由矣。亟役万人，暴其威刑，竭其货贿。负锄梃谪戍之徒，圜视而合从，大呼而成群。时则有叛人而无叛吏；人怨于下而吏畏于上，天下相合，杀守劫令而并起。咎在人怨，非郡邑之制失也。

汉有天下，矫秦之枉，徇周之制，剖海内而立宗子、封功臣。数年之间，奔命扶伤而不暇。困平城，病流矢，陵迟不救者三代。后乃谋臣献画，而离削自守矣。然而封建之始，郡国居半，时则有叛国而无叛郡。秦制之得，亦以明矣。继汉而帝者，虽百代可知也。

唐兴，制州邑，立守宰，此其所以为宜也。然犹桀猾时起，虐害方域者，失不在于州而在于兵。时则有叛将而无叛州，州县之设，固不可革也。

或者曰："封建者，必私其土，子其人，适其俗，修其理，施化易也。守宰者，苟其心，思迁其秩而已。何能理乎？"余又非之。

周之事迹，断可见矣。列侯骄盈，黩货事戎，大凡乱国多，理国寡。侯伯不得变其政，天子不得变其君。私土子人者，百不有一，失在于制，不在于政，周事然也。

……

夫天下之道，理安，斯得人者也。使贤者居上，不肖者居下，而后可以理安。今夫封建者，继世而理；继世而理者，上果贤乎？下果不肖乎？则生人之理乱未可知也。将欲利其社稷，以一其人之视听，则又有世大夫世食禄邑，以尽其封略。圣贤生于其时，亦无以立于天下，封建者为之也，岂圣人之制使至于是乎？吾固曰："非圣人之意也，势也。"

译文

尧、舜、禹、汤时的事情已经很遥远了，到了周朝，事情才了解得较详细。周朝有了天下后，把天下的土地分封给各个诸侯，设立了五等的诸侯……传到周夷王，他下堂迎接觐见的诸侯，不但违反礼节，而且降低了天子的尊严。到了宣王，虽然有中兴复国及南征北讨的德威，却最终不能决定鲁国国君的继承人人选。周室逐渐衰落，等到幽王、平王、犬戎入侵，而周室被迫东迁，周天子地位下降，和诸侯同列。我认为周朝丧失权威已经很久了，只不过在诸侯之上徒有天子的空名而已。这难道不是因诸侯过于强盛，以至于尾大不掉的原因吗？于是天下分裂为十二国，到了战国相互并吞而成七国，而且有的国家被执政的大臣夺去了大权，而周室也被后起的秦国灭亡。周朝灭亡的起因，就是封建制度。

秦朝统一天下后，不分诸侯而设置郡县，据守在天下险要的地方，建都于全国的上游，控制全国，权力牢牢地掌握在自己的手中，这是秦国做得正确的地方。但是没几年天下就大乱了，那是另有原因的。秦王朝不停地驱使百姓服役劳作，刑罚暴虐无道，大肆搜刮，竭泽而渔。生活在底层的老百姓，从四面八方聚集在一起，一呼百应，因而到处都有反叛。当时只有叛变的人民却没有叛变的官吏，原因是在下的百姓怨声载道而在上的官吏却畏惧朝廷的刑罚。于是天下人同心协力，杀了郡县的郡守、县令，一起造反。错误在于激起了百姓的怨恨，而不是郡县制度的过失！

《汉殿论功图》。分封诸侯为诸侯叛乱埋下了隐患。

汉朝得了天下以后，为矫正秦国的偏差，依循周朝的封建制度，分割天下，分封给同姓诸王及异姓功臣。结果几年之间，诸侯纷纷叛变，为了平定乱事，让汉室疲于奔命，应接不暇。高祖刘邦为讨伐韩王信被围困在平城，为平定淮南王英布的叛乱被飞箭所伤，这种衰落不振的情况延续到惠帝、文帝、景帝三代。

到了景帝时，才有晁错等大臣的建议，而将所封之国全部加以削弱，使他们仅仅可以自保。但是汉朝开始恢复封建制时，郡县和封国各占一半，却只有叛变的诸侯王而没有叛变的郡县。秦国郡县制度的正确性，也由此得到证明。继汉朝而称帝的，即使在百代之后，也可以证明郡县制比封建制优越这一道理。

唐代建立以后，划定州县，设立各级州县长，这是正确的办法。然而仍有一些大奸大恶之辈起来作乱，残害一方，像安禄山、史思明等人。过错不在于州县制度，而在于地方官员拥有重兵。当时只有叛变的将领，却没有叛变的州县，可见州县的设置，是不容更改的。

也许有人会说："拥有封国的人会把封地看成自己的私有，把人民看成自己的子女，因而会尊重当地的风俗，会搞好当地的政事，教化百姓会容易一些。而那些郡守县宰，只是苟且偷安，一心只想升迁而已，怎能料理政事呢？"我认为这种说法也不对。

周朝时的一些事情已经可以清楚地看出这点。诸侯骄奢淫逸，贪财好战。大概说来，是昏乱的诸侯国多，而真正治理的国家少。诸侯的首领不能改变诸侯国的政事，而天子也没法撤换那些国君。关心封地，爱护人民的诸侯，一百个当中找不到一个，可见这是制度的过失，而不在于政治方面，周朝的情况可以证明。

忧国忧民的文学家柳宗元。

……

治理天下的道理，就在于政治安定才能得到人民拥护，让贤能者居上位，不贤者处下位，才可以政治安定。如今观察封建制度，统治世代相袭。既是世袭，处于上位的人果真贤能吗？处于下位的人果真不肖吗？那么人民能否过安定的日子就很难说了。即使诸侯要做有利于封国的事情，用来统一人民的观念，却还有世大夫世袭的封地把诸侯的国土全部占尽。纵使圣贤生在这种情况下，也没办法在天下有所作为了。这就是封建造成的后果，难道圣人的制度是要造成这样的情形吗？因此我还是要肯定地说：封建制度的出现，并非是圣人的本意，而是形势决定的。

专家点评

本文写于作者贬居永州的后期。这时的唐王朝类似晚周，处于尾大不掉的困境之中。藩镇割据，战乱频仍，严重破坏了国家的统一，危害着人民的生活。作者以古鉴今，针对现实，批判了维护封建制的种种谬论，坚持统一集权，反对分裂割据，强调选贤用能，抨击暴政残民，无疑具有鲜明的现实意义。苏轼在《东坡志林·秦废封建》中说："宗元之论出，而诸子之论废矣！虽圣人复出，不能易也。"事实上，唐代以后，郡县制的主导地位已经不能动摇了。

作者	文体	推荐理由
白居易	书信	《与元九书》详尽地论述了白居易对诗歌创作的一些看法，内容极其丰富。阐明了自己创作政治讽喻诗的宗旨和经验，是中国文学批评史上的重要文献。

诗歌创作的标杆
——《与元九书》

名文欣赏

原文节选

夫文尚矣，三才各有文：天之文，三光首之；地之文，五材首之；人之文，六经首之；就六经言，《诗》又首之。何者？圣人感人心而天下和平。感人心者，莫先乎情，莫始乎言，莫切乎声，莫深乎义。诗者，根情、苗言、华声、实义；上自圣贤，下至愚呆，微及豚鱼，幽及鬼神，群分而气同，形异而情一，未有声入而不应、情交而不感者。圣人知其然，因其言，经之以六义；缘其声，纬之以五音。音有韵，义有类。韵协则言顺，言顺则声易入；类举则情见，情见则感易交。于是乎孕大含深，贯微洞密，上下通而一气泰，忧乐合而百志熙。
……

仆数月来，检讨囊帙中，得新旧诗，各以类分，分为卷目。自拾遗来，凡所适所感，关于美刺兴比者；又自武德讫元和，因事立题，题为新乐府者，共一百五十首，谓之"讽喻诗"；又或退公独处，或移病闲居，知足保和，吟玩性情者，一百首，谓之"闲适诗"；又有事物牵于外，情理动于内，随感遇而形于叹咏者，一百首，谓之"感伤诗"；又有五言、七言、长句、绝句，自一百韵至两百韵首，谓之“杂律诗”。凡为十五卷，约八百首。异时相见，当尽致于执事。

微之！古人云："穷则独善其身，达则兼济天下。"仆虽不肖，常师此语。大丈夫所守者道，所待者时。时之来也，为云龙，为风鹏，勃然突然，陈力以出。时之不来也，为雾豹，为冥鸿，寂兮寥兮，奉身而退。进退出处，何往而不自得哉！故仆志在兼济，行在独善。奉而始终之则为道，言而发明之则为诗。谓之"讽喻诗"，兼济之志也；谓之"闲适诗"，独善之义也。故览仆诗，知仆之道焉。其余"杂律诗"，或诱于一时一物，发于一笑一吟，率然成章，非平生所尚者。但以亲朋合散之际，取其释恨佐欢。今诠次之间，未能删去，他时有为我编集斯文者，略之可也。

微之！夫贵耳贱目，荣古陋今，人之大情也。仆不能远征古旧，如近岁韦苏州，歌行才丽之外，颇近兴讽；其五言诗，又高雅闲淡，自成一家之体。今之秉笔者，谁能及之？然当苏州在时，人亦未甚爱重，必待身后，然后人贵之。今仆之诗，人所爱者，悉不过"杂律诗"与《长恨歌》已下耳。时之所重，仆之所轻。至于讽喻者，意激而言质；闲适者，思澹而词迂；以质合迂，宜人之不爱也。今所爱者，并世而生，独足下耳。然百千年后，安知复无足下者出而知爱我诗哉？

译文

　　文章是最高贵的了！天、地、人都有文章：上天的文章，以日、月、星为首；大地的文章，以金、木、水、火、土为首；而人间的文章则以六经——《诗》、《书》、《礼》、《乐》、《易》、《春秋》为首，在六经中又以《诗》为第一。为什么呢？圣人感化人的思想，从而使天下得到和平。感化人心的，没有比感情更重要的了，没有比语言更早的了，没有比声音更亲切的了，没有比思想更深刻的了。所谓诗，是以感情为根基，以语言为叶，以声音为花朵，以义理为果实。上至圣贤，下至愚人，微小如豚鱼，高明如鬼神，种类不同而精神实质相同，形状不同

唐代开"新乐府"诗风的白居易。

255

而思想感情相通。没有接触到声音而毫无反应，没有情感交会而毫无触动的。圣人懂得这个道理，便根据人们的语言，用风、雅、颂、赋、比、兴这"六义"把思想感情贯串起来；按照人们的声音，用宫、商、角、徵、羽这"五音"把思想感情组织起来。五音都有韵律，六义有不同的体裁和表现手法，韵律安排得和谐，读起来就顺口；读起来顺口就容易被人接受。写诗选择了恰当的体裁和表现手法，情感就容易表现；情感容易表现，就容易引起共鸣。因而概括了广阔的社会内容和深刻的思想意义，揭穿世事的奥妙，洞察心灵的秘密，能够使上下沟通，感情交融，众心和悦。

......

最近几个月我整理自己的书稿，得到古今各体诗歌，将它们简单地划分种类、卷次。从担任拾遗以来，凡是有感而发，有关比兴、讽喻的诗，以及从武德到元和年间，所作的根据事情而标立题目而写的诗，题做《新乐府》的，总共有一百五十首，叫做"讽喻诗"；另外公务之余，养病休息，乐天知命，怡情养性所作者也有一百首，就叫做"闲适诗"；因外物而动心，而有喜怒哀乐等感触的也有一百首，叫"感伤诗"；也有五言诗、七言诗、长句、绝句，长至一百韵，短到两韵的诗共有四百多首，叫做杂律诗。共有十五卷、八百多首，他日相见，将全部送给你。

微之啊！古人说道："穷困时要能独善其身，发达了要能救济天下。"我虽没本事，也常以此自励，一位大丈夫所要坚持的是大道，所要等待的是时机。时机一来，可以成为腾云驾雾的神龙，御风而行的大鹏，勃然而起，无人可比拟；时机没来时，就像南山的豹子隐藏在大雾中，像鸿鸟飞在高远的天空，安安静静地，只求能保全自身。如此则无论进退，有何不能从容自得的？所以我立志救济天下，我的操守是在能独善其身。而始终奉行不变的就是道，语言文字表达出来的是诗。称之为讽喻诗，体现了救济天下的大志；称之为闲适诗，体现了独善其身的操守。所以你一旦读我的诗，就能知道我的心志。其他如杂律诗，只是感叹于一事一物，而随意写成的，并不是我推崇的，只是在朋友聚合分离时，用来行乐解忧而已。现在也在编次之中，并没删去，他年若有人给我编诗集时，可以把它删去。

微之啊！重视听到的，轻视看到的；尊崇古代的，看不起当代的，这是人之常情。我不举以前的例子，就拿最近的韦应物来说，他的作品，除了歌行体表现才情和文辞之美外，也颇为接近比兴、讽喻；他的五言诗，高雅闲淡，也自成一家之言。现在写诗的人，谁能比得上？但是他在世时，人们不太看重他，必定等到他死了后才推崇他。现在我的诗，他

256

滅後傳示末法徧令眾生
開悟斯義無令天魔得其
方便保持覆護成無上道
香山白居易書

白居易《楞严经帖》。

人喜爱的不过是杂律诗和《长恨歌》以下的诗篇而已。大家所推崇的，其实是我轻视的。至于讽喻诗，语意激切，词句质朴；闲适诗则思想淡泊，词句迂阔。质朴再加上迂阔，难怪一般人不太重视。现在能够喜爱这些诗的，整个世间，只有你了！但怎么能知道千百年后不会有跟你一样的人出现并且了解和喜欢我的诗呢？

专家点评

白居易在《与元九书》中提出了"文章合为时而著，歌诗合为事而作"的著名观点，这既是他个人诗歌创作的追求，同时也是他的文学主张的纲领。他强调"为君、为臣、为民、为物、为事而作，不为文而作"，反对绮靡颓废、尊古卑今。所谓"为时"就是主张文学要反映时代问题，为"裨补时阙"——也就是为改变社会弊端服务；所谓"为事"，就是"不为空文"，主张文学要反映与国家民众有关的重大事件，不作无病呻吟。这既是对儒家民本思想的继承和发扬，同时也是对儒家文学思想保守方面的重大突破。

但是应该指出，这封信中对于唐以前诗歌发展的历史评述显然是极为偏激的。他认为"楚辞"只得"风人之什二三"，抹杀了楚辞在艺术上的巨大成就，对楚辞的思想意义的认识也有些肤浅；他不满于六朝陶、谢的田园山水，而以梁鸿的《五噫》为典范，观点有些极端；他对于唐代大诗人从陈子昂到李杜，都采取了贬低的态度，评价都不够公允。这些都充分反映了白居易文学思想中片面追求内容充实而忽略形式美的缺陷。

作者	文体	推荐理由
杜牧	议论文	文章议论精辟，足为万世传诵。作者的想象丰富瑰丽，夸张、大胆、奇特，文词华美而不浮艳，句式骈散相间，整齐而错落有致，韵味无穷。

震醒统治者的警钟
——《阿房宫赋》

名文欣赏

原文

六王毕，四海一，蜀山兀，阿房出。覆压三百余里，隔离天日。骊山北构而西折，直走咸阳。二川溶溶，流入宫墙。五步一楼，十步一阁；廊腰缦回，檐牙高啄；各抱地势，钩心斗角。盘盘焉，囷囷焉，蜂房水涡，矗不知其几千万落！长桥卧波，未云何龙？复道行空，不霁何虹？高低冥迷，不知西东。歌台暖响，春光融融；舞殿冷袖，风雨凄凄。一日之内，一宫之间，而气候不齐。

妃嫔媵嫱，王子皇孙，辞楼下殿，辇来于秦。朝歌夜弦，为秦宫人。明星荧荧，开妆镜也；绿云扰扰，梳晓鬟也；渭流涨腻，弃脂水也；烟斜雾横，焚椒兰也。雷霆乍惊，宫车过也；辘辘远听，杳不知其所之也。一肌一容，尽态极妍，缦立远视，而望幸焉；有不得见者三十六年。

燕赵之收藏，韩魏之经营，齐楚之精英，几世几年，摽掠其人，倚叠如山；一旦不能有，输来其间，鼎铛玉石，金块珠砾，弃掷逦迤，秦人视之，亦不甚惜。

嗟乎！一人之心，千万人之心也。秦爱纷奢，人亦念其家。奈何取之尽锱铢，用之如泥沙？使负栋之柱，多于南亩之农夫；架梁之椽，多于机上之工女；瓦缝参差，多于周身之帛缕；直栏横槛，多于九土之城郭；钉头磷磷，多于在庾之粟粒；管弦呕哑，多于市人之言语。使天下之人，不敢言而敢怒。独夫之心，日益骄固。戍卒叫，函谷举，楚人一炬，可怜焦土！

呜呼！灭六国者，六国也，非秦也；族秦者，秦也，非天下也。嗟夫！使六国各爱其人，则足以拒秦；使秦复爱六国之人，则递三世可至万世而为君，谁得而族灭也？秦人不暇自哀，而后人哀之；后人哀之而不鉴之，亦使后人而复哀后人也。

译文

六国覆灭，天下统一。巴蜀一带的林木被砍伐一空，阿房宫拔地而起。（它）覆盖了方圆三百余里，遮天蔽日。从骊山的北面建起，曲折地向西延伸，一直通到咸阳。渭水和樊川浩浩荡荡地流进了宫墙。五步一座高楼，十步一座亭阁；长廊如带，迂回曲折，屋檐高翘，像鸟喙一样在半空飞啄。这些亭台楼阁凭借各自不同的地势，参差环抱，回廊环绕像钩心，飞檐高耸像斗角。弯弯转转，曲折回环，像蜂房那样密集，如水涡那样套连，巍然高耸，不知道它们有几千万座。那横跨渭水的长桥卧在水面上（像蛟龙），（可是）没有一点云彩，怎么会有蛟龙飞腾？那楼阁之间的通道架在半空（像彩虹），（可是）并非雨过天晴，怎么会有虹霓产生？楼阁与复道高低错落，使人辨不清南北西东。高台上传来的歌声如此柔和，有如春光一样温暖柔和；大殿里的舞袖飘拂，仿佛风雨交加那样凄冷。就在同一天内，同一座宫里，气候冷暖却截然不同。

（六国的）宫女妃嫔、诸侯王族的女儿孙女，辞别了故国的宫殿阁楼，乘坐辇车来到秦国。（她们）早上唱歌，晚上弹琴，成为秦皇的宫人。（清晨）只见星光闪

晚唐著名诗人杜牧，他创作了很多现实主义作品。

烁，（原来是她们）打开了梳妆的明镜；又见乌云纷纷扰扰，（原来是她们）一早在梳理浓黑的乌丝；渭水泛起一层油腻，（是她们）泼下的脂粉水；轻烟缭绕，香雾弥漫，是她们焚烧的椒兰异香。忽然雷霆般的响声震天，（原来是）宫车从这里驰过；辘辘的车轮声越来越远，不知它驶向何方。（宫女们的）肌肤容颜都仪态万千，娇艳动人。（她们）久久地伫立眺望，希望能够得到皇帝的宠幸；（可怜）有的人36年始终未曾见过皇帝的身影。燕、赵、韩、魏、齐、楚等六国聚敛的奇珍异宝堆积如山，都是多少年、多少代从人民手中掠夺来的。一旦国家破亡，就都运送到阿房宫中。秦人把宝鼎用作铁锅，把宝玉看作石头，黄金当成土块，珍珠当做砂砾，乱丢乱扔，毫不爱惜。

唉！一个人所想的，也是千万人所想的。秦始皇喜欢繁华奢侈，老百姓也眷念着自己的家。为什么搜刮财宝时连一丝一毫也不放过，挥霍起来却把它当做泥沙一样呢？甚至使得（阿房宫）支承大梁的柱子，比田里的农夫还要多；架在屋梁上的椽子，比织机上的织女还要多；钉头紧密排列，比谷仓中的小米粒还多；参差不齐的瓦缝，比人们身上穿的丝缕还要多；直的栏杆，横的门槛，比九州的城郭还要多；琴声笛声，嘈杂一片，比闹市里的人声还要喧闹。（这）使天下人口里虽不敢说，但心里却充满了愤怒。秦始皇这暴君的心却日益骄横顽固。于是陈胜吴广揭竿而起，刘邦攻破函谷关；楚人项羽放了一把大火，可惜那豪华的宫殿就变成了一片焦土！

唉！灭六国的，是六国自己，不是秦国。灭秦国的，是秦王自己，不是天下的人民。唉！如果六国的国君能各自爱抚自己的百姓，就足以抵抗秦国了；（秦统一后）如果也能爱惜六国的百姓，那就可以传位到三世以至传到万世做皇帝，谁能够灭亡他呢？秦国的统治者来不及为自己的灭亡而哀叹，却使后代人为它哀叹；如果后代人哀叹它而不引以为鉴，那么又要让后世的后世来哀叹他们了。

专家点评

杜牧生活在唐王朝走向末路的晚唐，社会矛盾异常尖锐复杂，内忧外患纷至沓来，整个国家处在全面崩溃的前夕，广大劳动人民处于水深火热之中。但是，统治阶级仍然荒淫腐朽，唐敬宗即位后，他不理朝政，却"好治宫室，欲营别殿，制度甚广"。

本文通过写阿房宫的兴废，深刻揭露秦统治者的荒淫失德，并总结历史教训，说明兴亡之理，向唐统治者提出警告。《古文观止》的评语说得好："前幅极写阿房之瑰丽，不是羡慕其奢华，正以见骄横敛怨之至，而民不堪命也，便伏有不爱六国之人意在。所以一炬之后，回视向来瑰丽，亦复何有，以下因尽情痛悼之，为隋广、叔宝等人炯戒，尤有关治体。不若《上林》、《子虚》，徒逞君之过也。"这就充分地肯定了《阿房宫赋》的思想价值，它不仅是批判秦始皇、陈后主和隋炀帝等亡国之君，主要是批判唐敬宗的大兴土木和追求享乐，因此"尤有关治体"，在当时很有现实意义。

▼ 清代袁耀所绘的《阿房宫图》。规模宏大、豪华至极的阿房宫凝结的是百姓的汗与泪。

作者	文体	推荐理由
范仲淹	散文	范仲淹的《岳阳楼记》以其文辞优美，寓意深刻，气势如虹而享誉中国古今文坛。范仲淹的这篇文章成为千古称颂的名篇，岳阳楼也因之名垂千古。

享誉中国文坛的名作
——《岳阳楼记》

名文欣赏

原文

庆历四年春，滕子京谪守巴陵郡。越明年，政通人和，百废具兴，乃重修岳阳楼，增其旧制，刻唐贤今人诗赋于其上，属予作文以记之。

予观夫巴陵胜状，在洞庭一湖。衔远山，吞长江，浩浩汤汤，横无际涯；朝晖夕阴，气象万千；此则岳阳楼之大观也，前人之述备矣。然则北通巫峡，南极潇湘，迁客骚人，多会于此，览物之情，得无异乎？

若夫霪雨霏霏，连月不开；阴风怒号，浊浪排空；日星隐耀，山岳潜形；商旅不行，樯倾楫摧；薄暮冥冥，虎啸猿啼；登斯楼也，则有去国怀乡，忧谗畏讥，满目萧然，感极而悲者矣！

至若春和景明，波澜不惊，上下天光，一碧万顷；沙鸥翔集，锦鳞游泳，岸芷汀兰，郁郁青青。而或长烟一空，皓月千里，浮光跃金，静影沉璧，渔歌互答，此乐何极！登斯楼也，则有心旷神怡，宠辱偕忘，把酒临风，其喜洋洋者矣！

嗟夫！予尝求古仁人之心，或异二者之为，何哉？不以物喜，不以己悲，居庙堂之高，则忧其民；处江湖之远，则忧其君。是进亦忧，退亦忧，然则何时而乐耶？其必曰："先天下之忧而忧，后天下之乐而乐欤！"噫！微斯人，吾谁与归！

时六年九月十五日。

译文

宋仁宗庆历四年春天，滕子京被贬谪到岳州当了知州。到了第二年，政事顺利，百姓和乐，各种荒废了的事业都兴办起来了。于是重新修建岳阳楼，扩大它原来的规模，在楼上刻了唐代名人和当代人的诗赋，嘱托我写一篇文章来记述这件事。

我观赏那岳州的美好景色，都在洞庭湖之中。它口含远山，吞吐长江，浩浩荡荡，无边无际。清晨的阳光，黄昏的夕照，气象千变万化。这些就是岳阳楼的壮丽景象，前人对它的描述已经很详尽了。既然这样，那么它北面通到巫峡，南面直到潇湘，降职的官吏和来往的诗人，大多在这里聚会，他们观赏自然景物所产生的感情难道就没有什么不同吗？

像那连绵的阴雨淅淅不断，连续许多日子不放晴，阴冷的风狂吼，浑浊的浪涛翻腾到半天空；太阳和星星失去了光辉，高山隐藏了形迹；商人和旅客不能成行，桅杆倾倒，船桨折断；傍晚时分天色昏暗，老虎怒吼猿猴悲啼。在这时登上这座楼，就会因离开国都产生对家乡的怀念、担心奸人的诽谤、害怕坏人的讥笑、满眼萧条冷落、极度感慨而悲愤不平的种种情绪了。

像那春风和煦，景色明媚，湖面风平浪静，天光与水色交相辉映，碧绿的湖水一望无际，沙滩上的白鸥，有的展翅飞翔，有的栖息聚集，五光十色的鱼儿游来游去，岸边的芷草和沙洲上的兰花，香气郁郁，颜色青青。有时长空云雾顿时消散，皎洁的月光一泻千里，湖面上闪烁着金色的光辉，明月的倒影犹如无瑕的璧玉，静静地沉浸在水底，渔夫的歌声互相唱和，这种快乐哪有穷尽！此刻人们登上这座城楼，就会感到胸怀开阔，精神愉快，乃至一切荣辱得失都被置之度外，临风饮酒，真有无限的喜悦。

唉！我曾经探求古代品德高尚的人的思想感情，或许跟上面说的两种思想感情的表现不同，为什么呢？他们不因为顺境而高兴，也不因为个人的失意而悲伤；在朝廷做官就为平民百姓操心，退隐到民间又替君主忧虑。这就是在朝为官也担忧，辞官隐居也担忧。那么，什么时候才快乐呢？他们大概一定会说："忧在天下人之先，乐在天下人之后"吧。唉！如果没有这种人，我同谁一道呢？

范仲淹文学素养很高，留下了许多脍炙人口的词作。

写于庆历六年九月十五日（公元1046年）。

专家点评

庆历三年（公元1043年），范仲淹任参知政事时，他与欧阳修、韩琦等人共同提出了明黜陟、择官长、厚农桑、兴法制、修武备、减徭役等十项改革主张，这就是历史上所说的"庆历新政"。滕子京是范仲淹的好朋友，也是革新派中的重要成员，对范仲淹的改革给予了积极支持。但因改革触犯了保守派的利益，遭到了他们的强烈反对。滕子京、范仲淹先后被排挤出朝廷。庆历四年春，滕子京因为被诬陷而贬放岳州，不久范仲淹被贬至邓州。滕子京到岳州后，在短短一年的时间内便取得了良好的政绩，并且重修了岳阳楼。庆历五年，他邀请范仲淹为楼作记，这就是《岳阳楼记》。范仲淹在文中抒发了自己"不以物喜，不以己悲"的襟怀，提出了"先天下之忧而忧，后天下之乐而乐"的抱负，显示了一个杰出政治家的开阔胸襟和不凡气度。

全文写景议论均紧扣一个"异"字。景色的阴晴变化及览物之情的悲喜变化，乃至由悲喜之情而生发的忧乐之心的议论，都围绕着"异"字展开。本文首先叙事，中间写景、抒情，写景部分全用对比。写景为抒情、议论铺垫，环环相生，过渡自然，无斧凿痕。韵散相间、奇偶互用的句式更是增强了文章的感染力。

对政敌的理论清算
——《朋党论》

名文欣赏

原文

臣闻朋党之说，自古有之，惟幸人君辨其君子小人而已。

大凡君子与君子，以同道为朋；小人与小人，以同利为朋。此自然之理也。然臣谓小人无朋，惟君子则有之。其故何哉？小人所好者利禄也，所贪者货财也。当其同利之时，暂相党引以为朋者，伪也。及其见利而争先，或利尽而交疏，则反相贼害，虽其兄弟亲戚，不能相保。故臣谓小人无朋，其暂为朋者，伪也。君子则不然，所守者道义，所行者忠信，所惜者名节。以之修身，则同道而相益；以之事国，则同心而共济；终始如一，此君子之朋也。故为人君者，但当退小人之伪朋，用君子之真朋，则天下治矣。

尧之时，小人共工、驩兜等四人为一朋，君子八元、八恺十六人为一朋。舜佐尧，退四凶小人之朋，而进元、恺君子之朋，尧之天下大治。及舜自为天子，而皋、夔、稷、契等二十二人，并立于朝，更相称美，更相推让，凡二十二人为一朋，而舜皆用之，天下亦大治。《书》曰："纣有臣亿万，惟亿万心；周有臣三千，惟一心。"纣之时，亿万人各异心，可谓不为朋矣，然纣以亡国。周武王之臣三千人为一大朋，而周用以兴。后汉献帝时，尽取天下名士囚禁之，目为党人。及黄巾贼起，汉室大乱，后方悔悟，尽解党人而释之，然已无救矣。唐之晚年，渐起朋党之论。及昭宗时，尽杀朝之名士，或投之黄河，曰："此辈清流，可投浊流。"而唐遂亡矣。

夫前世之主，能使人人异心不为朋，莫如纣；能禁绝善人为朋，莫如汉献帝；能诛戮清流之朋，莫如唐昭宗之世。然皆乱亡其国。更相称美推让而不自疑，莫如舜之二十二臣，舜亦不疑而皆用之，然而后世不诮舜为二十二人朋党所欺，而称舜为聪明之圣者，以能辨君子与小人也。周武之世，举其国之臣三千人共为一朋，自古为朋之多且大，莫如周。然周用此以兴者，善人虽多而不厌也。

嗟呼，治乱兴亡之迹，为人君者可以鉴矣！

译文

我听说关于"朋党"的说法是自古就有的，只希望君主能分辨出其中有君子、小人的区别才好。

大体说来，君子与君子，是以共同的理想道义结成朋党；小人与小人，以共同的私利结成朋党。这是很自然的道理啊。不过我又认为：小人没有朋党，只有君子才有。这是什么缘故呢？（因为）小人所喜好的是利禄，所贪的是货财。当他们的私利一致的时候，就会暂时互相勾结而为朋党，这种朋党是虚伪的。等到他们见利而各自争先，或者到了无利可图而交情日益疏远的时候，却反而互相残害，即使是他们的兄弟亲戚也没有丝毫手软。所以我认为小人无朋

 描绘抱琴去寻找知音的《携琴访友图》。

党，他们暂时为朋党，也是虚假的。君子就不是这样。他们所依据的是道义，所奉行的是忠信，所爱惜的是名誉和节操。用它们来修养品德，则彼此目标相同又能够互相取长补短；用它们来效力国家，则能够和衷共济，始终如一，这就是君子的朋党。所以做君王的，只应该废退小人虚伪的朋党，而任用君子真正的朋党，只有这样，才能天下大治。

尧的时候，小人共工、骥兜等4人为一朋党，君子则有八元和八恺共16人为一朋党。舜辅佐尧，废退四凶小人的朋党，进用八元、八恺君子的朋党，尧的天下得以大治。等到舜自己做了天子，皋陶、夔、后稷、契等22人并列于朝廷之上，彼此递相称美，互相推举谦让，共22人为一朋党，舜一一任用他们，天下也得以大治。《尚书》上说："纣有亿万个臣子，便有亿万条心；周有三千臣子，却只是一条心。"纣的时候，亿万人心各不相同，可说是不成朋党了，然而纣却因此而亡国。周武王的臣子3000人结成一个大朋党，但周却因此而振兴。东汉献帝时候，把天下所有名士都看成党人而予以囚禁，直到黄巾军起来，汉室大乱，这才悔悟，把党人都予释放，可是已经无法挽救汉王朝灭亡的命运了。唐朝晚年，又逐渐兴起朋党的说法，到昭宗时，朱温把在朝名士都杀了，把他们投到黄河里，说："这些人自称清流，可以投他们到浊流里去。"然而唐朝也随之灭亡了。

那些前代的君主，能让人人各怀异心不结朋党的，莫过于纣；能禁止好人结为朋党的，莫过于汉献帝；能诛杀清流朋党的，莫过于唐昭宗时代。然而他们都因此致乱而亡国。而彼此称道赞美、推举谦让而不相疑忌的，莫过于舜的22臣，舜也并不怀疑他们且都予以任用。然而后代的人并不讥讽舜被22人结成的朋党所蒙蔽，反倒称赞舜是聪明的圣人，这是因为他能辨识君子和小人啊。周武王时代，推举他的国内臣子3000人合成一个朋党，自

古以来结为朋党的，无论人数之多与规模之大都莫过于周，可是周却因此而振兴，其原因正是有德行的人越多越好。

唉，这些治乱兴亡的史迹，做君王的可以引为鉴戒呢！

专家点评

虽然《朋党论》并没有能够挽回庆历新政最后的败局，但确实改变了某些人对"朋党"的错误看法，摘掉了"朋党"一词的贬义帽子。王辟之在《渑水燕谈录》中记述了这样一件事："初，范文正公贬饶州，朝廷方治朋党，士大夫莫敢往别，王待制质独扶病饯于国门，大臣责之曰：'君，长者，何自陷朋党？'王曰：'范公天下贤者，顾质何敢望之；若得为范公党人，公之赐质厚矣！'闻者为之缩颈。"显然，谈"朋"色变的局面已经被打破，可见《朋党论》在当时就已经产生了一定的社会影响。《朋党论》至今仍为人们所重视和鉴赏。

作者	文体	推荐理由
欧阳修	记叙文	欧阳修以先扬后抑、对比鲜明、跌宕有致的强劲笔触，触及到了后唐由盛而衰的全过程。于是得出了"忧劳可以兴国，逸豫可以亡身"的历史沉痛教训。

后唐历史的聚焦
——《五代史伶官传序》

名文欣赏

原文

呜呼！盛衰之理，虽曰天命，岂非人事哉！原庄宗之所以得天下，与其所以失之者，可以知之矣。

世言晋王之将终也，以三矢赐庄宗而告之曰："梁，吾仇也；燕王，吾所立；契丹，与吾约为兄弟，而皆背晋以归梁。此三者，吾遗恨也。与尔三矢，尔其无忘乃父之志！"庄宗受而藏之于庙。其后用兵，则遣从事以一少牢告庙，请其矢，盛以锦囊，负而前驱，及凯旋而纳之。

方其系燕父子以组，函梁君臣之首，入于太庙，还矢先王，而告以成功。其意气之盛，可谓壮哉！及仇雠已灭，天下已定，一夫夜呼，乱者四应，仓皇东出，未见贼而士卒离散。君臣相顾不知所归，至于誓天断发，泣下沾襟，何其哀也！岂得之难而失之易欤？抑本其成败之迹，而皆自于人欤？

《书》曰："满招损，谦得益。"忧劳可以兴国，逸豫可以忘身，自然之理也。故方其盛也，举天下之豪杰莫能与之争；及其衰也，数十伶人困之而身死国灭，为天下笑。夫祸患常积于忽微，而智勇多困于所溺，岂独伶人也哉？作《伶官传》。

译文

唉！盛衰的道理，虽说是天命决定的，难道说不是人事造成的吗？推究庄宗所以取得天下与他所以失去天下的原因，就可以明白了。

世人传说晋王临死时，把三枝箭赐给庄宗，并告诉他说："梁国是我的仇敌，燕王是我推立的，契丹与我约为兄弟，可是后来都背叛我去投靠了梁。这三件事是我的遗恨，交给你三枝箭，你不要忘记你父亲报仇雪恨的心愿。"庄宗接受了箭，并且把它们收藏在宗庙里。每逢出兵打仗，就派遣官属用一少牢礼祷告于太庙，并请出那三枝箭，装进锦囊，背在身上，一马当先，等到胜利归来，再把箭放回原处。

庄宗用绳子绑住燕王父子，用小木匣装着梁国君臣的头，走进祖庙，把箭交还到晋王的灵座前，告诉他生前报仇的心愿已经完成，此时他气宇轩昂，真可以说得上是雄壮得很啊！等到仇敌消灭，天下安定，一人在夜里发难，作乱的人四面响应，他慌慌张张出兵东进，还没见到乱贼，部下的兵士就纷纷逃散，君臣们你看着我，我看着你，不知到哪里去

明代仇英所绘《醉翁亭图》。此图是根据欧阳修的《醉翁亭记》所绘。

宋代磁州窑白釉黑彩狮球枕。

好，到了割下头发来对天发誓，抱头痛哭，眼泪沾湿衣襟的可怜地步，这个时候又是多么悲惨啊！难道说是因为取得天下难，而失去天下容易吗？还是推究他成功失败的原因，都是由于人事呢？

《尚书》上说："自满会招来损害，谦虚能得到益处。"忧劳可以使国家兴盛，安乐可以使自身灭亡，这是自然的道理。因此，当他兴盛时，普天下的豪杰，没有谁能和他争锋；等他衰败时，数十个乐官就把他困住，就能使他身死国灭，被天下人耻笑。祸患往往是从极小的错误积累而酿成的，纵使是聪明有才能和英勇果敢的人，也多半沉溺于某种爱好之中，受其迷惑而结果陷于困顿，难道仅仅是溺爱伶人会有这种坏结果吗？于是作《伶官传》。

专家点评

文章以"呜呼"感叹劈空而来，开宗明义，即以盛衰归于人事，然后叙李存勖秉承父志，灭燕、灭梁、平定中原的功业，"可谓壮哉"；再叙他惑于伶官而倏然败亡，"何其衰也"。先扬后抑，对比鲜明，跌宕起伏。结尾的议论，不将败亡的教训简单地归因于宠幸伶人，而是通过后唐盛衰过程的分析，总结出了"忧劳可以兴国，逸豫可以亡身"的历史教训，从而强调了"人事"对国家兴亡所起的重要作用。文章叙事说理，紧密结合，具有较强的说服力。正如《古文观止》的评语："起手一提，已括全章之意。次一段叙事，中后只是两扬两抑。低昂反复，感慨淋漓，直可与史迁相为颉颃。"其叙事之简妙，确实深得《史记》的精髓。

刺痛时弊的尖刀
——《准诏言事上书》

名文欣赏

原文节选

伏惟陛下以圣明之姿，超出二帝，又尽有汉、唐之天下；然而欲御边则常患无兵，欲破贼则常患无将，欲赡军则常患无财用，欲威服四夷则常患无策，欲任使贤材则常患无人。是所求皆不得，所欲皆不如意。其故无他，由不用威权之术也。自古帝王，或为强臣所制，或为小人所惑，则威权不得出于己。今朝无强臣之患，旁无小人偏任之溺，内外臣庶，尊陛下如天，爱陛下如父，倾耳延首，愿听陛下之所为，然何所惮而不为乎？若一日赫然执威权以临之，则万事皆办，何患五者之无！奈何为三弊之因循，一事之不集！

臣请言三弊。夫言多变则不信，令频改则难从。今出令之初，不加详审，行之未久，寻又更张。以不信之言，行难从之令，故每有处置主事，州县知朝廷未是一定之命，则官吏或相谓曰："且未要行，不久必须更改。"或曰："备礼行下，略与应破指挥。"且夕之间，果然又变，至于将吏更易，道路疲于送迎；符牒纵横，上下莫能遵守。中外臣庶或闻而叹息，或闻而窃笑，叹息者有忧天下之心，窃笑者有轻朝廷之意。号令如此，欲威天下，其可得乎？此不慎号令之弊也。

用人之术，不过赏罚。然赏及无功，则恩不足劝；罚失有罪，则威无所惧，虽有人，不可用矣。太祖时，王全斌破蜀而归，功不细矣，犯法一贬十年不问。是时方讨江南，故黜全斌与诸将立法。太祖神武英断，所以能平定天下者，其赏罚之法皆如此也。昨关西用兵四五年矣，大将以无功罢者依旧居官。军中见无功者不妨得好官，则诸将谁肯立功矣？裨将畏懦逗留者，皆当斩罪；或暂贬而寻迁，或不贬而依旧。军中见有罪者不诛，则诸将谁肯用命

矣？所谓赏不足劝，威无所惧。赏罚如此，而欲用人，其可得乎？此不明赏罚之弊也。

自兵动以来，处置之事不少，然多有名而无实。臣请略言其一二，则其他可知。数年以来，点兵不绝，诸路之民半为兵矣，其间老弱病患、短小怯懦者不可胜数。是有点兵之虚名而无得兵之实效也。新集之兵，所在教习，追呼上下，民不安居。主教者非将领之材，所教者无旗鼓之节。往来州县，愁叹嗷嗷。既多是老、病、小、怯之人，又无训齐精练之法，此有教兵之虚名而无训兵之实艺也。诸路、州、军，分造器械，工作之际已劳民力，辇运搬送又苦道途。然而铁刃不刚，筋胶不固，长短大小多不中度；造作之所但务充数而速了，不计所用之不堪，经历官司又无检责。此有器械之虚名而无器械之实用也。以草草之法，教老怯之兵，执钝折不堪之器械，百战百败，理在不疑。临事而悟，何可及乎！故事无大小，悉皆卤莽，则不责功实之弊也。

译文

我想陛下的圣明天赋超过了汉武帝和唐太宗，又尽有汉唐江山。但陛下想守御疆土却常常苦于缺少军队，想消灭叛贼却常常担心缺乏将帅，想犒劳军队却常常忧虑财用匮乏，想威服四方异族却常常苦无良策，想任用贤才却常常苦于并无俊贤之士。这种所求皆不

宋代青白釉伏听俑。

得、所欲皆不如意的困境，并不是因为别的缘故，只是因为没有使用威严权柄的手段而已。自古以来的帝王，有的被专权大臣所控制，有的又为奸邪小人所惑乱，致使威严的权柄不能出于皇帝自身。如今，朝廷里并没有专权大臣为害作乱，也没有奸邪小人迷惑皇上，上下臣民皆尊奉陛下如上天，爱戴陛下如生父，俯首倾听陛下驱遣。既然如此，陛下尽可大展宏图，还担心什么呢？一旦执掌威严权柄，处理国政，那么任何事务都能办好，还忧虑什么"五无"呢？为什么要听任三弊为害而一事无成呢？

请允许我具体谈一谈三弊。言语多变则不能取得信任，朝令夕改则难以叫人信服。现在，决策号令之初，不做周密考虑，施行不久又想更改变动。凭着不能取信的言语来推行难以服从的号令，所以每逢有需办之事，各州各县都认为朝廷并不会坚决地推行已经决定了的命令，于是相互议论说："暂不执行，不久一定会有新的号令下来。"有的甚至还说："按照惯例把号令转发下去，稍微应付一下上面的指示吧。"早晚之间，果然又发生变化。此外，将帅、官吏更是变动频繁，沿路地方官府疲于欢送迎接；公文纷呈，朝令夕改，上上下下皆无法执行。朝廷内外的臣民们听了之后，有的摇头叹息，有的则暗自讥笑。摇头叹息的人还有忧虑天下的心思，而那些暗自讥笑的人就简直有轻视朝廷的意向了。像这样决策号令，想威服天下，难道可能吗？这就是不谨慎使用号令的弊病。

用人的办法，不外乎奖赏和惩罚。但是，如果奖赏了毫无功绩者，那么所赐予的恩遇就起不到勉励的作用；如果惩罚疏漏了有罪的人，那么官府的权威就不能使人有所畏惧。这样，即使有人才，也不可能得到任用。太祖在位之时，王全斌攻伐后蜀，大胜而归，功劳也算不小，只因触犯法律，便被贬谪到了地方，十年没有起用他。那时，太祖全力以赴讨伐南唐，之所以罢免王全斌，就是为了要给其他将领树立一个榜样，叫他们严守法纪。太祖圣明英武，行为果断，他之所以能够削平天下，安定社会，就是因为他在执行赏罚之权时都能这样严明。早些时候，我朝同西夏交战达四五年之久，那些被罢免了的无功边将却照旧当官任职。军中将士看到这种不立战功并不妨碍担任美职高官的情形，谁还愿意拼死建立战功呢？那些混进军队的胆小怕死之辈，本来都应当杀头问罪；但是有的人却只是暂时降职，不久又获升迁，有的人却连降职的处分也没有，官职依旧。军中将士看到有罪之人也不诛杀，谁还愿意拼命杀敌呢？这就是奖赏不能起到劝勉的作用，权威也不能达到令人畏惧的目的。像这样赏罚不明，而想驾驭人才，难道可能吗？这就是不分明赏罚的弊病。

自从发兵以来，办理的事情不少，但大多有名无实。请允许我略举一二，其他事情由此可以类推。几年来连续征兵，各路百姓几乎有一半被征入伍，而其中老弱病残、胆怯怕死者，不计其数。这是只有征兵的空名却没有达到征兵的实际效果。刚刚征集来的新兵，就地训练，打骂之事屡有发生，纪律极差，附近百姓不得安宁。教官没有做将领的才干，被训练的士兵也没有服从军令的素质。他们沿路经过的州县，到处都可以听到忧愁哀叹的声息。征招入伍的人，大多数本已是老弱病残、胆小怕死之辈，又加上缺少严格训练的有效方法，这就是只有练兵的虚名而没有取得练兵的实效。各路、州、军，分别制造兵用器械，制造时已经靡费民力，驾车搬送时还得忍受路途劳苦。而制造出来的兵刃并不锋利，弓箭用具并不坚韧，长短大小也很不符合规格；制造兵器的地方只管充数以求尽快完成任务，却并不考虑能否使用，专门负责的官府又不做检查督促。这就是空有制造兵器的名声而没有实际运用的效果。运用草率马虎的方法，训练老弱病残、胆小怕死的士兵，使用钝弊破损的兵器，百战百败是毫无疑问的了。而事到临头方才醒悟，又有什么用呢？所以无论事大事小，全都鲁莽草率，这又成了不讲求实效的弊病。

专家点评

庆历二年（公元1042年）五月，宋仁宗下诏"三馆臣僚上封事请对"，有识之士纷纷上书言事，讥切时弊，要求变革图强。这时，担任集贤校理的欧阳修便应诏写了这篇上书。

庆历三年这篇文章受到仁宗的赏识。春天，仁宗任命范仲淹、杜衍、富弼、韩琦四人入朝执政，革新朝政，这就是北宋历史上的"庆历新政"。由于这篇文章的思想性和时效性极强，在当时起到了一定的积极作用。文章立论明确，论据详实。借古喻今，说服力强，一直为后人所垂范。

作者	文体	推荐理由
王安石	奏章	文章详略得当，条分缕析论证详备。检讨一朝得失，既透彻恳切，又委婉得体，忠心可鉴，行文措辞都很有技巧。文风挺拔，读后令人荡气回肠，堪称历史奏章中的名篇。

熙宁变法的前奏曲
——《本朝百年无事札子》

名文欣赏

原文节选

臣前蒙陛下问及本朝所以享国百年，天下无事之故。臣以浅陋，误承圣问，迫于日暮，不敢久留，语不及悉，遂辞而退。窃惟念圣问及此，天下之福，而臣遂无一言之献，非近臣所以事君之义，故敢冒昧而粗有所陈。

伏惟太祖躬上智独见之明，而周知人物之情伪。指挥付锏，必尽其材；变置设施，必当其务。故能驾驭将帅，训齐士卒；外以捍夷狄，内以平中国。于是除苛赋，止虐刑，废强横之藩镇，诛贪残之官吏，躬以简俭为天下先，其于出政发令之间，一以安利元元为事。太宗承之以聪武，真宗守以谦仁，以至仁宗、英宗，无有逸德。此所以享国百年而天下无事也。

……伏惟仁宗之为君也，仰畏天，俯畏人，宽仁恭俭，出于自然，而忠恕诚悫，终始如一。未尝妄兴一役，未尝妄杀一人。断狱务在生之，而特恶吏之残扰。宁屈己弃财于夷狄，而终不忍加兵。刑平而公，赏重而信。纳用谏官御史，公听并观，而不蔽于偏至之谗。

因任众人耳目，拔举疏远，而随之以相坐之法。盖监司之吏以至州县，无敢暴虐残酷、擅有调发以伤百姓。自夏人顺服，蛮夷遂无大变，边人父子夫妇，得免于兵死；而中国之人，安逸蕃息……自县令、京官以至监司、台阁，升擢之任，虽不皆得人，然一时之所谓才士，亦罕蔽塞而不见收举者，此因任众人之耳目、拔举疏远，而随之以相坐之法之效也。升退之日，天下号恸，如丧考妣，此宽仁恭俭出于自然，忠恕诚悫终始如一之效也。

……

伏惟陛下躬上圣之质，承无穷之绪，知天助之不可常恃，知人事之不可终怠，则大有为之时，正在今日。臣不敢辄废将明之义，而苟逃讳忌之诛。伏惟陛下幸赦而留神，则天下之福也。取进止。

译文

前些时候承蒙皇上问到我宋朝统治了上百年国家都没有出现变故的原因。我由于知识浅薄，有负皇上的不耻下问，当时又时间仓促，不敢久留，所以有些事情说得还不够详尽，就告辞回家了。我私下考虑，皇上问到这些事，是天下百姓的福气，但我却没有进献自己的意见，这不是近侍大臣对待皇上所应有的态度，因此现在大胆向皇上陈述我粗浅的意见。

▼ 王安石行书《楞严经旨要》局部。

我国伟大的改革家王安石。

　　太祖皇帝本身具有极高的智慧和独到的见识,因而能够普遍了解各种人物和事件的真假,他指挥和委托臣下办事,一定让他们充分发挥自己的才能;所制定的新的政治条例,一定是当时事务中最紧要急迫的措施。因此能够驾驭将帅,训练军队,对外可以抵御少数民族的侵扰,对内能够平定中原地区,统一全国。在当时废除苛捐杂税,废弃暴虐刑罚,解除强暴横蛮的藩镇的兵权,惩处贪婪残暴的官吏。他本人生活简朴节俭,是全国的表率。在制定政策、发布命令的时候,他总是以老百姓的安定和利益为出发点。太宗皇帝凭着他的聪明才智和勇武谋略继承了太祖的事业,真宗皇帝则以他的谦恭仁爱来保有天下,一直到仁宗、英宗皇帝,都没有做出任何有违德行的事情。这就是我大宋王朝能够享国上百年而国家没有发生变故的原因。

　　……仁宗皇帝在位的时候,上敬畏天神,下俯顺民心,宽大为怀、仁厚爱民、恭谨俭朴的作风出自他的天性,忠厚宽恕、诚实谨慎的品质始终如一,他没有随意兴办过一件事,没有错杀过一个人,处理案件以救人活命为出发点,特别痛恨官吏残害、骚扰老百姓,宁愿委屈自己向边境之外的少数民族输送财物,而始终不忍心对他们使用武力。处罚公平正直,从不掺杂私心,赏赐优厚,讲究信用。虚心接受谏官、御史的劝谏,多方面听取意见和观察事物,不受谗言的蒙蔽,依靠天下人来选拔人才,同时实行举荐者必须对被举荐的人品行负责的制度。因此,从朝廷大员到州官县令,没有谁敢横施暴虐、擅自征调而伤害百姓的。所以从西夏国跟我们重订和议之后,边境再也没有发生重大的事故,边境人民因此免于战争的灾难,而中原地区的老百姓至今安居乐业、休养生息……从县令、京官到监察官员、执政大臣的提拔任用，虽然不能说全部任用得当、各得其所，但当时有才能的人确实大多数都被发现和加以任用，这就是依靠天下人来选拔人才，同时实行举荐者对被举荐的人品行负责制度的效果。太宗皇帝逝世的时候，全国人民都像死了自己父母那样大声痛哭，这是由于仁宗皇帝那宽大为怀、仁厚爱民、恭谨俭朴的天性和那始终如一的忠厚宽恕、诚实谨慎的精神品格感动了全国人民而取得的效果。

……

皇上具有圣明的天资，又继承了百年的基业，懂得上天的眷顾是不能长久依赖的，也知道人为的努力是不能有丝毫草率、懈怠，而奋发有为的时机就在今天。我不敢擅自放弃身为大臣对皇上应尽的辅佐进言的义务，也不敢三缄其口以避免触犯忌讳而可能得到的处分。希望皇上能够赦免我的罪过，考虑我的进言，这将是国家和天下百姓的幸福。听取皇上的批示。

宋代云龙纹兽耳玉炉。

专家点评

宋神宗即位时，宋王朝建国已达百余年，没有发生大的动荡。但是在相对稳定的表象下面，隐伏着深刻的危机。当时国家内忧外患交织，财政危机日益深重，对辽、夏一再妥协退让，积贫积弱的局面日趋严重。

作为一个具有远见卓识的政治家，王安石在这篇奏议中对北宋建国以来所施行的有关财政、经济、军事、教育、选举等方面的规章制度，都进行了尖锐的批评。他批评宋朝历代皇帝"一切因任自然之理势，而精神之运有所不加"，并把批评的矛头主要指向在位最久的宋仁宗赵祯。他一方面称颂太祖"外以捍夷狄，内以平中国"，一方面又说"仁宗在位，历年最久……宁屈己弃财于夷狄，而终不忍加兵"，虽然没有直接予以指责，可是褒贬却很明显，字里行间却对仁宗屈服于辽和西夏表示了强烈不满。

遭遇革职的导火线
——《南京上高宗书略》

名文欣赏

原文

陛下已登大宝，黎元有归，社稷有主，已足以伐虏人之谋。而勤王御营之师日集，兵势渐盛。彼方谓我素弱，未必能敌，正宜乘其怠而击之。

而黄潜善、汪伯彦辈不能承陛下之意，恢复故疆，迎还二圣；奉车驾日益南，又令长安、维扬、襄阳准备巡幸。有苟安之渐，无远大之略，恐不足以系中原之望。虽使将帅之臣戮力于外，终亡成功。

为今之计，莫若请车驾还京，罢三州巡幸之诏，乘二圣蒙尘未久，虏穴未固之际，亲帅六军，迤逦北渡。则天威所临，将帅一心，士卒作气，中原之地，指期可复。

译文

陛下已即帝位，黎民百姓有了依托，国家有了圣明君主，这就足以挫败金人的阴谋了。各路勤王军、御营兵一天一天壮大起来，兵力日渐强盛。敌方认为我军一向软弱，不是对

年画《岳母刺字》。画中描绘的是岳母在岳飞背上刺"精忠报国"四个字时的场景。

手，我军正应该趁敌军士气懈怠之机发起攻击。

然而，黄潜善、汪伯彦等人并不能领会陛下的意旨，收复我大宋昔日的疆土，迎回两位皇帝，却只是怂恿陛下不断南迁，还命令长安、扬州、襄阳准备迎接陛下的巡视。只有苟且偷安的趋向，而无宏图远大的策略，恐怕不足以托付中原人民的热切希望。这样下去，即使各级将领在前线齐心协力奋勇杀敌，最终也难以取得成功。

为今之计，不如陛下回返京城，撤销巡视三州的诏令，趁两位皇帝落入金人之手不久、金人后方尚未稳定的契机，亲自统率全军兵马，浩浩荡荡渡过黄河。这样，凭借陛下亲征的显赫神威，将帅同心协力，士兵振奋志气，收复中原疆土之期，指日可待。

专家点评

这是岳飞第一次上书高宗皇帝，虽然由此招来革职之祸，但充分显示了他坚定不移的抗金志向。上书的全文有千余言，原稿因战乱或冤狱已佚，本文据《金佗粹编》收选，是岳飞子孙在岳飞昭雪后整理而成。标题依普通选本。

文章首先分析敌我双方的情势，指出当前正是抗金的有利时机：高宗即位，国家有君主，黎民百姓因此有了归属，这是人心所向；各地勤王之师日益壮大，军事上也日益强大；而金兵一向轻视宋朝，现在进兵，正是攻其不备，可谓机不可失。这是正面论述抗金的主张。接着作者义正词严地斥责了黄潜善、汪伯彦等人南迁主张的危害：不能恢复疆土，不能迎回徽宗、钦宗二帝，不足以寄托老百姓复国的期望。最后提出恢复失地的具体做法，那就是御驾亲征，渡过黄河，恢复中原。

文章论述分析，有理有据，恳切简明，气势劲健。文气流动，作者的忠肝义胆，勃郁流溢，千载之下犹可以感触，具有很强的感染力。

作者	文体	推荐理由
胡铨	奏章	作者面临国家兴亡的关键时刻，激于民族大义，切中要害，入木三分，表现了作者疾恶如仇的性格和誓死抗金的爱国气节。其文言辞万分激烈慷慨，令国人拍手称是，一时名闻天下。

爱国之情的爆发
——《戊午上高宗封事》

名文欣赏

原文节选

夫天下者，祖宗之天下也；陛下所居之位，祖宗之位也。奈何以祖宗之天下为犬戎之天下，以祖宗之位为犬戎藩臣之位？陛下一屈膝，则祖宗庙社之灵尽汙夷狄，祖宗数百年之赤子尽为左衽；朝廷宰执尽为陪臣，天下之士大夫皆当裂冠毁冕，变为胡服。异时豺狼无厌之求，安知不加我以无礼如刘豫者哉？夫三尺童子，至无知也，指犬豕而使之拜，则怫然怒。今丑虏，则犬豕也。堂堂天朝，相率而拜犬豕，曾童稚之所羞，而陛下忍为之耶！

伦之议乃曰："我一屈膝，则梓宫可还，太后可复，渊圣可归，中原可得。"呜呼！自变故以来，主和议者，谁不以此说咮陛下哉？而卒无一验，是虏之情伪已可知矣。而陛下尚不觉悟，竭民膏血而不恤，忘国大仇而不报，含垢忍耻，举天下而臣之甘心焉！就令虏决可和，尽如伦议，天下后世，谓陛下何如主？况丑虏变诈百出，而伦又以奸邪济之，梓宫决不可还，太后决不可复，渊圣决不可归，中原决不可得。而此膝一屈，不可复伸，国势陵夷，不可复振。可为痛哭流悌长太息矣。

重用投降派、主张向金求和的宋高宗赵构。

……

虽然，伦不足道也。秦桧以腹心大臣而亦为之。陛下有尧舜之资，桧不能致陛下如唐虞，而欲导陛下如石晋。近者礼部侍郎曾开等，引古谊以折之，桧乃厉声曰："侍郎知故事，我独不知？"则桧之遂非狠愎，已自可见。而乃建白，令台谏从臣佥议可否，是明畏天下议己，而令台谏从臣共分谤耳。有识之士，皆以为朝廷无人。吁！可惜哉！孔子曰："微管仲，吾其被发左衽矣。"夫管仲，霸者之佐耳，尚能变左衽之区为衣冠之会。秦桧，大国之相也，反驱衣冠之俗，归左衽之乡；则桧也，不惟陛下之罪人，实管仲之罪人矣。孙近附会桧议，遂得参知政事，天下望治，有如饥渴，而近伴食中书，漫不敢可否事。桧曰："虏可和"；近亦曰："可和"。桧曰："天子当拜"，近亦曰："当拜。"臣尝至政事堂，三发问而近不答，但曰："已令台谏侍从议矣。"呜呼！参赞大臣，徒取充位如此，有如虏骑长驱，尚能折冲御侮邪？臣窃谓秦桧、孙近亦可斩矣。

译文

宋代的江山，是列祖列宗开创的江山；皇上坐的宝座，是列祖列宗传下的宝座。怎么能把列祖列宗的江山变作金人的江山，把列祖列宗的宝座变作金人附属国外臣的宝座呢？皇上要是屈膝投降，那么祖宗的宗庙和天地神灵都要受到侮辱，宋代几百年来的百姓都要穿上衣襟向左边开的少数民族的服装，全国的士大夫都要撕毁朝服礼帽、换上胡人的穿戴了。再说，金人那种无理要求是永无止境的，哪能料到他们不会像对待刘豫那样，无礼地对待我们呢？那三尺高的小孩子是最不懂道理的了，指着猪狗叫他下跪，他也会勃然大怒。

如今那丑陋的金人就像猪狗那样下贱，一个堂堂正正的大国，君臣领着人民齐向猪狗一样的人下跪，就是小孩子也感到这是羞耻之极的事，难道皇上能忍受这种耻辱吗？

王伦的意见竟然是说："我们只要对金人屈膝投降，那么先皇的灵柩就可以运回来，太后也可以回到南方，渊圣皇帝也可以归国，钦宗皇帝也能归来，中原地区可以恢复了。"天哪！自从靖康之难发生以来，主张和议的人哪一个不搬弄这种说法来诱惑陛下呢？然而到头来也没有一次应验，那么胡虏的真实意图已经可以了解了。而陛下仍不觉悟，搜刮百姓向金人纳贡而不怜惜，忘记国家大仇而不图报复，忍受耻辱，以整个天下献给敌人来做敌人的臣子而心甘情愿！假若胡虏真的决意讲和，尽如王伦所说的那样，天下和后世的人们将把陛下看成什么样的君主啊？何况丑虏变化不定，奸诈百出，而王伦又以奸邪的手法帮助他们，先帝的灵柩不可能送还，太后不可能返回，渊圣皇帝也不可能归国，中原更不可能复得。而这双膝一屈就不能再伸直了，国势一旦衰敝也就不能再振兴了，这真是让人痛哭流涕愤然长叹啊！

……

纵然如此，王伦实在是微不足道的，像秦桧那样的腹心重臣也在做同样的事情。陛下有尧、舜的天资，秦桧不辅佐君王成为像唐尧、虞舜那样的圣主，反而要引导皇上去做契丹石敬瑭那样的"儿皇帝"。近日礼部侍郎曾开等引用古人言行批评秦桧，秦桧竟然厉声训斥道："侍郎了解历史，唯独我不了解！"秦桧的刚愎自用、拒绝批评，已经表现得十分清楚了。而他又建议皇上命令台谏、侍臣们都来议论"和议"的可否，不过是害怕天下之人批评自己，而使台谏、侍臣们替他分担舆论的指责而已。有识之士都认为如今的朝廷没有人才，唉，可惜呀！孔子说过："如果没有管仲，我们都会披散着头发，穿上衣襟左开的上衣了。"那管仲不过是霸主的助手罢了，却能

金代玉人。

宋代《桃鸠图》。

够改变少数民族的风俗习惯，使国与国之间以礼仪交结会盟；秦桧是个大国的宰相，反而驱使礼仪之邦的人民去屈从少数民族的风尚。那么，秦桧不但是皇上的罪人，实际上也是管仲的罪人了。孙近依附秦桧之议，而得到参知政事的职位。天下官民如饥似渴地盼望国家得到治理，而孙近在中书省里只是混饭吃，对任何事情都不敢表示态度。秦桧说敌虏可以讲和，孙近也说可以讲和；秦桧说天子应该向金人下拜，孙近也说应该磕头。我曾经到宰相议事的政事堂，关于和议之事连问了多次，而孙近不回答，只是说："已经让台谏和侍从大臣们讨论了。"唉！参与决策的重臣，徒然占着职位混事，假如敌虏的军队长驱直入，还能够抗敌御侮吗？我认为秦桧、孙近也在应该处斩之列！

专家点评

文章最大的特点是理直气壮，义正词严。文章以近年宋朝军民将士、连败金兵的事实，说明金兵不足畏；以刘豫父子可耻下场为前车之鉴，证明王伦之谋不可听；以管仲辅佐桓公征服四夷、称霸中原，说明秦桧、孙近实可斩。王伦认为与金国议和，"梓宫可还，太后可复，渊圣可归，中原可得"。胡铨一针见血地指出，如果投降，则"梓宫决不可还，太后决不可复，渊圣决不可归，中原决不可得"。文章对高宗毫不假以辞色，对秦桧、孙近、王伦更是切齿，写得有声有色，痛快淋漓。其揭露之大胆、气势之激切、措词之尖锐在过去的奏章中是极其少见的。

在写法上，秦桧、孙近、王伦固然罪皆可斩，王伦、孙近为帮凶，前者因为出使金国，直接卷入"诏谕江南"事件，所以着墨较多，后者则一笔带过；而秦桧是罪魁祸首，所以着墨更多，在用笔上有所侧重。

作者	文体	推荐理由
朱熹	序文	本文是朱熹《大学章句》的序文。它是北宋以后几百年来读书人的"圣经"。

读书人的"圣经"
——《大学章句序》

名文欣赏

原文节选

大学之书，古之大学所以教人之法也。盖自天降生民，则既莫不与之以仁义礼智之性矣。然其气质之禀或不能齐，是以不能皆有以知其性之所有而全之也。一有聪明睿智能尽其性者出于其间，则天必命之以为亿兆之君师，使之治而教之，以复其性。此伏羲、神农、黄帝、尧、舜所以继天立极，而司徒之职、典乐之官所由设也。

三代之隆，其法浸备，然后王宫、国都以及闾巷，莫不有学。人生八岁，则自王公以下，至于庶人之子弟，皆入小学，而教之以洒扫、应对、进退之节，礼、乐、射、御、书、数之文。及其十有五年，则自天子之元子、众子，以至公卿、大夫、元士之适子，与凡民之俊秀，皆入大学，而教之以穷理、正心、修己、治人之道。此又学校之教、大小之节所以分也。

夫以学校之设，其广如此，教之之术，其次第节目之详又如此，而其所以为教，则又皆本之人君躬行心得之余，不待求之民生日用彝伦之外，是以当世之人无不学。其学焉者，无不有以知其性分之所固有，职分之所当为，而各俛焉以尽其力。此古昔盛时所以治隆于上，俗美于下，而非后世之所能及也！

及周之衰，贤圣之君不作，学校之政不修，教化陵夷，风俗颓败。时则有若孔子之圣，而不得君师之位以行其政教，于是独取先王之法，诵而传之以诏后世。若《曲礼》、《少仪》、《内则》、《弟子职》诸篇，固小学之支流余裔，而此篇者，则因小学之成功，以著大学之明法，外有以极其规模之大，而内有以尽其节目之详者也。三千之徒，盖莫不闻其说，而曾氏之传独得其宗，于是作为传义，以发其意。及孟子没而其传泯焉，则其书虽存，而知者鲜矣！

……

天运循环，无往不复。宋德隆盛，治教休明，于是河南程氏两夫子出，而有以接乎孟氏之传，实始尊信此篇而表章之。既又为之次其简编，发其归趣，然后古者大学教人之法、圣经贤传之指，粲然复明于世。虽以熹之不敏，亦幸私淑而与有闻焉。顾其为书犹颇放失，是以忘其固陋，采而辑之，间亦窃附己意，补其阙略，以俟后之君子。极知僭逾，无所逃罪，然于国家化民成俗之意、学者修己治人之方，则未必无小补云。

译文

《大学》这部书是古代的大学用来教书育人的法则。自从上天降生人类，就赋予人类仁义礼智的善性了。然而人类所具有的气质并不是整齐划一的，所以并不是每一个人都知道天赋的善性并且保全它。如果有通达明智、能够尽力发展本性的人出现在众人中间，那么上天一定任命他作为万民的君主、师长，让他管理、教导万民，恢复他们的天性。这就是伏羲、神农、黄帝、尧、舜为何继承天命，建立法则以及设置司徒、掌乐这样的官职的原因。

朱熹是宋代大理学家、文学家，也是宋明理学的集大成者。

287

夏、商、周三朝兴盛时，制度逐渐完备以后，从首都到地方都设置学校。一个人到了8岁，从王公以下，到平民的子弟，都进入小学，教导他们打扫、问答、进退的礼节，和礼仪、音乐、射箭、驾车、文字、算术等才能。到了十五岁，从太子、王子，到公卿、大夫、元士的长子，和有杰出才智的平民，都进入大学，教导他们研究事理、端正心术、修养品性、治理国家的方法。这就是学校教育为何有大学、小学不同制度的原因。

学校的设置是这么普遍，教导的方法和次序、规则条目是这么详细。学校教导的内容，都是君主在日常实践中得到的经验教训，而不是从人民日常生活伦理之外去寻找。所以当时没有不学习的人，也没有人不知道自己所具有的善性和应该尽到的本分而努力学习的。这就是古代兴隆时代，为何朝廷政治兴盛、民间风俗淳美，后世无法与之媲美的原因了。

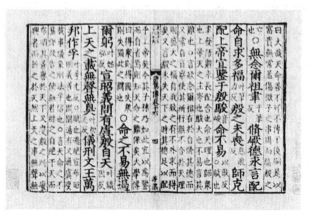

朱熹《诗集传》。

到周朝衰落时，贤能圣明的君主不再出现，学校的制度没人管理，政治的教化衰败不堪，民间的风俗颓废。那时就像孔子这样的圣人，也得不到君王、师长的职位，来推行他的政治教化。孔子因而特别选择先王的成法，讲诵传授，以教导后世的人。例如《礼记》的《曲礼》、《少仪》、《内则》和《管子》的《弟子职》，都是小学的分支后裔。而《大学》这一篇，便是借助小学教育的成功，来彰显大学的圣明法度，对外有规模宏大的制度，对内有详细的规则条目。孔门的三千弟子，大概没有人不曾听说过《大学》的，而只有曾子得到真传，因此撰述经传，阐明《大学》的义理。等到孟子死后，《大学》的传授就断绝了。虽然书本依然存在，但懂的人很少。

……

　　天道的运行，有往有复。宋代的道德兴盛，政治教化美好清明，于是出现了河南程颢、程颐两位夫子，才有人接续孟子对于《大学》的承传，真正开始尊崇《大学》而加以表彰。接着又为此书编订次序，阐发它的旨意，让它重新显扬于世。虽然像我这样不聪明的人，也有幸景仰而得以学习它。但是综观两位夫子所编定的书，还有散乱缺失，所以不顾自己的粗俗鄙陋加以选择编辑，偶尔也私自穿插自己的意见，增补缺文，等待后世君子的指正。我十分明白这种超越本分的做法是无法开脱的罪过，但是对于国家教化人民、改善风俗的用意和学者修养身心、治理家国的方法，恐怕会有一点小小的帮助。

专家点评

　　《大学》原本是《礼记》中的一篇，成书年代大约在秦汉之际。大概在唐代之前，并无单行本流传。从北宋开始，儒者们将其从《礼记》中抽出来单独成篇，着意表彰，其与《论语》、《孟子》具有相当的地位。朱熹继承了北宋的这一学术传统，对《大学》的价值也格外重视。他撰写了《大学章句》一书，将《大学》的"古本"改为"改本"，并将它与《论语》、《孟子》、《中庸》结合在一起，组成一个系统，称之为"四书"，几乎完全主宰了此后几百年的读书人的精神世界。

　　本文是朱熹《大学章句》的序文。文章指出："《大学》之书，古之大学所以教人之法也。""教之以穷理、正心、修己、治人之道也。"他把《大学》看成是一个无所不包、无所不容的百科全书，是中国传统社会修身、齐家、治国、平天下的纲领性文件。

英雄的坎坷之路
——《指南录》后序

名文欣赏

原文节选

呜呼！予之及于死者不知其几矣！诋大酋当死；骂逆贼当死；与贵酋处二十日，争曲直，屡当死；去京口，挟匕首以备不测，几自刭死；经北航十余里，为巡船所物色，几从鱼腹死；真州逐之城门外，几彷徨死；如扬州，过瓜州扬子桥，竟使遇哨，无不死；扬州城下，进退不由，殆例送死；坐桂公塘土围中，骑数千过其门，几落贼手死；贾家庄几为巡徼所陵迫死；夜趋高邮，迷失道，几陷死；质明，避哨竹林中，逻者数十骑，几无所逃死；至高邮，制府檄下，几以捕系死；行城子河，出入乱尸中，舟与哨相后先，几邂逅死；至海陵，如高沙，常恐无辜死；道海安、如皋，凡三百里，北与寇往来其间，无日而非可死；至通州，几以不纳死；以小舟涉鲸波，出无可奈何，而死固付之度外矣！呜呼！死生，昼夜事也，死而死矣；而境界危恶，层见错出，非人世所堪。痛定思痛，痛何如哉！

予在患难中，间以诗记所遭，今存其本不忍废，道中手自钞录：使北营，留北关外，为一

南宋时期抗元名将文天祥。他留下了"人生自古
谁无死，留取丹心照汗青"的著名诗句。

卷；发北关外，历吴门、毗陵、渡瓜洲，复还京口，为一卷；脱京口，趋真州、扬州、高邮、
泰州、通州为一卷；自海道至永嘉，来三山，为一卷。将藏之于家，使来者读之，悲予志焉。

呜呼！予之生也幸，而幸生也何为？所求乎为臣，主辱，臣死有余僇；所求乎为子，
以父母之遗体行殆而死，有余责。将请罪于君，君不许；请罪于母，母不许。请罪于先人
之墓，生无以救国难，死犹为厉鬼以击贼，义也；赖天之灵，宗庙之福，修我戈矛，从王
于师，以为前驱，雪九庙之耻，复高祖之业，所谓"誓不与贼俱生"，所谓"鞠躬尽瘁，死
而后已"，亦义也。嗟夫！若予者，将无往而不得死所矣。向也，使予委骨于草莽，予虽
浩然无所愧怍，然微以自文于君亲，君亲其谓予何？诚不自意，返吾衣冠，重见日月，使
旦夕得正丘首，复何憾哉！复何憾哉！

译文

唉！我接近死亡的边缘不知有多少回了！我责骂敌军统帅会被处死；痛骂逆贼叔侄会被
杀死；与北军那两个头目相处二十天，争论是非曲直，好几次都可能被杀死；逃出京口时，身
边带着匕首以防意外，差点自杀而死；经过元军舰队停泊的地方十多里，遭到巡逻船的搜索，
几乎投水葬身鱼腹而死；在真州被赶出城外，差点儿由于走投无路而急死；到扬州，路过瓜
洲扬子桥，如果碰上敌军哨军，没有不死的；在扬州城下，进退不能自主，等于送死；坐在
桂公塘土围里，敌军骑兵数千人从门前走过，几乎落在敌人手里死掉；在贾家庄，差点被巡
逻队逼死；夜奔高邮迷了路，几乎陷入绝境而死；天亮时，在竹林里躲避哨兵，遇到巡逻的
敌军骑兵几十人，几乎无法逃脱而死；到了高邮，制置司衙通缉捉拿我的公文下达了，差点
儿被逮捕杀死；在城子河里航行，出入乱尸中，坐的船曾与敌人的哨兵船先后进出，几乎偶
然碰上被俘而死；到了海陵，往高沙去，常常担心白白地死掉；经过海安、如皋，总共三百
里，敌兵和土匪在这一带地方来来往往，我每天都可能被杀死；到达通州，几乎因为不被收

留而死；乘小船冒着巨大的风浪过海，实在没有办法，至于死的问题，早已不把它放在心里了！唉，死生不过是早晚的事，死了就死了；可是处境是那样危险艰难，而且层出不穷，实在不是人所能忍受得了的。痛苦的事情过去以后再回想当时遭受的痛苦，那是多么的痛苦啊！

我在患难中，有时用诗来记述遭遇的情景，现在保留着底稿舍不得丢掉，旅途中亲手抄写。有关出使北营，被扣留在北关外的部分，作为一卷；有关从北关外出发，经过吴门、常州、渡江到瓜洲、重回京口的部分作为一卷；有关从京口逃向真州、扬州、高邮、泰州、通州的部分，作为一卷；有关从海路到永嘉又来到三山的部分，作为一卷。我打算把这部诗集保存在家里，让后人读到它，能同情我的心志。

唉！我能死里逃生活下来算是幸运了，可活下来又能干什么呢？做忠臣，国君受到侮辱时，做臣子的就算是死也还是有罪；做孝子，用父母给自己的身体去冒险，就算是死了也有罪。打算向国君请罪，国君不应允；向母亲请罪，母亲不应允；那么我只有向祖先的坟墓请罪了。人活着不能拯救国家于危难，死后也要变成厉鬼去杀贼，这就是所谓的义；仰仗天上的神灵、祖宗的福泽，修整军备，随国君出征，做为先锋，为朝廷洗雪耻辱，恢复高祖帝业，即古人所说的，"誓不与贼共生"，"勤勤恳恳，竭尽全力，直到死了方才罢休"，这也是义。唉！像我这种人，无处不是可以死的地方。在以前，就算我死于荒野，虽然坦荡问心无愧，但也不能掩饰自己对国君和父母的过错，国君与父母又会怎么说我呢？实在想不出答案，于是我重整衣冠，返回宋朝，又见到皇上，即使立刻死去，我又有什么遗憾呢！又有什么遗憾呢！

专家点评

《指南录》是文天祥自编的一部诗集，共有四卷。诗歌反映南宋末年元兵攻打临安，作者奔赴敌营谈判被囚禁，后来逃出，辗转长江南北的一段抗敌生活。创作集中在作者从景炎元年 1 月 20 日赴北营谈判，至 4 月 8 日脱险抵温州这三个半月的时间。诗集之所以命名为《指南录》，取的是"臣心一片磁针石，不指南方不肯休"（《渡扬子江》）的意思。意即要像指南针那样，永远向南，忠于南宋朝廷。卷首已有《自序》一篇，这是《后序》。

作者	文体	推荐理由
陈天祥	奏章	文章慷慨陈词，证据确凿，论理精明透彻。前后对比鲜明，说服力强。句式短促，语气激烈，扣人心扉。

为民除害的利剑
——《上疏劾卢世荣》

名文欣赏

原文节选

国家之与百姓，上下如同一身，民乃国之血气，国乃民之肤体。血气充实，则肤体康强；血气损伤，则肤体羸病。未有耗其血气，能使肤体丰荣者。是故民富则国富，民贫则国贫，民安则国安，民困则国困，其理然也。昔鲁哀公欲重敛于民，问于有若，对曰："百姓足，君孰与不足？百姓不足，君孰与足？"以此推之，民必须赋轻而后足，国必待民足而后丰。《书》曰："民为邦本，本固邦宁。"历考前代，因百姓富安以致乱，百姓困穷以致治，自有天地以来，未之闻也。

夫财者，土地所生，民力所集，天地之间，岁有常数，惟其取之有节，故其用之不乏。今世荣欲以一岁之期，将致十年之积；危万民之命，易一世之荣；广邀增羡之功，不恤颠连之患；期锱铢之诛取，诱上下以交征；视民如雠，为国敛怨。果欲不为国家之远虑，惟取速效于目前，肆意诛求，何所不得！然其生财之本既已不存，敛财之方复何所赖？将见民间由此雕耗，天下由此空虚，安危利害之机，殆有不可胜言者。

计其任事以来，百有余日，验其事迹，备有显明。今取其所行与所言而已不相副者，略举数端：始言能令钞法如旧，钞今愈虚；始言能令百物自贱，物今愈贵；始言课程增添三百万锭，不取于民而办，今却迫胁诸路官司增数包认；始言能令民快乐，凡今所为，无非败法扰民者。若不早有更张，须其自败，正犹蠹虽除去，木病亦深，始嫌曲突徙薪，终见焦头烂额，事至如此，救将何及？

臣亦知阿附权要则荣宠可期，违忤重臣则祸患难测，缄默自固，亦岂不能？正以事在国家，关系不浅，忧深虑切，不得无言。

译文

国家和百姓，上下的关系好像人的身体，百姓是国家的血气，国家是百姓的肌体。血气充实，肌体就健康强壮；血气受到损伤，肌体就赢弱多病。没有血气受损能够使肌体丰满旺盛的。所以百姓富国家就富，百姓贫国家就贫，百姓安国家就安，百姓困国家就困，道理就是这样。当初鲁哀公想大肆搜刮百姓，询问有若，有若回答说："百姓丰衣足食，您怎么会不丰衣足食呢？百姓不丰衣足食，您怎么能丰衣足食呢？"由此推论，百姓必须赋税轻然后才丰衣足食，国家必须等百姓丰衣足食之后才能富足。《尚书》说："百姓是国家的根本，根本稳固了国家才会安宁。"——考察前代的历史，因为百姓富足安定而导致变乱，因为百姓穷困潦倒而达到太平的，自从开天辟地以后，从来没有听说过。

财产是土地生产、百姓劳动所得，天地之间，每年有一定的数量，只有合适地开发，使用时才不会缺乏。现在卢世荣想在一年的时间里，达到十年的蓄积；危害千万百姓的生命，换取他一世的荣华；获得广泛的羡慕和称赞，毫不顾惜人民困苦的后果；搜刮一锱一铢也不放过，欺上瞒下，肆意聚敛；把百姓当做仇敌一样对待，为国家积聚怨恨的情绪。如果真的不为国家的长远考虑，只求眼前立竿见影的效果，肆意搜刮，什么东西搜刮不到！但是生财的根本既然已经荡然无存，聚敛财产的方法又何所凭借呢？将要见到百姓因此而消耗，天下因此而空虚，安危利害的关键，恐怕有言语所不能表达的。

卢世荣主持宰相事务一百多天，考察他的所作所为，都有充分的验证。他的作为和他的论调自相矛盾的，简单列举几个例子：开始说可以让钞法像以前一样，现在钞票却越来越空虚；开始说可以让物价下跌，物价现在越来越高；开始说可以增添三百万锭的税额，不取自百姓就能实现，现在却强迫官府各部门增数包认；开始说可以让百姓快乐，现在的种种作为，无一不是败坏法律扰乱百姓的。如果不趁早改弦易辙，而是等待它自取灭亡，这就正像蠹虫虽然除去了，树木的病也加重了，开始时不早做预防，最后终于焦头烂额，事情已经到了这样的地步，挽救又怎么来得及呢？

我也知道阿附权贵显要，就会得到皇上的宠爱，违逆国家大臣就会遭到不测的祸患，沉默不语以保全自己，我又怎么会做不到？只是因为事关国家，关系不浅，忧虑深切，不得不说。

专家点评

奏议首先揭露卢世荣是一个既无文治，又无武功，只会攀附权贵，一味聚敛财富的小人。他用经商赚取的财物去贿赂权贵，谋取职位后就利用职权大肆贪赃受贿。他对于理财一窍不通，只知道大肆搜刮。曾经因为贪污受贿遭到朝廷罢免，也因此因祸得福，没有牵连入阿合马一案。这样一个劣迹昭彰的奸臣，竟然受到皇帝的垂青，一步登天，坐上宰执的高位。作者在愤怒地指斥卢世荣的斑斑恶迹的同时，也暗含了对世宗用人不当的批评。世宗之所以任用卢世荣，原因有两点：一是认为卢世荣能够整治钞法，尽除其弊，结果却是通货膨胀，物价飞涨，百弊丛生。二是认为卢世荣能在不加重百姓负担的前提下增加税额三百万锭，实际卢世荣的做法却是勒令各行省尽数包认新增加的税额，这样行省摊派给州县，州县摊派给乡里，最终还是全部落到百姓身上。陈天祥尖锐地指出，这种急功近利的做法无异于"为国敛怨"，并恳切告诫世祖一定要爱惜民力，切不可做竭泽而渔的蠢事。

以死进谏的楷模
——《治安疏》

名文欣赏

原文节选

昔汉文帝，贤主也，贾谊犹痛哭流涕而言，非苛责也，以文帝性仁而近柔，虽有及民之美，将不免于怠废，此谊所大虑也。陛下天资英断，过汉文远甚。然文帝能充其仁恕之性，节用爱人，使天下贯朽粟陈，几致刑措。陛下则锐精未久，妄念牵之而去，反刚明之质而误用之。至谓遐举可得，一意修真，竭民脂膏，滥兴土木，二十余年不视朝，法纪弛矣。数年推广事例，名器滥矣。二王不相见，人以为薄于父子。以猜疑诽谤戮辱臣下，人以为薄于君臣。乐西苑而不返，人以为薄于夫妇。吏贪官横，民不聊生，水旱无时，盗贼滋炽。陛下试思今日天下，为何如乎？

迩者严嵩罢相，世蕃极刑，一时差快人意。然嵩罢之后犹嵩未相之前而已，世非甚清明也，不及汉文帝远甚。盖天下之人不直陛下久矣。古者人君有过，赖臣工匡弼。今乃修斋建醮，相率进香，仙桃天药，同辞表贺。建宫筑室，则将作竭力经营；购香市宝，则度支差求四出。陛下误举之，而诸臣误顺之，无一人肯为陛下正言者，谀之甚也。然愧心馁气，退有后言，欺君之罪何如！

……

且陛下之误多矣，其大端在于斋醮。斋醮所以求长生也。自古圣贤垂训，修身立命曰"顺受其正"矣，未闻有所谓长生之说。尧、舜、禹、汤、文、武，圣之盛也，未能久世，下之亦未见方外士自汉、唐、宋至今存者。陛下受术于陶仲文，以师称之。仲文则既死矣，彼不长生，而陛下何独求之？至于仙桃天药，怪妄尤甚。昔宋真宗得天书于乾祐山，孙奭曰："天何言哉？岂有书也。"桃必采而后得，药必制而后成，今无故获此二物，是有足而行耶？曰"天赐者"，有手执而付之耶？此左右奸人，造为妄诞以欺陛下，而陛下误信之，以为实然，过矣。

……

陛下诚知斋醮无益，一旦翻然悔悟，日御正朝，与宰相、侍从、言官讲求天下利害，洗数十年之积误，置身于尧、舜、禹、汤、文、武之间，使诸臣亦得自洗数十年阿君之耻，置其身于皋、夔、伊、傅之列，天下何忧不治？万事何忧不理？此在陛下一振作间而已。释此不为，而切切于轻举度世，敝精劳神，以求之于系风捕影、茫然不可知之域，臣见劳苦修身，而终于无所成也。

译文

过去汉文帝可说是贤明的君主，贾谊还痛哭流涕地呈上《陈政事疏》，这并不是苛责汉文帝，而是认为汉文帝天性仁爱，近于柔弱，虽然有推及于人民的美意，但也可能因懈怠而废止，这是贾谊十分忧虑的。陛下天资英明果断，远远超出汉文帝。而汉文帝能充实其仁厚宽恕之品性，节用爱民，使天下富足繁荣，几乎到了废弃刑罚的地步。可是陛下锐意进取的精神未能持久，旺盛的精力便被虚妄的想法所左右，反把自己的聪明才智误用到不当的地方。甚至认为登仙飞升可以实现，一心一意修道。搜刮民脂民膏，大

明代清官海瑞，他足智多谋，办案有方，深得民心。

297

明代周臣所绘《流民图》。

肆兴修土木工程。二十多年不理朝政，法令纲纪都被废弛。数年来随意放宽封赠官职的规定，滥赏爵位。自己的两个儿子不让见面，世人认为这淡薄了父子关系；由于猜疑和诽谤竟然用刑罚污辱大臣，世人认为这淡薄了君臣关系；乐于在西苑炼丹而不回宫，世人认为这淡薄了夫妇感情。官吏贪污横行，民不聊生，水旱频繁，盗贼更加猖獗。陛下试想，今日的天下，到底是个什么状况呢？

近来严嵩被罢免首辅，严世蕃被处死，一时大快人心。但严嵩罢相以后和严嵩未拜相之前差不多，政治并非很清明，远远比不上汉文帝那时候的政治。天下人不满意您的所作所为已很久了。古代国君有错误，依靠大臣们纠正辅佐。现在您设坛祭祷，大臣相继进香；对仙桃天药之类，又众口一词上表祝贺，建筑宫室，则工部极力修建；购香料，买宝物，则度支派人四处寻求。陛下错误举办的事，而大臣们都错误地顺从，没有一人肯当面向您规劝进谏的，谄媚得太过分了吧。然而他们愧对良心而且感到气馁，退朝后又议论纷纷，这不是欺君之罪又是什么！

……

况且陛下的错误已经很多了，其主要在于设坛祭祷。设坛祭祷是用以求得长生不老的迷信。自古以来圣贤留下的教导，提倡修身立命的准则是"顺受其正"，从没听说有所谓长生不老。唐尧、虞舜、夏禹、商汤、周文王、周武王这些是最伟大的圣人，也未能长久生活在世上；之后也没有听说哪个方术家从汉、唐、宋一直活到现在的。陛下向陶仲文学习长生之术，以师傅来称呼他，陶仲文却已经死了。他都不能长生，而您又怎能独自求得长生呢？至于仙桃天药，更是怪妄之极。过去宋真宗曾获得了乾祐山的所谓天书，孙奭说："天怎么能够说话呢？它哪里有书啊！"桃定要采摘才能得到，药必要炼制才能合成。现在

298

您无故获得这两种东西，难道它们有脚自己走来的吗？或者说是"天赐的"，天能有手拿着给您吗？这是您左右的坏人，胡言乱语来欺骗您，而您又盲目地相信了这些，以为实际如此，这真是大错特错。

……

陛下假如知道设坛祭祷没有什么好处，一旦翻然悔悟，每天到正殿视朝听政，与宰相、侍从、言官一起探求天下的利弊，洗刷数十年来积累的错误，置身于唐尧、虞舜、夏禹、商汤、周文王、周武王这些圣明帝王之间，使各位大臣也得以洗刷数十年来阿谀君王的耻辱，置身于皋陶、夔、伊尹、傅说这些贤良大臣之列，天下何愁不能治理？万事何患不能整顿？这些不过是陛下稍一振作就可以做到的事。放着这些大事不做，而执迷于轻身飞升、出世成仙，徒然浪费精神，求长生之术于捕风捉影、茫然不可知的领域，我认为陛下就算是劳苦终身，到头来也是一无所成的。

明代《皇都积胜图》。图中描绘了明代都城北京城繁荣的场景。

专家点评

文章措辞尖锐，言辞激切，甚至讽刺世宗的年号"嘉靖"，意味着"家家皆净而无财用"，又说："天下之人不直陛下久矣！"真正做到了"言人所不敢言"，"触人所不欲言"。这在历史上是极为罕见的，尤其是在极端专制的明代，就更显得难能可贵。虽然海瑞是本着"武死战，文死谏"的封建君臣道义冒死进谏的，但这并不有损于海瑞刚直不阿、不畏强权的人格。

作者	文体	推荐理由
李贽	议论文	文笔洒脱，感情强烈。文章首尾贯通，气势磅礴，纵横千古。嬉笑怒骂，皆成文章，是一篇有着深刻思想和真情实感的"古今至文"。

内涵极为丰富的"古今至文"
——《童心说》

名文欣赏

原文节选

　　童子者，人之初也；童心者，心之初也。夫心之初，曷可失也，然童心胡然而遽失也？盖方其始也，有闻见从耳目而入，而以为主于其内，而童心失。其长也，有道理从闻见而入，而以为主于其内，而童心失；其久也，道理闻见日以益多，则所知所觉日以益广，于是焉又知美名之可好也，而务欲以扬之，而童心失；知不美之名之可丑也，而务欲以掩之，而童心失。夫道理闻见，皆自多读书识义理而来也。古之圣人，曷尝不读书哉！然纵不读书，童心固自在也，纵多读书，亦以护此童心而使之勿失焉耳，非若学者反以多读书识义理而反障之也。夫学者既以多读书识义理障其童心矣，圣人又何用多著书立言以障学人为耶？童心既障，于是发而为言语，则言语不由衷；见而为政事，则政事无根柢；著而为文辞，则文辞不能达。非内含以章美也，非笃实生辉光也，欲求一句有德之言，卒不可得。所以者何？以童心既障，而以从外入者闻见道理为之心也。

　　夫既以闻见道理为心矣，则所言者皆闻见道理之言，非童心自出之言也。言虽工，于我李贽是晚明思想运动的一面伟大旗帜，一位以"奇谈怪论"闻名天下的狂人、奇士。

何与？岂非以假人言假言，而事假事、文假文乎？盖其人既假，则无所不假矣。由是而以假言与假人言，则假人喜；以假事与假人道，则假人喜；以假文与假人谈，则假人喜。无所不假，则无所不喜。满场是假，矮人何辩也？然则虽有天下之至文，其湮灭于假人而不尽见于后世者，又岂少哉！何也？天下之至文，未有不出于童心焉者也。苟童心常存，则道理不行，闻见不立，无时不文，无人不文，无一样创制体格文字而非文者。诗何必古选？文何必先秦？降而为六朝，变而为近体，又变而为传奇，变而为院本，为杂剧，为《西厢曲》，为《水浒传》，为今之举子业，皆古今至文，不可得而时势先后论也。故吾因是而有感于童心者之自文也，更说什么六经，更说什么《语》、《孟》乎？

译文

儿童是人生的开始阶段，童心是人心的萌芽时期。一个人怎么会丧失自己最初的心呢？可是童心为什么会突然消失呢？大概在成长的时候，通过耳闻目睹获得大量感性的知识，这些知识成为人心的主宰，因而丧失了童心。长大以后，由外界事物得知事理，这些事理又主宰了人心，因而丧失了童心。时间久了，听到的道理一天比一天增多，心中的感受也一天比一天加深，于是又懂得了美好声誉的可贵，一心想要宣扬名声而丧失了童心；同时也懂得了不良名誉的丑陋，一心想要掩饰恶名而丧失了童心。听闻的道理都是通过大量阅读、了解义理而得到的。古代的圣人哪有不读书的呢？即使不读书，童心本来就存而不失；即使读很多书，也是用来维护童心而不让它消失。不像一般的读书人，反而因为读的书多了，认识了义理而雍塞了童心。一般的读书人既然因为读很多书、认识义理而蒙蔽了他们的赤子之心，圣人何必还要多著书立论来蒙蔽读书人呢？童心已经受蒙蔽，因而所说出来的话，都不是出于本心的，参与政事，也全然没有真心作为基础，撰写成文章，词句也不通达。其实一个人如果不是因为胸怀美质而溢于言表，具有真才实学而自然流露的话，那么从他嘴里连一句有道德修养的话都听不到。这是什么原因呢？因为童心已失，而后天得到的闻见道理却入主心灵。

既然用听来的事理为心，那么所说的话都是依据听到的事理，不是出自童心而说的。说得虽然精巧，和自己又有什么关系呢？难道这不是由虚假的人来说虚假的话，而且用虚假的态度处事、用虚伪的文辞著述吗？假如一个人已经虚伪了，那么他所做的事没有不虚假的。因此，你用虚假的言语同虚伪的人谈论，那虚伪的人就会高兴；你将虚假的事情告诉虚伪的人，那虚伪的人就会高兴；你同虚伪的人谈论虚伪的文章，那虚伪的人就会高兴。没有什么不是虚假的，那就没有什么是不可以高兴的了。满场看戏的人都是虚伪的，那么一叶障目的人还哪里能发现它的假呢？这样即使有天下最好的文章，被虚伪的人埋没而不能全部流传于后世，这样的情况难道还少吗？为什么呢？天下最好的文章，没有不是出自童心的。如果经常保存童心，世俗的道理无法推行，世俗的听闻无法成立，那么每时每刻都有好文章，无论哪种体裁都可以写出好文章。写诗为什么非得是古代选本，散文何必非得是先秦诸子之文呢？古诗演变成六朝诗，一变为近体诗，又一变而唐传奇，金代、元代改作剧本、杂剧，改作《西厢记》、《水浒传》，今日又改作八股的科举文字，这些都是从古到今的发展，不能以时代先后来比较高下。所以我觉得应该本着童心来著述，实在用不着言必称六经，言必称《论语》、《孟子》。

专家点评

李贽的进步思想，集中表现在敢于打破千百年来对孔子的迷信。在理学占统治地位的明代，李贽敢于不以孔子的是非为是非，被封建统治者尊为"治天下之大经大法"的六经，在李贽眼里，不过是史官过分的"赞美之语"和孔孟之徒"记忆师说"的残缺笔记而已，而且已经变成了"道学之口实，假人之渊薮"。这充分表现了他敢于离经叛道的批判精神。

在李贽的心目中，"真"既是衡量社会人生的基本准则，也是他文艺观的核心内涵。他认为，"天下之至文，未有不出于童心"者，只要是发自真心，出自真情，则"无时不文，无人不文，无一样创制体格文字而非文者"。所以，他旗帜鲜明地主张："诗何必古选，文何必先秦"，对明代前期文坛上"文必秦汉、诗必盛唐"的复古思潮提出了批判；对于道学家所不齿的"传奇"、"院本"、《西厢》、《水浒》等来自民间的文学样式大加赞赏，认为"皆古今至文，不可得而时势先后论也"，体现了进步的文学史观。

作者	文体	推荐理由
顾炎武	议论文	文章论点明确，广博援引历史为证据，结构严谨，见解独特，议论精当，文采斐然。

国家振兴的响亮号角
——《天下兴亡，匹夫有责》

名文欣赏

原文

有亡国，有亡天下。亡国与亡天下奚辨，曰：易姓改号谓之亡国，仁义充塞而至于率兽食人，人将相食，谓之亡天下。

魏晋人之清谈何以亡天下？是孟子所谓杨墨之言至于使天下无父无君而入禽兽者也。昔者嵇绍之父康被杀于晋文王，至武帝革命之时，而山涛荐之入仕，绍时屏居私门，欲辞不就。涛谓之曰："为君思之久矣。天地四时犹有消息，而况于人乎一时。"传诵以为明言，而不知其败义伤教至于率天下而无父者也。夫绍之于晋，非其君也，忘其父而事其非君。当其未死三十余年之间，为无父之人亦已久矣，而汤阴之死何足以赎其罪乎？且其入仕之初，岂知必有乘舆败绩之事，而可树其忠名以盖于晚也。

自正始以来，而大义之不明遍于天下。如山涛者既为邪说之魁，遂使嵇绍之贤且犯天下之不韪而不顾。夫邪正之说，不容两立，使谓绍为忠，则必谓王裒为不忠而后可也。何怪其相率臣于刘聪、石勒，观其故主青衣行酒而不以动其心者乎？是故知保天下，然后知

303

顾炎武精通经世致用之学，提倡"天下兴亡，匹夫有责"。

保其国。保国者，其君其臣肉食者谋之；保天下者，匹夫之贱，与有责焉耳。

译文

自古以来，有亡国的事，也有亡天下的事。如何辨别亡国和亡天下呢？那就是：易姓改号叫做亡国；仁义的道路被阻塞，以至于达到率领禽兽来吃人，人与人之间也是你死我活的关系，这叫做亡天下。

魏晋人的清谈为什么能够亡天下？原因就是孟子所说的杨朱墨翟的学说使天下人目无父母，目无君上，从而堕落为禽兽了。以前，嵇绍的父亲嵇康被晋文王所杀，到晋武帝建立晋朝时，山涛推荐嵇绍入朝做官，嵇绍当时隐居在家里，想推辞不去。山涛对他说："我替您考虑很久了。天地间春夏秋冬四季尚且有相互更替的时候，更何况人生短暂的一世。"人们把山涛的这些话作为名言加以传诵，然而不了解他这话败坏了仁义，伤害了教化，竟至使天下人目无父母。嵇绍对于晋王朝来说，晋王朝的国君并非他的国君，但他却忘了自己父亲被晋文王杀害，而去事奉晋国国君。在他活在世上的30多年之间，他作为目无父母之人已经很久了，在汤阴以死效忠又如何赎回他的罪过呢？况且当他最初入朝做官的时候，他哪里知道晋王一定会发生兵败之事，而自己竟能树立忠名使晚节完美无缺呢！

自从曹魏正始以来，大义不明的情况已经遍及天下。山涛之流既然是异端邪说的罪魁祸首，于是使嵇绍这样的贤人都去冒天下之大不韪而无所顾忌。邪和正两种评价截然相反，二者不可并行不悖。假如认为嵇绍是忠，那么就一定认为王裒是不忠才可以。否则如何能责怪那些晋代旧臣相继着去侍奉刘聪、石勒，眼看着他的故主晋怀帝身穿青衣贱服为

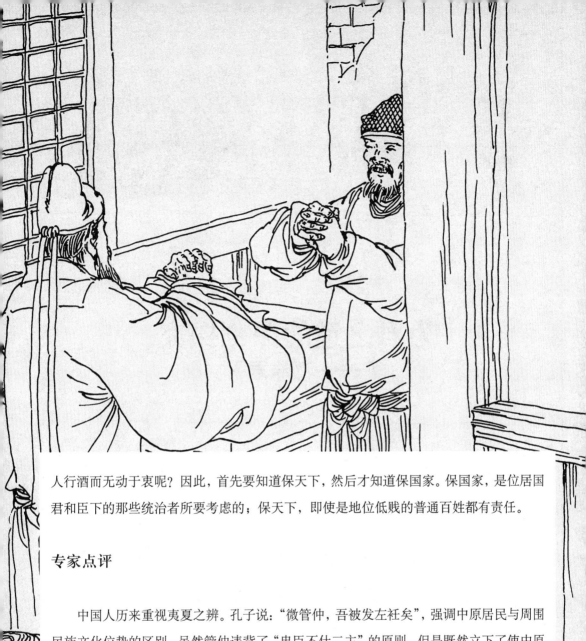

人行酒而无动于衷呢？因此，首先要知道保天下，然后才知道保国家。保国家，是位居国君和臣下的那些统治者所要考虑的；保天下，即使是地位低贱的普通百姓都有责任。

专家点评

中国人历来重视夷夏之辨。孔子说："微管仲，吾被发左衽矣"，强调中原居民与周围民族文化位势的区别。虽然管仲违背了"忠臣不仕二主"的原则，但是既然立下了使中原文化得以保存的大功，也就可以原谅了。到了明末清初的思想家王夫之这里，"夷夏之辨"不仅是不同民族之间文明程度的区别，甚至还是人与动物的区别，这样绝对的观念中暗含了对外来文化的排斥心理。相对而言，顾炎武态度比较平和，也比较公允。他把对"夷夏之辨"的斤斤计较转移到了对"亡天下"的关注。在顾炎武看来，汉族文化的沦丧比汉族政权的沦丧将具有更为严重的历史后果。"保天下"第一，"保国"第二。在今天看来，这种思想也许没有什么惊人之处，可是在十七世纪的封建中国，这无异是对传统家国政治观念最可宝贵的突破。

为君之道的深刻探究
——《原君》

名文欣赏

原文节选

古者天下之人爱戴其君，比之如父，拟之如天，诚不为过也。今也天下之人怨恶其君，视之如寇雠，名之为独夫，固其所也。而小儒规规焉，以君臣之义无所逃于天地之间，至桀、纣之暴，犹谓汤、武不当诛之，而妄传伯夷、叔齐无稽之事，视兆人万姓崩溃之血肉，曾不异夫腐鼠。岂天地之大，于兆人万姓之中，独私其一人一姓乎？是故武王，圣人也；孟子之言，圣人之言也。后世之君，欲以如父如天之空名，禁人之窥伺者，皆不便于其言，至废孟子而不立，非导源于小儒乎？

虽然，使后之为君者果能保此产业，传之无穷，亦无怪乎其私之也。既以产业视之，人之欲得产业，谁不如我？摄缄滕，固扃鐍，一人之智力，不能胜天下欲得之者之众。远者数世，近者及身，其血肉之崩溃，在其子孙矣。昔人愿世世无生帝王家，而毅宗之语公主，亦曰："若何为生我家？"痛哉斯言！回思创业时，其欲得天下之心，有不废然摧沮者乎？是故明乎为君之职分，则唐、虞之世，人人能让，许由、务光非绝尘也。不明乎为

明军使用的铁炮。明末清初，黄宗羲曾参加过抵抗清军的战斗。

君之职分，则市井之间，人人可欲，许由、务光所以旷后世而不闻也。然君之职分难明，以俄顷淫乐，不易无穷之悲，虽愚者亦明之矣！

译文

古时候，天下人爱戴自己的君主，把他们比作父亲，把他们比作天，实在不算过分。现在天下人怨恨、憎恶自己的君主，把他们看作仇敌，称他们为独夫，这原本是他们应当得到的。可是那些眼光短浅的读书人，却拘谨地认为，人生在天地之间，就无法逃脱君臣之间的伦理关系；甚至认为，就算是桀、纣那样的暴君，汤、武也不应当去讨伐他们。他们因此胡乱传说伯夷、叔齐那些无可查考的故事，看待千千万万百姓血肉模糊的躯体，竟然像对待腐臭的老鼠一样觉得不屑一顾。难道天地这么大，在千千万万天下人中，唯独就应当偏爱君主一人一家吗？因此讨伐纣王的武王是圣人，孟子肯定武王伐纣的言论，是圣人的言论。后世的君主，想要用自己"如父如天"一类的空名来禁绝他人暗中乘机夺取君位的可能，都感到孟子的话对自己不利，甚至废除对孟子的祭祀，这难道不是来源于小儒吗？

虽然这样，如果后来做君主的果真能保住这份产业，把它无穷尽地传下去，也就不必奇怪他们将天下据为私有了。既然把天下看作自己的产业，那么他人想得到产业的欲望，谁不和君王自己一样呢？即使勒紧绳索，加固关钮、锁钥，可是一个人的智谋、能力，终究不能抵挡天下想得到产业的众人的智谋和能力。远的不过几代，近的就在自身，那血肉模糊的灾祸，便降临到他的子孙身上了。过去南朝宋顺帝愿以后世世代代永远不要投生在帝王家里，而崇祯皇帝也对女儿说："你为什么生在我的家里？"这话多么沉痛啊！此时

307

回想起创业时那占有天下的野心来，能不沮丧吗？所以，明白做君主的职分，就会出现唐、虞的世道，人人都能谦让君位，许由、务光就不是超尘绝俗的人了。不明白做君主的职分，那么街头里巷，人人都有占有天下的欲望，这就是许由、务光在后世再也没有出现的原因。然而，君主的职分虽然难以明白，但不能用片刻的安逸来换取无穷的悲哀，这个道理即使是愚昧的人也懂得吧！

专家点评

　　文章思路清晰，逻辑严密，论证简明有力。在论证的时候善于运用对比，在对比中展开论点，层层深入论证。如以传说中的尧舜之君与后世的人君对比，以古时的公天下与后代的私天下对比，以古时老百姓爱其君、敬之如父和今之人恨其君、恨之如仇人相对比，则君权专制的危害也就不言而喻了。作者的学问根基是史学，文章末段所举明崇祯对公主所说"你为什么要生在我家里"的例子，更是近在眼前的历史事实，具有极为震撼人心的说服力。

虎门销烟的序幕
——《钱票无甚关碍宜重禁吃烟以杜弊源片》

名文欣赏

原文节选

臣查钱票之流弊，在于行空票而无现钱。盖兑银之人，本恐钱重难携，每以用票为便，而奸商即因以为利：遇有不取钱而开票者，彼即唛以高价，希图以纸易银；愚民小利是贪，遂甘受其欺而不悟。迨其所开之票，积至盈千累百，并无实钱可支，则于暮夜关歇潜逃，兑银者持票控追，终成无著。此奸商以票骗银之积弊也。臣愚以为弊固有之，治亦不难。但须饬具五家钱铺连环保结，如有一家逋负，责令五家分赔；其小铺五家互结，复由年久之大铺及殷实之银号加结送官，无结者不准开铺，如违严究；并拘拿脱逃之铺户，照诓骗财物例，计赃从重科罪，自可以遏其流。

但此弊只系欺诈病民，而于国家度支大计，殊无关碍。盖钱票之通行，业已多年，并非始于今日。即从前纹银每两兑钱一串之时，各铺亦未尝无票，何以银不如是之贵？即谓今日奸商更为诡猾，专以高价骗人，亦只能每两多许制钱数文及十数文为止，岂能因用票之故，而将银之仅可兑钱一串者，忽抬至一串六七百文之多？恐必无是理也。且市侩之牟利，无论

中国近代睁眼看世界的第一人，在广州虎门销烟壮举中成为留传百年的民族英雄，成为禁烟运动的中坚力量——林则徐。

银贵钱贵，出入皆可取赢，并非必待银价甚昂然后获利。设使此时定以限制，每两只许易钱一串，彼市侩何尝不更乐从，不过兑银之人吃亏更甚耳。若抑银价而使之贱，遂谓已无漏卮，其可信乎？查近来纹银之绌，凡钱粮、盐课、关税一切支解，皆已极费经营，犹藉民间钱票通行，稍可济民用之不足。若不许其用票，恐捉襟见肘之状，更有立至者矣。

夫银之流通于天下，犹水之流行于地中。操舟者必较水之浅深，而陆行者未必过问；贸易者必探银之消息，而当官者未必尽知。譬如闸河之水，一遇天旱，重重套板，以防渗漏，犹恐不足济舟。若闭闸不严，任其外泄，而但责各船水手以挖浅，即使此段磨浅而过，尚能保前段之无阻乎？银之短绌，何以异是？臣历任所经，如苏州之南濠、湖北之汉口，皆阛阓聚集之地。叠向行商铺户暗访密查，佥谓近来各种货物，销路皆疲，凡二三十年前，某货约有万金交易者，今只剩得半之数。问其一半售于何货？则一言以蔽之曰，鸦片烟而已矣！此亦如行舟者验闸河之水志，而知闸外泄水之多，不得以现在行船尚未搁浅，而姑苟安于旦夕也。

译文

我认为，钱票的流弊在于流通空票而无现钱。兑换银两的人，因为钱的分量重、难于携带，所以往往认为使用钱票比较方便，而奸商却正好利用了这点牟取暴利。奸商遇到不取现钱而愿要钱票的人，便用比支付现钱较高价的钱票引诱他们，意在用一纸空文来换取纹银，而愚昧之人又往往贪图眼前的小利，甘心受奸商的欺骗而不醒悟。奸商等到自己所开具的钱票多达千百的时候，因为并无现钱可以支取，便趁着晚上商店关门歇业时悄悄逃走，兑银者尽管拿着钱票控告追讨，但最终也没有着落。这是奸商用钱票骗

《虎门海战图》把虎门海战时的场景描绘得淋漓尽致。

取银两的伎俩，流毒甚久。但我认为，弊端固然存在，要想治理也并不难，只要皇上命令每五家钱铺互相担保，递交保证书，如果有一家逃债，便责令五家共同偿付持票者的银两。小的钱铺五家互相担保以后，再由经营时间较长的大铺和殷实的银号加签保证书后送交官府，没有保证书的钱铺一律不准开张营业。一旦违犯，从严追究。同时拘拿脱逃的铺户，按照诬骗财物罪的规定没收其赃物，从重处置。这样，自然可以遏止这种积弊的发展。

但是，这个弊端只是奸商欺诈贫弱的民众，与国家的财政大计没有什么关系，因为钱票的通行已有很多年了，并不是从现在才开始。即使从前纹银每两兑换一串制钱的时候，各钱铺也未尝不开钱票，为什么那时的银子没有现在这么贵呢？即便是近来奸商更加狡猾，专门用高价来骗人，也只能是每两纹银多兑换数文或十多文制钱而已，怎么会因为用钱票的缘故而把一两纹银一串制钱忽然抬高到每两纹银兑换一串六、七百文之多呢？恐怕没有这样的道理吧！况且市侩们牟利，不论银贵还是钱贵，出入都可以盈利，并非一定要等到银价抬高后才能获利。假如现在国家做出规定，每两纹银只准兑换一串制钱，那些市侩们何尝不会更乐于听从呢？只是这样一来，兑换银两的人吃亏更大而已。如果人为地抑制银价而使其银价下跌，这样便认为国家经济已经没有漏洞了，这可信吗？根据我的调查，近来纹银短缺的情况非常严重，凡是钱粮、盐税、关税等所有支付和解送，都已处于短缺状态，并且还要借助民间的钱票通行，才能稍稍缓解民用的不足。如果不准许他们用钱票，恐怕捉襟见肘的财政困境会立刻暴露出来。

银两流通于天下，就好比河水在地面上流行，使用舟船的人一定会注意水的深浅，而走陆路的人却未必过问此事。同样，做生意的人必定要留心银钱的涨落，而当官的人未必都知道银价的消长。譬如用高板拦起河水，一遇到天旱时，要在闸上重重加板，以防河水渗漏，即使这样，仍担心河水的深度不足以行船。如果闸闭得不严，任凭河水外溢，而只是责令各船的水手将浅处挖深，那么，即使勉强行过一段，难道就能保证前段再没有障碍吗？银子的短缺状况跟这没什么区别。我先后任过职的地方，如苏州的南濠、湖北的汉口，都是街市聚集的地方。我多次对那里的行商、铺户暗访密查，他们都说近来各种货物的销路都很不景气，凡是二三十年前能有万金交易的货物，现在的交易额只有原来的一半。我询问他们那一半销售的是什么货物，他们都用一句话概括说，是鸦片烟罢了。这也像是行船的人要查看河水的水线，才知道闸外泄水量的多少，而不能因为现在行船尚未搁浅就可以暂时苟且偷安。

专家点评

文章从维护封建统治的立场出发，大声疾呼，从严执法，坚决禁烟，否则就将养痈贻患，后果不堪设想！文章反复说明鸦片输入对国计民生所造成的巨大危害，突出强调了久禁不止的根源。作者尖锐地指出，禁烟令之所以不能收效，原因在于官场流弊，衙门中吸食鸦片的人多："臣前议条款，请将开馆兴贩，一体加重，仍不敢宽吸食之条者，盖以衙门中吸食最多，如幕友、官亲、长随、书办、差役，嗜鸦片者十之八九，皆力能包庇贩卖之人，若不从此严起，彼正欲卖烟者为之源源接济，安肯破获以断来路？是以开馆应拟绞罪，律例早有明条，而历年未闻绞过一人，办过一案，几使例同虚设，其为包庇可知。即此时众议之难齐，亦恐未必不由乎此也。"如果还不严加惩处，那么"数十年后，中原几无御敌之兵，且无可以充饷之银"。使道光帝充分认识到了鸦片输入将造成军队涣散、吏治腐败和财源枯竭的严重后果，从而下定禁烟决心。

向西方学习新风气的开端
——《海国图志》序

名文欣赏

原文节选

何以异于昔人海图之书？曰：彼皆以中土人谭西洋，此则以西洋人谭西洋也。是书何以作？曰：为以夷攻夷而作，为以夷款夷而作，为师夷长技以制夷而作。

……

然则执此书即可驭外夷乎？曰：唯唯，否否！此兵机也，非兵本也；有形之兵也，非无形之兵也。明臣有言："欲平海上之倭患，先平人心之积患。"人心之积患如之何？非水，非火，非刀，非金，非沿海之奸民，非吸烟贩烟之莠民。故君子读《云汉》、《车攻》，先于《常武》、《江汉》，而知二《雅》诗人之所发愤；玩卦爻内外消息，而知大《易》作者之所忧患。愤与忧，天道所以倾否而之泰也，人心所以违寐而之觉也，人才所以革虚而之实也。

昔准噶尔跳踉于康熙、雍正之两朝，而电扫于乾隆之中叶。夷烟流毒，罪万准夷，吾皇仁勤，上符列祖，天时人事，倚伏相乘，何患攘剔之无期？何患奋武之无会？此凡有血气者所宜愤悱，凡有耳目心知者所宜讲画也。去伪、去饰、去畏难、去养痈、去营窟，则人心之寐患祛其一。以实事程实功，以实功程实事，艾三年而蓄之，网临渊而结之，毋冯河，毋画饼，则人才之虚患祛其二。寐患去而天日昌，虚患去而风雷行。《传》曰："孰荒于门？孰治于田？四海既均，越裳是臣。"叙《海国图志》。

译文

这本书和前人所作有关海外情况的书有什么不同呢？回答说：他们都是以中国人的立场谈论西方，这本书则是以西方人的立场谈论西方。这本书为何而作呢？回答说：为了借助西方人打击西方人而作，为了借助西方人和西方人讲和而作，为了学习西方人的优秀技术以制服西方人而作。

……

那么，有了这本书就可以驾驭外国了吗？回答说：是的，但也未必。这本书意味着可以用来增加战胜的机会，但不是战争的根本；这是有形的战略，不是无形的战略。明代的

▼ 北京同文馆。这是中国最早的外国语学校，为西方科学文化在中国的传播提供了基地。

大臣曾说："想要平定沿海的倭寇之乱，先要平息人内心的混乱。"人内心的混乱是怎么样的？不是水，不是火，不是刀剑，不是火器，不是沿海的汉奸，不是吸食鸦片贩卖鸦片的刁民。因此，君子读《诗经》时，先读《云汉》、《车攻》这样内修王化、外攘夷狄的篇章，再读《常武》、《江汉》这样讨伐平叛的篇章，就可以明白大、小《雅》诗人所以发愤创作的原因；玩味《易经》各卦各爻的消息，就可以明白《易经》作者的忧患意识。发愤和忧患，是天道由闭塞而变为畅通的原因，是人心告别蒙昧而达到觉醒的原因，也是人性革除浮华变为朴实的原因。

从前准噶尔部落猖獗于康熙、雍正两朝，而被迅速平定于乾隆中叶。洋人的鸦片流毒于全中国，危害超过准噶尔一万倍。皇上的仁爱勤恳可以媲美历代祖先，而且天时和人事都是像祸福一样互相转化的，又何愁没有消灭外寇的时机？又何忧没有振奋武功的机会？这是凡是有血性的人所应该发愤图强而具有心计的人所应该深思熟虑的。除去虚伪、除去掩饰、除去畏难的心理、除去养痈贻患的短视、除去营谋私利，这样人心的蒙昧无知和忧患可以除去。以实际的情况衡量实际的功劳，以实际的功劳衡量实际的情况。像积蓄艾草需要长期准备；像网鱼事先必须结网一样，要做好充分准备；不要冲动鲁莽，不要画饼充饥，这样可以除去人才虚浮的忧患，除去蒙昧无知的忧患，则天地之间一片清明，可以大有作为；除去浮华的忧患，就可以雷厉风行，收到实效。韩愈的《越裳操》说："谁来拓展土地？谁来治理农田？天下都已经富庶，越裳便会纳贡来朝。"为《海国图志》作序。

专家点评

在序文中，魏源交代了主要资料来源，并明确表示编写这本书的目的是"师夷之长技以制夷"。他主张"欲制夷患，必筹夷情"，"只有识夷情，洞敌势"，才能"战而胜之"。在《海国图志》中，魏源认为："夷之长技有三：一、战舰；二、火器；三、养兵练兵之法。"为了巩固国防，必须学习西方的军器、量天尺、千里镜、火轮船、千斤秤等，以达到"尽得西洋之长技为中国之长技"的目的。

魏源在当时提出"师夷长技"是难能可贵的。守旧派指责他"示弱于敌"，"以夷变夏"。魏源毫不示弱，据理力争，还以康熙皇帝曾经征调荷兰夹板船、聘用西洋技师制造火炮用于平定三藩为例，进行了有力的回击。他自强御侮的爱国精神、自强不息的求索精神，成为了维新变法运动的先导，对中国近代历史的影响是深远的。

世纪绝响

——《遵旨统筹全局折》

名文欣赏

原文节选

窃维立国有疆，古今通义。规模存乎建置，而建置因乎形势，必合时与地通筹之，乃能权其轻重，而建置始得其宜。伊古以来，中国边患，西北恒剧于东南。盖东南以大海为界，形格势禁，尚易为功，西北则广漠无垠，专恃兵力为强弱，兵少固启戎心，兵多又耗国用。以言防，无天险可限戎马之足，以言战，无舟楫可省转馈之烦，非若东南之险阻可凭，集事较易也。周、秦至今，惟汉、唐为得中策；及其衰也，举边要而捐之，国势遂益以不振。往代陈迹，可覆按矣……

高宗平定新疆，拓地周二万里，一时帷幄诸臣，不能无耗中事西之疑，圣意坚定不摇者，推旧戍之瘠土，置新定之腴区，边军仍旧，饷不外加，疆宇益增巩固，可为长久计耳。方今北路已复乌鲁木齐全境，伊犁尚未收回，南路已复吐鲁番全境，祗白彦虎率其余党偷息开都河西岸，喀什噶尔尚有叛弁逃军，终烦兵力；此外各城，则方去虎口，如投慈母之怀，自无更抗颜行者。新秋采运足供，余粮栖亩，鼓行而西，宣布朝廷威德，且剿且抚，无难挈旧有之疆宇，还隶职方。此外，如安集延、布鲁特诸部落，则等诸邱索之外，听其翔泳故区可矣。英人为安集延说者，虑俄之蚕食其地，于英有所不利，俄方争土耳其，与英相持。我收复旧疆，兵以义动，设有意外争辩，在我仗义执言，亦决无所挠屈。

至新疆全境，向称水草丰饶、牲畜充牣者，北路除伊犁外，奇台古城、济木萨至乌鲁木齐、昌吉、绥来等处，回乱以来，汉回死丧流亡，地皆荒芜。近惟奇台古城、济木萨商民、散勇、土著民人聚集开垦，收获甚饶，官军高价收取，足省运脚；余如经理得宜，地方始有复元之望。南路各处，以吐鲁番为腴区，八城除喀喇沙尔所属地多硗瘠，余虽广衍不及北路，而饶沃或过之矣。官军已复乌鲁木齐、吐鲁番，虽有驻军之所，而所得腴地，尚不及三分之一。若全境收复，经画得人，军食可就地采运，饷需可就近取资，不至如前此之拮据忧烦，张皇靡措也。

译文

我认为，立国都有疆界，这是古今一贯的道理。疆土的格局体现在机构的建置之中，而机构的建置要依据各地的形势，必须结合时间与地域统一筹划，才能权衡轻重而做到建置得当。自古以来，中国边疆的危机，总是西北比东南严重。这主要是因为东南以大海为疆界，形势受到阻碍和限制，比较容易防御。而西北则广漠无垠，只能依靠兵力的强弱决定疆界的划分。兵力太少固然会使敌人产生侵略的野心，而兵力太多又会耗费国家太多的财力。况且就西北的地势而言，如果防守，则没有天险可以限制敌人兵马的驰骋；如果进攻，又没有舟船可以节省后勤运输的麻烦，不像东南那样有险阻可依靠，比较容易行事。从周

左宗棠饱览群书，深谙兵法，为大清的安定作出了巨大贡献。

317

秦一直到现在，只有汉唐两代的西北边防处理得比较妥当。但在它们衰落以后，边防要地都被放弃，结果导致其国势更加不振。前代的历史经验可以供我们认真地考察……

高宗皇帝平定新疆，开拓疆域方圆两万里，当初筹划的时候，诸大臣也有担心西北兵事耗用中原太多财力的疑虑。但高宗的意志之所以坚定不移，是因为一旦平定叛乱，就能够把边界从原来守卫的贫瘠土地扩展到新近平定的肥沃区域。边军仍然按旧有的制度，军饷也不用额外增加，而疆域还能日趋巩固，可以作为长久之计。现在北路已收复乌鲁木齐全境，只有伊犁尚未收回；南路已收复吐鲁番全境，只有白彦虎率残部退到开都河西岸苟延残喘。喀什噶尔还有一些叛匪的残部，仍然需要加以肃清。其余各城则刚刚脱离虎口，如投入慈母怀抱的幼子，自然不会再次反叛。秋收之际，后勤供应充足，田野里到处都是余粮，我军如果一鼓作气，继续向西进军，一路宣布朝廷威德，剿抚兼施，那么把原有的疆域收回到我国的版图中将不会有太大的困难。此外，像安集延、布鲁特等部落原来就等于在我们管辖之外，可以任他们在原来的生活区域内自由活动。英国人之所以为安集延部落游说，是担心俄国人蚕食安集延的土地，会对英国有所不利。俄国刚刚在争夺土耳其的争端中与英国对峙，我国收复旧有疆域，师出有名，他们能用什么借口来刁难我们呢？假如有意外的争议，节外生枝，只要我们能够仗义执言，决没有什么我们理亏的地方。

至于新疆全境，一向被认为是水草丰饶、牲畜繁盛的地方，北路除伊犁外，奇台、古城、济木萨到乌鲁木齐、昌吉、绥来等处，自回民叛乱以来，由于汉回两族百姓死丧流亡

▼《左宗棠克复杭州战图》。左宗棠与太平军在杭州展开激战，最终左宗棠夺回了杭州。

清代御用奇准神枪。
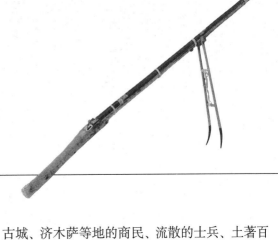

的很多，土地都荒芜了。近来只有奇台、古城、济木萨等地的商民、流散的士兵、土著百姓聚集垦荒，收获很丰饶。官军高价收购他们的粮食，足以节省运输费用。其余的地方如果经营得当，也会有复兴的希望。南路各地，吐鲁番是富饶的地区，南八城除了喀喇沙尔所属地区较贫瘠外，其余各地虽不如北路广阔，但土地或许要比北路富饶。官军已收复乌鲁木齐、吐鲁番，虽然已有驻军的地方，但所收复的肥沃地区尚不足三分之一。如果全境收复，经营管理的人员得力的话，军粮可以就地征集，军需军饷也可以就近采取，不至于像以前那样因为担忧供应不足而张皇失措了。

专家点评

文章力陈保卫新疆、巩固西北对于维护国家主权完整与国防安全的重要意义，认为京师与新疆臂指相连，一旦新疆失守，则蒙古不能确保；蒙古不保，则京城也就岌岌可危，完全暴露在虎视眈眈的外国侵略者面前。因此作者反复强调地不可弃，兵不可停。针对英俄侵略新疆的野心，指出出兵新疆是收复失地，师出有名，即使有意外的争议，也可以仗义执言。并且为了新疆的长治久安，左宗棠建议战后在新疆设行省、置郡县。这种征讨和经营并重的战略，不但能够招抚民众开渠垦荒，发展生产，而且对于开发新疆、阻遏外国势力入侵起到了很大作用。文章围绕保卫新疆的重要性，旁征博引，鉴古论今，气势宏大。文章论证道理透辟有力，逻辑严密，特别善于选用史实进行对比，文辞自然朴实。清政府接受了左宗棠的建议，于1884年在新疆建省，设置州县，促进了新疆社会经济的发展。左宗棠在西北边防的历史功绩是不可磨灭的。

天足运动的头功
——《请禁妇女裹足折》

名文欣赏

原文节选

夫父母之仁爱，岂乐施此无道之虐刑于其小女哉？徒以恶俗流传，非此不贵，苟不缠足，则良家不娶，妾婢是轻。故宁伤损其一体，而免摈弃其终身。此为一人一家之事，诚有茹苦含辛而无如何者。若圣世怀保小民，一夫之有失，时以为予辜，一物不得所，引以为己罪，而令中国二万万女子，世世永永，婴此刖刑，中国四万万人民，世世永永，传此弱种，于保民非荣，于仁政大伤，皇上能无恻然矜之，怒然忧之乎！

臣尝考裹足恶俗，未知所自。《史记》利屣，不过尖头；唐人诗歌，尚未咏久；宋世奄被，遂至方今。或谓李后主创之，恐但恶风所扇耳。宋人称只有程颐一家不裹足，则余风可知。古今中外，未有恶俗苦体，非关功令，乃能淹被天下、流传千年若斯之甚也。其可骇莫甚焉。以国之政法论，则滥无辜之非刑；以家之慈恩论，则伤父母之仁爱；以人之卫生论，则折骨无用之致疾；以兵之竞强论，则弱种展转之谬传；以俗之美观论，则野蛮贻诮于邻国。是可忍也，孰不可忍！

且国朝龙兴，严禁裹足，故满洲妇女，皆尚天足。凡在国民，同隶复帱，率土妇女，尤宜哀矜。且法律宜一，风俗宜同。皇上怜此弱女，拯此无辜，亟宜禁此非刑，改兹恶俗。乞特下明诏，严禁妇女裹足：其已裹者，一律宽解；若有违抗，其夫若子有官不得受封，夫官者，其夫亦科镟罚；其十二岁以下幼女，若有裹足者，重罚其父母。如此则风行草偃，恶俗自革。举国弱女皆能全体，中国传种渐可致强，外人野蛮之讥可以销释，其神圣化，岂为小补！伏维皇上圣鉴。谨奏。

译文

天下父母都疼爱儿女，又怎么会乐于将这种无道的虐刑加在自己幼女身上呢？只是因为坏的风俗流传，不裹足就不显得尊贵。如果不裹足，那么好人家就不娶这样的女子做媳妇，连奴婢、小妾都看轻她，所以宁愿伤残自己的一部分肢体以免自己的一生都遭到遗弃。这虽然是一人或一家的事，但实在是自己不得不忍受的苦难。圣王时代爱护小民，哪怕只有一个百姓流离在外，也常常认为是自己的罪过；哪怕只有一件事情没有办好，也认为是自己的罪过。但是使两亿女子世世代代忍受这样的刑罚，使中国四亿人民世世代代繁衍这样的弱种，这对于圣明君王保护百姓的本意来说，真是没什么值得夸耀的地方，对于圣王的仁政是莫大的伤害，皇上难道能够不对此抱着深切的怜悯之心，难道能够对此丝毫不感到心绪不宁吗？

我曾经考证裹足恶习，没考证出来源。《史记》中有"利屣"，就是尖头舞鞋；唐朝人的诗歌，还没有描写过裹足；宋朝时广泛流行起来，于是延续到现在。有的人说是后唐李后主首倡，恐怕是已经败坏的风俗煽动的结果。宋朝人说宋朝只有程颐一家的女子不裹足，那么这种风俗的流行之广就可以想象了。古今中外，没有一种恶俗像这样摧残人的肢体，又并非出于法令所规，却能流布于天下、绵延近千年，达到这种严重的程度。令人惊骇的莫过于此了！从国家的政治法律考虑，是残酷的刑罚滥及无辜的女子；从家庭中父母对女儿的慈爱看，是伤害了父母对女儿的仁爱之心；从人类养生的角度看，是无缘无故地折断人体骨骼以致残疾；从军事竞争看，是劣质的因素在人种遗传中的延续；从风俗中的美丑看，是给予邻国嗤笑我国为野蛮的把柄。这些都可以忍受，还有什么是不可忍受的?

　　况且我大清建国以来就严禁裹足,所以满族妇女直到现在还是天足。凡是我国国民,都应在皇上的庇护之下,全国妇女都应该同样受到皇上怜悯。况且法律应当统一,风俗应当一致。皇上要怜悯这些弱女子,拯救这些无辜的人,就应该马上禁止这种残酷的刑罚,改变这种恶劣的风俗。请皇上特为此颁布诏书,严禁妇女裹足;那些已经裹足的人,一律放开;如果有人违抗皇帝的命令,她们的丈夫和儿子有官职也不能受封,无官职的,对她们的丈夫处以罚金;十二岁以下的幼女如果有裹足的,重罚她们的父母。这样一来,百姓要服从政府的命令,这种恶习自然就消灭了;全国的弱女子都能保全肢体,中国人可以逐渐变得强壮,外国人讥笑我们野蛮的事也可以自己消失了。禁止裹足这件事有益于圣王的教化百姓,怎么能算小呢? 我匍匐在地,请求皇上明察。谨奏。

康有为是我国第一批探索宪政的人,他将西方的民权观引入我国。

专家点评

　　康有为曾经留学海外,接受西学熏陶,裹足受到外国人的侧目而视,康有为对此是深有体会、深感耻辱的。因此他才会如此坚决地反对缠足。

　　文中首先指出裹足是被外国人视为野蛮的恶习,更无异于中国古代的刖刑。女子何罪,生而遭此大罪! 作者感情充沛地描写了裹足对幼女的摧残,及其对国家民族的巨大危害。文章在论证裹足并非自古有之这一点时,发挥了他学问家的本领,颇做了一番考证。但和普通的考证文章不同,本文中的考证文字语带感情,读来颇有意趣,成为论证的有机组成部分。

作者	文体	推荐理由
孙家鼐	奏章	此文的精彩论述使光绪与康有为擦出了又一维新的思想火花，于同年6月，光绪便下《明定国事诏》，宣布兴办京师大学堂。

思想火花的绽放
——《遵筹开办京师大学堂折》

名文欣赏

原文节选

臣等跪诵之下，悚惧莫名。窃维今日中国亟图自强，自必以育才兴学为要综。考欧美各国富强之故，实由于无人不学，无事不学。其学校每年所需经费，英至九百三十余万镑，每年约合华银六千五百数十万两，法至四百余万镑，每年约合华银二千八百数十万两，其余诸国，亦数百千万不等，以故负笈之士，成就远大，政治学艺，日异月新。近人至以学校之多寡，觇国政之盛衰，非无因也。

中国当更新之始，京师为首善之基，创兹巨典，必当规模宏远，条理详备，始足以隆观听而育人才。臣等仰体圣意，广集良法，斟酌损益，草定章程，规模略具，举其要义，凡有四端：一曰宽筹经费。二曰宏建学舍。三曰慎选管学大臣。四曰简派总教习。提纲挈领，在此数者。学堂养士数百，购图书仪器，需款甚巨，非有额拨常年专款，断难持久。而现在经营创始，所费尤为不赀。臣等约计开办经费，需银三十五万两，常年经费一十八万两有奇，其数似已甚多，然较诸西国尚不及千分之一，皇上垂注大学堂，屡发明诏，作人之意至勤勤矣。伏乞饬下户部，即速筹拨专款，俾得兴办，所有常年经费，亦预先指定，庶免延误。将来如有推广，不敷支给，再由管学大臣临时酌度请旨办理。

……

伏维皇上孜孜兴学，尤应慎简教习，以收遵道敬学之效。总教习综司学堂功课，非有学赅中外之士，不足以膺斯重任，非请皇上破格录用，不足以得斯宏才。若总教习得人，分教习皆由其选派，亦可收指臂之效，其余一切拟办事宜，悉具章程之内，谨缮清样，恭呈御览。所有臣等遵旨筹办京师大学堂并拟详细章程缘由，理合恭折具陈，伏乞皇上圣鉴训示遵行。再此折由总理各国事务衙门主稿，会同军机处办理，合并声明，谨奏。

译文

臣等跪读上谕，深感没有办好皇上指定的事，十分惶恐。考虑到现在我们迫切希望自强，自然应当以培育人才兴办学校为首要大事。考查欧美各国富强的原因，确实是因为他们国家没有人不热爱学习，没有哪方面的事不研究。他们学校每年所需经费，英国达到930余万镑，约合我国白银6500数10万两；法国达到400多万镑，约合我国白银2800数10万两；其他各国也有数百千万不等。因为他们教育经费充足，所以学生成就大，他们国家的政府管理和科学技术日新月异。现代有的学者甚至从学校的多少看国家的盛衰，不是没有原因的。

我国正当国家更新开始的时候，京城是全国各地的楷模，开创这样的大事业，一定要有远大规划，还应有具体详细条例，这样才能够得到足够的重视，又真正培育出人才。臣等体会到皇上的意图，广泛地征求各种办学的好方法，斟酌情况进行调整，草拟出章程，已经初具规模，列举其中主要的共有四点：一是多筹措经费。二是大规模兴建校舍。三是慎重挑选管学大臣。四是选派总教习。将章程提纲挈领，就是这四点。京师大学堂在校学生要达到数百人，要购买图书仪器，需要数额巨大的资金，没有每年定额拨发专款绝对难以长期办下去。而现在正在筹划创始阶段，所以需要花费的钱无法估算。臣等约略计算开办经费，需银35万两，常年经费18万多两。这个数目似乎已经很大，但是比起西方国家来还达不到他们的千分之一。皇上重视大学堂，多次发布诏书，培养人才的愿望极为殷切。俯伏请求皇上命令户部马上筹拨专款，使其得以兴办，所有常年经费，也预先确定下来，以免延误时间。将来大学堂如果扩大，不敷支出，再由管学大臣，临时斟酌考虑，奏请皇上传旨办理。

……

想到皇上费尽心思地兴办学堂，就尤其应当慎重选派教习，以达到尊重道统，尊重

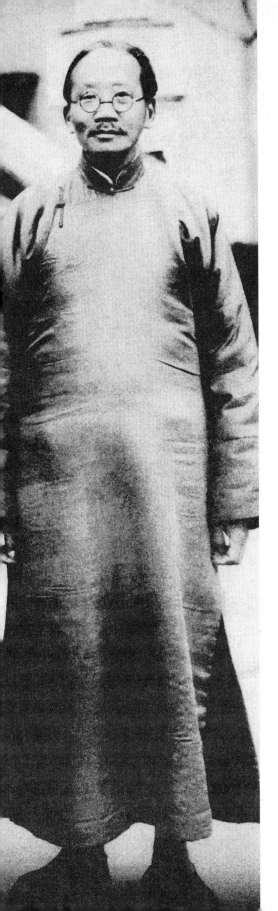

 蔡元培任北京大学校长后，对北京大学进
行了改革，改变了其官气较重的现象。

老师的目的。总教习主管学堂的课程，不是学
贯中西的读书人不足以担当这一重任，而不请
皇上破格录用，不能得到这样的大才。如果总
教习找到合适人选，分教习都由他选派，也可
以收到指挥灵活的效果。其他一切计划应该办
的事情，全部写在章程之内，谨慎地缮写清单，
恭敬地呈进皇上审阅。臣等遵旨筹办京师大学
堂并且拟定详细章程，所有讨论过程及问题理
应恭缮奏折向皇上陈述，俯伏请皇上鉴察训
示，以便遵行。另外，这个奏折由总理各国事
务衙门主稿，会同军机处办理，一起向皇上声
明，谨奏。

专家点评

北京大学是我国历史最久、影响最大的高
等学府，但北大的诞生与戊戌变法关系密切，
京师大学堂就是北大前身。

"戊戌政变"之后，光绪遭到幽囚，维新派
或出逃，或被治罪。慈禧进行了全面复辟，把
变法的所有新政统统废除，但却保留了新政中
正在艰难筹建的京师大学堂。当时在天津出版
的《国闻报》曾这样评论："戊戌政变"后的"北
京尘天粪地之中，所留一线光明，独有大学堂
而已。"京师大学堂成为"戊戌政变"后所有新
法措施中唯一的幸存者。

重振中华雄风的宏伟蓝图
——《少年中国说》

名文欣赏

原文节选

日本人之称我中国也，一则曰老大帝国，再则曰老大帝国，是语也，盖袭译欧西人之言也。呜呼！我中国其果老大矣乎？梁启超曰：恶，是何言，是何言！吾心目中有一少年中国在。

欲言国之老少，请先言人之老少。老年人常思既往，少年人常思将来。惟思既往也，故生留恋心；惟思将来也，故生希望心。惟留恋也，故保守；惟希望也，故进取。惟保守也，故永旧；惟进取也，故日新。惟思既往也，事事皆其所已经者，故惟知照例；惟思将来也，事事皆其所未经者，故常敢破格。老年人常多忧虑，少年人常好行乐。惟多忧也，故灰心；惟行乐也，故盛气。惟灰心也，故怯懦；惟盛气也，故豪壮。惟怯懦也，故苟且；惟豪壮也，故冒险。惟苟且也，故能灭世界；惟冒险也，故能造世界。老年人常厌事，少年人常喜事。惟厌事也，故常觉一切事无可为者；惟好事也，故常觉一切事无不可为者。老年人如夕照，少年人如朝阳；老年人如瘠牛，少年人如乳虎。此老年与少年性格不同之大略也。梁启超曰：人固有之，国亦宜然。

译文

日本人称呼我们中国，一张口就叫老大帝国，再张口还是叫老大帝国。这种言论，大概是沿袭着西洋人的说法翻译过来的。唉！我们中国难道果真是老了吗？我梁启超说：不！这是什么话，这是什么话！在我的心目中只有一个少年中国在。

要想谈论国家的老少，请先让我谈谈人的老少。老年人常怀念往事，青年人常思索未来。正因为怀念往事，所以产生留恋的心情；正因为展望未来，所以产生希望的信心；正因为留恋过去，所以思想保守；正因为希望着未来，所以勇于进取。正因为保守，所以永远守旧；正因为进取，所以日日求新。正因为思念往事，而每件事都是自己过去经历过的，所以只知道墨守成规；正因为思索未来，而每件事都是自己从未经历过的，所以常常敢于打破常规。老年人常多忧虑，青年人常喜游乐。正因为多忧虑，所以就心灰意冷；正因为喜好游乐，所以就精神旺盛；正因为心灰意冷，所以胆怯懦弱；正因为精神旺盛，所以豪迈雄壮。正因为胆怯懦弱，所以得过且过；正因为豪迈雄壮，所以敢于冒险。正因为苟且求存，所以使世界毁灭；正因为敢于冒险，所以能创造世界。老年人常厌弃做事，青年人常喜好开拓新的事业。正因为厌弃做事，所以常常感觉没有什么可做的事情；正因为喜好开拓新事业，所

两江师范学堂附属小学堂学生合影旧照。孩子是未来的希望，只有少年强，国家才会强，所以教育要从孩子开始。

"戊戌变法"的著名领袖梁启超像。

以常常觉得没有什么是不可以做的。老年人好像夕阳晚照，青年人好像初升的朝阳；老年人精力疲惫好像瘦弱的牛，青年人朝气蓬勃好像初生的虎。这些就是老年人和青年人性格不同的大致情形。我梁启超认为：人本来就有这种区别，一个国家也应该这样。

专家点评

十九世纪末，在腐朽透顶的清王朝统治下，我国在政治上早已黑暗至极，遍地是贪官污吏，贿赂公行；经济上国库空虚，民穷财尽；加上水旱虫灾，饿殍遍野。年方27岁的梁启超，身处民族危亡时刻，却以一颗年青赤诚的心对国富、民强、自由、独立、进步的少年中国做了"红日初升，其道大光，河出伏流，一泻汪洋"的热情洋溢的讴歌！

梁启超在对比中有比喻，既气势奔放，又形象鲜明，在饱含激情的爱国热忱的驱策下，使得文章血肉饱满，情感炽热，给生活在内忧外患之中的中国人描绘了一幅理想的蓝图，读来令人有血脉贲张之感。难怪在发表之初就引起了巨大的轰动。正如郭沫若所说："在他那新兴气锐的言论之前，差不多所有的旧思想、旧风习都好像狂风中的败叶，完全失掉了它的精彩。"

"少年智则国智，少年富则国富，少年强则国强，少年独立则国独立，少年自由则国自由，少年进步则国进步，少年胜于欧洲，则国胜于欧洲，少年雄于地球，则国雄于地球。"（《少年时代》）中华民族近一个世纪的沧桑验证了这句话。

国民教育第一书
——《革命军序》

名文欣赏

原文

蜀邹容为《革命军》方二万言，示余曰："欲以立懦夫，定民志，故辞多恣肆，无所回避，然得无恶其不文耶？"

余曰："凡事之败，在有其唱者而莫与为和，其攻击者且千百辈，故仇敌之空言，足以堕吾实事。

"夫中国吞噬于逆胡二百六十年矣。宰割之酷，诈暴之工，人人所身受，当无不昌言革命。然自乾隆以往，尚有吕留良、曾静、齐周华等持正义以振聋俗，自尔遂寂泊无所闻。吾观洪氏之举义师，起而与为敌者，曾、李则柔煦小人，左宗棠喜功名、乐战事，徒欲为人策使，顾勿问其曲非枉直，斯固无足论者。乃如罗、彭、邵、刘之伦，皆笃行有道士也，其所操持，不洛闽而金溪、余姚；衡阳之《黄书》，日在几阁，孝弟之行，华戎之辨，仇国之痛，作乱犯上之戒，宜一切习闻之。卒其行事，乃相谬戾如彼：材者张其角牙以覆宗国，其次即以身家殉满洲；乐文采者则相与鼓吹之。无他，悖德逆伦，并为一谈，牢不可破。故虽有衡阳之书，而视之若无见也。然则洪氏之败，不尽由计划失所，正以空言足与为难耳。

"今者风俗臭味少变更矣，然其痛心疾首，恳恳必以逐满为职志者，虑不数人。数人者，文墨议论，又往往务为蕴藉，不欲以跳踉搏跃言之，虽余亦不免是也。嗟乎！世皆嚚昧而不知话言，主文讽切，勿为动容，不震以雷霆之声，其能化者几何？异时义师再举，其必堕于众口之不俚，既可知矣。今容为是书，一以叫咷恣言，发其惭恚，虽嚚昧若罗、彭诸子，诵之犹当流汗祗悔。以是为义师先声，庶几民无异志，而材士亦知所返乎！

"若夫屠沽负贩之徒，利其径直易知，而能恢发知识，则其所化远矣。藉非不文，何以致是也？抑吾闻之，同族相代，谓之革命；异族攘窃，谓之灭亡。改制同族，谓之革命；驱除异族，谓之光复。今中国既灭亡于逆胡，所当谋者，光复也，非革命云尔。容之署斯名，何哉？谅以其所规画，不仅驱除异族而已，虽政教、学术、礼俗、材性，犹有当革者焉，故大言之曰'革命'也。"

共和二千七百四十四年四月，余杭章炳麟序。

译文

四川人邹容写了大约两万多字的《革命军》一书，拿给我看，说："为了使懦弱的人刚强起来，并坚定人民革命的意志，因此在言辞上不免放肆，毫无顾忌，希望你不会因此嫌它不够文雅。"

我回答说："一件事情之所以失败，往往是因为只有提倡的人，而没有人附和，而攻击他的人却有千百人之多！因此，敌人的一些空话，便足以使我们的实际行动遭到惨败。

"中国被满洲人并吞已经有260年了，他们残酷的压迫手段，以及无所不用其极的欺骗恐吓手法，人人都亲身经历，照理说应该没有人不提倡革命才对。但是在乾隆以前，尚且有吕留良、曾静、齐周华等人，秉持公正的议论，以振奋人心；此后便默默无闻，再没有听说了。据我的观察，当初洪秀全起义的时候，起来与他们相抗衡的，像曾国藩、李鸿章，不过是柔顺的小人，而左宗棠则热衷功名，喜欢战争，只想在清廷驱使下建立功勋，根本不顾及是非曲直，这些人是不值一提的。但是像罗泽南、彭玉麟、邵懿辰、刘蓉这些人，都是品行忠厚、脚踏实地的有道之士，他们信守的不是朝廷所尊奉的程朱之学，而是陆九渊、王阳明的心学，而且像王夫之所著的《黄书》，也是天天阅读，关于孝悌的行为、华夷的分辨，以及国仇家恨，犯上作乱的警戒，应该都早已明白了。可是最后他们的行事却错乱到那个地步。有才能的人张牙舞爪地倾覆自己的祖国，差一些的则以身家性命为满

孙中山在法国组织革命政党同盟会分会。

洲人牺牲，而一些喜欢舞文弄墨的人则大肆鼓吹。这没有其他的原因，而正是他们将违反道德和违背君臣之理这两件事，混为一谈，形成牢不可破的观念，因此虽然有王夫之阐扬民族大义的书在旁，也视而不见。由此看来，洪秀全的失败，不完全是因为计划失当，而正是这些空话从中作梗的缘故。

"当今的风俗观念已经有点改变了，但是能够痛心疾首、孜孜不倦以驱逐满洲人为职责和志向的人，我估计也只有几个人罢了。而这几个人，在写文章、发表议论的时候，又往往力图温柔敦厚，不愿意以锋利激烈的话表现出来，即使像我也不例外。唉！世上的人都愚昧得听不懂言外之意，即使是以委婉的文字做讥讽，也都不会受到任何触动；假如不用雷霆般的语言去惊醒他们，又能触动几个人呢？以后如果有人再次起义，也一定会因为众人漠然置之的态度而惨败，这已经是可以知道的了。现在邹容写这本书，全部都用激烈放肆的言辞，去激发他们的惭愧与愤怒，即使是愚昧得像罗泽南、彭玉麟这样的人，读了之后也会汗流浃背，痛悔以往的所作所为。如果是用这本书作为义军的号召，想必人民绝不会三心二意，而有才能的人也将迷途知返，回到我们的阵营了吧！

"至于像贩夫走卒这样的人，如果因为这本书的简洁易懂，而拓展视野，启发智慧，那么这本书感召的范围就更广远了。假如不是这本书的不够文雅，又怎能达成这样的效果

我国近代资产阶级团体
华兴会部分成员合影。

呢？但是，我曾听说，同一种族的人互相取代，叫做革命；国家被异族窃据，就叫做灭亡。同种族的人更改制度叫做革命，驱逐异族则叫做光复。如今中国既然已经被异族所灭，那么我们所应计划的，是光复，而不是所谓的革命。邹容现在却用"革命"作为书名，又是为什么呢？我深信他所规划的，一定不止是驱逐异族而已，在政治、教育、学术及风俗、国民性方面，还有更多应该革命的，因此他才大而言之的写上"革命"二字。"

共和2744年6月，余杭章炳麟序。

专家点评

这篇序言，和前人的某些集序写法不同。其中不讲著者的学行才性，也无全书的具体品评，而是盛赞邹容之文风"叫咷恣言"，"跳踉搏跃"，足以"振聋俗"，使"屠沽负贩之徒，利其径直易知，而能恢发知识"。也就是说，正因为写得通俗，才具有启发群众的作用。为了"昌言革命"，这是非常必要的。

这篇序言，也不同于章太炎文章一贯的风格。章太炎热心于资产阶级改良派的革命活动，按照他的学生鲁迅的描述是："老师本是学者，而谈起学术来昏昏欲睡；老师本不擅政治，但一谈到政治则眉飞色舞"，这篇文章为革命摇旗呐喊助威，洋溢着战斗的激情与恣肆不拘的风貌，"所向披靡，令人神旺"。这样洋溢着革命热情的作品，受到他的学生鲁迅的极力称许："战斗的文章，乃是先生一生中最大最久的业绩。"因为这样的文章，可以"使先生和后生相印，活在战斗者的心中"（鲁迅《且介亭杂文末编·关于太炎先生二三事》）。